O PRESÍDIO

C.N. Gorga

R. Doutor Goulin, 1523 Alto da Glória
CEP 80040-280 Curitiba-PR
(41) 3254-1616 e (41) 3558-8001
editorainverso@editorainverso.com.br
www.editorainverso.com.br
Facebook.com/editorainverso
Instagram @editorainverso

COORDENAÇÃO EDITORIAL / EDITORA
Cristina Jones

REVISÃO
Camila Dias Manoel

CAPA, PROJETO GRÁFICO E DIREÇÃO DE ARTE
Adriane Baldini

DADOS INTERNACIONAIS DE CATALOGAÇÃO NA PUBLICAÇÃO (CIP)
MONA YOUSSEF HAMMOUD – CRB/9ª.1393

G667o
GORGA, Cristóvão Nunes. **O presídio.**
Curitiba: Editora InVerso, 2024
312 p. 16 x 23 cm PTBR
ISBN: 978-85-5540-373-6

1. Romance. 2. Ficção policial. 3. Ficção científica. 4. Ética.
5. Filosofia. 6. Redenção. I. Título

CDD: 869.2

ROMANCE: 869.2
FICÇÃO CIENTÍFICA: 869.25

Para meus pais, Adão e Maria...

Com muita saudade.

Agradecimentos

Aos que acreditaram em mim durante o meu trajeto de vida, dando asas aos meus sonhos e possibilitando tornar possível o improvável.

Esta é uma obra de ficção. Os personagens e situações são fruto da imaginação do autor, e quaisquer similaridades com a realidade serão mera coincidência.

Sumário

Da vez primeira em que me assassinaram,
Perdi um jeito de sorrir que eu tinha.
Depois, a cada vez que me mataram,
Foram levando qualquer coisa minha.

— Mário Quintana

1

Os guardiões

A sala de controle era ampla e com uma iluminação diferente, pois, ao mesmo tempo que proporcionava uma nitidez total, não excedia os limites, mantendo uma sensação de calma e tranquilidade. A cor predominante era o branco e a mobília era esparsa, em uma decoração quase espartana, primando pela simplicidade. Em todos os detalhes, podia-se perceber a alta tecnologia no ambiente.

Os guardiões estavam concentrados em suas atividades. Havia apenas dois deles monitorando alguns bilhões de pessoas. Seu corpo era delicado, sutil, quase etéreo. Não precisavam dormir, e a alimentação era quase dispensável, bastando a ingestão esporádica de alguns goles de um componente energético, o qual eliminavam posteriormente pela pele. Suas necessidades materiais eram praticamente nulas. Eles não sofriam limitações no deslocamento, levitando em vez de andar. Eram parecidos, mas não iguais. Embora apresentassem os traços fisionômicos semelhantes aos dos humanos, não possuíam os sentidos limitados pelos órgãos correspondentes. Não precisavam dos olhos para ver ou dos ouvidos para ouvir, pois podiam fazê-lo por todo o seu corpo. Não usavam a boca para falar, comunicando-se por meio de ondas mentais, muito mais adequadas e próprias para transmitir os seus pensamentos. Havia a desvantagem, talvez, da total transparência das ideias, mas isto não era relevante no estágio em que se encontravam, em que nada havia para esconder. Não demonstravam idade, como se o tempo para eles tivesse outro significado.

Eles estavam conectados, mentalmente, a uma poderosa máquina, que lhes fornecia as informações necessárias para realizarem o complexo controle. Dados do planeta Terra inteiro estavam ao seu dispor. Eles obtinham acesso imediato à informação ou à imagem de que precisassem, do presente ou do passado, e, se necessário, uma projeção do futuro. Podiam verificar as condições geológicas, climáticas e atmosféricas, um indivíduo, um grupo ou uma população, seus pensamentos e tendências. E a máquina destacava em nuanças de cores, conforme a importância, o que estava acontecendo ou por acontecer.

Apesar de todo esse arsenal de informações, eles raramente influenciavam diretamente a sociedade. Quando o faziam, era de forma indireta, sugerindo ideias ou novas tecnologias. Sob certos aspectos, eles se assemelhavam aos biólogos que acompanham a vida selvagem. Era quase como se não estivessem ali. Ou como se dissessem o tempo todo "Sigam, prossigam com sua vida, não deem importância a nós". Mas eles estavam lá! E tudo viam, e tudo sabiam.

Um deles, que analisava imagens projetadas em 3D ao seu redor, era Karr Von El. O outro, que acompanhava as ideias dos líderes mundiais, era Kirr Iniac. Foi este que emitiu o pensamento de comunicação:

— Karr El, o que você acha da situação no setor 2?

— Pouca evolução. Provavelmente receberemos mais uma leva de indivíduos para realocar em breve.

— Sim, o 2 023 074 07 5 está determinado a iniciar um novo conflito armado. Hoje ele conseguiu o apoio necessário. Deve começar logo.

Chamava atenção a forma como eles avaliavam os fatos. Um genocídio estava prestes a acontecer e milhares de inocentes pereceriam. Entre as futuras vítimas, muitas mulheres, idosos e crianças. Eles tinham conhecimento de que uma cidade inteira seria arrasada em breve, apenas por razões étnicas, e encaravam o fato de uma forma totalmente rotineira, sem nenhum tipo de emoção. Tristeza, lástima, desacordo, incompreensão? Nada, absolutamente nada. Para um ser humano, seria muito difícil entender as suas reações. Não se tratava de um filme ou videogame. Era o mundo real. E as coisas estavam acontecendo naquele instante.

Notas do autor:
Código de identificação individual dos habitantes: A BBB CCC DD E
A (setor): 1) África, 2) Europa, 3) Ásia, 4) Oceania, 5) América
BBB: número de passagens
CCC: número de anos de vida previstos
DD: nível de evolução
E: código sequencial (se necessário): ilimitado

Se quisessem, poderiam ver as crianças brincando e as mães preparando as refeições em uma cidade que seguia em suas atividades normais. Contudo, em breve tudo se transformaria em fogo, escombros e corpos sem vida ou mutilados. E isso não os afetava, simplesmente não aparentava ter importância para eles. Além de respeitar as escolhas individuais, eles mantinham uma visão mais ampla, avaliando os fatos em um contexto histórico e geográfico, mais preocupados em conduzir um crescimento coletivo do que em controlar situações pontuais.

Karr El e Kirr Iniac não eram os únicos guardiões. Havia um grande número deles, no planeta e fora dele, formando uma intrincada rede de controle. Os guardiões revezavam-se em diferentes funções, seguindo orientações do centro de comando, onde ficavam os de maior escalão.

Um dos guardiões externos, Kron Olinik, fez contato, e sua imagem apareceu na sala, em três dimensões. Eles realmente tinham a aparência muito semelhante e um observador desatento poderia confundi-los. Contudo, Kron tinha um diferencial, portava uma espécie de gorro, que lhe caia pelos lados da cabeça.

— Prezados guardiões, peço permissão para lhes dirigir a palavra. — Sua atitude de reverência evidenciava o profundo respeito e admiração que nutria pelos outros.

— Fale, amigo! Sua presença nos traz júbilo — respondeu Karr El, em nome dos dois.

— Completamos o recebimento de uma quantidade significativa de irmãos oriundos de outro planeta de nossa galáxia. Como em outras situações semelhantes, eles estavam destoando da grande maioria e foram convidados a se retirar para que não retardassem o desenvolvimento dos demais. Muitos estão revoltados e consideram injusta a repatriação. Não é usual, mas já aconteceu anteriormente de os caríssimos irmãos dirigirem a palavra diretamente a grupos em situação semelhante. Vim, respeitosamente, receber as suas orientações.

— Quantos são? — perguntou Kirr.

— A transição já vem ocorrendo há algum tempo, e para nós coube apenas uma pequena parcela. Infelizmente, os mais atrasados. Não são mais de dois milhões. Os demais foram designados para outros planetas.

— Eu entendo a situação em que se encontram. É um momento bem difícil para todos. É importante que eles entendam, com a maior clareza possível, o que está acontecendo, o que esperamos deles e quais serão as suas perspectivas futuras. Falaremos com eles, sim.

— Assim será, nobre guardião.

E, sempre em atitude respeitosa, Kron partiu.

— Esta não é uma situação nova. É normal eles se sentirem perdidos no início, e com uma profunda sensação de perda, por terem sido apartados dos seus afins, com quem tinham compartilhado muitas existências. Alguns levam muito tempo para se adaptar — Kirr acrescentou.

— Sem dúvida alguma! Faz parte do processo e leva um tempo para eles se adaptarem novamente. Mas tempo não é problema!

Kron não demorou a informar que estavam todos prontos e ansiosos pela audiência. Karr El assumiu a tarefa, pessoalmente. Ele não precisou sair da sala de controle. Os milhões de imigrantes foram alocados em grupos de milhares, em locais semelhantes a estádios, onde permaneceram aguardando por informações. Karr El multiplicou a sua imagem, que apareceu em todos os ambientes, simultaneamente. O clima era de tensão, indignação e descontentamento: a grande maioria considerava injusta a sua transferência; uns poucos demonstravam tristeza e arrependimento; todos se sentiam inseguros quanto ao que os aguardava.

O burburinho de vozes se calou com a aparição do guardião. Ele ficou em silêncio por alguns instantes olhando-os. Era como se os fitasse individualmente. Sua expressão exalava compaixão e amor. A sua presença e a energia que transmitia serviram para tranquilizar a audiência.

— Meus irmãos! — Karr El iniciou, erguendo os braços, como que os envolvendo em um abraço. — Eu entendo como se sentem. Foram forçados a deixar para trás mais do que uma vida, mas uma história, incluindo todas as referências que conseguem lembrar de sociedade, clima, geologia, fauna, flora e, o mais relevante, os seus companheiros de jornada. Todos trazem o coração cheio de incertezas, medos e muita saudade.

As expressões demonstraram que os primeiros vocábulos haviam acertado diretamente o alvo. Cada um sentiu que elas tinham sido direcionadas a si. Com poucas palavras, ele havia conquistado a atenção total e o apreço da plateia.

— Alguns poucos entendem o porquê de estar aqui e, embora compartilhem as mesmas incertezas dos demais quanto ao futuro, demonstram sinais evidentes de arrependimento. Este já é um primeiro passo. E muito importante. A grande maioria, contudo, acha que houve injustiça na sua retirada do planeta.

Os burburinhos voltaram em maior escala, muitos falando ao mesmo tempo. Alguns se levantaram. Karr El não se alterou ou pediu silêncio. Apenas esperou, serenamente. Sua figura impunha respeito. Aos poucos, quase que por encanto, o vozerio foi diminuindo, até que a calma voltou. Ele ainda aguardou um pouco mais, como que chamando a atenção sobre o erro que haviam cometido ao interrompê-lo.

— Antes de lhes falar sobre o que os aguarda e sobre o que esperamos de vocês, vou lhes mostrar o porquê de estarem aqui.

Agora havia expectativa no ar.

— Vocês tiveram a oportunidade de acompanhar a evolução da grande maioria dos seus companheiros de jornada, mas escolheram um caminho diferente, permitindo que suas fraquezas e imperfeições levassem dor e sofrimento aos seus semelhantes. Vocês receberam diversas oportunidades, até que chegou o momento em que foi necessário afastá-los para permitir a evolução do planeta como um todo.

Enquanto alguns baixaram a cabeça, resignados, muitos demonstraram indignação e discordância. Karr El escolheu um deles, que foi iluminado, aparecendo em destaque. Todos o conheciam. Era um líder religioso de grande projeção, com incontáveis seguidores.

— Meu irmão, o que você tem a dizer em sua defesa? Por que considera injusta a sua exclusão do planeta? — Karr El lhe concedeu a palavra.

O homem se levantou. Ele era de estatura média, cabelos grisalhos, um pouco mais de sessenta anos. Sua figura tinha grande magnetismo e exalava poder.

— Caro guardião, eu penso que houve um engano no meu caso.

Sua imagem foi projetada ao lado do guardião, podendo ser vista por todos, em todos os ambientes. Karr El se manteve impassível. Sua atitude era um incentivo para que o líder religioso apresentasse os seus argumentos.

— Acredito que todos aqui me conhecem. Uma boa parte é dos meus seguidores. Eu levei, por muitos anos, a palavra de Deus a milhões. Diretamente ou por intermédio dos meus auxiliares, eu realizei prodígios, milagres que curaram e até salvaram vidas. Meus templos foram espalhados por inúmeras cidades, de diversos países. Muitos deles eram verdadeiras catedrais, construídos em granito e proporcionando todo o conforto e facilidades que a tecnologia podia oferecer.

Ele deu uma pequena pausa, e seu poder pôde ser sentido por todos.

— Eu fui um emissário direto de Deus. Tive uma vida inteira de dedicação ao cumprimento das suas leis e desafio a provarem o porquê de estar aqui.

Todos os olhos se voltaram para o guardião. Karr El não falou. Ele podia ver coisas que eram invisíveis aos olhos dos demais. Circundando os corpos, ele percebia a presença de uma aura multicor, a qual mantinha o registro de suas histórias. Ele apenas fez um gesto com a mão, e um filme começou a ser passado. Nele, pôde-se ver uma mulher dando à luz, numa casa humilde, com o auxílio de uma parteira. A criança, muito pequena, tinha um pequeno defeito em uma das mãos, que a fazia parecer semelhante a uma garra. Tinha um nariz aquilino, como o de uma ave de rapina, e os olhos eram negros e profundos. Todos identificaram o religioso.

A seguir, puderam acompanhar os seus primeiros anos de vida, num ambiente simples, com pouco conforto. Ficou evidente o prazer que o menino sentia com os poucos bens materiais a que tinha acesso e a sua determinação em mudar a situação financeira precária da família. Todos viram como estudou com afinco, buscando melhorar de vida. Mas não completou os estudos, precisando trabalhar para ajudar em casa, devido ao falecimento do pai. Acompanharam o momento quando, ainda jovem, ele teve o despertar de um sentimento religioso. O futuro líder visitou diversos templos, mas não se adaptou a nenhum, pois não concordava com as suas premissas de pobreza e submissão. Ele ansiava por poder e riqueza.

Foi já na idade adulta, trabalhando sem brilho numa repartição, que teve a ideia de fundar a sua própria igreja. Começou em uma modesta sala alugada, num bairro distante, frequentada por uns poucos fiéis. Sua mensagem era diferente de todas as outras. Ele tinha o dom de dizer o que todos queriam ouvir e de oferecer o que as pessoas ansiavam receber: a cura dos seus males e a realização dos seus desejos de sucesso financeiro. Rapidamente, os fiéis e os templos se multiplicaram de forma exponencial. Sua mensagem, depois repetida por uma plêiade de auxiliares, era simples, direta e objetiva. Todos tiveram a oportunidade de vê-lo e ouvi-lo treinando os seus pastores: "Não demonstrem fraqueza. Os fiéis desejam um pastor forte, que lhes mostre o caminho, alguém em quem possam confiar e que possam seguir. Vocês devem tirar deles tudo o que puderem. Sem dó! Quanto mais, melhor. Não peçam, exijam. Em troca, ofereçam a cura e o sucesso. Se eles conseguirem, foi Deus quem deu, por intermédio de nós, e seus testemunhos atrairão outros. Se não conseguirem, é porque não tiveram a fé necessária ou a oferta não foi o suficiente".

Seu discurso era forte, e ele administrava com mão de ferro uma organização que não parava de crescer. Os pastores recebiam metas de arrecadação proporcionais ao tamanho dos seus templos. Os que não atingiam as metas eram substituídos ou rebaixados, e os que as superavam eram promovidos.

Em uma determinada cena do filme, uma jovem mãe, malvestida e mal alimentada, relutava em entregar o dinheiro do remédio do filho doente, que tremia em febre nos seus braços. O líder religioso dizia: "Tenha fé, minha irmã, Deus vai curar o seu filho. Tudo o que você doar à igreja retornará em dobro". A pobre mãe, influenciada pelas palavras e pelos exemplos dos demais fiéis, que jogavam dinheiro, relógios e joias, também jogou os seus parcos recursos na pilha, que simulava uma fogueira. Ela retornou para casa cheia de esperanças, com a criança doente no colo. Na mesma noite, o inocente morreu.

Todas as doações das pessoas, as suas economias e joias, eram posteriormente recolhidas em enormes sacos e distribuídas entre os trabalhadores e seus familiares, com a parte maior ficando para o seu chefe.

A reação instintiva do público foi de surpresa e indignação. Pôde-se perceber a discordância geral, o que, pela primeira vez, causou certo desconforto no religioso. A imagem de um mito começava a desmoronar.

Em outro momento, uma viúva, dona de posses deixadas pelo falecido, era incentivada, dia a dia, a doar os seus bens, em troca de bênçãos nos céus. Depois de algum tempo, todos viram a velha senhora, que havia entregado tudo o que possuía, chegar ao templo para pedir um pedaço de pão e um cobertor. Ela estava com fome e frio. O problema foi levado ao líder. "Ela que procure os seus filhos, familiares, amigos, o governo, quem quer que seja! Isto aqui é uma igreja, e não um asilo. As pessoas vêm aqui para rezar, pedir bênçãos, agradecer e doar. Não para comer ou receber agasalho. Tirem essa mulher daqui e nunca mais me tragam situações como essa. Quem o fizer, será despedido!"

Seu poder, arrogância e insensibilidade eram nítidos. Viram-no transitando entre os poderosos, morando em mansões, com jardins imensos, torneiras de ouro e piscinas em granito, repletas de luxo e riqueza. Os assistentes também puderam ver o que havia acontecido com muitos dos seus fiéis, entre eles idosos, doentes, viúvas e mães solteiras. Gente humilde que acreditou na mensagem recebida e que perdeu o pouco que tinha.

Karr El fez outro gesto, e o filme foi interrompido.

— Ficou alguma dúvida da razão de estar aqui, senhor emissário?

A pessoa que respondeu aparentou ser bem diferente da que tinha feito o desafio, minutos atrás. Os ombros caíram, o olhar perdeu o seu fogo e a expressão se tornou um misto de tristeza e resignação. Era como se o ar houvesse escapado e ele tivesse murchado, encolhido.

— Não, senhor guardião, não ficaram dúvidas. Perdoe-me. Só agora eu entendo o que eu fiz.

A sensação, em todos os ambientes, era de decepção e de profunda reflexão. Muitos se perguntavam se aquela mudança de atitudes era verdadeira ou apenas reflexo da exposição da verdade. O antigo líder havia perdido a confiança das pessoas e, com ela, o seu poder sobre elas.

O homem se sentou. Seus olhos estavam rasos de lágrimas. O pranto que nunca tinha sido derramado antes, em razão de um coração insensível à dor e ao sofrimento alheio. Definitivamente, a grande maioria não se convenceu do seu arrependimento.

Karr El escolheu outro na plateia. Uma luz colocou em evidência um homem alto, de meia-idade, cabelos grisalhos e porte atlético.

— Você também acha que sua saída do planeta foi injusta, meu irmão?

O homem se levantou para responder. Sua imagem, como no testemunho anterior, passou a ser projetada no centro, ao lado da do guardião.

— Com toda a certeza! Eu fui um grande atleta e levei, com minhas conquistas esportivas, alegria a muita gente. Sempre fui um bom filho, bom irmão e bom pai. Além da família e dos amigos, auxiliei muita gente por meio de obras sociais. Eu não sei por que estou aqui.

Karr El não contra-argumentou. Apenas repetiu o gesto, e outro filme se iniciou.

As imagens mostraram o nascimento do famoso atleta, em condições não muito diferentes do participante anterior: pobreza, muitos irmãos e dificuldades para ter qualquer coisa. Os brinquedos e roupas, surrados, passavam dos mais velhos para os mais jovens. A comida era escassa. Desde os primeiros anos, o jovem demonstrou inteligência e habilidades esportivas diferenciadas. Ele fazia tudo o que fosse necessário para poder praticar o seu esporte, muitas vezes contando com a condescendência da mãe, mas a contragosto do pai, que o queria estudando ou trabalhando para ajudar a família.

No início da idade adulta, acordava muito cedo, exercendo o ofício de auxiliar de padeiro. O destino como operário já parecia traçado. Quando as raras folgas permitiam e quando, com a ajuda da mãe, conseguia driblar o controle do pai, ele ia para os campos de várzea fazer o que mais gostava, jogar futebol. Em um desses momentos, em que suas habilidades inatas o fizeram se destacar dos demais, surgiu uma oportunidade inesperada, com a presença de um olheiro esportivo, que se rendeu à arte do atleta promissor e o convidou a fazer um teste num grande clube da capital. Contudo, nada foi fácil. O pai não aceitou a ideia e a mãe chorou por antecedência o possível afastamento do filho querido. Depois de muito relutar, pensando na oportunidade única de um futuro melhor para o filho, que estava prestes a se perder, a mãe amorosa acobertou uma verdadeira fuga, durante a madrugada, enquanto o pai dormia. A partir daí tudo mudou. O jovem, dotado de um talento único, fez fama, dinheiro e passou a ajudar os pais e os inúmeros irmãos e amigos. Ele acumulou conquistas esportivas, chegando a ser homenageado pelos seus feitos com uma estátua em bronze. Virou nome de rua na sua cidade natal, onde manteve várias instituições sociais. Foi um pai amoroso e todos viram como se dedicou à criação e à educação dos filhos, de forma exemplar.

Até aquele momento, ninguém entendia a razão da sua presença ali, e ele, em pé, ostentava um sorriso confiante. Até aquele momento...

O filme começou a mostrar um outro lado da vida do famoso atleta. A forma como utilizou sua aparência física, fama e dinheiro para acumular conquistas femininas, e de seu orgulho e ostentação dessas proezas. Principalmente, foi dado destaque à maneira como tratou as incontáveis mulheres que cruzaram o seu caminho: como objetos, pedaços de carne sem valor. Uma delas, ainda jovem, chorava, desesperada:

"Eu não sei o que fazer! Foi um erro! Você disse que me amava".

"Você deve estar brincando! Não me diga que acreditou?", ele ria da agonia e do desespero da moça.

"Eu, eu estou grávida! Só tenho 16 anos. O que será da minha vida? Pelo amor de Deus, me ajude!", ela chorava, ajoelhada, agarrada às pernas dele.

Ele se desvencilhou com facilidade das mãos que o prendiam, pois tinha muito mais força. Ela caiu no chão, em prantos.

"Não precisa fazer este drama todo. O problema é a gravidez? Não se preocupe, eu vou pagar para você tirar este filho. Tome, aqui está um cartão com o endereço e telefone de uma clínica conhecida. Nem precisa me procurar mais.

Agende um horário e faça o que precisa ser feito", ele falou, com altivez, e jogou o cartão no chão sem nem olhar para a pobre menina, cuja dor se tornou ainda maior, agravada pela arrogância e pelo desrespeito dele.

A seguir, o grande conquistador deu as costas e saiu, já pensando no próximo encontro que teria naquela noite. O seu maior prazer era usar as mulheres, pouco importando a idade nem levando em consideração se eram fãs ou não. O que se sucedia com elas depois não era problema dele. Em casos extremos como aquele, ele oferecia a clínica, com a qual já mantinha um convênio.

O filme também mostrou o que acontecia na clínica: crianças sendo despedaçadas, ainda na barriga das mães. Alguns fetos, sentindo a presença da garra ameaçadora, tentavam se afastar da destruição iminente, encolhendo-se contra a parede do útero em busca de proteção. Mas eles eram impotentes e, diante da morte, só conseguiam emitir um grito silencioso de dor. As imagens fortes fizeram com que muitas pessoas virassem o rosto ou baixassem os olhos, evitando ver o que acontecia.

As cenas com as consequências da utilização da clínica pelo insensível conquistador prosseguiram, mostrando outros dramas não menos tocantes, em que, em certas ocasiões, algumas das mulheres por ele encaminhadas não resistiram e morreram e outras ficaram com marcas físicas e psicológicas permanentes, tendo a culpa a atormentá-las pelo resto da vida. Em algumas imagens ficou evidente o desespero das mulheres quando caíam em si e percebiam a amplitude do seu ato, tendo matado seu próprio filho ainda dentro do ventre. Houve também as que ficaram estéreis e perderam para sempre a oportunidade de serem mães.

Em todos os casos de que teve conhecimento, o atleta não demonstrou o mínimo arrependimento ou preocupação, a menor consideração. Era um predador. Azar das presas que cruzassem o seu caminho.

Karr El parou as imagens e voltou-se para o ex-atleta novamente. Ele, agora, estava sentado. A sua atitude havia mudado consideravelmente. A cabeça estava baixa e a força o abandonara.

— Alguma coisa a acrescentar, meu irmão? — Karr El não demonstrou julgamento, mas a compreensão de um adulto com uma criança que ou não sabia, ou não tinha noção das consequências dos seus atos.

O famoso e conhecido atleta teve dificuldades para responder. Naquele breve instante, ele pareceu perceber, com sinceridade, o que havia feito durante uma vida inteira. Ele levantou a cabeça lentamente.

— Não, guardião. Eu estou no lugar certo, isto se não merecer coisa pior. — Lágrimas corriam pelos seus olhos. Ele deu mostras de estar iniciando um longo processo de arrependimento.

O ambiente já havia mudado consideravelmente. Muitos faziam um exame de consciência em vez de revoltar-se, começavam a expressar resignação.

Karr El escolheu outra pessoa, uma mulher. As escolhas do guardião demonstravam que ele sabia o que estava fazendo.

— Minha irmã, você não parece estar convencida da justiça do seu exílio.

Uma senhora foi colocada em evidência. Ela se levantou, mostrando descontentamento. Sua idade era uma incógnita. Dependendo do ângulo, mais ou menos favorável, poderia parecer ter menos de quarenta ou estar já perto dos cinquenta. Alta, bem-feita de corpo, tinha o cabelo castanho claro cacheado, na altura dos ombros, os olhos expressivos e o nariz pequeno, num rosto cheio de ângulos, que lhe davam uma beleza singular. Deu um sorriso tímido, que permitiu vislumbrar dentes alinhados e harmônicos, perfeitos. Com certeza, obra de um profissional renomado.

— Caro guardião, eu percebi que alguns podem ter cometido um erro de avaliação, mas, no meu caso, eu tenho *certeza* de que houve um engano...

Ela deu uma pausa, como que esperando ser interrompida. O guardião permaneceu impassível, totalmente atento, como que aberto à possibilidade de erro e incentivando-a a continuar.

— Eu sempre fui uma pessoa do bem, nunca fiz mal a ninguém. Não nasci em berço de ouro, mas nunca esqueci as minhas origens, auxiliando os mais necessitados em diversas campanhas humanitárias. Nunca traí os meus maridos e não há nada em minha conduta que possa me causar vergonha ou arrependimento.

Estava lançado o desafio. Ela havia automaticamente captado a simpatia de todos. O guardião demonstrou compreensão, fechando os olhos por um breve período. A seguir, fez iniciar o filme com um resumo da vida da aparentemente ainda jovem senhora.

As imagens mostraram os primeiros anos de uma bela menina, nascida em uma pequena cidade do interior, vivendo em relativo conforto e cercada de carinho por uma mãe dedicada. O pai era um homem de vida irregular, que vivia à custa da esposa. Sua alegria era a menina, que mais parecia uma boneca, com suas faces rosadas e as pernas grossas, que lhe davam um jeito todo especial de andar. Ele morreu quando a filha ainda estava na adolescência, o que aumentou a ligação da menina com a mãe. Ela era cativante e muito cedo se casou com um homem inteligente, com uma carreira profissional estável, religioso e atento às causas sociais. O casal formou um conjunto interessante, em que ela participou com a beleza e alegria e ele com o sentido prático da vida. O casamento, entre outras coisas, lhe proporcionou ascensão social. Ela, então, desabrochou. Passou a frequentar um círculo privilegiado e logo encantou a todos com a sua simpatia natural. Durante o correr dos anos, realizou diversos procedimentos cirúrgicos estéticos, quase sempre em busca de aprimorar a sua aparência física.

Muito bem casada e sempre cercada de amigas, a linda moça escondia um segredo: seu coração não tinha amor, era uma pedra. Ela participava de ações sociais e distribuía alimentos aos necessitados, mas sempre visando sua projeção pessoal e o fortalecimento da sua imagem. Para ela, aquelas pessoas não representavam nada. Dava o que lhe sobrava, mas não nutria nenhum sentimento pelos necessitados.

O primeiro marido, após dedicar a ela os seus melhores anos, foi descartado como um objeto. Depois de décadas de solidão — a pior delas, aquela sentida quando acompanhado —, ela o trocou por outro, mais rico, e que podia lhe oferecer melhores oportunidades. As cenas mostraram que a mudança não foi causada por um motivo justificado ou por atração física. Ficou claro também que a esposa não pediu o divórcio somente por interesse, mas principalmente porque estava enjoada da mesmice de um casamento sem amor. Seu coração, frio como o gelo, não teve a menor preocupação com o pobre homem, destruído pela separação. Ela apenas trocou de boneco, como fazia quando criança. Não traiu os maridos, mas também não dedicou a eles um pingo de amor. Cada um passou anos ao seu lado, ansiando pela sua atenção e mendigando seu carinho, que nunca vieram.

Quanto às amizades, ela procedia como se as suas amigas fossem as melhores amigas do mundo, por um tempo. Logo, trocava-as por outras e esquecia as antigas, como se nunca tivessem existido. Ficou evidente para o público como ela utilizou, conscientemente, a sua beleza e simpatia para se aproveitar das pessoas a sua volta, em busca somente de satisfazer os próprios interesses. Para ela, os outros eram, apenas, os outros. Não sentia nenhuma empatia por ninguém, embora demonstrasse o contrário — por um tempo, é claro!

A própria mãe, já no fim da vida, veio lhe pedir ajuda. Não queria dinheiro, mas a companhia da filha, seu afeto e proteção. Ela negou, forçando a mãe a permanecer na pequena cidade em que morava e onde morreu. Não desejava recebê-la em sua casa, atrapalhando, com a sua presença, a sua agitada vida social.

Ela não fez mal a ninguém diretamente. Mas não avaliou como poderia ter empregado melhor o dinheiro e o tempo que dedicou às futilidades e às cirurgias. Nem olhou para o lado para ver o que sentiam as pessoas ao serem abandonadas por ela, tratadas como objetos: o primeiro marido nunca se recuperou. Foram anos de depressão, psicólogos, psiquiatras e incontáveis remédios, que o levaram a definhar e morrer; o segundo, um homem alegre que se tornou triste, fadado a viver solitário, ao lado de uma beleza fria, de alguém sem sentimentos; a mãe, uma mulher que dedicou a maior parte de sua vida à filha, passou os últimos momentos abandonada e sozinha, com o coração partido; as ex-amigas, cada uma viveu a decepção de se descobrir usada e, depois, descartada.

Uma voz em desespero se fez ouvir:

— Pare guardião, pare. Por favor, por misericórdia, pare — ela implorou, aos prantos.

Seu rosto já não tinha o mesmo encanto de instantes atrás. Algumas rugas, antes imperceptíveis, se fizeram notar. A dor e a tensão provocadas pela culpa caíram como uma sombra naquela face, outrora resplandecente. Seus olhos, que tinham um brilho e uma intensidade marcantes, agora pareciam fundos, imersos no remorso. A boca, no início sensual e portando um sorriso deslumbrante, agora tinha um aspecto de dor, um pouco retorcida e levemente trêmula.

O guardião parou as imagens. Os assistentes, que no primeiro momento haviam ficado impressionados com a beleza exótica e automaticamente tocados pela simpatia natural da mulher, agora baixavam os olhos para não ver aquela expressão de dor, culpa e arrependimento. Ficou claro para todos que ela havia sentido o golpe ao ver expostas as consequências das suas ações. A dúvida era se isso seria suficiente para corrigir o seu modo de agir.

— Alguma outra questão, minha irmã? — O guardião demonstrou a mesma compreensão e ausência de julgamento anteriores. Talvez ele fosse o único, naquele momento, a sentir empatia por aquela figura desesperada e sem encanto.

— Não, por favor, não! — A resposta veio num grito, nada comparado à voz melodiosa de outrora. Ela pôs as duas mãos no rosto para esconder as lágrimas que teimavam em brotar daqueles olhos insensíveis, talvez por arrependimento, talvez por vergonha.

O guardião olhou a sua volta. Ele podia ver a todos, nos diversos ambientes. E, para isso, não precisa usar os olhos. Naquele momento, poucos demonstravam ainda ter dúvidas da justiça do seu exílio. Ele escolheu um jovem, e este foi posto em evidência.

— O irmão não está convencido de que deveria estar aqui? — Sua atitude demonstrou carinho e paciência.

— Com certeza não, guardião. — O jovem pareceu determinado.

O rapaz aparentava ter vinte anos. De estatura média, o corpo era esguio, e os cabelos, pretos e grossos, eram volumosos. Ele era moreno e tinha os olhos negros, com sobrancelhas grossas.

— O que o incomoda, meu irmão? — o guardião lhe deu atenção.

— Eu não deveria estar aqui.

— É? E o que o faz pensar assim?

— Vivi bem menos que os demais e cometi muito menos erros. Não tenho vícios, como muitos da minha geração, e sempre respeitei os meus pais. Há um engano, com certeza!

Karr El respirou fundo, como querendo aumentar um pouco mais a sua infinita paciência. Como das outras vezes, não contra-argumentou, deixando que as imagens falassem por si.

Apareceram os pais do jovem, em uma grande mansão, planejando a sua chegada. O casal era o retrato da felicidade. Um quarto lindo foi montado, tudo do melhor e mais bonito. Desde os primeiros anos o menino foi coberto de brinquedos e presentes. A cada pacote, uma nova alegria! As mãozinhas miúdas envolviam o pescoço jubiloso de pais, avós, tios e amigos, demonstrando grande satisfação pelo regalo recebido. Como ele gostava de receber mimos! E dedicava, a cada um, algumas horas de atenção. Quando gostava muito, chegava a dormir agarrado com o brinquedo. Mas logo todos tinham o mesmo fim: eram abandonados, formando pilhas.

Ainda nos primeiros anos, surgiu o interesse pelos eletrônicos. Começou quando era bem pequeno, ainda no colo do pai. Mais tarde, sozinho no quarto, foram horas e horas dedicadas a jogos, cada vez mais complexos e intrigantes. Ele não tinha interesse em interagir com as outras crianças, a não ser por meio dos vídeos e áudios dos próprios jogos. Sair com os pais se tornou um sacrifício, que logo no início da adolescência ele deixou de realizar. A escola, uma chatice, não lhe proporcionava o menor interesse. Ia para lá por obrigação, porque todos iam, porque não tinha alternativa. Os únicos e verdadeiros prazeres eram os jogos e as competições virtuais.

O tempo passou e as chances foram sendo desperdiçadas. O pai ainda tentou interferir, mas a mãe, protetora, não permitiu:

"Nós temos que fazer alguma coisa, isto não está certo", o pai falava, preocupado e tenso.

"Que é isso, amor!? Você está exagerando. Ele é tão bonzinho...", a mãe respondia.

"Bonzinho? Ele está indo muito mal na escola, quase não tem amigos, há muito não dá a mínima atenção a nós. Quando recebemos visitas de parentes ou amigos, ele não quer sair do quarto nem para cumprimentar. Você acha isso normal?"

"É da idade, logo passa".

"Como 'logo passa'? Qual será o futuro desse menino? Nós não vamos ficar aqui para sempre. O que ele vai fazer da vida? Como vai sobreviver?"

"Você está exagerando. Tem jovens da idade dele que estão entregues ao álcool, alguns até mesmo às drogas. Ele fica quietinho no quarto dele, não incomoda ninguém. Logo ele amadurece e vai se interessar por alguma coisa".

"Você não entende ou não quer entender. Nós já perdemos tempo demais, precisamos agir e fazer alguma coisa. Não por nós, mas por ele. Ele está desperdiçando os melhores anos da sua vida em frente ao computador. E tudo o que demos e damos ele não atribui o menor valor. Para ele, não estamos fazendo mais do que a nossa obrigação. Isto não está certo!"

"Exagero seu. Outro dia ele até conversou um pouquinho comigo".

"Quanto tempo?"

"Ah! Eu não cronometrei".

"Quanto tempo?"

"Uns minutos, umas duas ou três frases".

"Está vendo! Você insiste em não querer enxergar. Eu quero tomar uma atitude para mudar esta situação. Você me apoia?"

"Não, não apoio. Se você quiser interceder, faça. Mas saiba que não terá o meu apoio. Eu acho que ele vai se afastar ainda mais de nós e, principalmente, de você".

Sem o suporte da mãe, o pai não teve forças para agir. Os anos se passaram e nada mudou. Ele simplesmente não quis ir para a universidade. Apesar do berço de ouro, das melhores roupas, da melhor alimentação, das melhores escolas, dos melhores professores, de tudo o que o dinheiro podia comprar, ele não tinha interesse em estudar. Em algumas cenas esparsas, as imagens mostraram outros jovens que trabalhavam durante o dia para poderem estudar a noite; muitos sonhavam com uma oportunidade para poderem mudar de vida; alguns, com muito menos, se esforçavam para dar alegrias aos pais, e ele não queria nada. Ele simplesmente não se importava.

As imagens também evidenciaram os pais apreensivos, muitas vezes parados à porta do quarto do filho, sempre fechada, hesitando em entrar, mas não tendo a coragem necessária. Foram visualizadas as noites de insônia do pai e a tristeza da mãe, ambos tomando remédios para suportar a situação. O único filho, seu tesouro...

— Pare, guardião, por favor, pare com isto. Eu não aguento mais.

O jovem baixou a cabeça e depois, lentamente, se sentou. Levou as duas mãos ao rosto e, como que não suportando o peso da culpa, envolveu as pernas com os braços, enterrou a cabeça entre os joelhos e chorou compulsivamente.

Karr El parou as imagens. Havia um silêncio tão grande em todos os ambientes que parecia que alguém tinha desligado o áudio. Nem um som, nem um suspiro em cada auditório, repleto de milhares de indivíduos. Com apenas alguns exemplos, que todos puderam ver e acompanhar, eles tiveram a oportunidade de fazer o seu próprio exame de consciência e entender por que haviam sido exilados. Alguns haviam feito o mal, outros haviam deixado de fazer o bem, e muitos haviam desperdiçado oportunidades valiosas. Todos eram devedores.

Passou um longo tempo até o guardião retomar a palavra. Ele aguardou pacientemente, dando o espaço necessário para as suas reflexões, até que eles acalmassem o coração. Havia muita tristeza no ar. Ele percebeu a dor e o arrependimento, misturados com a saudade dos entes queridos e da vida que estavam acostumados a levar. Ao mesmo tempo, estava nítido nos olhos deles o medo do que os esperava.

— Meus irmãos, sua saída do planeta foi necessária, pois vocês insistiram em prosseguir com suas atitudes inadequadas, ao invés de aproveitarem as chances de evolução que receberam. O universo cobra o seu preço e, cedo ou tarde, a conta vem.

"Vocês estão saindo de um planeta que está mudando de estágio, onde a maioria quer evoluir e uma minoria estava atrapalhando isso. Vocês serão alocados em um outro lugar, que é mais atrasado em todos os sentidos. Neste novo mundo, os corpos serão mais grosseiros; e a sociedade, mais rude e injusta. Haverá outro nível de violência e desigualdade social. O clima será mais sujeito aos extremos, e precisarão se acostumar novamente com vulcões, furacões, terremotos, incêndios e tempestades. Haverá mais doenças, epidemias e pandemias. Não terão mais uma única língua para se comunicar, como em sua terra natal, mas incontáveis idiomas. Os transportes serão lentos, desconfortáveis e perigosos, sujeitos a acidentes constantes. Terão uma natureza exuberante a seu dispor, mas que já começa a convalescer, com muitos animais e plantas à beira da extinção devido aos maus-tratos provocados pela cobiça e pela ganância do homem. Destaco que a sociedade é extremamente injusta e o ambiente é caótico, muito diferente daquele em que vocês se acostumaram a viver".

O medo estava estampado nos rostos. Ninguém tinha coragem de interromper o guardião, mas cada um, interiormente, se perguntava: "O que será de mim?"

— Vocês sabem a razão por que saíram, mas devem estar se perguntando por que serão alojados neste planeta de condição inferior, bem como o que devem fazer para poder voltar. Eu lhes digo que vocês foram designados para este planeta para auxiliar na evolução deste. Vocês levarão consigo os seus conhecimentos de ciência, higiene e os conceitos de justiça social em que falharam, ou seja, tudo aquilo que aprenderam. E poderão e deverão usar essa bagagem para ajudar os demais a evoluírem. Além disso, terão novas oportunidades de rever suas atitudes e corrigir os seus erros. Àqueles que conseguirem, eu prometo que voltarão para o seu planeta de origem.

Os estádios explodiram em agradecimentos. As pessoas choravam e se abraçavam. Havia esperança, havia esperança! O guardião aguardou a calma se restabelecer e, vendo as pessoas enxugando as próprias lágrimas, muitos abraçados uns nos outros, continuou:

— Meus queridos e amados irmãos, vocês não estarão sós. Lembrem-se das minhas palavras e da minha promessa. Persistam, vençam as próprias imperfeições, tornem-se merecedores e serão libertos. A tarefa é árdua, mas não é impossível. Vocês podem! Vocês conseguem!

O guardião fez uma deferência e se retirou, deixando atrás de si milhões de esperançosos que, motivados pela saudade e pelo arrependimento, estavam dispostos a dar o seu melhor para reconquistarem a liberdade e voltar para o que consideravam o seu paraíso perdido. Contudo, ele sabia que nem todos conseguiriam e que muitos, quando lograssem corrigir os seus erros, já não teriam tempo para voltar.

Mas o tempo não era o problema. Na verdade, ele costuma ser um remédio amargo para todos os males. É comum amigos e familiares tentarem ajudar quem passa por dificuldades, como a perda de um ente querido, um divórcio difícil ou uma doença, com a conhecida frase: “Vai passar, com o tempo, vai passar”. O que ninguém diz, nessas horas, por não ser possível prever, é qual será esse tempo necessário para as dores serem aliviadas.

2

O início

Era outono em Porto Alegre, a temperatura estava agradável; e o céu, azul, sem nuvens, límpido, claro de doer os olhos. Transcorria uma tarde morna, daquelas em que o sol invade as frestas das janelas, convidando os preguiçosos a abandonarem os seus esconderijos. Uma suave brisa vinha do rio Guaíba, tocando as faces dos transeuntes como uma carícia, tornando fácil prever mais um pôr do sol exuberante.

Na rua da Praia, as pessoas iam e vinham em todas as direções, no costumeiro mar de gente que se movia em ondas. Em boa parte da antiga via — a mais importante desde a fundação da cidade —, não era permitido o trânsito de veículos, e o local fervilhava como um formigueiro. Executivos, ambulantes, senhoras em compras, trombadinhas, pessoas ricas e pobres, velhas e novas. Todos, juntos e misturados, disputavam um espaço para andar, desviando-se aqui e ali uns dos outros. Nas lojas mais refinadas, havia vidros fumê e ar-condicionado. Já nas mais populares, os anúncios eram feitos aos gritos e o povo era quase empurrado para dentro.

Em ambos os lados da rua se alinhavam prédios em tamanhos variados, prevalecendo os antigos, normalmente modificados apenas nas fachadas. Anúncios e luminosos de todas as formas e tamanhos disputavam a atenção dos consumidores.

O gaúcho sempre foi um povo valente e orgulhoso das suas tradições, havia talhado a sua têmpera, desde as suas raízes, a ferro e fogo, no transcorrer de inúmeras peleias. Depois de tantos anos de globalização, sendo constantemente bombardeados pela mídia implacável, já bem poucos mantinham vivas na memória as suas origens e a coragem dos seus antepassados. Contudo, alguma coisa ainda os unia e identificava. Algo latente e invisível, que parecia estar lá, em algum lugar, esperando para ser despertado.

Andando sem rumo pela rua da Praia, meio que levado pela multidão, João Maxirae seguiu cabisbaixo, perdido em seus pensamentos. A calça jeans, a bota preta batida, a camisa de flanela xadrez e a barba por fazer davam-lhe um ar de *cowboy* fora de época. Tinha mais de um metro e oitenta de altura, e o corpo ainda trazia alguns traços atléticos, lembranças dos bons tempos. Trazia os cabelos levemente ondulados, pretos, cortados curtos, mal cobrindo a ponta das orelhas. Os olhos eram castanhos, profundos, quase negros, com sobrancelhas bem definidas, que lhe davam um ar sério à feição máscula, realçada pelo queixo forte.

Ele passou pela esquina da rua Dr. Flores, seguindo em direção à Vigário José Inácio. Alguns metros adiante, parou em frente a uma banca de revistas e passou os olhos pelas capas. Nada de novo: as mesmas mulheres lindas sorrindo — algumas com mais e outras com menos roupas —, dicas sobre sexo, horóscopo, dietas e fofocas sobre a vida das celebridades. Nada que merecesse a sua atenção.

Retomou o seu caminho e percebeu que estava sendo observado. Sem muito esforço, identificou uma moça morena, parada em frente à vitrine de uma joalheria. Ela era alta, os cabelos caindo em ondas sobre os ombros, com um decote daqueles de que só com muita determinação se consegue desviar. A blusa, propositalmente curta, deixava à mostra o umbigo e parte da barriga, reta e provocante.

Fazia tanto tempo que ele nem lembrava mais como se procedia em situações assim. Deveria ir até ela? Dizer o quê? Fazer o quê? A moça sorriu discretamente e seguiu, com movimentos suaves que passavam a impressão de que andava em câmara lenta. Ele sentiu vontade de segui-la, abordá-la, conversar com ela. Precisava tanto de alguém ao seu lado, e a figura feminina lhe trouxe lembranças, evidenciando a sua solidão. Mas isso aconteceu somente por um momento, em que o encanto da mulher o fez esquecer o porquê de estar ali. Uma dor profunda rasgou o seu peito, mistura de saudade e arrependimento. Foi uma daquelas dores que cortam como uma lança, trespassando o peito.

Ainda sentindo a incômoda sensação de culpa, ele percebeu um *outdoor* com as imagens de alguns políticos, e um deles chamou sua atenção. Esquecendo por completo a moça, o rapaz retomou a consciência de que tinha uma missão a cumprir e que não descansaria enquanto não a concluísse. Mesmo que desejasse, João jamais poderia esquecer o que aconteceu.

. . .

A senhora Bernadete Benedetti Schimidt era uma mulher normalmente tranquila. Beirando os sessenta anos, estatura baixa, com menos de um metro e sessenta, tinha as formas redondas; e os cabelos, quase totalmente brancos, eram a prova de quem deu sempre mais atenção ao trabalho do que à aparência. E foram longos anos de luta apoiando incansavelmente o marido.

Nascida em uma pequena fazenda, quase um sítio, pertencente à Colônia Nova Itália, em Santa Catarina — a mais antiga do Brasil, fundada em 1836, por 132 imigrantes católicos do Reino da Sardenha (precursor do Reino de Itália), localizada no vale do rio Tijucas, atual município de São João Batista —, logo cedo trocou as bonecas de pano pelos cuidados com os irmãos menores e o trato dos animais.

No início dos anos setenta, ainda menina, conheceu um outro filho de imigrantes (de origem germânica), o jovem e empolgado Oswald Schimidt. Os dois trocavam olhares nas missas de domingo e, apesar da distância entre os sítios e dos extremos cuidados dos pais, sempre davam um jeito de se verem às escondidas e trocarem promessas. Casaram-se dois anos depois, ela com quinze e ele com vinte e três. Seus bens eram um pouco mais do que a roupa do corpo. Acreditando em seus sonhos, mudaram para a capital, Florianópolis, em busca de oportunidades. Depois de alguns meses, trabalhando muito, mas mal conseguindo ganhar o suficiente para se manter, resolveram pegar a estrada novamente e seguir para São Paulo, a grande metrópole. Foram anos de muita luta trabalhando como operários e vivendo de esperança.

Com a chegada do primeiro filho, Giuseppe — em homenagem ao avô materno —, Oswald sentiu que precisava tentar alguma coisa para que o futuro pudesse ser diferente daquele presente miserável. Usando seus conhecimentos de ferreiro, junto ao que tinha aprendido no manuseio de máquinas industriais, resolveu investir o que tinha, e o que não tinha, numa pequena serralheria, na parte de baixo do sobrado onde moravam, passando a família a utilizar o piso superior — com menos espaço, é claro.

Foi mais outro período difícil e incerto, em que muitas vezes o sustento da família dependeu do mirrado ordenado de Bernadete. Houve noites em que ela deu leite para o menino e dormiu com fome. Mas aos poucos os clientes foram aparecendo e as coisas começaram a melhorar. Acostumados a viver com pouco, souberam aplicar as suas economias. Primeiro compraram o terreno da casa onde moravam e, depois, lotes de baixo valor, em regiões mais afastadas, que logo receberam valorização.

O filho sempre foi muito trabalhador, como os pais, e ainda adolescente começou como empacotador em uma grande rede de supermercados, crescendo aos poucos. Quando se formou em administração, recebeu um convite para ir a Porto Alegre e assumir um cargo de gerência em uma nova unidade da rede, em expansão. Lá, casou-se com uma gaúcha.

Motivada pelo crescimento da violência em São Paulo e já havia alguns anos sozinha, viúva, Bernadete foi ao encontro do filho e da sua maior alegria, a netinha Amanda. Acabou ficando.

Bernadete costumava ficar em casa, um período cuidando da neta e no outro entretida com os seus pequenos afazeres ou conversando com as amigas, seu passatempo predileto. Quando o telefone tocou, foi até o aparelho imaginando ser uma ligação da nora, possivelmente para passar alguma recomendação para o almoço ou informar que algum problema de última hora a impossibilitaria de buscar a filha na escola. A voz do outro lado da linha soou estranha.

— Quem fala?

— O senhor quer falar com quem?

Ela pensou que poderia ser algum engano ou trote. Apesar de tanto tempo longe de sua terra natal, ela ainda apresentava alguma coisa que lembrava o sotaque característico do catarinense, de fala rápida, meio cantada e entonação própria.

O homem não se intimidou, bem ao contrário.

— É a senhora Bernadete, não é?

— Sim! — respondeu, com alguma surpresa.

— Dona Bernadete, eu preferia não fazer esta ligação para a senhora, mas, infelizmente, o assunto é sério. Por favor, se tem amor pelo seu filho e por sua neta, não desligue.

Se tem amor pelo seu filho e pela sua neta... Eles eram tudo para ela. As únicas coisas que realmente tinham valor. Sua memória viajou longe, quando, havia muitos anos, também ao telefone, começou a entrar em contato com uma dura realidade, que a conduziu a uma perda irreparável. Ela demorou alguns segundos para recuperar a voz.

— O que houve, algum acidente? — O medo veio junto com as recordações e transbordou na urgência da pergunta.

— Não, não foi acidente. Na verdade, nós estamos com o seu filho e sabemos onde a sua neta está agora, no colégio Medianeira.

— Como assim... O que o senhor quer? — Ela ficou aflita.

— Caso a senhora queira vê-los novamente, precisa seguir as minhas instruções direitinho. A senhora entendeu bem? — A voz era dura e firme. Demonstrava a experiência de quem sabia o que estava fazendo.

— Eu entendi, sim. Mas o que o senhor quer?

Do outro lado da linha, o homem sorriu ao sentir o desespero e a urgência que transpareciam no questionamento. Esta estava "no papo". Resolveu se divertir um pouco.

— Meu colega queria cortar uma orelha ou um dedo do seu filho para lhe mandar, mas eu achei que não era necessário. A senhora acha que vai ser preciso?

Bernadete sentiu um frio no estômago, as pernas perderam a firmeza e a garganta secou. Levou uma das mãos ao peito e, por sorte, percebeu que havia uma cadeira próxima. Sentou e sentiu o suor frio escorrer pela testa.

— Alô!? — disse o homem, demonstrando certa irritação.

— Alô! — respondeu ela. — O senhor desculpe, mas eu acho que não estou passando muito bem. Eu tenho problemas de pressão.

Isto não o perturbou, nem um pouco. Ao contrário, ele se tornou ainda mais agressivo.

— Eu acho bom a senhora melhorar logo, pois a vida do seu filho depende de sermos rápidos. O meu colega cheirou muito hoje e está com vontade de cortar alguma coisa dele, talvez até matá-lo. Eu não sei por quanto tempo eu vou conseguir controlar este animal. Para que eu possa ajudar, a senhora também vai precisar me ajudar. E rápido!

Por fim, veio o que ele estava esperando. As palavras soaram como música aos seus ouvidos.

— O que o senhor quer que eu faça? — continuou ela, desesperada.

— Quanto vale a vida do seu filho e da sua neta?

Bernadete quase não conseguiu responder. Pensou em como seria a sua existência, o pouco que restava, sozinha, sem a presença do filho e sem a companhia da neta. E, como se pudesse ficar pior, por sua culpa, por não saber conduzir aquela negociação.

— Eu, eu não sei... — foi o que conseguiu balbuciar.

— Eu acho melhor a senhora descobrir, e rápido. — Era um aviso, mas o tom era de ameaça.

O homem afastou um pouco o telefone da boca e pareceu conversar com uma outra pessoa.

— Ei, ei! Não, não precisa! Eu estou falando com ela, não precisa fazer isto.

— O que, o que está acontecendo? — perguntou Bernadete, aflita.

— É o meu colega, ele é muito violento. O seu filho pediu água e ele queria agredi-lo. Mas eu consegui evitar.

A imagem do filho amarrado em algum covil, sob a ameaça de bandidos violentos, foi como um punhal no seu coração de mãe.

— Eu já lhe perguntei: o que o senhor quer? O que preciso fazer para que soltem o meu filho? — Havia ainda mais urgência e desespero na sua pergunta.

— Vai depender da senhora... — O homem parecia aproveitar aquele momento com um prazer sádico.

— Nós sabemos que a senhora tem conta no Banco do Brasil. Passe o número da sua conta e a senha, agora.

Aquilo não era um pedido, era uma ordem.

Bernadete sentiu um frio na espinha. Tinha que decidir algo importante. As suas economias, fruto de muito trabalho, estavam em risco. Pensou no marido e em como ele havia sido previdente.

— A senhora me ouviu? Não sei se vou conseguir segurar o meu colega por muito mais tempo! — Havia certa pressa no aviso.

Nesse momento, o celular de Bernadete tocou. Ato instintivo, ela olhou o mostrador. Chamada do filho. Mas como!? Não podia ser. Entre a urgência de seguir com a negociação ao telefone e a curiosidade de atender o celular, ela apertou o botão para receber a chamada. Com uma das mãos segurando o bocal do telefone sem fio, usou a outra para encostar o celular ao ouvido. A voz conhecida do outro lado da linha soou tranquila:

— Oi, mãe.

— Filho!? Você está bem!? — perguntou ela, com o coração aos saltos.

— Ora, claro que sim! Por que não estaria? Só liguei para avisar que a Carla não poderá pegar a guriazinha.

Em um instante, tudo ficou claro.

— Só um momento, meu filho. Já conversamos. — Ela estava com uma voz decidida.

Encostando novamente o telefone ao ouvido, ela ouviu os gritos:

— A senhora está pensando que eu estou brincando? Acha que eu sou palhaço? Que posso ficar aqui esperando?

— Não, claro que não — disse ela. — Na verdade, eu gostaria de lhe passar o que o senhor me pediu. Anote aí.

— Pode mandar — respondeu a voz, com vivacidade.

— *Vá para a puta que o pariu!* — E desligou.

3

A tragédia

João começou de baixo. Ele nunca foi alguém importante ou de destaque. De origem humilde, durante sua vida não acumulou muitas posses, mas era grato por tudo que havia conquistado. Depois de muito estudar, havia logrado passar no exame para a Receita Federal e esta se tornou a sua maior conquista profissional, melhorando significativamente a renda familiar. Ele conseguiu abandonar o emprego na área de vendas e, finalmente, fazendo valer o seu diploma universitário — conquistado a duras penas —, alcançou um nível salarial semelhante ao da esposa, que durante um bom tempo foi a base dos ganhos da família.

Sheila era dentista e atendia em uma clínica particular. Logo após a formatura, foi convidada para seguir trabalhando na clínica onde fez estágio. Ela havia cativado os chefes, assim como os clientes, que a adoravam. À época, seu pai havia insistido em montar um consultório particular, mas a sua única filha não quis lhe dar mais despesas, além das indispensáveis a sua formação.

Embora sempre tenha contado com o apoio da sogra, mesmo nos momentos de dificuldades financeiras, com o sogro foi diferente. O pai de Sheila nunca escondeu o seu descontentamento por João trabalhar com vendas e depender de comissão — sem a segurança de um salário fixo —, e só após o rapaz passar no concurso ele começou a demonstrar certo respeito pelo genro.

A Receita Federal de Porto Alegre ficava na Praia de Belas, em um prédio de mais de dez andares, com uma arquitetura em que se destacava a vista frontal, com oito pilares de concreto paralelos, em relevo. O acesso era por uma escada ampla, de quatorze degraus, com quatro grades de apoio — duas nos extremos e duas ao centro —, que serviam para auxiliar os que tivessem dificuldade de locomoção. No centro do prédio, logo acima da entrada principal, havia uma placa discreta, onde se lia: "Receita Federal".

O escritório onde João trabalhava ocupava um andar inteiro. As mesas eram distribuídas ordenadamente, sem divisórias, o que ampliava a sensação de espaço, incrementada pela existência de um grande espelho, em uma das paredes, que também tinha uma serventia secundária, pois era usado pela chefia para ver a tudo e a todos de sua sala. As estações de trabalho eram equipadas com computadores Apple de última geração, e cada fiscal tinha o próprio notebook, para dar sequência às suas tarefas, em qualquer lugar e a qualquer hora, quando necessário. As mesas não eram grandes, mas tinham um espaço considerável e traziam gavetas com fechaduras. As cadeiras eram de espaldar alto, bastante confortáveis.

Ninguém fazia carreira na Receita Federal sem algum mérito. Os fiscais passavam por uma forte seleção, pois seu cargo era muito cobiçado, fosse pelos bons vencimentos, fosse pela estabilidade da carreira. Eram profissionais inteligentes e bem preparados, que tinham consciência da importância do seu trabalho. E o grupo tinha uma tradição de rigor e honestidade. Havia alguma corrupção? Possivelmente, sim. Mas era a exceção. Um ou outro caso, diluído no correr dos anos e, quando pego, punido exemplarmente.

Para chegar à chefia de um grupo desse gabarito, havia necessidade de uma folha de serviços exemplar e de algumas qualidades especiais, pois fiscalizar fiscais não era para qualquer um. O chefe era tarimbado e inteligente, sempre um passo à frente dos demais. Era comum ouvir pelos corredores o comentário de que, quando você estava indo, ele já estava voltando. Era um homem alto e magro, de cabelos grisalhos. Os ombros largos e os braços compridos lhe davam um ar diferente, algo que lembrava um pouco um boneco de posto. Mas os olhos negros astutos e o bigode fino no rosto comprido não deixavam dúvidas quanto a sua sagacidade. Sua principal característica era ser um gozador nato, sempre com uma piada ou brincadeira pronta. Mas ele também sabia falar sério, e ninguém ousava passar dos limites. Dada a liderança e o forte carisma, alguns dos seus auxiliares, quando questionados abruptamente, poderiam ter certa dificuldade em lembrar o nome dele, Leonardo de Almeida, pois todos tinham o costume de chamá-lo, simplesmente, de "chefe".

João simpatizou com o chefe desde o início. Assim que ele e seu amigo Washington Rodrigues, com seu metro e setenta e cinco, cabelos escuros curtos, penteados para trás, olhos verdes num tom esmeralda, sorriso fácil e bom de conversa — não à toa, fazia sucesso com o sexo oposto —, chegaram e se apresentaram para o serviço, o chefe os recebeu com alegria e descontração:

— Uau! Até que enfim sangue novo no pedaço! Eu já não aguentava mais roer estes ossos duros. Esses caras, além de velhos, já estão gordos e lentos. Agora, sim, vamos injetar energia neste escritório!

A turma sorriu um sorriso acanhado, e João notou que o chefe não era somente chefe no papel, o homem tinha autoridade. Após mais algumas gozações, o chefe apresentou os novatos formalmente e leu um resumo dos seus respectivos currículos. Encerrou a breve reunião com mais brincadeiras, dirigindo-se aos veteranos:

— Vão com calma, não assustem os meninos. Estão liberados para tirar o couro deles, mas devagarinho, um pedacinho de cada vez...

Risada geral.

— E preparem uma confraternização, um bom churrasco, incluindo as famílias. Vamos mostrar para os meninos que trabalhamos duro, mas que também sabemos festejar.

E foi assim, desde o primeiro dia. Ele sempre se referiu a eles como "os meninos". Quando trabalhavam com algum colega mais experimentado, era comum o chefe passar e perguntar:

— E então: como estão se saindo *os meninos?*

Ou pedir a sua secretária:

— Mariza, chame *os meninos*, por favor.

Ninguém tinha dúvidas de quem eram "os meninos".

O início na instituição não foi fácil, é claro! Os novatos foram tratados quase como estagiários, sem liderar ou protagonizar nenhuma investigação ou tarefa relevante. Durante um bom tempo, tudo se resumiu a auxiliar um colega aqui, outro acolá, digitar relatórios, montar gráficos, fazer pesquisas no computador e aprender observando os mais experientes trabalharem.

Após meses executando tarefas menores, em um momento em que todos os veteranos estavam ocupados, o chefe achou que tinha chegado a hora. Nada, a princípio, muito complicado. Havia a necessidade de aprofundar uma análise de dados, a fim de esclarecer uma indicação do sistema sobre o enriquecimento rápido demais de alguns empresários. Finalmente "os meninos" foram designados para uma tarefa.

Para o chefe, foi uma forma de esvaziar a gaveta e, ao mesmo tempo, testar aqueles jovens, ver o que eles tinham para oferecer. E ele não se arrependeu. Na verdade, o resultado foi acima das expectativas, o que acabou trazendo o tão esperado reconhecimento à dupla.

Por uma comemorada coincidência, "os meninos" obtiveram êxito no mesmo concurso. Eles eram amigos desde a infância, e a dupla tinha perfeita sintonia. Um completava o outro, profissionalmente. Eram tão unidos que haviam comprado apartamento no mesmo prédio.

João era pragmático e determinado, com talento para analisar dados, juntar peças e fazer as conexões valendo-se de raciocínios complexos. Além da perícia para encontrar as pistas mais sutis, era um excelente planejador. Sua prioridade era a família. Toda a sua vida, seus sonhos e objetivos giravam em torno deles.

Washington tinha uma rara habilidade social, que lhe proporcionava oportunidades para descobrir informações ou confirmá-las. Ele tinha a linguagem certa para falar com as mais diferentes pessoas, ajustando-se, naturalmente, a classes sociais, interesses e atividades. Isto com os homens. Com as mulheres, a facilidade era ainda maior, pois o seu charme fazia a diferença. Um sorriso, um elogio e pronto, elas diziam o que ele queria saber. Se não, mais. Ao contrário do amigo, ele era ambicioso e sedutor. Tinha grande vontade de ascender profissionalmente para poder usufruir das boas coisas que a vida tinha para oferecer, como carros de luxo, a companhia de mulheres ricas e roupas de grife.

Nenhum deles vinha de família abastada, bem ao contrário. Eles tiveram que se esforçar para deixar o bairro pobre onde nasceram e ralar muito para conseguirem chegar até ali.

O que era inicialmente uma desconfiança de enriquecimento ilícito logo demonstrou ser a ponta de um iceberg, um grande iceberg. E eles, meticulosamente e em tempo recorde — contando com a ajuda da Polícia Federal —, desbarataram uma rede de jogo ilegal e prostituição de luxo, em que alguns "cabeças", rapidamente, passaram a controlar muito dinheiro e já começavam a estender os seus interesses, passando a ameaçar políticos, juízes e empresários. O Estado lucrou e várias pessoas influentes ficaram gratas ao se verem livres de chantagem e extorsão.

João nunca esqueceu as palavras do chefe, na ocasião em que eles apresentaram os resultados do trabalho:

— Vocês viram? Eu sempre disse que os meninos eram bons. Mas, ainda assim, eu me enganei, eles são melhores do que eu pensava.

Nova explosão de risadas e brincadeiras, que durou um bom tempo.

O chefe soube aproveitar a oportunidade com a habilidade dos sensatos, controlando as informações disponibilizadas para a imprensa — evitando que o caso ganhasse ainda maior repercussão — e preservando a identidade das autoridades envolvidas. E, como não poderia deixar de ser, ele passou a ver com outros olhos as habilidades daqueles dois jovens, que, sob sua orientação, haviam realizado um excelente trabalho.

No fim das contas, a dupla não recebeu nada, financeiramente. Mas, além do reconhecimento da chefia, o grande ganho talvez tenha sido o respeito dos colegas. Nada mais de gozações e chacotas, nada mais de digitar relatórios (dos outros), montar gráficos ou realizar pesquisas on-line. Eles passaram a usufruir de um status de igualdade com os veteranos. E isso não tinha preço.

A próxima tarefa veio logo em seguida. A nova missão estava ligada à morte de um prefeito de uma importante cidade do interior do estado. Tudo levava a crer que havia sido um acidente, mas a Receita Federal e a polícia tinham suas dúvidas. A polícia investigava as suspeitas da morte e, para a Receita, havia algumas questões em aberto, algo mal explicado relativo ao envolvimento da prefeitura em contratos ilícitos de transporte coletivo. Por coincidência — acredite quem quiser acreditar! —, logo após surgirem essas dúvidas, que haviam despertado o olhar crítico da Receita, o prefeito foi encontrado morto, levando com ele as informações que poderiam esclarecer o caso.

O chefe sabia que aquela investigação caía sob medida para os recém-chegados, gente com a mente aberta e muita disposição. O caso surgiu no momento em que os dois jovens provaram o seu valor, conquistando a confiança da chefia e o respeito dos colegas. A escolha foi natural. Ninguém contestou.

Eles iniciaram a nova tarefa em um outro patamar profissional: desta vez havia uma verba razoável à disposição, liberdade de ação e só precisavam prestar contas à chefia. Os novatos passaram a se sentir no paraíso. Puderam afrouxar o nó da gravata e pôr a mão na massa. Haviam, definitivamente, conquistado o seu espaço. E por mérito.

Se alguém esperava que a nova condição adquirida no escritório fosse fazê-los relaxar, se enganou. Eles chegavam cedo, trabalhavam com afinco e não era raro vê-los após o expediente estabelecendo contatos ou fazendo planos para o dia seguinte. Mas, apesar dos esforços da dupla, no início as coisas não evoluíram. A morte do prefeito não apenas eliminou a principal testemunha, mas também segurou boa parte da documentação nas mãos da Justiça. Havia uma investigação de homicídio em andamento, e a lei era lenta, muito mais lenta do que todos gostariam.

Washington saiu a campo em busca de informações. Esta era a sua especialidade. Aos poucos, de forma sutil, quase imperceptível, o material começou a aparecer. E aí começou o trabalho de João, capaz de fazer os cruzamentos dos dados e dar algum sentido às pesquisas, num emaranhado de possibilidades.

João ficava a maior parte do tempo no escritório, à frente do computador e do telefone, pondo em ordem as informações existentes e procurando planejar os passos seguintes. Eles desenvolveram algumas teorias, mas constantemente esbarravam na falta de provas. Com a maior parte dos documentos inacessível, sob a guarda da Justiça, era como cavar um buraco sem as ferramentas próprias, usando apenas as mãos, ou seja, muito esforço, mas pouco resultado.

Após um mês de muita dedicação, eles tinham avançado muito pouco. Havia alguns informes que apontavam para certas suspeitas, mas, sem ter como comprová-las, decidiram, juntos, que era o momento de pedir ajuda. Era a hora do chefe.

A dupla chegou à antessala, esta que era dominada pela secretária, uma senhora baixa, cabelos loiros, um pouco acima do peso, com cerca de cinquenta anos, sempre muito bem vestida, penteada e maquiada. Os olhos verdes cintilavam por trás dos óculos de aro, que emolduravam um rosto redondo, em que se destacava o nariz de batatinha, motivo de muitas brincadeiras da turma.

— Olá, meninos, bom dia!

— Bom dia, dona Mariza. Como vai a senhora? — respondeu João, fazendo valer o seu espírito de liderança.

Todos a tratavam com muito respeito; além do que, era a única mulher no escritório.

— Eu vou bem, obrigada. Querem ver o chefe?

— Se for possível.

— Ele tem estado bem atarefado. Vou ver se pode recebê-los. Sentem-se, meninos, fiquem à vontade. — Ela apontou para a pequena poltrona verde próximo a sua mesa.

Washington sentou, mas João preferiu ficar em pé. Ele se sentia incomodado com a necessidade de pedir ajuda ao chefe. Só que eles estavam travados e, a menos que o chefe usasse os seus contatos para remover alguns obstáculos, teriam que pedir para arquivar o processo. Este pensamento o deixava incomodado. Algo naquela história não cheirava bem, e o seu instinto dizia que precisavam continuar. Se a Receita pretendia desvendar o caso, este era o momento certo, enquanto as coisas ainda estavam quentes e existiam memórias e provas.

Perdido em seus pensamentos, João foi surpreendido pela voz da secretária:

— Podem entrar, o chefe vai recebê-los.

A sala da chefia era a única com privacidade em todo o escritório. Não era grande, mas era espaçosa. A mobília era simples, no mesmo estilo das demais. Chamavam atenção alguns quadros nas paredes, com diplomas, honras ao mérito e condecorações. A mesa era limpa, com um bloco de anotações ao centro, e, nos cantos, uma caixa de entrada e outra de saída, praticamente vazias. Não obstante a grande quantidade de tarefas diárias, este era o estilo do proprietário. A única coisa que dava um caráter pessoal a todo o ambiente era um porta-retrato com uma mulher simpática, de meia-idade, sorrindo ao lado de três adolescentes: uma menina e dois meninos. A menina lembrava a mãe; e os meninos eram cópias do chefe.

O chefe os recebeu em clima descontraído, a sua maneira — o que tornava o ambiente no escritório muito leve e agradável. — Muito cedo João percebeu, pelos exemplos dos mais traquejados, que eles sabiam separar muito bem as brincadeiras dos momentos em que era necessário seriedade.

Ele apontou as duas cadeiras à frente da sua mesa com um gesto.

— E então, meninos, o que os traz aqui? Já terminaram o serviço?

É claro que ele sabia que não era isso. Não houve tempo suficiente. Seus olhos negros, em alerta, observavam cada movimento, o detalhe na expressão facial, como um predador procurando fraquezas em possíveis presas.

João tomou a frente, como era de costume:

— A gente bem que gostaria que fosse isso, chefe. — Seu sorriso tímido evidenciou que havia problemas.

O chefe também notou que Washington estava cauteloso, como quem foi convencido a ir até ali. Ele não desperdiçou a oportunidade:

— É isso mesmo, Washington? Estão com problemas? — Usando de sua experiência, o chefe foi direto no ponto. Se fosse um dardo, teria acertado no alvo.

Como esperado, Washington não tinha a mesma convicção de João:

— É, chefe, a gente vem tentando... — ele titubeou. O chefe se perguntava o porquê.

João percebeu o colega em dificuldades e intercedeu:

— Precisamos do senhor, chefe, da sua ajuda.

O superintendente voltou a sua atenção a João, mas a contragosto. Por sua vontade, ele prosseguiria espremendo Washington.

— É?! O que está acontecendo?

João explicou, de forma sucinta e objetiva, a situação em que se encontravam, como tinham obtido certas pistas promissoras, alguns depoimentos que levantavam dúvidas sobre questões relevantes, mas que constantemente esbarravam na falta de provas. Ele destacou que os documentos que poderiam ajudar a elucidar as suas suspeitas estavam sob a guarda da Justiça, devido à investigação em andamento sobre a morte do prefeito, uma figura pública.

— Eu entendi. Dê um exemplo dessas pistas promissoras, para eu avaliar. — Acabaram as brincadeiras. O assunto ficou sério.

— Uma das coisas que mais chamaram minha atenção é que o corpo foi cremado muito rapidamente. A viúva, no seu testemunho ao Washington, afirmou que não havia autorizado a cremação e, ao mesmo tempo, o crematório alegou ter recebido um documento assinado por ela. Essa assinatura precisava ser checada.

— Interessante. E, para você, Washington, o que mais chamou sua atenção? — O chefe apoiou o queixo com uma das mãos e cerrou os olhos.

— As condições da morte do prefeito. Ele caiu da sacada do apartamento. Não parece ter sido acidente e, ao mesmo tempo, nenhuma das testemunhas que eu ouvi acredita em suicídio.

— Eu percebo que, como no caso anterior, vocês estão indo um pouco além do esperado. — O superintendente sabia muito bem quais eram as atribuições da Receita Federal.

— Talvez um pouco, chefe, mas a gente acredita ser necessário para poder desembaraçar o nó. E não estamos trabalhando sozinhos. Temos recebido apoio da Polícia Federal e do Ministério Público, que também acham que aí tem coisa, e coisa grande — João foi incisivo.

— É mesmo? O que os faz pensar assim?

— Uma das teorias é que os possíveis valores desviados foram passados ao partido do prefeito, para apoiar campanhas políticas. E pode ter gente grande envolvida.

— Que interessante! E vocês precisam dos documentos para comprovar essas suspeitas?

— É isto, chefe. A gente vem girando em círculos, como um cachorro tentando morder o próprio rabo. Não estamos conseguindo avançar. Será que o senhor pode nos ajudar? — João foi direto ao ponto.

O chefe gostou da figura do cachorro. Deu uma risada. Mas sua mente afiada já havia avaliado a situação. Ele entendeu com clareza o que estava acontecendo e sabia, por experiência, que, agora, era com ele. Os jovens tinham ido até onde podiam. Era a vez dele. Ou ele desatava o nó, ou eles seriam forçados a desistir.

— Vou ver o que posso fazer. Tenho alguns contatos na polícia. Até o fim da tarde, eu passo uma posição para vocês. Conforme o que eu conseguir, a gente reavalia se vale a pena continuar. — Ele foi bem objetivo, como sempre, e, nesta hora, não estava sorrindo. Os olhos argutos seguiram espreitando um e outro.

— Obrigado, chefe. A gente preferia não precisar incomodá-lo, mas, infelizmente, não há outro jeito. Vamos torcer para que o senhor consiga as informações de que necessitamos, por meio dos seus contatos.

João falou de forma tranquila. Ficou evidente que suas palavras foram uma forma de demonstrar confiança e esperança. O chefe perguntou a si mesmo se teria tido essa mesma impressão se fosse Washington quem tivesse proferido a frase.

— O.K., meninos, aguardem uma posição, ainda hoje. Mais do que nunca, tenho certeza de que vocês são os caras certos para esta missão. — Foi uma forma de ele elevar o astral dos subordinados, injetando-lhes confiança, abalada por terem que pedir ajuda.

Eles se levantaram para sair. O superintendente os liberou, mas não sem antes terem de ouvir algumas brincadeiras. O ambiente havia se descontraído novamente, e eles saíram rindo da sala. Isso fazia parte e serviu para aliviar um pouco o estado de tensão em que se encontravam. O mais difícil tinha sido feito. Agora era esperar, e torcer.

No fim da tarde, eles já estavam com o nível de expectativa baixo. O chefe era muito eficiente e, caso ele tivesse tido algum avanço, com certeza já teria informado. Washington não podia continuar esperando, pois tinha um encontro marcado, e, segundo ele, *aquela* valia à pena.

João decidiu ficar um pouco mais. Se o chefe havia prometido dar uma resposta, ele daria. Ligou para a esposa, para informar a situação. Ela estava atendendo no consultório, e ele precisou deixar um recado com a secretária. Alguns minutos depois, ela retornou a ligação, e ficou evidente que, para ela, não havia surpresa. Sheila já estava acostumada. O importante é que ele compensaria quando chegasse, cuidando do menino e sendo carinhoso com ela. O acerto foi fácil. Nada de mais.

Passavam das 17 h 30 min quando dona Mariza fez contato. Ela não saía antes do chefe, fosse a hora que fosse.

— Olá, menino, é a Mariza.

— Pois não, dona Mariza — João respondeu, prontamente.

— O chefe quer vê-los. — Poucas palavras, como sempre. A secretária era o retrato da eficiência. Ela não costumava desperdiçar energia, não mais que o necessário.

— Claro! Já estou indo.

— Só você, João? O chefe chamou os dois. — Ela sabia bem com quem estava falando.

— O Washington tinha um compromisso e precisou sair.

— Sei, um compromisso... — A entonação já dizia tudo.

João chegou à antessala e foi recebido com um gesto de uma mão com unhas longas e bem feitas, pintadas de vermelho, apontando para a porta, já aberta. Entrou e fechou a porta atrás de si.

O chefe não perguntou por Washington. Não precisava. Ele sabia de tudo o que acontecia no escritório. Sorriu, relaxou na cadeira e pediu para ele se sentar.

João costumava se sentir bem ali. Não havia nada explícito, mas ele sentia confiança naquele homem e percebia que era recíproco. Ele tinha a nítida impressão de que o chefe via nele a sua própria imagem naquela idade.

— Você quer arquivar o processo?

A pergunta o surpreendeu.

— Não, de forma alguma.

A resposta pareceu satisfazer o chefe.

— Eu tinha certeza disso. Demorou um pouco, eu tive que localizar um antigo contato e, depois, foi necessário ajudar a reavivar a sua memória. Afinal, uma mão lava a outra, não? — O sorriso estava nos olhos.

— Sim, com certeza, chefe. É uma regra antiga.

João não conseguiu esconder a sua satisfação. Não tinha dúvidas da integridade do chefe. Bem ao contrário, este era um exemplo. Os seus métodos consistiam em filtrar certas informações e auxiliar, com os seus conhecimentos, os amigos a evitarem problemas ou saírem de dificuldades fiscais. Muitas pessoas influentes o procuravam em busca de conselhos, e ele angariou inúmeros devedores assim.

— Exatamente. Vai demorar um pouquinho, dois ou três dias, mas logo eles enviarão o que vocês precisam. Pedi para colocarem o material em seu nome. Possivelmente, será entregue diretamente no almoxarifado, lá embaixo, pois é algo extremamente reservado e precisa ser devidamente protocolizado com o grau de sigilo adequado. Meu contato é do alto escalão e deixou claro que eles ainda não estavam prontos para liberarem esses documentos, já que a investigação está em andamento. Foi uma concessão de um amigo, um gesto de confiança. Nada pode vazar para a imprensa, de forma alguma. Se acontecer, será nossa responsabilidade. — Não havia sorriso nem ar de brincadeira.

João captou a mensagem.

— Eu entendi, chefe. Para não haver dúvidas, só eu vou manusear estes documentos. Não vai haver furo.

O chefe aprovou a resposta. Voltou a sorrir e a fazer brincadeiras, desta vez com o atraso de João para chegar a casa: ligaria para Sheila e lhe perguntaria por João, dando a entender que este não estivera ali até mais tarde. Mas João sabia que era um blefe. O chefe era capaz de muitas brincadeiras, mas não desse tipo; ele valorizava a família, e o porta-retrato na sua mesa provava isso.

Deram algumas risadas juntos e se despediram. Ao sair, João percebeu que a secretária continuava no seu posto, como sempre, mais parecendo um soldado em uma guarita. Ele não conseguiu deixar de sorrir ao imaginar a dona Mariza com um fuzil no ombro, andando de um lado para o outro à frente da porta do chefe.

Demorou um pouco mais que os dois dias previstos, mas a encomenda chegou. Era fim de tarde e todos estavam se preparando para sair quando o telefone tocou. O responsável pelo almoxarifado informou que havia recebido uma caixa endereçada a João, com a tarja de confidencial. Este demonstrou satisfação com a notícia e Washington, sentado à mesa ao lado, percebeu.

— Chegou? — perguntou Washington, assim que ele concluiu a ligação.

— Sim, finalmente. E graças ao chefe! Ele realmente mexeu os pauzinhos, direitinho.

O entusiasmo de João era evidente. Washington, por sua vez, demonstrava certa tensão e pressa.

— Vamos logo lá, homem, vamos pegar essa encomenda e ver o que contém.

— Olha a hora! Hoje eu não posso. A Sheila tem um compromisso agendado há semanas e eu me comprometi a pegar o Thor na escolinha. Não tem como abrir a caixa e não olhar, né? Além do que, deve ter muita coisa e será necessária uma análise minuciosa. Isso leva tempo. — Ele estava tranquilo, sereno, satisfeito.

Washington insistiu:

— Sem problemas, você pega e deixa comigo para eu ir adiantando.

— Não entendi. E aquela "gata" com quem você marcou para hoje? Você vem falando dela há dias.

— Nem é tão importante. E nós estamos esperando o desenrolar deste caso há mais tempo.

— Hahaha! Este não é o Washington que eu conheço! É raro você colocar o serviço à frente das suas aventuras.

Washington ficou meio sem jeito. Ainda pensou em argumentar, mas não teve como, João o conhecia bem demais.

— É, está certo! Então vamos deixar para amanhã. Mas depois não diga que eu não tentei.

— Pode deixar, você ganhou uma estrelinha. Hahaha!

Os dois saíram juntos. Os colegas, depois, se lembrariam com saudade daquela risada, a última.

João passou na escola e pegou o filho. O menino exultou de alegria, pois isso não era usual. Quando viu o pai, se desprendeu da mão da professora e se jogou nos braços dele num abraço forte e sincero, como só as crianças são capazes de dar. A saída da escola se transformou em um acontecimento e não houve quem não percebesse a alegria daquela dupla em desfrutar da companhia um do outro. O menino usava a mão do pai como alavanca, corria e se jogava no ar, rodopiando. Mais alguns passos e Thor pediu para ir na cacunda. Era lindo ver aqueles dois rindo e se divertindo com tudo. Felizes, pelo simples motivo de estarem juntos.

Em casa não foi diferente. Sem a presença da mãe por algum tempo, eles fizeram tudo o que tinham vontade, ou seja, uma grande bagunça. Quando Sheila chegou, ela teve a impressão de que um terremoto tinha abalado a sua residência. Não havia uma única almofada no lugar e o chão estava repleto de brinquedos. Sua reação inicial foi reclamar. Logo desistiu. Abriu um largo sorriso, colocou as duas mãos na cintura e mexeu a cabeça de um lado para outro.

— Duas horas, não mais de duas horas ausente e vejam o que acontece. Eu só não sei de quem eu puxo a orelha primeiro.

Os dois, que rolavam pelo tapete em uma luta de vida ou morte, pararam na hora. Foi como se soasse o gongo numa luta de MMA. Os atletas se recompuseram e cada um foi para o seu córner. Ela percebeu o efeito de suas palavras e seu coração de mãe e esposa falou mais forte:

— Tá bom, tá bom, vocês podem continuar. Mas depois coloquem tudo no seu lugar. Eu vou verificar, viu?!

Ela ainda tentou dar um certo ar de braveza na entonação da sua voz, mas foi em vão, os gritos foram instantâneos e não houve tempo para mais nada, a luta recomeçou.

— *Yes!* — gritou o pai.

— *Yes!* — falou o filho, já em pleno ar.

Thor dormiu cedo naquela noite, cansado das diversas brincadeiras, lutas e corridas. Antes de dormir, pediu o colo da mãe e se aninhou, mexendo nos cabelos dela. Logo depois da mamadeira, já tinha apagado. O pai levou um bom tempo tentando colocar a casa em ordem, e talvez não teria conseguido cumprir a missão, se a mãe não tivesse ajudado. O casal lanchou e depois assistiu a um pouco de TV, conversou e curtiu aqueles breves momentos a sós, como se fossem dois namorados. Já era próximo das 23 h quando decidiram ir deitar, mas não sem antes irem ao quarto azul e permanecerem abraçados um bom tempo vendo o sono tranquilo do anjinho que dormia. As bochechas do menino estavam vermelhas, mais do que de costume, pela agitação da noite. Sheila encostou a cabeça no peito do marido e ele a aconchegou mais para perto, enquanto usava uma das mãos para acariciar-lhe o rosto. Ela estava se sentindo tão segura, tão protegida e aninhada naquele abraço que resolveu contar a notícia que estava guardando. Sem dúvida alguma, aquele era o momento certo.

— Ele é tão lindo, né?

— A beleza é a sua contribuição. Eu entrei somente com a inteligência — brincou João.

— Seu bobo! — Ela deu um tapa na mão dele, de leve. Ele sorriu, encantado.

— João, tenho uma coisa para te contar. Eu confirmei hoje pela manhã e acho que esta é a melhor hora.

— Diga. — Ele não deu muita importância. Imaginou ser algo corriqueiro, como um eletrodoméstico estragado ou a necessidade de algum conserto na casa.

— Minha menstruação atrasou.

João ficou em alerta máximo, automaticamente. Todos os músculos ficaram tensos e o ar permaneceu preso nos pulmões. Ela sentiu isso e deu um sorriso doce, sabendo que tinha o controle total.

— Eu já estava desconfiada, mas não tinha certeza. Hoje resolvi fazer o teste.

Ela falou devagar, e parou. Ele seguiu em silêncio, imóvel. Parecia uma estátua. Sheila tinha a intenção de prosseguir um pouco mais com o suspense, mas ficou com dó e concluiu.

— Deus nos abençoou novamente. Vamos ter outro bebê.

Foi como se o mundo parasse. Um raio de felicidade atingiu o coração do futuro papai. Ele, que já se sentia grato, satisfeito com tudo o que tinha, havia sido abençoado novamente. Um presente de Deus, outra benção, a confiança de uma nova vida para guiar e orientar.

João pegou no queixo da esposa com todo o carinho. Com a ponta dos dedos inclinou, suavemente, o rosto amado para cima, olhou nos seus olhos e a beijou com delicadeza numa face, na outra e, por fim, nos lábios. Foi um momento maravilhoso e inesquecível. Eles estavam realizados. O casal, que já formava uma família feliz, agora se sentia completo. Eles não fizeram amor naquela noite. Em vez disso, dormiram um nos braços do outro, como se fossem um só.

Como era de se esperar, João acordou com o astral elevado na manhã seguinte, com o coração confiante e cheio de alegria. Os olhos brilhavam de uma forma diferente, demonstrando energia, disposição e gratidão à vida. Enquanto fazia a barba, volta e meia ele percebia, na própria imagem refletida no espelho, um sorriso maroto, de pura satisfação. À medida que recordava as ocorrências desde o fim da tarde anterior — momentos em família, cheios de brincadeiras, harmonia e paz —, aumentava a sua satisfação. Ele se lembrou de que, para coroar aquele dia maravilhoso, no fim da noite a revelação de Sheila tinha transformado o que já era bom em algo inesquecível.

Um barulho de movimento na cama lhe chegou aos ouvidos e seu coração se encheu de ternura ao lembrar quem estava ali, tão próximo, ainda dormindo. Aos seus olhos, ela era linda! Não com a beleza de uma miss ou de uma modelo. Não, longe disso. Ela não era apenas uma mulher bonita, ela era uma pessoa bonita. Poderia não atender às expectativas de muitos, mas às dele, sim. Ela tinha as pernas longas, a pele sedosa, um cheiro maravilhoso, os cabelos castanhos finos e delicados, levemente cacheados, e os olhos... Ah, os olhos! Eles diziam tudo. Não era necessário palavras. Eles falavam de amor, afeto, tristeza, maternidade, preocupação, tudo! Bastava vê-los para saber o que ela estava sentindo. E como lhe fazia bem ouvir aquela voz, que soava como música aos seus ouvidos, tocando diretamente o seu coração.

Eles já estavam casados havia alguns anos, mas a sua impressão era de que o passar do tempo só fazia o relacionamento ficar cada vez melhor. A cada dia parecia que o seu amor aumentava, pois, à medida que os anos passavam, e com eles ela se modificava — seu corpo sofrendo a ação do tempo —, ele descobria estar amando uma nova mulher, mais madura, mais segura e mais confiante. O tempo a fazia desabrochar, com todos os seus encantos, como uma flor. E, se isso não bastasse, ela tinha lhe dado o maior presente de todos, algo muito além do que ele poderia imaginar: um filho, uma miniatura sua. Ela era maravilhosa, a mãe perfeita, mais linda do que nunca ao trazer dentro de si uma nova vida, uma nova benção.

Thor tinha um pouco mais de dois anos. No início, foi um grande desafio. Como a maioria dos casais antes deles, pais de primeira viagem, tiveram que aprender a cuidar do neném, a enfrentar os choros na madrugada, as cólicas, os vômitos ocasionais e os pequenos resfriados.

O jovem pai desenvolveu o costume de acordar durante a noite e ir até o berço só para ver o filhinho, para ter a certeza de que estava respirando, de que estava bem. Como era bom observar aqueles olhinhos fechados, a respiração tranquila e os cabelinhos ralos. Chegar perto e sentir aquele cheiro de neném e o calor do corpinho tão pequeno e delicado. As mãozinhas e pezinhos eram verdadeiras miniaturas, com pequenas, minúsculas unhas. Perfeito! Ele era perfeito, inteligente, lindo!

João olhou para o espelho e se viu sorrindo novamente. Havia tanta gratidão no seu coração que transbordava em felicidade. Procurou se vestir sem fazer barulho, tentando não acordar a esposa amada, que dormia como um anjo. Mais tarde, naquele mesmo dia, ele se arrependeria tremendamente por não tê-la chamado, beijado e abraçado. Por não ter dito uma última vez quanto a amava, quanto ela tinha levado a sua vida a um outro patamar de realização e felicidade.

Antes de sair, passou no quarto do filho, como de costume. Era um ambiente onde predominavam o azul e o branco. As paredes eram de um tom azul suave — pintadas em uma tarde memorável pelos jovens futuros pais. As cortinas eram de cetim, num azul um pouco mais forte, com bordas rendadas — um capricho da mãe dedicada. Num dos cantos, uma cômoda branca, com gavetas, que também servia de trocador. No outro extremo da parede, ficava o berço, branco, com as grades coloridas em azul, amarelo e verde. No teto havia figuras que brilhavam no escuro, representando planetas, sóis, luas e satélites, formando uma abóbada em torno do berço e da preciosidade que dormia nele.

João se aproximou de forma solene, como quem chega perto de uma deidade, de um tesouro, de algo de valor incomensurável. Seu olhar era pura ternura. Resistiu à tentação de pegá-lo no colo, de rolar com ele pelo chão, de beijar aquelas bochechas rosadas, de apertar aquele corpinho querido contra o seu, de ver aquele sorriso encantador e de ouvir novamente a linda vozinha infantil, que sempre repetia:

"De novo, papai, de novo".

Em vez disso, ele se limitou a puxar a coberta um pouco mais para cima e suavemente deixar um beijo na testa do filho, sentindo o calor do seu rosto e aspirando aquele odor único que só as crianças têm. — Ah! Se ele soubesse que aquele seria o último beijo! Ah! Se ele pudesse prever! Teria sido necessário um exército para tirá-lo daquele quarto. Mas ele não podia imaginar, e saiu, silenciosamente, do aposento.

A vida se assemelha, em certos aspectos, com as águas de um rio. As oportunidades passam rápido e, se você não as aproveita, não voltam nunca mais.

Ele olhou o relógio. Em aproximadamente uma hora, sua esposa despertaria e daria de mamar ao filho, para depois deixá-lo na creche e ir para o seu emprego, na clínica odontológica.

Ele seguiu para o trabalho naquela manhã, radiante de alegria, sentindo-se grato com o universo por tudo o que tinha e, principalmente, pelo que estava por vir. Chegou ao escritório no horário de costume, em excelente ânimo, cumprimentou os colegas, brincou com Washington — que parecia não ter dormido nada na noite anterior — e estava ligando o computador, quando o chefe passou.

— Olá, chefe, bom dia! — Sua alegria era contagiante.

— Bom dia, gente!

— Bom dia, chefe! — todos responderam.

O chefe parou e voltou.

— Ei, pessoal, este menino viu um passarinho azul? A noite deve ter sido boa. Se a média era uma vez no mês, foi ontem. — Ele não perdia oportunidade. Todos riram e as brincadeiras continuaram por um bom tempo.

Passado o alvoroço e antes de o chefe ir para a sua sala, João agradeceu:

— Eu recebi ontem, no fim do expediente, o aviso de que a encomenda chegou. Obrigado pela ajuda.

— Não há o que agradecer, estou aqui para isso. E somos um time, nunca esqueçam.

O chefe fez mais algumas brincadeiras com um ou outro e seguiu para a sua sala, onde a secretária já estava em seu posto, como sempre. Alguns desconfiavam que ela nunca ia embora, pois sempre quando saíam ela estava lá; e quando chegavam, não importava a hora, também.

Washington foi até a mesa de João. Ele estava com os olhos bastante vermelhos e olheiras aparentes.

— Poxa, rapaz, isto não era uma mulher, era um furacão!

Ele não pareceu dar importância à brincadeira. Tinha assuntos mais importantes a tratar.

— Eu queria te fazer um pedido. — A voz estava um pouco cansada.

— Desde que não seja para te ajudar na próxima "missão", manda lá! — João estava de bom humor e o aspecto do amigo era convidativo demais.

— E você acha que eu preciso? Se eu estou assim, imagina ela.

Washington falou alto, e novamente a gargalhada foi geral. Teve gente apostando que ela estava na academia malhando naquele momento, nem um pouco cansada.

Depois que as brincadeiras cessaram, João falou:

— Diga, amigo, do que realmente precisa?

— É sobre os documentos que chegaram ontem. Eu faço questão de estar com você quando abrir. — Além de cansaço, Washington demonstrou certo constrangimento. Alguma coisa o incomodava.

— Claro! *Somos um time*, lembra? — Ele imitou o jeito de falar do chefe. Nova risada da turma.

— Aí é que está! Eu não posso agora. — O constrangimento ficou evidente. Ele olhou para o chão para evitar o olhar franco de João.

— Ora, qual o problema? Vamos fazer isto logo! Já esperamos demais.

— É que eu vou ter que dar uma saída agora, mas volto logo. Minha mãe tem uma consulta marcada e eu prometi levá-la. Algum problema para você em esperar eu regressar?

— Não, claro que não. Eu aguardo o teu retorno. Enquanto isto, vou revisar algumas das possibilidades que já especulamos. Com as ideias claras na cabeça, será mais fácil saber o que procurar.

— Obrigado, valeu mesmo! — Ele pareceu ainda mais cansado do que antes. Com certeza não tinha dormido muito na noite anterior.

Só que não era apenas cansaço. João não sabia, mas o motivo da noite maldormida do amigo não era uma mulher. Washington quase não conseguiu pregar o olho, na dúvida se tinha tomado a decisão correta numa reunião na tarde anterior, em que colocou suas ambições acima de tudo, e por isso buscava retardar a abertura da caixa.

. . .

Em Porto Alegre, o Departamento Estadual de Homicídios e de Proteção à Pessoa, ou DHPP, foi criado em julho de 2013, pela Lei n. 14.273. É da sua competência orientar, coordenar, supervisionar, operacionalizar, em cooperação e concorrentemente com outros órgãos da Polícia Civil, as atividades referentes à polícia judiciária e às investigações dos crimes dolosos contra a vida e de pessoas desaparecidas, especialmente na apuração daqueles que demandem investigação de maior complexidade, praticados em vários municípios ou relacionados com outros estados, além da apuração dos delitos de trânsito e infrações correlatas. As delegacias especializadas na capital são a 1ª, 2ª, 3ª, 4ª, 5ª e 6ª DPHPPs. Cada uma tem uma área específica de atuação.

A 1ª DPHPP ficava num prédio baixo, de dois andares, na Vila Maria da Conceição, um dos locais de maior violência na capital. Embora sua construção fosse simples, com apenas alguns azulejos amarelos dando vida à fachada — contrastando com as paredes externas em branco e cinza —, a delegacia se destacava por ser cercada de casas humildes. O acesso ao local era asfaltado, mas muitas ruas próximas eram de terra batida. Chamavam atenção, acima dos muros laterais, as grades altas, protegendo um estacionamento para seis carros. Todo o ambiente interno evidenciava que já tinha vivido melhores dias: as paredes precisavam de pintura, os móveis eram antigos, o piso não via água havia um bom tempo e até as luminárias tinham manchas. Dentro, reinava uma confusão que parecia fazer parte da rotina. Os policiais trabalhavam sem dar muita importância ao que acontecia a sua volta. Havia uma quantidade de pessoas aguardando atendimento, um idoso revoltado querendo abrir um boletim de ocorrência, uma mãe chorando e pedindo informações sobre o filho, dois indivíduos algemados aparentemente esquecidos num corredor, de tudo um pouco.

O delegado Fonseca era um policial experimentado. Já tinha visto quase de tudo nos seus mais de vinte anos de serviço. Aparentava estar próximo dos cinquenta anos. A pele morena, os cabelos pretos grossos e os traços fisionômicos evidenciavam que parte do sangue que corria em suas veias era africano. Era um homem alto e grande. Bastante acima do peso, seu corpo, com certeza, não tinha mais a agilidade de outrora, mas a sua mente estava mais afiada do que nunca.

Ele estava se preparando para sair de sua sala — em alvenaria, num dos cantos do primeiro piso — quando bateram à porta.

— Está de saída, doutor? — Luizinho parecia surpreso.

Luizinho era o auxiliar direto do delegado e uma espécie de "faz tudo" na delegacia. De estatura média, pele escura, aparentando quarenta e cinco anos de idade, era sempre simpático e sorridente.

— Vou dar um apoio a minha esposa. Coisa rápida. O que está pegando?

— Eu recebi uma ligação da central. Tem um caso novo, um pouco fora da rotina. Achei que era bom o senhor saber e passar as suas orientações.

— Fala. — O delegado aparentou pressa. Além de pouca paciência.

— A central informou que recebeu uma ligação de um capitão bombeiro. Parece que eles foram chamados para atender um caso de vazamento de gás num apartamento de classe média alta, na nossa região.

— E o que isto tem a ver com a gente?

— Eles entraram e encontraram mortas uma mulher e uma criança. A central acionou quem estava mais próximo e ligou para informar.

— Quem?

— O Michel e aquele novato que o senhor colocou com ele, o Luís Otávio. Eles já devem estar chegando lá.

— O Michel é dos bons. O guri... ainda vamos ver. Você sabe se a morte já foi divulgada? Se os familiares já foram informados?

— Acho que não. Pelo que eu entendi, o porteiro era novo no prédio e não conhecia todos os moradores. E, devido ao horário, o prédio estava quase vazio.

— O.K. Então liga para o Michel e diz para ele apenas preservar a cena, até a chegada do nosso pessoal especializado. Avisa o Valença para ir para lá e levar o pessoal da perícia técnica, imediatamente. Este tipo de caso é da especialidade dele.

— Mais alguma coisa, doutor?

— Ah! Sim. Diz também para o Michel não informar nada sobre as mortes, por enquanto. Isso só vai juntar curiosos. Ele deve orientar o porteiro para não tentar avisar os familiares. Ele mesmo deverá fazer isto, pessoalmente, aproveitando para ver o que eles têm a dizer.

— Sim, senhor, doutor. Deixa comigo.

— Eu volto logo. Qualquer coisa, estou no celular.

...

João começou imediatamente a rever as suas anotações e a compará-las com as informações que tinha no computador. Ele já tinha realizado essa tarefa diversas vezes, mas era uma forma de preencher o tempo e controlar a vontade de ir ao almoxarifado e pegar a caixa.

Segundo as suas observações, ratificadas pelos depoimentos recolhidos, uma coisa se destacava na morte do prefeito: a ideia de acidente, apresentada nas análises iniciais, parecia não fazer sentido, muito menos a teoria de suicídio. Todos os entrevistados que conheciam o prefeito diziam que ele era muito cuidadoso e que tinha muito amor à vida. Este era um ponto importante. Buscou rever as informações que tinha, oriundas de reportagens de jornal e testemunhos: o prefeito era um homem divorciado, morava sozinho em um apartamento no décimo andar de um prédio confortável e bem localizado; caiu ou se jogou (ou, ainda, foi jogado) da sacada, tendo morte instantânea; não foi encontrado álcool no seu sangue, logo a possibilidade de queda diminuiu significativamente; não foi possível afirmar se ele estava sozinho ou não na hora do acidente, visto que ele recebia constantemente pessoas na sua casa; as câmeras de segurança não apresentaram nada de anormal, mas no prédio moravam outros membros do partido, o que deixou certa dúvida no ar.

Outro aspecto relevante e que chamava atenção — informação que ele já havia passado para o chefe — é que o corpo foi cremado muito rapidamente e em circunstâncias pouco comuns. A ex-esposa, no seu testemunho, afirmou que não havia autorizado a cremação e, ao mesmo tempo, o crematório alegava ter recebido um documento assinado por ela. João destacou este ponto nas suas anotações. Essa assinatura precisava ser checada, e, possivelmente, a polícia já tinha feito isso. O seu instinto dizia que ali tinha coisa. Por trás de tudo, havia a desconfiança sobre os contratos de transporte da prefeitura. Havia fortes indícios de superfaturamento. Ele havia checado, cuidadosamente, as declarações de imposto de renda dos envolvidos e encontrou várias falhas que passaram pela malha fina, mas não do seu olhar crítico. E, definitivamente, as contas do partido não batiam. No momento certo eles seriam chamados a dar esclarecimentos.

Havia grandes possibilidades de ter sido um assassinato. E um homicídio é coisa séria, muito séria. Se essa teoria fosse comprovada, mais do que a descoberta do executor, para a Receita interessaria saber o motivo. Queima de arquivo? Para esconder... o quê? As respostas a essas perguntas possibilitariam aprofundar as análises fiscais e facilitariam encontrar os desvios e seus beneficiados. E qual seria o verdadeiro tamanho do buraco? Quem teria interesse na morte do jovem prefeito? E o mais importante para a Receita: para esconder o quê?

Imerso nessas conjecturas, ele não notou a agitação a sua volta. Dois policiais chegaram ao escritório e todos os colegas, instantaneamente, perceberam a sua presença. Eles portavam crachás de visitantes e deveriam ter sido autorizados a subir pela secretária. Eles não estavam fardados ou ostentando distintivos. Mas isto era dispensável. A forma de andar e se portar falava por eles. Um deles era mais velho e aparentava certa liderança. Ele tinha cabelos pretos, olhos penetrantes, um bigode chamativo, rosto redondo e um caminhar confiante, mas apressado. O outro, um pouco mais jovem e despreocupado, tinha os cabelos claros, quase loiros, precisando ser cortados, os olhos azuis e um rosto comum. De alguma forma, parecia que as mãos o incomodavam, pois estavam sempre em movimento. Um sinal claro de impulsividade.

Não era algo novo a presença de policiais no escritório, mas havia um ar de preocupação nas suas expressões que não era natural. Eles estavam tensos e demonstraram certa urgência quando perguntaram pelo Dr. Almeida. Foram conduzidos diretamente para a sala da chefia. Dona Mariza os recebeu, com a eficiência de sempre. O superintendente estava reunido com alguns fiscais, elaborando propostas para aperfeiçoar o sistema tributário e aduaneiro do país. Nestas situações, não gostava de ser interrompido. Só que, desta vez, foi diferente. Um dos policiais falou algumas palavras à dona Mariza e ela interfonou ao chefe. Os colegas saíram da sala quase que imediatamente, e os policiais entraram. Todos no escritório perceberam a situação pouco comum.

Dona Mariza, um verdadeiro *pitbull*, costumava cumprir as ordens do chefe à risca. Se ela interrompeu a reunião é porque devia haver um bom motivo. Ficou a pergunta no ar: o que os trazia ao escritório? O que era tão urgente para o chefe mudar as suas regras?

Os colegas que saíram não puderam esclarecer muita coisa: eles estavam despachando, dona Mariza interfonou, passou algumas informações para o chefe, que eles não conseguiram ouvir, o chefe imediatamente pediu para saírem e retornarem em outra ocasião. Era só o que sabiam. Ninguém se atreveu a questionar dona Mariza sobre o que ela havia dito. Um esperou pelo outro, mas ninguém tomou a iniciativa. O motivo era evidente: a experiência dizia que era melhor não perguntar.

O serviço não parou, mas foi afetado, com toda a certeza. Os fiscais tentavam trabalhar, mas volta e meia um olhar para a sala ou um comentário denunciavam que estavam todos inquietos. João era o único que parecia indiferente. Ele estava tão concentrado em seu caso, prestes a ser esclarecido, e estava num astral tão elevado, que as coisas a sua volta pareciam ter menor importância. Seguiu fazendo anotações, procurando fontes, pesquisando notícias relacionadas, comparando teorias e aguardando o retorno de Washington para, finalmente, acessar os documentos.

Os policiais não saíram, como era o esperado. Dona Mariza é que agiu. Interfonou e chamou João à sala do chefe. Isso trouxe relativa tranquilidade a todos. A dedução geral foi de que havia acontecido alguma evolução no caso em que João e Washington estavam trabalhando e que os policiais estavam ali para trazer novas informações. Não era usual, mas não seria a primeira vez. Como a investigação em andamento era sigilosa, fazia sentido que os assuntos fossem tratados pessoalmente. João se levantou tranquilo e ainda brincou com os mais próximos,

— Parece que trouxeram novidades do caso do prefeito — especulou um dos colegas.

— Vamos saber logo. Oh, povo curioso! — João balançou a cabeça, como tantas vezes vira Sheila fazer, quando ela percebia que não conseguiria mudar uma situação.

Ele chegou à antessala ainda ouvindo atrás de si as reclamações dos veteranos:

— Só nós, né?

— Este menino está ficando muito folgado.

— Você vai, mas vai voltar.

— É, não vai ficar na sala do chefe para sempre. Tem volta!

— "Me aguarde!"

João fechou a porta com um sorriso no rosto, abafando as lamentações. Fez um esforço para se recompor, mas foi ainda segurando o riso que se dirigiu à secretária:

— Sim, dona Mariza!

— Eles estão reunidos lá dentro e querem falar com você. — Ela apontou a sala do chefe com um movimento de cabeça, como era de costume.

Ele bateu e entrou. Quem dera não tivesse entrado. Não havia como saber o que tinha acontecido e, muito menos, prever o que estava para acontecer. Quem dera não tivesse ido trabalhar naquele dia. Ah! Quem dera....

Os dois policiais estavam sentados na frente do chefe, de costas para a porta. Ambos se viraram ao mesmo tempo quando João ingressou na sala. Ao lado dos visitantes, havia uma terceira cadeira, esperando por ele. O chefe não sorriu, não brincou. O ar estava pesado. Ele notou isto, mas ainda tentou descontrair:

— Bom dia, chefe! Bom dia, senhores! Vocês deixaram todos curiosos lá fora. No que posso ajudar?

— Senta, João, por favor.

Foi neste momento que acendeu o alerta. Era a primeira vez, desde que havia chegado ao escritório, que o superintendente o chamava pelo nome.

Ele se sentou, um pouco mais sério, e foi apresentado aos policiais.

— Este é o investigador Michel... — O mais velho e corpulento — E este, o investigador Luís Otávio.

O chefe estava formal. O assunto era sério. João cumprimentou os policiais, que não tiraram os olhos dele.

Após os cumprimentos e assim que todos voltaram a sentar, o chefe falou:

— Meu filho, agora são 9 h 32 min. Que horas você chegou ao escritório?

A pergunta o surpreendeu, mas o excessivo carinho nas palavras do chefe causaram ainda mais espanto. Este não era o chefe que ele conhecia: o que o levaria a, de um momento para o outro, abandonar a sua costumeira postura brincalhona e assumir, de forma ostensiva, uma atitude paternal, demonstrando quanto lhe queria bem? João se ajeitou na cadeira. Os olhos dos policiais seguiram fixos nele. Ele não questionou o porquê da pergunta. Era desnecessário. Se o chefe perguntou, era porque era importante. Isso bastava.

— Eu cheguei um pouco antes das 8 h. Acho que às 7 h 55 min.

— *Você veio com o Washington?*

Outra indagação, no mínimo, estranha.

— Não. Raramente a gente vem juntos. Como ele tem realizado muito serviço de campo, nós temos preferido vir cada um com o próprio carro.

O investigador Michel fez a pergunta seguinte:

— Quando você saiu de casa, hoje pela manhã, estava tudo em ordem?

Foi nesse momento que o jovem fiscal deu os primeiros sinais de preocupação. Sua expressão mudou. Uma ruga na testa apareceu.

— Como assim?! Sim, tudo normal. O que isso tem a ver com os documentos sigilosos? — Seus olhos passaram dos investigadores para o chefe.

— Nós não sabemos nada sobre esses documentos. Não estamos aqui por isso. — Michel foi direto, mas esclareceu muito pouco.

— E por que vocês estão aqui?

Ninguém respondeu. Transcorridos alguns demorados segundos, o chefe tomou a palavra, sério, compenetrado, de uma forma como João nunca tinha visto antes.

— Meu filho, aconteceu uma coisa muito desagradável na sua casa. Os policiais...

— O que houve? Alguma coisa com a minha família? — Não era do seu costume interromper o chefe. Na verdade, nunca tinha acontecido. Ele crispou as mãos na cadeira, os olhos quase saindo das órbitas.

Houve mais um momento de silêncio. O chefe demonstrou certa dificuldade para abordar o assunto. O investigador Michel tomou a palavra. Ele era um policial tarimbado e estava acostumado a estas situações. Fez valer a sua experiência:

— Senhor João, nós somos investigadores da polícia, e é com profundo pesar que informamos que houve um incidente com a sua família.

Inicialmente, João não demonstrou reação. Seguiu com os olhos fixos nos policiais, as mãos exercendo pressão sobre os braços da cadeira. Ninguém percebeu a lágrima que caiu, lentamente, de um dos olhos do chefe. O policial continuou.

— É impossível ter certeza, neste momento, sobre como as coisas aconteceram. Sabemos que houve um vazamento de gás. Os vizinhos sentiram o cheiro no corredor, tentaram tocar a campainha, bater à porta, mas ninguém respondeu. Chamaram o zelador do prédio e, preocupados com a segurança da família, decidiram chamar os bombeiros. Talvez devido à urgência, ninguém se lembrou de acioná-lo. Os bombeiros decidiram abrir a porta, mas foram impedidos de usar a força, em razão do perigo de explosão. Eles chamaram um chaveiro e tomaram todos os cuidados para entrar. Uma faísca poderia desencadear um grave acidente. Quando chegaram aos quartos, não havia nada a fazer. Infelizmente, a jovem senhora e a criança estavam mortas. Foi quando a polícia foi acionada.

O agente não descreveu a situação em que os corpos foram encontrados nem a causa das mortes, de propósito. Só o assassino teria conhecimento disso — nem todos sabem, mas é muito pouco provável alguém morrer por inalação de gás de cozinha; menos ainda, um adulto saudável.

Os policiais observaram com atenção as reações de João, que, até aquele momento, era o único suspeito. Eles estavam ali com dois objetivos: informar o ocorrido e avaliar como reagiria a última pessoa que tinha visto as vítimas com vida. O investigador Luís Otávio, menos habilitado, não contava com o que aconteceu a seguir.

Um grito de dor foi ouvido na sala. Foi tão forte que ecoou no escritório. Todos pararam o que estavam fazendo e se dirigiram, ao mesmo tempo, para a sala do chefe. Dona Mariza, de olhos arregalados, nada sabia.

Dentro da sala, o caos foi instalado. João levantou, num pulo. O chefe, surpreso, tentou acalmá-lo. O investigador Luís Otávio, por instinto, tentou segurá-lo. Houve luta. O policial foi atingido com uma joelhada no queixo e caiu, seminocauteado. O outro investigador, vendo o colega ser atingido, se jogou sobre João. Do lado de fora se ouviam os gritos e os barulhos dos móveis se espatifando. Os colegas correram, abriram a porta e irromperam na sala da chefia. O que todos viram foi uma cena inesperada e surreal: um dos policiais estava caído, tonto, sangrando abundantemente; o outro rolava pelo chão, em luta corporal com João. Do outro lado da mesa, o chefe, em pé, tinha a boca aberta e uma expressão de não acreditar no que os seus olhos viam. Os fiscais, sem entender o que estava acontecendo, não sabiam que atitude tomar, embora a sua tendência fosse ajudar o colega. Seus olhos procuraram o chefe, em busca de orientação.

O superintendente, pensando em proteger o pupilo, tomou uma decisão:

— Segurem o João, segurem o João!

Foram necessários muitos homens para conseguir contê-lo. Ele estava com uma força sobrenatural. Era como se um animal interior tivesse se soltado. Alguns se machucaram. Por fim, imobilizado, com o rosto colado ao chão, ele arfava, bufava e babava como um bicho. Os olhos injetados pareciam saltar da órbita. Luís Otávio, ainda grogue, começava a se recuperar. Michel, que havia participado da luta, reagiu prontamente e algemou João com as mãos atrás do corpo, orientando os fiscais a manterem as pernas dele presas. Ele gritou:

— Acabou! Acabou!

João pareceu recobrar um mínimo de lucidez.

— Me soltem, me soltem! Eu preciso vê-los, eu preciso ir até lá! — Foram gritos de desespero.

— Acabou! Acabou! — gritou novamente Michel.

— Me soltem, me soltem! — João se debatia em desespero.

Os colegas seguiram sem entender, ainda divididos entre a lealdade ao amigo e o pedido do chefe de ajudarem a polícia. Eles só tinham intervindo daquela forma em razão da ordem do superintendente, e muitos pareciam arrependidos. Todos os olhos se voltaram para a chefia, em busca de uma explicação. Mas o chefe não lhes deu atenção; deu a volta na mesa com presteza, foi até onde João estava e deitou ao seu lado, passando a mão em seus cabelos, numa atitude paternal.

— Calma, meu filho, calma, eu estou aqui. — Havia um profundo pesar na face que minutos atrás exalava autoridade.

Foi só então que João saiu do seu estado de transe, abandonou o modo de combate e parou de resistir. Ficou uns poucos segundos encarando o chefe, olhos no olhos, vendo as suas lágrimas e a dor estampada em seu rosto. Por fim, cerrou as próprias pálpebras. Ninguém naquela sala jamais esqueceria aquela cena.

4

BTK

Giuseppe chegou a sua casa no fim da tarde, após o trabalho, e encontrou Bernadete ainda agitada. Isso não era normal. A mãe costumava ser muito sossegada, havendo muito pouca coisa capaz de tirá-la do sério.

Ele era um homem baixo, perto dos 40 anos, um pouco acima do peso, a pele bem clara, olhos azuis e os cabelos loiros, quase brancos, herança do pai. Na verdade, ele lembrava o pai somente no aspecto físico, pois as personalidades sempre foram totalmente diferentes. Giuseppe sempre foi calado, de pouca conversa, poucos amigos e preferindo ficar a maior parte do tempo sozinho. Muito diferente do velho Oswald, que costumava ser um homem alegre, brincalhão, que adorava ter amigos por perto para uma cerveja gelada e um bom papo. Às vezes, no passado, em São Paulo, alguma amiga de Bernadete comentava: "Eles são tão parecidos, mas, ao mesmo tempo, tão diferentes, não?" Bernadete respondia, brava, com seu antigo sotaque acentuado: "Pois é, nem os dedos das mãos são iguais, não é mesmo?". E tratava de mudar o assunto, que não era do seu agrado.

O filho percebeu que ela estava ainda muito nervosa.

— O que aconteceu, mãe? Parece que você viu um fantasma!

— Quem dera fosse um fantasma, quem dera! — Era sabido que ela, quando nervosa, falava rápido, meio cantado, ao estilo dos catarinenses. Nesses momentos, até as pessoas próximas tinham certa dificuldade de entendê-la.

— O quê? Não entendi.

— Um "fantasma" merda nenhuma! Um filho da puta! Um filho da puta! — Ela estava realmente brava. Só quando isso acontecia, era possível ouvi-la dizer algum palavrão, pois era um doce de pessoa.

O filho sorriu. Ficou curioso para saber o que tinha conseguido tirá-la do sério daquela forma. Ela lhe contou em detalhes sobre a tentativa de golpe e de como a tinha assustado — depois repetiu a história para a nora e para as inúmeras amigas, cada vez adicionando algo novo, como se isso fosse possível.

— Essas coisas vêm acontecendo muito, mãe. Eu deveria tê-la preparado e lhe ensinado como proceder. Tivemos sorte de que eu liguei bem na hora. Era capaz de a senhora fazer alguma besteira.

— Filho da puta! Filho da puta! Ah, se eu pego esse desgraçado!

— Fique calma, já passou. Eles são bandidos, vivem disso. Vou pegar um copo de água com açúcar para a senhora. Este estado de nervos pode lhe fazer mal. Cuidado com a sua pressão.

Bernadete foi para o quarto e resolveu, preventivamente, tomar o seu remédio para controlar a pressão. Demorou um tempo para se recompor. O episódio do trote mexeu profundamente com ela, tirando-a de sua zona de conforto e trazendo à tona lembranças havia muito esquecidas, guardadas propositalmente embaixo do tapete das suas recordações. Foi inevitável lembrar que a violência fazia parte da sua vida. Esta certeza ficou levitando em sua mente e, por alguma razão, a fez voltar no tempo, a uma outra época, a São Paulo, com o filho nos primeiros anos de vida, brincando no terreno da serralheria.

...

Desde muito pequeno, Giuseppe sempre preferiu não ter companhia. Diferentemente da maioria das crianças, gostava de brincar sozinho. O terreno onde moravam era grande e ele costumava ficar nos fundos, perto de algumas árvores. Pelo que Bernadete recordava, o menino devia ter uns cinco anos quando ela teve motivos para se preocupar pela primeira vez. Ela chegou devagar, curiosa para ver com o que ele brincava, como fazem todas as mães. Giuseppe estava distraído e não percebeu a sua aproximação. Ela só o viu pelas costas e não entendeu o que ele fazia com um martelo na mãozinha, tão pequena. O martelo subia e descia na sua mão esquerda, num ritmo lento, mas constante. Bernadete ficou intrigada e pensou: "O que este menino estará aprontando?"

Ela já estava bem próxima e ainda assim não conseguiu descobrir no que ele estava batendo. Não fazia barulho. Era como se estivesse batendo na terra, mas, pelo ritmo, não deveria ser só isso. Só quando chegou a um ou dois passos dele conseguiu entender. Ele, realmente, não estava batendo apenas na terra. Havia uma fila de formigas vindo de uma árvore, carregando pequenos pedaços de folhas nas costas. Elas desciam pelo tronco e faziam seu caminho até a criança. Ele as aguardava e, demonstrando prazer, descia o martelo na primeira que chegava ao seu alcance. As que estavam atrás, ocupadas em carregar seus pesados fardos, não sabiam o que as aguardava e, uma a uma, elas vinham para baixo do martelo. Já havia uma massa no local onde ele dava as marteladas.

Bernadete colocou as mãos na boca, horrorizada, e arregalou os olhos com aquela inesperada visão. Instintivamente, soltou um pequeno som:

— Oh!

O menino percebeu a sua presença e demonstrou alguma surpresa, mas não se assustou. Virou para ela com aquela carinha de anjo, os cabelos encaracolados, os olhos azuis, as bochechas vermelhas, e perguntou:

— A mamãe também quer brincar?

Ela percebeu de imediato que ele não tinha consciência do que estava fazendo. A mãe fez um esforço para se recompor, sentou ao seu lado e, envolvendo-o num abraço, tentou argumentar:

— Filho, você não tem dó das formiguinhas? Elas são filhinhas de Papai do céu também.

Giuseppe, automaticamente, fez um movimento de ombros para se desvencilhar do abraço. Ele nunca gostou de abraços ou beijos, nenhum tipo de contato físico.

— Não.

Sua resposta curta e os olhinhos frios, sem expressão, gelaram o coração da mãe. Mas Bernadete permaneceu ao lado do filho por um bom tempo, tentando ensinar que o que ele estava fazendo não era certo, que precisava ter pena dos bichinhos e que Deus castigava quem fazia essas coisas — ela se esforçou para usar uma linguagem bem simples, adequada para a idade e fácil de assimilar. A mãe só saiu quando achou que o menino tinha entendido.

Um longo período se passou sem outros acontecimentos parecidos, e ela ficou cheia de esperanças de que seus conselhos tivessem surtido efeito. Mas, infelizmente, aquela tinha sido apenas a primeira de muitas outras descobertas. Na infância, mais de uma vez ele demonstrou ausência de sentimentos no trato com os animais. Gatos, cachorros e pássaros já tinham sofrido em suas mãos.

Bernadete sempre procurou ocultar do marido esses eventos esporádicos, acreditando que fosse apenas uma fase passageira e por receio de que Oswald, que gostava tanto dos animais, castigasse o menino. Uma dessas situações, que ela lembrava tão bem, aconteceu quando o filho, já maiorzinho, talvez com uns oito ou nove anos, irrompeu abruptamente na cozinha, chorando. O menino tinha levado algumas picadas de formigas. Ela cuidou dele como pôde, passando álcool, soprando e, depois, colocando gelo. A mão esquerda ficou vermelha e inchou um pouco. Ele pareceu bravo e ressentido. Mas, assim que a dor aliviou, ele voltou para o seu cantinho, perto das árvores. Ela resolveu ir ver, preocupada que o filho pudesse estar mexendo em outro formigueiro — havia muitos no pátio.

Ele estava de costas e parecia quieto, compenetrado. Bernadete sentiu um certo alívio ao perceber que não havia um martelo em sua mão. Observando melhor, percebeu que ele esticou a mãozinha, pegou alguma coisa, trouxe para perto de si, mexeu, depois repetiu o processo. Foi uma atitude estranha, e a mãe ficou curiosa. Novamente, só quando chegou bem perto pôde ver o que realmente estava acontecendo. O menino, desta vez, se mantinha a uma certa distância do formigueiro, por segurança. Ele esticava o braço, pegava uma formiga com a ponta dos dedos, trazia para perto de si e a desmembrava, tirando uma pata de cada vez. No final, as antenas e a cabeça. E repetia o processo.

Bernadete ficou estarrecida, sem saber o que dizer e, muito menos, o que fazer. Como ainda era pequeno, o menino não percebeu, de imediato, o descontrole da mãe.

— Você veio brincar, mamãe? — perguntou, de forma ingênua.

Ela só conseguiu mover a cabeça em negação, ainda horrorizada.

— Estas não mordem mais — ele falou, com toda a naturalidade, e apontou para o lado onde estava uma quantidade razoável de pedaços.

Ela ainda tentou, como em tantas outras vezes, conversar com ele, explicar que as formiguinhas tinham mamãe, filhinhos, que elas sentiam dor e que choravam. Ele ficou olhando para ela, os olhinhos azuis sem expressão. Não concordou nem discordou. Ouviu. Apenas ouviu. Desta vez, como já era maiorzinho, entendeu que a mãe não havia gostado do seu procedimento. Ele prometeu não fazer mais e logo partiu para outro brinquedo, como se nada tivesse acontecido.

Bernadete, no seu íntimo, sabia que alguma coisa estava errada com o menino e que era sua obrigação tomar uma atitude ou, ao menos, informar a Oswald. Mas o seu medo foi mais forte, e ela preferiu guardar segredo e manter a esperança que isso fosse acabar, que fosse apenas uma fase da infância. Infelizmente — e ela se arrependeria tremendamente disto mais tarde —, ela não teve coragem de contar ao marido. Oswald adorava os bichinhos e não era um homem violento. Ao contrário, era de muito bom coração, não gostava de ver maldades, principalmente contra os animais. E esta era a razão para os seus medos, não ter certeza da reação dele.

Alguns anos depois, os seus receios viraram realidade. Ela estava fazendo comida quando ouviu gritos vindos do pátio. Os sons que lhe chegaram aos ouvidos eram de um pai bravo e de uma criança com dor. Bernadete correu para fora, com o coração aos pulos. Oswald segurava o menino por um braço e, com o outro, batia com um chinelo rude, de couro, que usava para trabalhar. O menino tentava se proteger como podia, mas ele era baixo e magro, tinha na época uns 14 anos, e a diferença de tamanho e de força não lhe dava a menor chance de se defender.

Isso nunca tinha acontecido antes. Bernadete não teve dúvidas: correu em direção aos dois e se colocou entre o marido e o filho. Oswald parecia estar fora de si, mas, ao ver a mulher abraçar o menino, interpondo o seu corpo entre os dois como um escudo, para protegê-lo, não conseguiu prosseguir. Parou, arfando.

Ela falou sem olhar para ele, ocupada em tentar acalmar o menino, que demonstrava estar muito assustado e com medo:

— O que foi isso, Oswald? O que deu em você?

— Ele, ele... — O marido não conseguiu falar. Seus olhos se encheram de lágrimas.

Era estranho ver aquele homem ali, chorando, vestido com o macacão de trabalho, um chinelo no pé e o outro na mão calejada. Ele, definitivamente, não foi capaz de explicar o que tinha acontecido. Tentou, mas não logrou êxito. Estava acima das suas forças. Ao menos, naquele momento. Ele foi para a serralheria trabalhar e só retornou à noite, mais tarde do que de costume. O menino estava no seu quarto, bastante ressentido. O pai entrou devagar e pareceu estar envergonhado. Suas mãos fortes torciam e retorciam o boné que usava para trabalhar. Bernadete estava sentada no pequeno sofá da sala, vendo novela. Ele não olhou para a esposa. Pareceu não ter coragem.

— Eu vou tomar um banho, estou bem cansado.

— Eu vou esquentar o seu jantar. — Ver o pobre homem todo encabulado a fez sentir pena.

Ela sentou à mesa enquanto ele comia. Oswald manteve os olhos baixos. As mãos grandes cortaram o pão com força e espalharam-no na sopa, como era de costume.

Só depois de comer ele foi capaz de falar, bem devagar, escolhendo as palavras:

— Eu peço desculpas a você. Eu cresci apanhando tanto do meu pai quanto da minha mãe. Surras horríveis, que muitas vezes me deixavam mais de um dia de molho, sem nem poder andar, de tão machucado. Eu havia prometido que, se um dia eu tivesse um filho, isso não se repetiria. Você sabe que eu não gosto de violência e que nunca tinha encostado a mão nele.

— Meu querido, não precisa ficar assim. Eu sei que você é um bom pai e um bom marido. Não deixa faltar nada para nós, trabalha como um camelo e não reclama de nada. O que aconteceu?

Ele demonstrou um grande desconforto. Nitidamente, ainda tinha dificuldades para abordar o assunto.

— Eu prefiro não falar...

— Por favor, ele é também meu filho. Eu preciso saber.

Ela pôs as mãos pequenas e delicadas sobre as dele, olhando nos seus olhos. Isso o ajudou a tomar coragem para continuar.

— Eu, eu estava trabalhando e veio um freguês buscar um portão que tinha ficado para conserto. Ele chegou acompanhado do filho, um menino alegre, de uns cinco ou seis anos. Você sabe que eu gosto de crianças! Eu brinquei com o menino, do meu jeito, colocando-o no meu pescoço e pulando, imitando um cavalo. Antes de sair, o freguês deixou um doce e pediu para eu dar ao Giuseppe. Eu ia chamá-lo para dar a guloseima, mas a presença daquele menino, que havia me abraçado, pegado na minha mão e pedido para brincar, mexeu comigo. Eu gosto tanto dessas coisas e o meu menino nunca permitiu. Resolvi ir até ele e levar o doce, com uma vontade enorme de abraçá-lo. Eu sei que ele não gosta de carinhos, mas, afinal, ele é meu filho, nosso filho! — Os olhos do pai marejaram novamente.

— Eu entendo, meu querido, eu entendo. — Ela tentou encorajá-lo.

— Eu fui até onde ele costuma ficar, lá nos fundos, brincando de abrir aqueles inúmeros cadeados e fechaduras. Primeiro, eu não o vi. Depois, procurando melhor, percebi que estava dentro da casinha que eu fiz para ele brincar, quando era menor. Estava sentado lá dentro, entretido. Eu quis fazer uma surpresa e fui, pé ante pé, até a pequena janela. Qual não foi a minha surpresa ao ver o que ele estava fazendo... — Ele parou, com dificuldades para continuar.

Bernadete estremeceu. Era evidente que seus piores pesadelos haviam se tornado realidade. Ainda assim, ela insistiu:

— Continue, por favor.

— Ele, ele estava torturando um passarinho. O bichinho ainda estava vivo. Dava para ver pelo movimento da cabeça que o animalzinho estava desesperado. O nosso filho arrancava as penas, uma por uma, e o animal sangrava. Foi horrível! — Ele precisou levantar a cabeça e puxar o ar com força, num esforço para não chorar novamente.

Mais uma vez, como já havia acontecido no passado, em situação semelhante, Bernadete não soube o que dizer ou o que fazer. Ficou atônita. A realidade foi pior do que os seus medos. Ela sentiu que, como mãe e esposa, precisava tomar uma atitude. Mas o que fazer? Novamente, não teve coragem de contar os eventos anteriores ao cônjuge e optou por minimizar o caso. Um pouco para proteger o filho, outro tanto por pena do marido — este já estava tão machucado, tão decepcionado, tão triste —, e, por fim, por medo de enfrentar a dura realidade. Foi mais uma oportunidade perdida. Esse dia nunca mais sairia da sua mente e, em breve, ela viria a lamentar profundamente a decisão tomada.

Como boa esposa que era, fez de tudo para acalmar o marido e passar a ele tranquilidade.

— Você quer conversar com ele? Se você preferir, podemos fazer isso juntos.

— Eu acho que eu não consigo neste momento. Preciso de um tempo para me recuperar.

— Eu entendo, meu amor. Está doendo muito, não?

— Muito. — Ele baixou a cabeça.

— Fica tranquilo, eu vou falar com ele. Tenho certeza de que isso não acontecerá novamente.

Contudo, ela mesma não tinha essa certeza. A seguir, aliviou a culpa do esposo, dizendo que ele agiu por impulso, que a violência era algo contrário a sua natureza e que isto também não se repetiria. Concluído o seu papel de esposa, partiu para o seu outro papel, não menos importante, de mãe. Foi até o quarto do rapazinho e o encontrou deitado na cama, fingindo estar dormindo. Ele estava nitidamente magoado e fungava baixinho. Não teve como não se lembrar dos casos das formigas, anos antes.

O menino, como de costume, não quis conversar. Mas ela era mãe e, com jeitinho, conseguiu captar a sua atenção. Ela o acalmou e tentou, dentro do pouco que ele permitiu, lhe dar carinho. Decidiu que não era a hora de lições de moral ou críticas, deixando isso para outra oportunidade. Preferiu enfatizar quanto eles o amavam, enaltecer as qualidades do pai — homem trabalhador e de bom coração — e relembrar que, se o filho tivesse ouvido os seus conselhos, esta situação desagradável poderia ter sido evitada.

Quando saiu, o filho pediu para que apagasse a luz.

No escuro do seu quarto, Giuseppe refletiu sobre a conversa com a mãe e sobre o que tinha acontecido. A casa era pequena, e ele havia ouvido a conversa dos pais na sala. Ele sabia que não era sentimental como o velho, não mesmo. E também não era fraco e medroso como a mãe. Ele era diferente deles e de todos os outros. Apesar da pouca idade, já entendia que sentia prazer com o sofrimento alheio e adorava a sensação de poder que o dominava ao infligir a dor. Ele se sentia como um ser superior, forçado a viver entre os medíocres e inferiores, sem ter as mesmas fraquezas deles.

Algumas questões precisavam de solução: afinal, quem era ele? Ou ainda, o *que* era ele? Precisava encontrar essas respostas, precisava entender a si mesmo e saber se existiam outros como ele. Essa era a única forma para se conhecer. Na falta de uma definição melhor para si, resolveu usar (de forma distorcida) o conceito que a mãe o havia ensinado sobre Deus — um ser dotado de poder absoluto, que decidia quem viveria e quem morreria.

Depois de muito refletir, tomou uma importante decisão: não mais realizaria novos experimentos, não até que houvesse respondido a essas importantes indagações e tivesse conhecimento suficiente para não correr mais riscos de ser descoberto, julgado pelos fracos — que não o compreendiam — e punido.

Alguma coisa o incomodou no bolso da calça, pressionado contra o colchão. Era uma pena da ave que ele havia sacrificado. Tocou a pena, e ondas de prazer sacudiram o seu corpo, trazidas pela lembrança do seu poder naquela hora e da dor que ele era capaz de causar. Contudo, a decisão estava tomada. E a cumpriria. Só havia uma exceção: o velho. O velho precisava pagar. Esta seria a primeira e a última vez que ele colocaria as mãos nele. Fascinado com o poder que sentia haver dentro de si, e indiferente aos sentimentos do pai, decidiu se vingar.

As questões que incomodavam Giuseppe ficaram por muito tempo em aberto. Ele bem que tentou, mas não encontrou facilidade em achar as respostas. A maior dificuldade para encontrar um caminho nas pesquisas era que ele não tinha certeza do que estava procurando. Vários anos se passaram sem conseguir entender a si próprio, seus desejos e anseios. Foi por acaso que viu um documentário de TV que abordou a questão da violência nas grandes cidades. Um dos participantes, um famoso criminalista, comentou sobre a "escala de maldade" e citou "BTK", abreviatura de *bind, torture and kill* (em português, amarrar, torturar e matar), que havia atingido o nível máximo, na visão do especialista e criador da escala, Dr. Michael Stone.

O rapaz ficou extremamente curioso para conhecer a citada escala da maldade do Dr. Stone. O seu criador, partindo do princípio de que nem todo mundo que matava era psicopata, e de que nem todo psicopata matava, realizou um estudo para descobrir o que fazia nascer um serial killer. Ele baseou a sua análise em três pontos: o motivo, o método e a crueldade. Para o pesquisador, a maldade é proporcional à futilidade do motivo, ao sadismo e à violência do método, e conta com agravantes como perversão sexual, número de vítimas, tempo em atividade e tortura. Na escala de Stone, ele encontrou diversos exemplos de homens maus, mas deplorou a grande maioria deles, fosse por sua loucura, fosse por perversão, ganância ou pela combinação destas.

O programa chamou sua atenção e lhe ofereceu uma direção para as pesquisas. Ao conhecer a história de Dennis Rader, conhecido como BTK, um assassino em série dos Estados Unidos, ele se identificou com o criminoso e teve a certeza de ter encontrado o que procurava, *alguém como ele*. Rader poderia ter se tornado o seu herói, mas isso não aconteceu. Giuseppe ficou decepcionado com o modo como o terrível matador foi capturado, depois de trinta anos espalhando a dor e o medo. BTK cometeu um engano ao enviar um disquete para uma estação de TV, na busca de reconhecimento. Foi rastreado, descoberto e preso. O rapaz jurou que, com ele, seria diferente. Não cometeria os mesmos erros tolos.

Após uma longa procura, finalmente começou a entender quem ele era e, principalmente, o que ele era. Percebeu que tinha os mesmos desejos de BTK e sentia prazer com as mesmas coisas. De um lado, Giuseppe entendia a sua forma de pensar e agir; de outro, o contraste no modo como a sociedade o classificava e julgava foi um alerta importante. Ele teve a convicção de ter tomado a decisão certa de parar com as suas experiências, até se conhecer e se preparar.

A passagem do tempo foi positiva, pois lhe trouxe amadurecimento. Era já um homem feito, cursando faculdade à noite e trabalhando em uma rede de supermercados durante o dia. Sua frieza e ausência de sentimentos permitiram um rápido progresso profissional.

Giuseppe sempre considerou a paciência uma virtude e, mais do que nunca, não havia por que ter pressa. Decidiu seguir estudando outros assassinos em série, para conhecer os seus métodos e as suas fraquezas.

Preocupado em não deixar rastros, tomou o cuidado de utilizar uma lan house pequena o suficiente para não ter sistema de segurança, mas que lhe permitisse acesso à *deep web*. Chamou sua atenção que cada matador tinha um método próprio, desenvolvido sem ter noção dos demais. Isso o motivou a utilizar-se do conhecimento das histórias desses matadores para evitar repetir-lhes os erros.

Motivado por finalmente ter encontrado o que procurava, e com as facilidades advindas da internet, Giuseppe dedicou longas horas às suas pesquisas. Seguindo as sugestões de assuntos relacionados, conheceu a Tríade MacDonald, que indica três características que estariam presentes em todos os assassinos em série: enurese noturna, que nada mais é do que incontinência urinária avançada; crueldade e abuso sádico de animais; e piromania, obsessão por incêndios. Ele considerou isso uma grande bobagem. Uma delas? Sim. Duas? Talvez. As três? Jamais.

Algumas características dos matadores em série apontadas pelos especialistas chamaram sua atenção. Segundo muitos deles, o psicopata tem um ego muito avantajado, se considera invencível, e isto normalmente se vira contra ele, tornando-se uma fraqueza. Fez uma anotação mental deste aspecto. Lembrou-se de como BTK havia sido descoberto, de como Ted Bundy quis fazer a sua própria defesa nos tribunais e de muitas outras situações semelhantes que levaram à ruína outros predadores. Outra questão relevante era o método. Havia um senso comum de que cada *serial killer* desenvolvia um método e que esse método se tornava um padrão, uma marca capaz de identificar o autor. Ele anotou isto também. Definitivamente, não incidiria neste erro.

Havia algo importante a considerar a seu favor: Giuseppe não fazia questão de reconhecimento. Muitos, como BTK, pecaram por isso. Eles ansiavam por ver a sua obra notada e seu trabalho reconhecido. Ele não teve dúvidas de que a discrição e uma adequada noção de falibilidade o tornariam mais forte. Se não tivesse essas qualidades, procuraria desenvolvê-las, pois as considerou indispensáveis para o sucesso.

Assim que terminou a faculdade, a empresa, em expansão, lhe fez uma oferta de promoção: um cargo de gerência em outra cidade. Ele avaliou que a proposta caíra como uma luva para as suas pretensões assassinas. Projetava formar um disfarce, e um novo início vinha bem a calhar. Seriam pessoas diferentes, em um ambiente diferente, onde ele seria totalmente desconhecido. Definitivamente era do que precisava. O salário não seria tão bom como o esperado para o cargo, mas ele não era ambicioso. Uma vantagem extra era que, como gerente, teria certa flexibilidade de horário, o que facilitaria os seus projetos. Por algum motivo, recordou-se de que BTK, diferentemente, havia sido funcionário público e ficou imaginando quais os motivos da sua escolha. Não sem enfrentar certa resistência da mãe, decidiu aceitar a oferta.

A adaptação a Porto Alegre não foi muito fácil. A cidade era menor, mas também mantinha altos índices de violência, além de ser bem mais fria no inverno. Pior do que o inverno era o verão, uma verdadeira sauna. Era possível fritar um ovo no asfalto. Demorou um pouco, mas ele conseguiu se adaptar. Havia benefícios em ter as estações do ano bem definidas, e o modo de viver do gaúcho, comunicativo e festeiro, facilitaria os seus planos. A mãe havia ficado em São Paulo, cercada de amigas, o que era mais um ponto a seu favor.

Giuseppe nunca desenvolveu sentimentos por ninguém. Só procurava as mulheres, de tempos em tempos, para satisfazer as suas necessidades. Nunca havia namorado. Não sentia falta. Mas chegou à conclusão de que, para compor a sua cobertura, uma esposa cairia bem. E o casamento poderia agregar outras vantagens, como dispor de uma mulher de vez em quando sem precisar pagar, e ter alguém para limpar a casa, passar roupas e fazer a comida. Havia o desafio da convivência diária e o risco de controle, por isso tinha consciência de que precisava fazer uma boa e criteriosa escolha. A paciência seria a sua aliada, mais uma vez.

Não foi necessário esperar muito. Usando o exemplo do seu mestre, BTK, passou a participar das atividades de uma igreja. Não que ele tivesse qualquer interesse religioso, bem ao contrário. A ideia principal foi fortalecer o seu disfarce. O novo membro da congregação foi recebido de braços abertos por pessoas boas e ingênuas, que acreditavam que os outros, como elas, também desejavam melhorar e ajudar o próximo. Em poucas semanas, foi convidado a assumir uma tarefa na recepção. Foi lá que conheceu Carla. Ela era uma moça simples, vinda do interior, muito esforçada e de baixa autoestima, que trabalhava como instrumentadora cirúrgica no Hospital Moinhos de Vento — um grande hospital particular, muito bem localizado, que ostentava com orgulho a marca de ser um dos cinco hospitais de excelência do Brasil e o único da região Sul no ranking dos melhores hospitais da América Latina. Os pais já eram falecidos, e ela morava sozinha na capital. A moça quase não tinha contato com os parentes do interior, o que o agradou. Definitivamente, não era uma moça bonita ou atraente. Baixa, um e cinquenta e quatro de altura, morena, magra, cabelos escuros cortados curtos, sem muitas curvas, usava óculos e se vestia com simplicidade. Praticamente não tinha encantos. Mesmo os olhos, que muitas vezes dão certa intensidade ao rosto das mulheres, eram inexpressivos, de um castanho escuro sem brilho. Giuseppe considerou suas características físicas pouco relevantes. Do que ele realmente gostou foi sua timidez e fraqueza. Para ela, tudo estava bom e, conforme a sua educação antiquada, o que o homem dissesse era lei. A moça tinha os atributos que ele queria e era do que ele precisava. Não foi difícil se aproximar dela, pois, como era de se esperar, a sua solidão a tornava muito carente.

Certa tarde, Giuseppe percebeu a oportunidade de ficar perto dela e se ofereceu para trabalhar num projeto da igreja, montando cestas básicas — para auxiliar os mais necessitados — com produtos de primeira necessidade, recebidos de doações dos fiéis. A sala não era grande, com prateleiras em três das paredes, do chão ao teto, repletas de produtos não perecíveis, como óleo de soja, arroz, feijão, açúcar etc. Na parede livre, havia uma janela e uma mesa, onde eles estavam realizando a tarefa.

— Você gosta de ajudar os pobres? — ele perguntou, enquanto transportava um saco de arroz.

— Gosto, sim. É uma forma de eu me sentir útil — ela respondeu, baixando os olhos, sem coragem de olhar para ele.

— E você, gosta? — Carla colocava em sacos plásticos os produtos que ele trazia das prateleiras, dividindo em quantidades menores.

Por razões óbvias, ele estava impossibilitado de dizer a verdade, que estava naquela tarefa por ter vislumbrado a possibilidade de abordá-la.

— Também. — Optou pela resposta que era esperada.

Fez-se um longo silêncio. Ela percebeu que ele queria dizer alguma coisa. Não tinha ideia do que poderia ser. Os homens não costumavam percebê-la. Tinha sido assim na infância, durante a escola, e não era diferente no hospital onde trabalhava. Era como se fosse invisível ou estivesse ausente. Enquanto algumas colegas eram alvo de brincadeiras, abordagens e olhares, ela passava despercebida. Muitas vezes, era como se não existisse.

— Sabe, eu estava esperando uma oportunidade para falar com você. — A voz dele a despertou de suas reflexões.

— Precisa de alguma ajuda? — "Só pode ser isso", pensou ela.

— Não é bem isso... — Ele parecia um pouco sem jeito, como quem fizesse uma coisa a que não estivesse acostumado.

— Bem, é que eu queria saber se você tem algum compromisso, namorado, essas coisas.

— Eu?! Não, não mesmo. — Ela ficou vermelha como um pimentão. Sua vontade foi entrar no saco a sua frente e sumir.

— Que bom! Quer dizer, você entende, eu quis dizer que é uma boa notícia.

Ela não se atreveu a dizer nada.

— Se você não estiver muito ocupada, gostaria de sair qualquer dia desses? Quem sabe tomar um sorvete? Para a gente conversar.

Ela não esperava. Com certeza, ela não esperava. De repente, não soube como proceder. Passou uma mão na outra, esfregou o vestido — um pouco longo e sem graça — e ajeitou os óculos.

— Pode ser... — foi a única coisa que conseguiu dizer.

Eles saíram algumas vezes e logo se tornaram namorados. O principal benefício foi que, como ele previra, com ela podia fazer as coisas do seu jeito. Carla não pedia nada e não cobrava nada. Ele ia vê-la quando tinha vontade e, mesmo que ficasse pouco tempo, ela demonstrava satisfação. Giuseppe orientava como ela devia cortar o cabelo, o que devia vestir, com quem podia conversar, e Carla apenas concordava. Nada diferente do que tinha vivido na infância.

Casaram-se em menos de um ano. Uma cerimônia simples, apenas no civil, com poucas testemunhas e sem festa. Para ela, como de costume, tudo estava bom. Eles faziam sexo muito raramente. Giuseppe sentia muito pouca necessidade e, para completar, não sentia atração pela esposa. Mesmo assim, não demorou muito e ela engravidou. Ele não tinha previsto aquilo. Sua primeira intenção foi ralhar com ela, chamar sua atenção por ter falhado no controle dos anticoncepcionais, mas freou este desejo. Nada do que dissesse ou fizesse mudaria o fato. Conhecia as suas crenças religiosas, e um aborto estava fora de questão. Além disso, sua alegria genuína o contagiou. Ele considerou mais inteligente aceitar a situação e tomar providências para que não acontecesse novamente do que gastar tempo e energia lamentando-se.

Outra coisa que não estava nos seus planos iniciais, mas a que ele precisou se adaptar, foi a chegada da sua mãe. No fim da gestação, ela veio de São Paulo para auxiliar o casal e foi ficando. Quando Carla precisou voltar ao trabalho, a mãe assumiu o papel de cuidar do bebê. Por fim, tomou coragem e pediu para ficar. Ele estava na sala do apartamento, assistindo ao futebol, quando chegaram as duas da cozinha para conversar. Ou melhor, as três, pois Carla tinha a criança no colo. Ele não teve como negar, pois os argumentos foram muito convincentes: ela era sua mãe, já estava com certa idade, estava sozinha em São Paulo, seu auxílio para cuidar do bebê era necessário e, com a neta, ela havia reencontrado a alegria de viver, perdida desde a morte do marido. — Oswald havia morrido muitos anos antes, a caminho do hospital, em razão de um acidente na sua oficina, em circunstâncias estranhas. Desde aquele dia, Bernadete nunca mais foi a mesma.

Giuseppe decidiu aceitar o que pareceu ser inevitável.

...

Mais tarde, naquela mesma noite, na privacidade do seu escritório, num dos quartos do apartamento — espaçoso e bem localizado, adquirido com o auxílio da mãe —, que ele havia transformado em seu refúgio, Giuseppe também refletiu sobre o trote que Bernadete recebeu e lembrou que a violência fazia parte da sua vida. Mas de uma forma diferente. Experimentou excitação ao se lembrar da sensação de poder ao infligir dor e vivenciar o medo das vítimas. Enquanto manuseava suavemente a velha pena, aproveitando as costumeiras ondas de prazer provocadas pelas lembranças, chegou à conclusão de que não conseguiria esperar mais. Por fim, a primeira parte do seu plano estava concluída. Havia completado a sua cobertura: família, filho, igreja e trabalho. Ele era um homem respeitável, completamente adaptado à sociedade. Estava pronto para iniciar as suas atividades predatórias.

5

O morto-vivo

A sequência dos episódios no escritório foi um verdadeiro caos. Dona Mariza, que entrou na sala por último, ainda a tempo de assistir à boa parte dos acontecimentos, começou a chorar copiosamente.

— Coitadinho, coitadinho, não façam isso com ele, por favor!

Ninguém deu grande atenção à secretária, mas seus lamentos serviram para estimular a revolta dos companheiros de João. Os que o estavam segurando o largaram. Mesmo os que estavam machucados, alguns com sangramentos ou hematomas, demonstraram incompreensão e revolta.

— O que está acontecendo aqui? Por que estão prendendo o menino? — reclamou Marcos Vinícius, um dos líderes do grupo.

— Que é isso, chefe!? Ele é um dos nossos. É o nosso menino! — interpelou outro, enquanto tentava estancar o sangue que corria abundantemente pelo nariz.

O investigador Michel, ainda segurando João, afrouxou a pressão, percebendo que as coisas começaram a virar para eles.

O chefe se ergueu de uma forma insegura, nunca antes vista. Parecia que parte dele queria ficar ao lado de João, como um pai. A outra parte, o chefe, precisava dar uma resposta aos subordinados e readquirir o controle da situação.

— Aconteceu uma coisa horrível. A esposa e o filho de João estão mortos, e os policiais vieram informá-lo dessa tragédia. Ao receber a notícia, ele se descontrolou e, na tentativa de contê-lo, deu-se a confusão.

— Isto não está certo! Se aconteceu alguma coisa à família do João, por que tratá-lo assim?

O ambiente ficou tenso. Havia inconformidade no ar. Os colegas não conseguiam admitir que haviam interferido a favor dos policiais e contra um deles, um dos mais jovens e mais queridos.

— É um dos nossos!

— Coitadinho... — Dona Mariza estava coberta de lágrimas.

Marcos Vinícius, um dos mais exaltados, apontou para os policiais:

— Quem são eles para virem aqui, a nossa casa, e tratarem um fiscal da Receita desta forma? Onde estão os nossos direitos?

O clima se tornou hostil para os policiais, em menor número. O chefe precisou intervir com a autoridade que lhe restava.

— Calma, gente, calma! Os policiais só estão tentando fazer o trabalho deles. Eu tenho certeza de que eles não vieram aqui para isso. Ao que parece, a situação saiu do controle, mas tudo vai ser esclarecido. Deixem-nos falar.

Os olhares eram de raiva, e os punhos estavam fechados. Faltava pouco para os policiais serem agredidos.

João seguiu deitado, imóvel, os olhos fechados. Parecia não estar mais ali.

Luís Otávio se levantou, mas ainda estava tonto, com a boca cheia de sangue e com vários dentes quebrados — embora preparado para uma luta corpo a corpo, ele havia sido surpreendido por uma joelhada no queixo. O policial cuspiu no chão, e com o sangue pedaços de dentes foram expelidos em direção ao tapete. Ele mal conseguiu se manter em pé, com um braço apoiado na mesa.

Michel estava pressionado e precisava dar um esclarecimento convincente, e rápido, sob o risco de a situação ficar ainda pior. No seu íntimo, ele sabia que haviam cometido um erro. Ainda não existiam suspeitos, pois não havia sido feita a perícia. O procedimento correto seria acompanhar o marido em desespero e tentar trazê-lo de volta à razão. Se necessário, ameaçar, para, em última instância, usar a força.

As coisas aconteceram muito rápido, mas Luís Otávio não tinha que ter tentado segurar o rapaz. Foi uma precipitação própria dos imaturos. Ele não estava fugindo, só estava extravasando o seu desespero, tentando ir ao encontro da família — nestes casos, devido à descarga de adrenalina, o indivíduo costuma adquirir uma força sobre-humana, tornando-se muito perigoso. No impulso de defender o colega, ele havia se engajado na luta e, depois que iniciou, não foi mais possível parar. Só que ele não podia apresentar os fatos nestes termos para mais de uma dúzia de homens indignados, para não dizer revoltados.

— Ei! Pessoal, calma aí. Não era para ser assim. Não viemos aqui para prender ninguém, muito menos à força.

Sua postura mais humilde ajudou a sossegar os ânimos, ao menos o suficiente para tentar achar uma explicação plausível.

— Então, esclareça, o que é isso, o que aconteceu aqui? — Marcos Vinícius, o colega mais antigo da mesa que ficava próxima à de João, cobrou uma explicação. Ele havia recebido o garoto há pouco mais de um ano e o viu crescer profissionalmente, com dedicação e empenho exemplares. Não podia aceitar aquele tratamento, ainda mais dentro do escritório, na sala do chefe. Era demais.

— É que ele tentou fugir... — Luís Otávio tentou falar, mas a voz saiu enrolada, ainda com muito sangue na boca.

— Você fique quieto. Já fez o que tinha que fazer. Agora não abra mais a boca. Daqui para a frente, eu resolvo, do meu jeito — Michel falou forte com o colega, ao estilo próprio dos policiais. Ele, dessa forma, conseguiu a atenção da turma.

— Como eu ia dizendo, a gente veio aqui para conversar e transmitir uma notícia bem desagradável para o seu colega. — Ele não apontou para João. A sala havia se transformado em um barril de pólvora e qualquer faísca poderia desencadear uma explosão.

— Sobre o que vocês vieram conversar?

— Aconteceu um crime agora há pouco. Infelizmente, como foi dito pelo superintendente Almeida, a família do companheiro de vocês foi vitimada. Não podemos dar mais detalhes neste momento, pois isso poderia prejudicar as investigações. A gente explicou a situação para a chefia de vocês, e o rapaz foi chamado à sala.

— Como assim? O João é suspeito? Isto é um absurdo!

— Não temos suspeitos definidos, por enquanto. O crime aconteceu há poucas horas e a perícia ainda está sendo feita no local. Nossa intenção era informar o rapaz e ouvir o que ele tinha a dizer.

— Até aí faz sentido. Mas por que tudo isso? — Marcos Vinícius apontou a sala semidestruída, sangue por toda parte e João algemado no chão.

Este era o momento que Michel mais temia. Luís Otávio ameaçou falar.

— Nem mais um piu, chega! Já disse que eu resolvo isto. — O investigador não poderia permitir que o garoto, que o havia colocado naquela enrascada, atrapalhasse ainda mais. Além da postura humilde, ele optou pela sinceridade. Usando de toda a sua experiência, procurou as palavras certas para acalmar os ânimos:

— Pessoal, o nosso serviço é diferente do de vocês. Nem sempre as coisas acontecem como planejamos. A gente contou para ele o ocorrido, mas a reação foi inesperada. Ele levantou muito rápido e pretendia abandonar a sala. Nós intervimos, e as coisas fugiram do controle. — O policial também fez de tudo para não evidenciar que a reação do seu colega tinha sido mais inadequada do que a de João, justificada por estar acometido de forte emoção.

— Se tudo isso foi um engano, soltem o João.

— É, soltem!

— Soltem!

Os colegas evidenciaram toda a sua indignação novamente. A pressão ficou ainda mais forte. Foi necessário usar muita habilidade para contornar a situação.

— Nós vamos soltá-lo, claro! Mas não aqui, não agora. Vocês viram do que ele é capaz. Foram necessários vários homens para segurá-lo. E ele agrediu um policial.

— Não sei, não, eu acho que o seu colega fez por merecer.

— Não é a hora de discutirmos isso. Um policial em serviço é um policial em serviço. Vamos nos tranquilizar. A gente leva o rapaz, conversa com ele na delegacia, com calma, e, assim que possível, a gente solta.

As explicações surtiram efeito. Alguns ainda tentaram argumentar, mas não havia como negar que a sugestão do investigador fazia sentido. Muito a contragosto, eles foram saindo da sala e dando passagem aos dois policiais.

Michel, em uma situação normal de prisão após reação e luta, não soltaria as pernas de João tão rapidamente. Contudo, o ambiente não era favorável. Ele foi até o chão e falou alguma coisa ao ouvido do rapaz. Como não obteve resposta, resolveu arriscar. Cercado pelos colegas, dificilmente ele reagiria novamente.

João não disse uma palavra. Mesmo quando os companheiros de trabalho finalmente se dirigiram a ele pedindo desculpas e perguntando como estava, foi silêncio total. Ele manteve o olhar perdido e permaneceu inerte, passando a impressão de estar em outro mundo.

Os policiais ergueram o preso e o conduziram para fora algemado, cada um segurando um braço. Os passos do rapaz foram de um autômato, de um zumbi, de um morto-vivo.

Os companheiros viram com extrema tristeza a saída do colega naquela situação. Ninguém demonstrou condições de retomar as suas atividades. O clima foi de consternação.

Dona Mariza, em prantos, precisou ser amparada.

O chefe demonstrou estar abatido. Ele, que com sua inteligência e autoridade costumava solucionar os casos mais complexos, ficou impotente diante de uma situação inesperada e que saiu totalmente do seu controle. Ainda assim, foi o único que se lembrou de algo estranho: Onde estava Washington?

Muitas pessoas tinham vindo, de outros andares, atraídas pela confusão. Foi como um enxame preenchendo cada espaço vazio. Os policiais pediram passagem e seguiram. Todos queriam saber o que tinha acontecido e o porquê daquela cena televisiva, em plena manhã, no escritório da Receita Federal.

Após a saída de João e dos policiais, aos poucos cada um foi voltando para o seu local de trabalho. Os fiscais tentaram dar explicações, dentro do pouco que sabiam.

Como que surgido do nada, um repórter estava na parte de baixo do prédio, fazendo perguntas e tirando fotos. Era um jovem moreno, um e setenta, cabelos escuros crespos, óculos Ray-Ban redondos à frente dos olhos castanhos espertos, e de um nariz pequeno, que lhe dava um ar quase infantil. Os policiais não lhe deram atenção.

João foi colocado no banco traseiro do carro da polícia o mais rapidamente possível. Eles seguiram direto para a delegacia, a fim de tomar o seu depoimento. Diversos curiosos — pessoas que estavam na recepção e transeuntes — acompanharam a operação. Uma situação inimaginável minutos antes.

. . .

O delegado Fonseca viu os três — os policiais e o rapaz que conduziam algemado — entrando na delegacia, através dos vidros da sua sala. Ele sabia qual era a missão daqueles dois policiais. Bastou um relance para perceber o estado de Luís Otávio, com a roupa ensanguentada e a boca machucada. Num instante, fez a leitura do perfil do jovem que eles conduziam e chegou à conclusão: tinha algo de errado. Imediatamente parou a conversa com um subordinado.

— Depois nós continuamos, Luizinho. Vá lá fora e diga para o Michel vir aqui, agora. O Luís Otávio pode ficar aguardando com o rapaz, lá atrás. — Seu tom de voz era suave, mas de alguém acostumado a mandar. O policial se levantou e foi cumprir a ordem no mesmo instante.

Michel entrou na sala e foi recebido com uma pergunta desconcertante:

— Que merda é essa? — A expressão do chefe não era de muitos amigos.

O policial pensou em colocar panos quentes para livrar a cara do colega, mas, olhando nos olhos do delegado, viu que seria perda de tempo e que, possivelmente, isso complicaria ainda mais as coisas. Ele resolveu pelo mais simples, dizer toda a verdade, numa narrativa direta e objetiva. O delegado não pareceu ficar muito satisfeito.

— Porra, Michel! Logo você, um dos meus melhores homens! Coloquei o garoto com você para ele aprender, não para você deixá-lo fazer essa merda. Ele cagou tudo.

— Foi tudo muito rápido, doutor. O Luiz Otávio se precipitou, o rapaz reagiu, quando percebi eu já estava atracado com ele.

— Você sabe que fizeram merda, não sabe?

— Sei, sim, senhor. O senhor não imagina quanto foi difícil sair daquele escritório. O rapaz parecia um louco, com uma força descomunal, e aquele bando de "gravatinhas" ficou cheio de "mimimi", cobrando explicações da gente. Se a situação fosse outra, eu puxava a arma e enquadrava todo mundo. Mas o senhor sabe onde a gente estava. Poderia "dar ruim" para o senhor. Além do que, a gente não tinha nada contra o cara. Eu tive que usar de malandragem. Eu não podia abrir que tinha sido um erro nosso.

A sinceridade do homem pareceu amenizar a ira do delegado.

— Eu sei como são essas coisas. Eu já passei coisa pior. Acontece. Esse guri, esse merdinha desse Luís Otávio, está sob a sua responsabilidade. Cabe a você controlá-lo. Se ele fizer mais uma merda parecida com essa, tá fora! E você pega um gancho.

— Tá certo, doutor, não vai acontecer de novo. Tem minha palavra.

— O.K., confio em você. Vamos agora pôr ordem nessa bagunça. Primeiro, mande o Luís Otávio para a enfermaria, ele está horrível.

— Sim, doutor.

— Depois, você assume o rapaz que vocês trouxeram. Trate-o bem, ofereça água, coloque-o numa sala adequada, separado dessa gentalha. A merda já está feita, vamos apenas tentar não colocar no ventilador.

— Sim, doutor, eu concordo. Eu mesmo pego o depoimento dele?

— Não, eu faço isso. Não vai demorar para aparecer um advogadozinho aqui, louco para nos enquadrar. Eu não sou bobo, vou largar na frente.

— Sim, senhor, doutor. Deixa comigo. E a que horas o senhor quer ouvi-lo?

— Assim que possível. Prepare a sala e me chame.

. . .

A presença do jovem repórter Marcelo no prédio da Receita Federal havia sido mera coincidência. Ele estava na recepção do prédio à procura de informações sobre uma empresa, dando sequência a uma reportagem investigativa, quando ouviu uma conversa entre as recepcionistas:

— Está a maior confusão lá em cima — disse uma delas.

— Onde?

— No nono.

— No andar dos fiscais?

— Sim. Tá todo mudo indo para lá.

— O que aconteceu?

— Não se sabe ao certo, mas a polícia está lá, teve quebra-quebra. Uma loucura!

Neste momento, a atendente percebeu a presença do jovem no guichê.

— E o senhor, do que precisa?

— Eu não tive como não ouvir vocês. Eu esperava uma coisa assim em qualquer lugar, menos aqui. O que mais vocês sabem? — Ele era repórter. Confusão era com ele mesmo.

— Eu não sei de nada, meu senhor. Eu não saí deste guichê. — A recepcionista foi seca, quase grossa.

— Talvez você não saiba, mas a sua amiga, com certeza, viu alguma coisa. — Marcelo não se deu por vencido. Ele não estava na profissão por acaso.

— O senhor aguarde um instante, por favor. Eu já lhe atendo. — A moça era realmente casca grossa. Ela falou e deu as costas para o repórter curioso.

— E você vai lá? — perguntou a colega que tinha iniciado a conversa.

— Você não está vendo que eu não posso? — ela respondeu, baixando a voz, ciente da presença de Marcelo.

Ele não precisava ouvir mais. Seu faro jornalístico indicou que valia a pena esperar para ver o desenrolar dos acontecimentos. Aproveitando o ambiente agitado, chegou a tentar subir, mas foi impedido pela segurança. O jeito foi ficar por ali mesmo e aguardar.

Com astúcia, Marcelo procurou uma posição na rua com vista ampla da entrada do prédio. Em algum momento eles teriam que sair. E saíram. Quando os viu, não teve dúvidas de quem eram. Seguindo o instinto da profissão, tirou fotos de vários ângulos e tentou entrevistar os policiais, que nem lhe deram atenção. Eles colocaram o rapaz algemado no banco de trás do carro e arrancaram em velocidade.

O jovem repórter não perdeu tempo e procurou colher o máximo de informações possíveis com os curiosos que estavam por perto. Eles não ajudaram muito, a princípio, mas com paciência e determinação conseguiu alguma coisa, incluindo o nome do fiscal preso e uma ideia do motivo.

A investigação aguçou a sua curiosidade. Ele viu que ali tinha coisa boa e resolveu investir. Usou os seus conhecimentos em tecnologia e com a ajuda das redes sociais obteve o endereço de João. Foi até lá imediatamente e foi atendido pelo porteiro do prédio, ainda assustado com tudo o que tinha acontecido naquela manhã. Ele se identificou como repórter e, com habilidade, obteve informações importantes, em primeira mão. Dessa forma, Marcelo foi o primeiro a vislumbrar o potencial do caso, que chamou sua atenção pelas características pouco usuais do crime e por ter acontecido em um prédio com segurança, em um bairro de classe média.

Sem perder tempo, o repórter seguiu para o jornal, empolgado. Aquela tinha tudo para ser uma boa história e ele tinha o "furo", incluindo fotos e informações exclusivas. Esta, sem dúvida, era a sua chance.

Marcelo era *freelancer* no jornal de maior circulação da cidade de Porto Alegre e de todo o estado do Rio Grande do Sul. O jornal fazia parte de um grande conglomerado de comunicação — rádio, TV e internet. Seu sonho, como o de muitos outros jovens recém-formados, era ser contratado em definitivo, mas esta era uma conquista difícil, pois a concorrência era enorme. Os "focas" sabiam disso e eram capazes de qualquer sacrifício para atingir os seus objetivos.

Marcelo chegou à redação suado e apressado, pouco depois das 13 h, andando o mais rápido possível, quase correndo. Seu "almoço" tinha sido um sanduíche, no caminho, engolido às pressas enquanto digitava, freneticamente, no laptop. Não havia tempo a perder. Decidiu ir direto à sala do diretor. Ele conhecia as regras e sabia que deveria se dirigir ao seu chefe imediato, coordenador dos focas, mas resolveu arriscar. Ele também sabia que já tinha aprontado algumas e que estava praticamente queimado — havia chegado atrasado mais de uma vez e o seu chefe não gostava do seu jeito sensacionalista de abordar as reportagens. Logo, não tinha muito a perder. Era tudo ou nada.

A secretária executiva, uma linda moça, olhos verdes, cabelos castanhos cor de mel, muito bem vestida, maquiada e penteada, o recebeu com ar de indiferença.

— Você não está no lugar errado?

A pergunta não o surpreendeu.

— Eu quero falar com o Dr. Paulo.

Ela achou o jovem petulante.

— O Dr. Paulo está em reunião. Muita gente quer falar com ele. Você marcou hora?

...

Marcelo conhecia Maísa muito superficialmente. Ele até pensou em dar em cima dela, mas logo foi desaconselhado pelos colegas mais vividos. Ele se lembrou da noite em que estava com eles num bar próximo da sede do jornal, ponto de encontro da turma. O bar estava apinhado.

— Guri, melhor não.

— Não?! Por quê? Ela não gosta de homem?

— Gostar até gosta, mas não de pé-rapado como tu.

Todos na mesa caíram na gargalhada. Os copos estavam cheios e o ambiente era de descontração.

— Se conselho fosse bom, a gente cobrava, mas eu já tive a tua idade e vou te dar um, e de graça: fica longe. Ela não é para o teu bico — falou um dos jornalistas, de cabelos grisalhos.

— Guri, indo direto ao que interessa, ela já tem dono. Se tu sobrevoar a área, vai ser abatido em voo — comentou outro colega, com cara de fuinha.

Nova risada geral. Ele entendeu o recado, e sempre a olhava, mas não arriscou se aproximar.

...

— Não, não marquei. Mas eu tenho uma matéria muito boa para mostrar a ele.

— Você sabe que tem que falar com o seu chefe imediato antes, não sabe? É a regra.

— Sim, eu sei. Mas você sabe como ele é?

— Sei, sim.

— Pois é! Então você também sabe que, se eu o procurar, ele vai me enrolar, provavelmente vai demorar a ver o texto e, quando ver, se chegar a ver, vai criar um monte de dificuldades, vai pedir que outros mais entendidos chequem a matéria e confirmem as informações, e, provavelmente, vai solicitar inúmeros detalhes. Eu não posso esperar. É a minha chance. O material é bom. É um furo de primeira. Eu tenho certeza de que o homem vai gostar.

— Eu sei do que você está falando. Eu até gostaria de ajudar, mas você sabe que as regras são para serem cumpridas. E as regras são do nosso chefe. — Ela fez um sinal com a linda cabeça, apontando para a sala.

— Olha, eu preciso da tua ajuda. As coisas no jornalismo acontecem muito rapidamente. Para mim, é agora ou nunca.

— Eu até gostaria, mas não vou arriscar a minha pele por você.

— Como eu disse, eu tenho certeza de que a história é muito boa. Vamos fazer um trato: você me deixa falar com ele. Se der errado, eu assumo. Já estou queimado mesmo. Será o meu fim no jornal. Nesse caso, não te incomodarei nunca mais. Contudo, se der certo, não vou me esquecer de você. Prometo que você receberá um presente digno de uma princesa. Pense bem, você não tem nada a perder. Talvez algo a ganhar. — Ele tocou num dos pontos fracos dela: a curiosidade.

A moça titubeou e demorou um pouco para responder. Se desse errado, e provavelmente daria, ela ficaria livre dele para sempre. Ela não era nada boba e já havia notado os olhares do rapaz havia bastante tempo. O interesse dele não significava nada para ela, mas seria ao menos divertido. E havia a remota possibilidade de dar certo. Quem sabe ela poderia tirar alguma vantagem da situação. A possibilidade era distante, mas atingiu a sua outra inclinação, a cobiça. Ela tinha uma visão fria e prática do mundo, que se resumia em uma pergunta: "O que eu tenho a ganhar com isto?"

A secretária avaliou o rapaz de cima a baixo. Uma coisa era um alto executivo lhe fazer uma oferta, outra, bem diferente, era aquele pé-rapado. O seu momento de ingenuidade, de acreditar em Papai Noel e em promessas de homens já havia passado há muito tempo.

— Infelizmente, eu não posso fazer nada por você. Regras são regras.

Não houve tempo para lamentações, pois neste instante a porta da sala se abriu e os executivos do segundo escalão começaram a sair. Marcelo os reconheceu automaticamente. Logo apareceu o seu chefe direto, semiencoberto pelos que saíram primeiro. Era um homem claro, de meia-idade, baixo e magro, com muitas sardas no rosto, cabelos vermelhos apenas dos lados da cabeça e um olhar vazio. Seu rosto parecia estranho, com a expressão típica dos homens que acabavam de raspar o bigode, depois de muito tempo de uso.

O repórter não precisava ter bola de cristal para saber o que aconteceria a seguir: o seu chefe o veria, perguntaria o que ele estava fazendo ali e seria fim de história, ao menos da sua história na empresa. Ele pensou rápido: os grandes feitos eram obra dos homens destemidos e arrojados, não dos fracos e vacilantes; uma chance como aquela não aconteceria duas vezes; ele não tinha mais nada a perder, já estava acabado; esta era a hora, era tudo ou nada.

Com um sorriso de malícia no rosto, ele resolveu apostar ainda mais alto e respondeu à secretaria:

— Sem problemas, eu entendo. Sabe de uma coisa?

— O quê?

— Hoje, você está mais bonita do que nunca!

A moça foi pega de surpresa. Aquele elogio não fazia o menor sentido. Ele não a esperou se recuperar. Em vez disso, andou em direção aos executivos, passando entre eles, seguindo direto para a porta. Cruzou com o seu chefe, que pareceu não acreditar no que estava vendo. Quando o último a sair ainda estava com a mão na maçaneta, ele agradeceu e entrou, dando a entender que o gerente estava segurando a porta para ele.

Maísa ficou de pé e não confiou no que os seus olhos viam. O rapaz, além de petulante, devia ser louco.

O chefe de Marcelo chegou próximo à mesa, parecendo totalmente desconcertado. Na sua mente só havia uma explicação para aquele fato, no mínimo, inusitado: o diretor teria convocado o repórter. Mas mesmo isso não fazia sentido. Ele indagou a secretária, que ainda estava de pé:

— Você viu o que eu vi?

— Sim — ela respondeu, olhando para a porta, esperando que se abrisse a qualquer momento.

— Ele tinha hora marcada?

— Não, não tinha.

Como a porta não abriu, ela desviou rapidamente o olhar para o telefone, na sua mesa, esperando que o botão de chamada soasse.

— E você o deixou entrar? — Foi uma pergunta repleta de indignação.

— Não, de forma alguma.

Os dois ficaram feito bobos, visualizando a porta fechada, à espera de uma "explosão", que não aconteceu.

O Dr. Paulo era um homem alto e magro, com uma pequena barriga, por volta dos sessenta anos, cabelos quase brancos, olhos escuros, bigode largo e uma voz de tenor.

Marcelo sabia que estava entrando no labirinto do Minotauro — assim era conhecida aquela sala pelo pessoal do baixo escalão. Ele foi surpreendido pela sua luxuosidade. Era ampla, com um tapete bege tão grosso que seus pés afundavam. As paredes estavam repletas de quadros de artistas famosos e a mesa era imponente, enorme. O homem estava de costas, vestido em um terno azul-marinho impecável, olhando por uma janela ampla, que mostrava uma vista privilegiada da cidade. A claridade era amenizada por cortinas elegantes, e a temperatura da sala era muito agradável. O ambiente cheirava bem, havia um perfume de luxo no ar. O poderoso executivo ouviu o barulho da porta se fechando, virou-se, e foi outro que pareceu não acreditar no que os seus olhos viam.

— Quem é você, meu jovem?

— Meu nome é Marcelo e eu sou *freelancer* do jornal.

— E o que você faz aqui, Marcelo? Você sabe quem eu sou?

— Sei, sim, senhor. Eu tenho uma matéria muito boa, um furo incrível. Eu tive acesso exclusivo a informações que farão as vendas do jornal e os acessos ao site explodirem.

Os olhos vívidos do executivo miraram o rapaz. Alguma coisa no seu jeito, na sua coragem destemida, quase suicida, fizeram-no lembrar um jovem que ele conheceu muito tempo atrás, com características semelhantes. Um jovem que saiu do nada e que venceu todos os obstáculos, chegando ao posto mais alto da empresa, e que agora era temido.

— Eu espero que seja alguma coisa que realmente valha a pena.

O vozeirão fez Marcelo tremer. Na frase estava implícito que ele estava se aproximando do Minotauro.

O rapaz não foi convidado a sentar. Isso não o pegou de surpresa, pois ele já tinha ouvido falar sobre esse costume do diretor. Não ficavam dúvidas, naquela sala, de quem mandava e de quem obedecia.

— Eu tenho certeza de que o senhor vai gostar. Coisa boa.

O poderoso empresário não conseguiu evitar um sorriso de canto de boca, dada a coragem do rapazote. Não era todo dia que o Minotauro recebia uma vítima que viesse a sua sala, espontaneamente.

— É mesmo! Do que se trata? — Ficou claro que o executivo não tinha tempo a perder. Tempo era dinheiro. Neste momento a mão já estava próxima da alavanca da guilhotina. Bastava puxar.

— Um assassinato duplo, uma mãe e um filho pequeno, mortos em suas camas, enquanto dormiam.

— Onde?

— Num bairro de classe média alta, num prédio com portaria e segurança.

— Sabem quem foi?

— Não. O crime aconteceu há poucas horas. A perícia ainda deve estar no local. Há um suspeito, o que torna a matéria ainda mais interessante.

— O marido?

— Sim, mas ele não é um qualquer, ele é fiscal da Receita Federal.

— Como você tem certeza de que a informação é exclusiva?

— Eu conversei com o porteiro do edifício e ele confirmou que eu fui o primeiro da imprensa a chegar. Além disso, eu tenho fotos dos policiais conduzindo o suspeito, em frente ao prédio da Receita. Ninguém mais tem isto.

— Senta, rapaz!

Finalmente, uma concessão.

— Obrigado, doutor.

— Como você conseguiu isso?

Marcelo contou como havia tomado conhecimento da notícia por coincidência, ao ouvir a conversa de duas atendentes na recepção do prédio da Receita Federal. Descreveu os seus passos seguintes, de como havia obtido várias fotos dos policiais — um deles banhado em sangue — conduzindo o suspeito e da forma como utilizou as redes sociais para conseguir o endereço, além da decisão de ir imediatamente até o local onde ocorreram os assassinatos, colhendo informações ainda quentes dos crimes há pouco cometidos.

Durante toda a narrativa, o diretor do jornal não mudou a sua expressão. Seu comportamento era exatamente como os colegas de Marcelo o descreviam, o Minotauro nos labirintos da ilha de Creta: "Decifra-me ou eu te devorarei".

Houve um silêncio que durou alguns segundos.

— Deixe-me ver as fotos. — Foi só o que ele disse.

Marcelo sentiu um frio na espinha. Parecia que ele podia ver a mão fechando sobre a alavanca da guilhotina e encerrando a sua curta carreira no jornal. Estendeu o braço e passou o celular com as imagens. O Dr. Paulo olhou as fotos, cuidadosamente, mas nem assim deixou transparecer nenhuma emoção.

— Você tem o texto pronto?

Marcelo esperava a pergunta, e não foi pego desprevenido.

— Tenho, sim, senhor.

Ele passou o laptop.

O diretor colocou o computador sobre a sua mesa e iniciou a leitura.

— O crime acabou de acontecer. Eu escrevi bem rápido. Com certeza precisa de revisão.

Não houve resposta.

Passaram-se alguns minutos enquanto o diretor fez uma apreciação minuciosa da matéria. Os mais longos da vida de Marcelo. Por fim, o laptop foi fechado.

— O que o senhor acha? A matéria é boa?

Era a última chance.

O Minotauro olhou para ele com o seu olhar frio. As feições de quem está prestes a fazer o que está acostumado: cortar cabeças.

— A matéria não é boa. — O vozeirão ressoou pela sala.

Marcelo não aguentou a pressão e levantou. Sua esperança de ser contratado estava, definitivamente, arruinada. Todos os seus sonhos seriam, no mínimo, adiados. Se não, perdidos para sempre. Ele pensou nas incontáveis horas de estudo na faculdade, nos inúmeros trabalhos em grupo, nas pesquisas, nas provas e em tudo o que tinha passado para chegar até ali. O rapaz se levantou, instintivamente, e foi em direção à porta. Ele entraria para as estatísticas do jornal, passaria a ser apenas mais um a ter a cabeça cortada no labirinto do Minotauro. Estava acabado.

— Ei, aonde você vai?

A voz grave o surpreendeu. Marcelo já estava perto da porta. Voltou-se e viu o Dr. Paulo com uma expressão de espanto no rosto — provavelmente o Minotauro queria o prazer de ver os olhos da vítima ao puxar a alavanca.

— Vou pegar as minhas coisas e ir embora.

— Não entendi. Por quê?

— O senhor não acabou de dizer que a matéria não é boa? Eu sei o que isso significa. Entre outras coisas, eu não deveria estar aqui. Quebrei as regras, estou acabado. — Era a hora da alavanca.

— Sim, eu disse que a matéria não é boa. E não é. Na verdade, é ótima!

O Dr. Paulo, pela primeira vez, abriu um sorriso. Coisa rara. Deu para perceber que não era do seu costume, pois fez ele parecer até meio desajeitado. Notando a expressão de espanto do rapaz, continuou:

— Senta, garoto. Gosto do seu jeito, você tem faro de repórter. Tenho certeza de que está na profissão certa.

Foi a maior surpresa da vida de Marcelo. Ele tinha esperanças, mas, no fundo, não acreditava que isto pudesse realmente acontecer. Ele não estava preparado para o que veio a seguir. O diretor pegou o telefone e apertou um botão.

— Maísa, chame o Mário para a minha sala, imediatamente. E que ele venha rápido. Ah! Você fez muito bem em deixar o repórter entrar, Parabéns!

O diretor o havia chamado de "repórter". Marcelo engoliu em seco. Tinha conseguido.

— Ele ainda está aqui, doutor.

— Pois mande-o entrar, imediatamente.

O editor entrou, de um jeito acanhado. Ele tinha certeza de que havia sido chamado à sala para receber uma reprimenda pela atitude inexplicável do seu auxiliar. Demonstrou surpresa ao ver o jovem *freelancer* sentado em frente à mesa do diretor. Por experiência e cautela, não falou nada. Estava no jornal há muitos anos e não havia alcançado essa marca por tomar atitudes impensadas. O chefe não ofereceu uma cadeira.

— Mário, eu tenho uma matéria para você. Conto com a sua experiência para revisar e fazer alguns pequenos ajustes, o mais rápido possível. Pouca coisa. No geral, está muito boa.

Marcelo não acreditou no que estava ouvindo. Era bom demais para ser verdade.

— E qual é a prioridade, doutor Paulo?

— Prioridade total. Eu quero um resumo no nosso site o mais rápido possível. Uma chamada geral, em destaque, mas com acesso ao conteúdo exclusivo para os assinantes. E a matéria completa na primeira página da edição de amanhã.

O editor, o maior perito da redação, sabia muito bem como funcionavam as coisas no jornal. A informação o surpreendeu tanto que ele cometeu um deslize, que normalmente não faria.

— Mas, chefe, as máquinas já estão rodando. E o senhor deixou claro, há pouco, na reunião, que o objetivo do jornal, nos próximos dias, será explorar o momento político. A primeira página é aquela matéria que o senhor escolheu ontem.

— Mário, me diga uma coisa. — A voz do chefe era forte como um trovão.

— Pois não, Dr. Paulo.

— Nós estamos falando a mesma língua?

O editor não esperava esta pergunta. Ele sentiu que a mão do Minotauro estava próximo da alavanca. Só que a vítima em perigo não era, como o esperado, o rapaz — sentado confortavelmente enquanto ele permanecia de pé. Deu para sentir o ar da sala ficar rarefeito.

— Sim, sim, senhor... — Mário gaguejou. Ele conhecia o risco que estava correndo.

— Então, eu imagino que você entendeu as minhas palavras. Não vou falar uma terceira vez. Mande parar as máquinas, faça o que for necessário. Eu quero esta matéria em destaque no site imediatamente e na primeira página amanhã. Alguma dúvida?

— Não, senhor, Dr. Paulo, nenhuma dúvida. — A cabeça de Mário estava por um fio.

— Então vá, homem! Você já está atrasado. — O Minotauro aliviou a pressão, desta vez. Não era sempre que ele estava de bom humor. Suas vistas cintilavam com a expectativa dos cifrões que estavam por entrar.

Assim que o editor saiu da sala, com os olhos arregalados e o rabo entre as pernas, a palavra foi dirigida a Marcelo. O Dr. Paulo foi direto e objetivo, como era do seu feitio. Definitivamente, ele não tinha tempo a perder com futilidades. O diretor abriu o interfone para que a sua secretária pudesse ouvir. — Isto o pouparia de maiores explicações.

— Rapaz, você é *freelancer*, não é?

— Sim, senhor.

— Pois não é mais. Agora você é repórter da casa. E eu quero você como responsável por esta cobertura. Escolha uma equipe para trabalhar com você: fotógrafos, estagiários, o que precisar. Mário continuará sendo o seu supervisor, mas tudo sobre este assunto deverá ficar centralizado em você, antes de ir para ele. Eu quero o nosso jornal sempre à frente da concorrência. Você entendeu?

— Com clareza. — Marcelo não deixou transparecer o turbilhão de pensamentos na sua cabeça. De um momento para o outro ele sentiu uma sensação de força e poder que nunca tinha experimentado antes. Era muito mais do que poderia imaginar. Decidiu manter a calma (ao menos aparentemente) e evitou demonstrar o que vivenciava.

O homem atrás da cadeira sorriu com os olhos. Aquele rapaz tinha futuro. Outro qualquer teria se deslumbrado e feito uma série de perguntas, que acabariam por demonstrar as suas fraquezas.

— Se precisar, eu te chamo, se você precisar, pode me procurar. Bom trabalho! — E o assunto estava encerrado.

Marcelo saiu da sala pisando em nuvens. Aquele era o melhor momento da sua vida profissional. Foi surpreendido pela linda voz da secretária.

— Parabéns, *senhor repórter!*

As palavras o trouxeram de volta à realidade.

A moça não teve como esconder a admiração pela coragem do rapaz. Fora a primeira vez que ela vira algo assim.

O jornalista tinha a nítida sensação de que havia arriscado comprar um bilhete simples de loteria e levado uma bolada. A partir daquele momento, ele não mudaria esta postura. Ou ganharia muito, ou perderia tudo. A moça era proibida? Ela tinha dono? Ele estava disposto a pagar para ver. Ou, se os colegas preferissem assim, de ver para crer.

— Sabe, quando eu entrei disse que você estava mais bonita do que nunca, lembra?

— Sim — ela falou como alguém que está acostumada a ouvir isso todos os dias.

— Pois eu me enganei.

— Como assim? — Agora ela demonstrou surpresa.

— Você perdeu para você mesma. Neste momento, você está ainda mais linda do que antes!

Um leve rubor nas belas faces entregaram que ele tinha conseguido mexer com ela. As suas atitudes destemidas haviam, definitivamente, chamado sua atenção.

— Um dia desses a gente podia sair para comemorar. O que você acha? — Ele deu uma leve piscada.

Ela não respondeu imediatamente, apenas pegou um pequeno papel numa caixa a sua frente, escreveu um número e entregou a ele.

— Não faça contato no celular da empresa. Eu imagino que você saiba o motivo. — Ela não tinha nada a esconder. Se ele quisesse ter alguma chance, precisava demonstrar conhecer as regras e estar disposto a obedecê-las.

— Sei, sim.

A resposta pareceu satisfazer a secretária.

— Este é o meu número particular. Talvez a gente possa conversar. Não estou prometendo nada. — O sorriso dela era encantador, capaz de fazer um homem ter os mais belos sonhos, ou os piores pesadelos.

Marcelo sabia o que tinha que fazer, o que dele era esperado. Pegou o papel, agradeceu formalmente e saiu como se nada tivesse acontecido. Por fora, ele pareceu tranquilo. Por dentro — após receber o sorriso e o telefone —, sentiu-se, definitivamente, como se tivesse ganhado na loteria, só que a impressão agora era de que ganhara o primeiro prêmio, acumulado, e sozinho.

A sala de máquinas rotativas se transformou numa loucura. Todo o material já impresso foi recolhido, e a primeira página começou a ser refeita com uma foto de dois policiais conduzindo um jovem algemado por uma grande porta de vidro. Um deles tinha uma visível mancha de sangue nas roupas. Na parte de cima, dava para ver o letreiro: "Receita Federal". A manchete trazia, em letras garrafais: **"FISCAL ASSASSINO?"**

Ao mesmo tempo, o site do jornal batia recordes de acesso, com a chamada: "Esposa grávida e filho de fiscal da Receita Federal são encontrados mortos, marido é o principal suspeito". WhatsApp, Twitter e Instagram começaram a fervilhar de informações, em pouco tempo elevando o tema aos *trending topics,* como o assunto mais comentado do dia.

...

À delegacia, não demorou para chegar um advogado para representar o suspeito detido e querer saber das condições em que ele se encontrava. Este é um procedimento previsto em lei, mas o local da detenção e as características do detento contribuíram para que acontecesse muito rapidamente — como o delegado Fonseca havia previsto. O chefe e os colegas de João, embora abalados com os acontecimentos inesperados, não demoraram a acionar um advogado para, em caráter de emergência, prestar o apoio jurídico necessário.

O Dr. Dagoberto não era criminalista. Na verdade, atuou toda a sua vida profissional na área tributária. Ele fazia parte dos quadros da Receita e foi mandado às pressas para acompanhar o caso. Tinha por volta de quarenta anos, baixo, magro, um rosto mais envelhecido do que seria o esperado pela idade — marcas das farras e das muitas noites maldormidas —, os cabelos castanhos escuros, com alguns fios brancos, cortados bem curtos, ao estilo militar; os olhos eram azuis, sagazes. Era um homem de sorriso agradável e de bom relacionamento com clientes e colegas.

Foi recebido pelo delegado Fonseca com gentileza, e não tiveram dificuldades para se entenderem. Afinal, ambos eram homens vividos e advogados calejados. O delegado logo percebeu não estar lidando com um criminalista. Ele conhecia muito bem a abordagem dos especialistas, muito mais intransigentes e desconfiados do que o simpático advogado a sua frente.

— Então o doutor não deverá seguir no caso? — perguntou o delegado, fingindo surpresa.

— É bem provável que não. Como eu lhe expliquei, eu não atuo nesta área. Ainda assim, estou aqui para garantir que os direitos do meu cliente sejam respeitados e para que ele seja posto em liberdade o mais rápido possível.

O delegado ficou em alerta. O advogadozinho não era da área, mas não deveria ser menosprezado. O matreiro policial já tinha passado de tudo um pouco nos seus mais de vinte anos de delegacia.

— Sempre tratamos bem as pessoas que estão sob a nossa guarda. Vou conduzi-lo até o seu cliente para que o senhor veja com os seus próprios olhos.

— Agradeço. — O advogado preferiu não discordar, mas o ambiente a sua volta não contribuía para fortalecer a afirmação do comissário.

João não estava numa cela. Ele fora colocado numa sala isolada, reservada para situações especiais, para detentos com curso superior ou quando pessoas influentes eram trazidas à delegacia para esclarecimentos, pelos mais diferentes motivos — algumas vezes por desentendimentos domésticos, outras ocasiões por envolvimento com drogas ou, cada vez mais, por corrupção. O tempo de permanência desses detentos na delegacia era normalmente curto, pois os advogados bem pagos sabiam como resolver os problemas. O local era pequeno, simples, mas até agradável, se comparado às celas comuns. Tinha uma cama de solteiro, uma mesa com duas cadeiras, e um minúsculo banheiro anexo. Havia uma janela alta, coberta com grades, e a porta era de ferro, fechada pelo lado de fora. O Dr. Dagoberto encontrou o seu novo cliente sentado à mesa, com a cabeça baixa, uma das mãos segurando a testa. Ele parecia pensar em silêncio.

— Vou deixá-los a sós por uns minutos, mas logo retornarei para chamá-los. Estamos quase prontos para tomar o depoimento do rapaz. Vamos, Michel! — o delegado chamou o policial que estava a um canto, aguardando.

O advogado se sentou próximo a João e tentou conversar com ele, sem sucesso. João pareceu estar em outro mundo. Abatido, triste, o rapaz vivia uma situação para a qual não fora preparado. Ele não conseguia pensar em si mesmo, em se defender ou em sair dali. Na sua mente, repetiam-se as lembranças da esposa querida e do filho amado, que ele nunca mais veria. E, quando ele pensava no filho que nem chegou a conhecer, sua dor ficava ainda maior.

— João, a gente se conhece da Receita. Eu sou o Dr. Dagoberto. Você se lembra de mim?

Sem resposta. Ele mal ouvia o que o advogado dizia. Como um mecanismo de defesa diante de tamanho choque, João se recolheu ao seu mundo interior, onde seus entes queridos ainda habitavam.

— Eu estou aqui para ajudá-lo.

Silêncio. Para João, naquele momento, coisa alguma tinha importância, pois nada poderia trazer de volta a sua família.

O Dr. Dagoberto não esperava essa reação. Acostumado a ambientes acarpetados e a clientes prestativos, o seu desconforto foi visível. Após algumas tentativas, ele foi mais incisivo:

— Meu amigo, se você não cooperar, como poderei defender os seus interesses? Eu já estou preparando um habeas corpus para soltá-lo, mas preciso da sua colaboração para consolidar os meus argumentos. Desta forma você vai tornar as coisas ainda mais difíceis.

Ele ouviu esta última frase. Talvez fosse melhor não ter ouvido. Sua mente respondeu com outras perguntas: Soltar para quê? Ir para onde? Fazer o quê? "Ainda mais difícil"? O advogado não sabia do que estava falando. A situação dele não tinha como ficar pior.

Foram muitas as tentativas e abordagens, mas não houve resposta. Por fim, eles foram chamados para João prestar depoimento.

A sala era pequena e abafada. Havia uma mesa larga: de um lado, o delegado; do outro, João e o advogado. O policial leu os direitos de João e começou a fazer perguntas. Não foi difícil perceber que o rapaz usaria um desses direitos, o de ficar calado. Dr. Fonseca lembrou ao advogado que, mantendo esse procedimento, o seu cliente não melhoraria em nada a sua situação e que, bem ao contrário, a sua atitude retardaria o momento de ser libertado. O policial tentou, o advogado insistiu, mas nem um dos dois conseguiu fazer João falar. O delegado fez uma última tentativa:

— João, você não quer falar e este é um direito seu. Vou deixar claro, mais uma vez, que a sua escolha só vai dificultar as coisas para você. Pela última vez, tem algo que você queira dizer em sua defesa?

— Eu não quero receber ninguém. — Foram as únicas palavras que conseguiram tirar dele.

Sem opção, o policial teve que encerrar o depoimento. O delegado conduziu o Dr. Dagoberto para a sua sala, enquanto João foi levado de volta para a cela especial.

— Doutor, o senhor sabe que houve uma agressão a um policial e que o prisioneiro é, naturalmente, um dos suspeitos do crime. Quanto às suspeitas, as coisas ainda são muito recentes e não haveria motivo para detê-lo. No que diz respeito à agressão aos policiais em serviço, houve um flagrante delito próprio — João foi enquadrado no Art. 302, I e II, do Código de Processo Penal. Eu, sinceramente, esperava que ele nos ajudasse a esclarecer os fatos. Como o senhor acompanhou, ele se nega a colaborar. Nessas condições, espero contar com a sua compreensão, mas vamos precisar mantê-lo aqui por pelo menos 24 horas, como previsto na lei.

Um advogado penal teria condições de contra-argumentar e vivência para saber como proceder para evitar que seu cliente permanecesse na delegacia, mas o tributarista foi facilmente convencido pelo delegado.

— Eu entendo, doutor. Não tenho como explicar essa atitude do meu cliente. Retornarei amanhã, na esperança de que ele tenha refletido e que se encontre mais receptivo a colaborar.

...

O site do jornal teve inúmeros acessos, as redes sociais ferveram, e o jornal da manhã seguinte, com a reportagem completa, se esgotou rapidamente. O público adorou. A notícia tinha tudo do que o povo gosta: morte, prisão, crime, sangue, criança envolvida e um tempero especial, uma família de classe média — a esposa dentista; e o marido, o suspeito, fiscal da Receita Federal.

Os concorrentes sentiram o golpe e perceberam, de imediato, o potencial da matéria. Um batalhão de repórteres de rádio, jornal e televisão foram mandados às pressas às ruas em busca de novos dados. Mas todos estavam atrasados. As equipes coordenadas por Marcelo já tinham saído antes e, aproveitando essa vantagem, mantiveram-se um passo à frente na luta pelas informações, pela atenção dos internautas e pelo domínio da audiência.

No meio da manhã, os principais programas televisivos já comentavam o fato e alguns já tinham transmissão ao vivo de locais estratégicos, como a delegacia em que João estava detido — a 1ª DPHPP —, o prédio onde ele morava e o necrotério onde estavam sendo feitas as autópsias dos corpos.

O delegado Fonseca, da noite para o dia, se transformou em uma semicelebridade. Os repórteres em frente à delegacia se acotovelavam na busca por uma entrevista. Ele, muito sagaz, resolveu aguardar o desenrolar dos acontecimentos para se manifestar. Sua prudência foi recompensada quando recebeu uma ligação do secretário de Segurança Pública pedindo informações e passando recomendações, o que nunca tinha acontecido antes. Foi necessário tomar medidas restritivas para controlar a avidez da imprensa e a curiosidade das pessoas. Além da delegacia, os policiais colocaram cordões de isolamento na rua em que João morava, que, após a divulgação na TV, ficou com o tráfego totalmente engarrafado. Todos queriam passar em frente ao prédio para ver onde o crime havia sido cometido.

Se o interesse do público pelo caso já foi significativo desde as primeiras notícias na internet, e os jornais nas bancas haviam se esgotado rapidamente, ele atingiu um pico de audiência quando a emissora de TV da rede a que Marcelo pertencia divulgou, em primeira mão, por volta das 10h, a notícia de como as vítimas haviam morrido: tiveram a garganta cortada, em sua própria cama.

No escritório da Receita — outro local especulado, com fila de repórteres no saguão de entrada —, o clima foi de descontentamento. O chefe e os colegas não conseguiam admitir que a mídia sensacionalista tratasse João como culpado sem haver provas e antes de um julgamento. O chefe reuniu todos no auditório e, de comum acordo, combinaram não dar entrevistas.

Mas quem consegue segurar os repórteres, sedentos por informações? Como um enxame, eles buscaram por qualquer coisa relacionada ao caso. A disputa entre os canais de comunicação passou a ser uma guerra, um vale-tudo. Se os colegas da Receita se negaram a dar entrevistas, havia mais pessoas trabalhando no prédio e os fiscais tinham parentes e amigos.

A próxima notícia que causou grande alvoroço nas mídias sociais, no fim da manhã, assim que publicada no site, e o esgotamento da edição impressa da gazeta do dia seguinte, foi a informação de que Sheila estava grávida. Novamente Marcelo saiu na frente, subornando um auxiliar do necrotério e tendo acesso a uma cópia dos exames, antes de serem divulgados oficialmente. O povo adorou saber que havia uma terceira morte ligada ao caso, de outra criança, ainda na barriga, com poucas semanas de vida. Três assassinatos brutais, a mãe e os dois filhos, em sua própria casa — uma família de classe média, em um edifício de padrão elevado, com sistemas de segurança, câmeras e porteiro. O caso ganhou a atenção do país inteiro. O público foi ao delírio.

A imprensa não acusou João explicitamente. A manchete de capa do jornal, por exemplo, foi uma pergunta, não uma afirmação — com uma mensagem subliminar, é claro! Seu nome não foi citado nas reportagens em geral — internet, rádio, jornal e televisão — como culpado, mas a pressão foi incrível e as pessoas foram habilmente conduzidas a fazer um julgamento prévio. Ainda na parte da manhã, às 11 h 15 min, em um programa televisivo de grande audiência em rede nacional, um especialista foi chamado a apresentar o seu testemunho, muito técnico e preciso, avaliando as características conhecidas do crime e o perfil do desconhecido assassino. Ele não citou João em seus comentários diretamente, mas concluiu que, em sua vasta experiência, crimes dessa natureza, sem arrombamento ou roubo, na maior parte das vezes tinham caráter passional. E o eminente psicanalista justificou a sua afirmação com um questionamento final: quem mais teria condições de entrar no apartamento sem deixar marcas e reuniria motivação suficiente para matar a jovem senhora grávida em sua cama e a criança no berço, de forma tão brutal?

A repercussão dessa entrevista foi enorme, levando o caso às capas das revistas semanais mais conceituadas. Os canais de TV sensacionalistas não desperdiçaram a oportunidade. Diversas pessoas foram entrevistadas e demonstraram a sua indignação e revolta. Alguns, mais exaltados, chegaram a se reunir à entrada da delegacia, portando cartazes ameaçadores, e precisaram ser contidos pelos policiais.

O apelo popular foi se tornando, a cada minuto, mais forte, principalmente por meio das redes sociais. Próximo do meio-dia, minutos antes de vencerem as 24 horas do flagrante, o juiz responsável, informado da atitude de João, que se negou a prestar esclarecimentos, e devido às características especiais do caso, resolveu atender ao pedido do Ministério Público e decretar a prisão preventiva do acusado, a fim de completar as investigações em segurança. A notícia caiu como uma bomba na mídia.

Especialistas em direito foram requisitados para esclarecer ao público detalhes sobre a medida. Um deles, o Dr. Araújo Pimentel, foi entrevistado, ao vivo, no jornal do meio-dia da grande rede de comunicação. O advogado tinha menos de quarenta anos, estatura média, cabelos negros, muito bem cortados e penteados. Vestia um terno cinza de bom corte e tinha classe. Embora ainda jovem para a profissão, era sócio proprietário — por herança, ainda que não faltassem méritos — de um dos mais conceituados escritórios do Rio de Janeiro. Ele foi recebido pela própria apresentadora do jornal, Ticiane Assumpção, uma mulher pequena, de cabelos curtos, extremamente simpática e comunicativa.

— Dr. Pimentel, é um prazer recebê-lo. Agradecemos a forma como atendeu prontamente ao nosso chamado, abrindo mão de outros compromissos.

— Eu quem agradece o convite e a oportunidade de estar aqui.

— Todo o país está acompanhando com atenção o desenrolar deste caso em Porto Alegre, devido à extrema brutalidade com que foram assassinadas vítimas inocentes. A decretação da prisão do principal acusado causou grande impacto hoje, no fim da manhã. Muitos entenderam como uma afirmação de culpa do suspeito. É isso mesmo, doutor?

— De forma alguma. Em nosso país, qualquer cidadão só poderá ser preso após sentença condenatória transitada em julgado, afinal vivemos sob a égide de uma Constituição que veda a prisão de inocentes. E todos são considerados inocentes, até que se prove o contrário.

— A que se deve então essa prisão?

— A lei prevê que pode ser imposta restrição à liberdade de locomoção do acusado de um delito em situações excepcionais, em prol de um bem maior.

— O senhor pode esclarecer quando que isto ocorre?

— Essa privação de liberdade pode ocorrer de duas formas: pela decretação da prisão temporária, nas hipóteses previstas na Lei n. 7.960/89; ou pela decretação da prisão preventiva, como aconteceu neste caso que estamos avaliando.

— O senhor poderia explicar melhor o que é essa prisão preventiva?

— Claro. Conforme o nosso Código de Processo Penal, Decreto-Lei n. 3.689, de 3 de outubro de 1941, no seu Art. 312, a prisão preventiva poderá ser decretada como garantia da ordem pública, da ordem econômica, por conveniência da instrução criminal ou para assegurar a aplicação da lei penal, quando houver prova da existência do crime e indício suficiente de autoria e de perigo gerado pelo estado de liberdade do imputado.

— Este tipo de prisão pode acontecer em qualquer momento?

— Sim. A preventiva pode ser decretada em qualquer fase da investigação policial ou do processo penal. Com uma ressalva.

— Qual?

— Ela deve atender ao *fumus boni iuris* e ao *periculum in mora,* ou seja, para a decretação da prisão preventiva, deve existir prova da existência do crime e de indício suficiente de autoria (*fumus boni iuris*), e deve a prisão ser necessária para evitar que mal iminente ocorra (*periculum in mora*).

— Como o senhor entende que esses requisitos legais foram atendidos, neste caso?

— Com certeza a polícia deve estar de posse de provas que liguem o suspeito ao crime, e a situação de comoção popular que o ato suscitou deve ter sido um dos quesitos que o juiz considerou para decretar a preventiva, com vistas a garantir a segurança do suspeito. Há ainda o previsto no art. 313 do CPP, que elenca um rol taxativo de hipóteses em que esse tipo de prisão é permitida, e o caso que estamos avaliando se encaixa na letra "c", que prevê prisão preventiva quando o crime envolver violência doméstica e familiar contra a mulher, criança, adolescente, idoso, enfermo ou pessoa com deficiência, para garantir a execução das medidas protetivas de urgência.

— E qual o prazo desse tipo de prisão?

— A prisão preventiva não tem prazo, e pode ser mantida enquanto houver motivo para a sua manutenção.

— Então podemos entender que o suspeito ficará detido até o julgamento?

— Este é o limite máximo. Mas a defesa pode recorrer e o juiz poderá ordenar que o preso seja colocado imediatamente em liberdade, a qualquer momento, desde que ele entenda que as razões motivadoras para a prisão preventiva não mais existam.

— Muito obrigada, Dr. Pimentel, suas informações foram esclarecedoras.

— A honra foi minha. Fico a sua disposição, quando precisar.

Os noticiários noturnos das TVs abertas, os de maior audiência no país, cobriram o caso, com chamadas de repórteres ao vivo de pontos estratégicos da cidade. O local que mais chamou atenção foi a delegacia de polícia, onde uma multidão se reuniu para atestar o seu descontentamento. Boa parte da Vila Maria da Conceição estava nas ruas próximas da delegacia, junto e misturada com pessoas de outras partes da cidade. A Brigada Militar — a Polícia Militar do Estado do Rio Grande do Sul — precisou intervir e ampliar o isolamento da delegacia. Os manifestantes, percebendo a presença dos jornalistas, ganharam novo ânimo, passando a extravasar a sua revolta de forma mais contundente.

Um dos repórteres do grupo de mídia de Marcelo chamou atenção do âncora do jornal para os gritos da multidão:

— Solta o João!

— É, solta! Ele é inocente!

— Solta! Solta! Solta!

A pedido do âncora, ele buscou esclarecer o porquê dos pedidos inusitados.

— Senhora, vocês querem que soltem o preso?

— Sim. Soltem! — gritou uma senhora morena, vestida de forma simples, possível moradora da vila.

Um homem bem vestido, próximo ao repórter, explicou:

— Soltem! Deixa ele vir até aqui que a gente cuida dele.

Incentivado pelo jornalista, o homem continuou:

— Isto é um absurdo! As pessoas de bem não têm segurança nesta cidade e a polícia se encarrega de proteger um bandido desalmado como esse. Por que não o soltam?

Não ficou dúvidas das razões do apelo da massa pela soltura do detento. Indignada, a população ameaçava fazer justiça com as próprias mãos.

...

No início da tarde do terceiro dia, Marcelo foi chamado à sala do Minotauro. Desta vez foi diferente. Ele chegou tranquilo, confiante, pois sabia que estava realizando um bom trabalho, mantendo o jornal à frente da concorrência — circulavam notícias de que o número de curtidas no site e seguidores havia aumentado significativamente — e alimentando toda a rede com notícias relevantes sobre o caso. Até a recepção da secretária foi mais suave.

— Boa tarde, *senhor repórter.*

— Boa tarde, Maísa. — Ele não era bobo e sabia que, caso quisesse ter alguma chance, precisava demonstrar conhecer o protocolo. E isso incluía discrição, pois não havia dúvidas de que a moça tinha um protetor influente.

— O Dr. Paulo está aguardando, pode entrar.

Por incrível que pareça, sem a longa espera costumeira.

— Você está linda! — Ele falou baixo, quase ao ouvido dela, quando passou pela mesa.

A moça sorriu. E realmente estava. Em um vestido verde, que destacava a cor dos seus olhos, acompanhados de brincos e colar da mesma cor, os cabelos castanhos estavam com um tom dourado irresistível, que combinava com a pele bronzeada artificialmente. Para dar um toque chique, ela portava um gracioso relógio dourado, que chamava atenção para o pulso fino e delicado. Os sapatos tinham um tom verde claro brilhoso, com solado alto e aberturas que mostravam um pé pequeno e muito bem feito. As unhas dos pés e das mãos, em vermelho vivo, davam destaque a cada movimento.

Marcelo entrou e foi convidado a sentar-se imediatamente. Poucas pessoas recebiam tal privilégio. O diretor foi direto ao assunto:

— Você está realizando um bom trabalho!

Vindo dele, era uma frase para ser escrita numa placa.

— Obrigado, senhor.

— Nosso grupo vem usando as informações que oferecemos com sucesso. Nossos jornais televisivos vêm obtendo picos de audiência e tivemos um recorde de visitas ao site, com o consequente aumento do número de assinantes, ávidos por ter permissão de acesso completo às notícias que temos oferecido em primeira mão. E isso é fruto do seu trabalho. Você está no caminho certo.

— Agradeço o incentivo.

— Confesso que, inicialmente, eu achei inapropriada a equipe que você recrutou para auxiliá-lo, repleta de novatos. Depois, percebi que você foi esperto o suficiente para permanecer no controle e soltar os jovens em campo. Eu admito que foi uma decisão inteligente.

Não havia dúvidas, o homem sabia de tudo, nos detalhes. Marcelo decidiu ficar em silêncio e aguardar.

— O diretor-geral, no Rio de Janeiro, está satisfeito. Não é usual, mas ele decidiu aumentar a verba a sua disposição e mandou lhe entregar isto... — Ele mostrou um envelope, que passou às mãos do jovem.

Marcelo abriu-o e, dentro, havia um cheque de uma soma significativa, que equivalia a um ano do seu salário, ou mais. Ele não conseguiu esconder a sua satisfação, e o Minotauro percebeu.

— Não se acostume. É um incentivo e um reconhecimento ao que você trouxe de ganhos para toda a rede nos últimos dias.

Ele não disse, é claro, mas o lucro real havia sido incontáveis vezes maior que o valor da gratificação.

— Eu agradeço. Só a oportunidade de ser efetivado já foi uma grande recompensa. Eu não esperava nada mais.

O executivo, vivido, percebeu a sinceridade do rapaz.

— Continue assim. O caso ganhou a atenção de toda a nação. Não esmoreça ou se acomode, pois neste ramo o sucesso de hoje é o fracasso de amanhã.

Este era um *plus*, um conselho grátis, mas de grande valia.

— Não vou me esquecer disso.

— Só mais uma coisa.

— Pois não, senhor.

— Não comente o que aconteceu nesta sala.

Isso já era uma ordem. E, para bom entendedor...

— Sim, senhor.

Marcelo saiu pisando em nuvens novamente. Colocou o cheque no bolso e seguiu direto para a sua mesa, cheio de planos na cabeça. Ele tinha muito a fazer. Maísa percebeu que não houve gracejo no retorno do rapaz. Ela logo pensou: "O jovenzinho pensa que já é grande coisa. Se acha que somente com alguns elogios eu vou abrir as minhas pernas, está muito enganado".

Mais tarde, no início da noite, a secretária teve uma surpresa. O porteiro do seu prédio interfonou avisando da chegada de uma encomenda. Ela autorizou a entrada do mensageiro e recebeu um grande ramalhete de rosas vermelhas e uma caixa embrulhada para presente. Isso ainda não a convenceu. As flores eram lindas, mas não representavam nada. Imaginou que a caixa guardasse chocolates, e fez pouco caso. Ainda assim, movida pela curiosidade — uma das suas reconhecidas fraquezas —, resolveu abrir o embrulho: um garboso bracelete de ouro. Era, nitidamente, uma peça antiga, de grande beleza e de significativo valor. Seus olhos faiscaram de prazer. Com os presentes havia um bilhete: "Uma joia de família, que podia ter pertencido a minha ou a sua avó. A partir deste momento, pertence a você. Uma joia digna de uma princesa". Agora sim, ele conseguiu mexer com ela. A moça pegou o seu celular pessoal e enviou uma mensagem para o atrevido repórter — a primeira.

"Oi".

"Oi. Tudo bem?"

A resposta não demorou. Ela percebeu que Marcelo devia estar aguardando.

"Tudo. E com você?"

"Também".

"Eu não sabia da existência dessa joia de família".

"É, parece que tem muitas coisas sobre a sua família que você desconhece".

A moça sorriu e resolveu entrar na brincadeira:

"Meu avô teve muito bom gosto ao escolher esta joia".

"Você acha? Imagino que a sua avó deve ter gostado".

"Com certeza. E deve ter custado caro".

Ela não sabia do prêmio recebido.

"Não tem como dar um presente barato para uma princesa".

Ela ficou encantada. O rapaz, desde o início, havia descoberto os caminhos para atrair o interesse da moça: a curiosidade e a cobiça.

A secretária decidiu mudar de abordagem. Ele havia feito por merecer, fosse pelo comportamento discreto, fosse pelo presente — a joia, é claro, pois as rosas não tinham valor. Desta vez, ela enviou uma mensagem de voz. O timbre suave e sedutor foi semelhante ao de uma sereia, capaz de fazer um marujo se jogar ao mar.

— Eu estou com uma garrafa de vinho aqui. Ainda está valendo aquele convite para comemorarmos o seu sucesso?

Bingo! Finalmente ele chegou aonde desejava.

...

No dia seguinte, no escritório da Receita, os colegas perceberam que as coisas estavam fugindo do controle e que a tendência era piorar. A providência de se negarem a dar entrevistas não tinha surtido efeito prático e a todo instante surgia uma nova informação, complicando a situação de João. Chamou atenção de todos, e principalmente do chefe, a postura de Washington, que, desde que voltou ao escritório e tomou conhecimento dos fatos, não demonstrou interesse em procurar o amigo.

— Washington, você tentou falar com o João? — Marcus Vinícius perguntou da sua mesa.

Quem estava próximo parou para escutar a resposta, pois a pergunta era muito pertinente.

— Não, ainda não. — Washington deu uma resposta tímida, baixando a cabeça.

— Esta eu não entendi. Por quê? Vocês não são amigos, quase irmãos?

— Eu soube, pelo Dr. Barbosa, que ele pediu para não receber ninguém.

— Mas você não é qualquer um. Se tem alguém que ele receberia, seria você. — Um dos colegas não se aguentou e entrou na conversa.

— Eu o conheço há muito tempo. Se ele pediu para não receber ninguém, é melhor respeitar e dar um tempo para ele se restabelecer.

Ninguém concordou, mas não havia como insistir.

Uma emissora concorrente, cujo apresentador era famoso por criar polêmicas, conseguiu uma entrevista com o pai de Sheila. O senhor Edgar, um simpático velhinho de cabelos brancos e ar respeitável, pareceu profundamente triste, bastante abalado pela perda da sua única filha e dos netos. O experimentado âncora fez questão de expor os seus sentimentos e de demonstrar compreender a dor que acometia a família.

O entrevistado começou explicando que a esposa, dona Marilda, precisou de cuidados médicos e foi mantida, desde a tragédia, quase sedada, sob efeito de fortes calmantes.

A concorrente não pôde mostrá-lo naquele momento, mas todos que estavam assistindo se lembraram das imagens do velório — obtidas por Marcelo com uma câmera escondida —, quando ela teve dificuldades de se manter de pé, precisando ser amparada por duas pessoas a maior parte do tempo, que tinham contribuído para sensibilizar o público em geral.

O pai, enlutado e muito abatido, foi convidado a falar sobre o crime e sobre as suas suspeitas de quem o havia cometido. O sogro não chegou a acusar o genro, mas fez um depoimento comovido pedindo justiça e lamentando que a lei brasileira não tivesse pena de morte para casos como aquele.

O caso em evidência acirrou a usual guerra da mídia por leitores e audiência. O apresentador soube, pelo ponto em seu ouvido, que pela primeira vez eles tinham conseguido bater a grande rival no Ibope, com este assunto. Ele não poderia desperdiçar a oportunidade, e esticou a conversa quanto pôde.

Marcelo sabia que precisava dar uma resposta e mirou alto.

Os veículos de comunicação desejavam entrevistar o delegado Fonseca e obter detalhes sobre as investigações da polícia, mas ele apenas concedia entrevistas coletivas, tratando a todos com equidade e, o que era pior, mantendo muitas informações em sigilo, alegando que era para não prejudicar as investigações. Só que o principal grupo de mídia do país não estava acostumado a ser tratado com igualdade. Além disso, o repórter tinha motivação própria e verba para se pôr à frente dos concorrentes. Sabendo que esta seria uma ação de peso, consultou o diretor e obteve carta branca.

Decidido a conseguir o encontro a qualquer custo, o jornalista optou por uma abordagem diferente. Em vez de convidar o policial para uma entrevista, pediu para falar em particular, alegando ser um assunto do seu interesse. O policial, inicialmente, pensou em negar, pois ele era astuto e conhecia bem os truques da imprensa. Depois de refletir e reconhecer a força da grande empresa, resolveu ceder para ver do que se tratava. Afinal, havia a possibilidade de que o jornalista tivesse alguma informação nova sobre o caso. Contudo, deixou claro que o diálogo seria sem gravadores e câmeras.

O encontro foi marcado na delegacia, onde as coisas tinham mudado significativamente. Quase todos os casos menores passaram a ser direcionados para outras unidades policiais. O secretário de Segurança tinha ambições políticas e sabia que os olhos do país estavam voltados para aquele posto policial. O chão, as paredes e as luminárias tinham sido limpos; e o local, devidamente arrumado e com móveis reformados — limpeza, pintura, verniz e pequenos consertos —, transparecia um ar de organização.

O delegado Fonseca ficou observando o jovem repórter, com seus cabelos encaracolados e suas roupas descoladas.

— É um prazer conhecê-lo, delegado.

— O prazer é todo meu. — Ladino, o policial resolveu ser gentil e dar corda para ver até onde o rapaz pretendia chegar.

Foram as formalidades iniciais, incluindo a oferta de um chimarrão, que Marcelo, espertamente, aceitou. Depois de a cuia rodar de mão em mão e os dois, inicialmente, conversarem sobre amenidades, eles estavam prontos para iniciar as negociações.

— Eu soube que é você o responsável por este caso no jornal. — O delegado deu o primeiro passo.

— É verdade. — Marcelo adotou uma postura cautelosa.

— Você parece tão jovem. O que fez o Dr. Paulo colocá-lo à frente de uma cobertura tão relevante? — Lançada a primeira flecha.

— Competência. — O rapaz mostrou que estava preparado para a batalha.

— Eu não tenho dúvidas. E o que mais? — O jornalista era esperto, mas o delegado não ficava atrás. Era briga de cachorro grande.

— Eu trouxe o caso para o jornal, em primeira mão. Isso deve ter ajudado. — Marcelo optou pela verdade, sem fazer falsos elogios a sua capacidade. Não tinha como enrolar aquele homem, profundo conhecedor da natureza humana.

— Ah! Faz sentido. Ainda assim, foi uma aposta do Dr. Paulo, que pelo visto está dando frutos. — O olhar do delegado enxergava além das imagens que chegavam a sua retina.

— Obrigado, doutor. — O jovem se manteve em posição humilde, aumentando, propositalmente, o nível de confiança do policial.

— E o que você tem para nós?

— Eu tenho algumas informações sobre o caso que talvez sejam do seu interesse. — Em uma pescaria, é importante chamar atenção do peixe.

— É mesmo?

— Com certeza. Eu vou lhe passar com o maior prazer, embora eu não acredite que possam ser utilizadas na sua investigação. As fontes jornalísticas nem sempre são aceitas pela Justiça.

— Não há dúvidas quanto a isso. — O delegado era um bagre ensaboado.

— Nem sempre os jornalistas são bem compreendidos, mas trabalhamos ao lado da Justiça.

O delegado ficou em silêncio e cerrou os olhos, observando o jovem com toda a sua atenção. A pergunta na sua mente continuava a mesma: "Aonde ele quer chegar?"

O repórter era jovem, mas astuto. Ficou evidente que era a hora de jogar o anzol, ou o peixe escaparia.

— Só que este não é o principal motivo da minha vinda.

— Interessante. E o que seria? — O delegado permaneceu desconfiado.

— Na verdade, eu tenho um convite para o senhor.

— Que tipo de convite?

— Nosso jornal vem acompanhando a sua atuação no caso. Exemplar, diga-se de passagem.

O delegado sabia que estava sendo amaciado. Resolveu dar mais corda ao jovenzinho.

— E...?

— Eu sei que o senhor tem uma reputação ilibada, e não gostaria de ofendê-lo com nenhuma oferta...

"Você sairia desta sala preso", pensou o delegado.

— Na verdade, estamos querendo valorizar a sua experiência e conhecimentos. — Prosseguiu o processo de amaciamento.

— Aonde você está querendo chegar? — O delegado transformou em palavras os seus pensamentos. Ele não era chegado à enrolação.

— Cientes das necessidades atuais de melhorar as condições de segurança da população em geral, gostaríamos de convidá-lo para dar algumas palestras nessa área. Muito bem remuneradas, é claro! — Estava lançada a isca.

O delegado pensou na sua longa trajetória na polícia, construída com muito sacrifício e calcada na honestidade. Mas ele vivia no mundo real e tinha contas para pagar, seu carro estava velho e sua casa precisava de uma reforma. A mulher tratava de lembrá-lo disso todos os dias. E havia mais um detalhe importante: ele estava chegando ao fim da carreira. A aposentadoria estava próxima, muito próxima.

— De quantas palestras estamos falando? E de que valores? — O peixe mordeu a isca. A partir de agora, era saber dar corda para não romper a linha, deixá-lo se debater e puxar devagar. Coisas para um bom pescador.

— Não muitas. Talvez umas três ou quatro. Sabemos que o senhor é um homem ocupado. Ainda mais agora, com este caso tão importante sob a sua responsabilidade. — Um leve puxão, para sentir a força do peixe.

— Sem dúvida alguma! Este é um caso que vem chamando muito a atenção das pessoas. Todos querem ter detalhes que só a polícia possui. — O peixe puxou forte. Hora de dar linha, se não ela poderia romper.

— Por isso, queremos o senhor. Um homem com tamanha responsabilidade deve ter muito a nos ensinar.

O delegado deu um sorriso imperceptível. O garoto era bom.

— Veja o que o senhor acha da nossa oferta. — Marcelo passou ao delegado um papel com uma cifra.

O delegado Fonseca precisou se conter. O valor era muito maior do que ele poderia supor. Ele engoliu em seco e imaginou a satisfação da mulher com a casa reformada, o carro novo e as contas pagas.

— Vocês acham que as minhas palestras valem isto?

— Talvez o senhor é que não tenha a noção precisa dos seus conhecimentos e do seu valor. — Hora de puxar a linha.

O delegado se ajeitou na cadeira. Ele sabia do que estavam tratando e dos riscos que isso acarretaria para o seu nome e para as investigações. Marcelo notou o desconforto do homem a sua frente. Ele estava preparado para isto.

— Aliás, delegado, eu conversei antes com o secretário de Segurança Pública e ele me autorizou a lhe fazer esta oferta. — O golpe de mestre.

O delegado sorriu. O guri era bom mesmo! O que não foi dito é que o secretário tinha planos políticos e que lhe foi oferecido apoio, em troca deste pequeno favor.

O sucesso da estratégia de Marcelo para convencer o renitente delegado a conceder uma entrevista exclusiva a sua empresa evidenciou uma lição que jamais deve ser esquecida por todos: nunca subestime o poder da mídia. No Brasil, esta já havia, no passado, dado inúmeras mostras da sua força, chegando a colocar um desconhecido na presidência da República e o tirando de lá, mobilizando a opinião pública, a partir do momento que ele não cumpriu a sua parte no trato.

Numa democracia, o povo detém o poder: os legisladores são eleitos pelo povo, o Executivo exerce o poder em nome do povo e o Judiciário aplica as leis que o povo — por meio dos seus representantes — aprova. Cabe uma reflexão: qual a verdadeira dimensão, o verdadeiro poder daqueles que são os formadores de opinião, daqueles que conduzem e controlam as vontades do povo?

6

O clima

Karr El estava prestes a concluir uma análise sobre os impactos provocados pelas ações humanas predatórias no planeta. Ele se comunicou com o outro guardião, apontando para um conjunto de informações em destaque:

— As mudanças climáticas provocadas pela emissão de gases na Terra estão chegando a um nível de alerta. Veja esta projeção a minha direita — Ele apontou para uma complexa imagem em 3D. Da forma como as coisas estão se encaminhando, em breve será necessário auxiliarmos o desenvolvimento de uma nova tecnologia que permita uma utilização mais ampla de energia limpa. O que você acha?

Kirr não respondeu imediatamente. Pareceu ponderar, levando algum tempo para reagir:

— Você sabe como eles costumam proceder. Provavelmente os "descobridores" vão monopolizar o conhecimento e utilizá-lo para favorecimento próprio. Eu imagino que a sua intenção seja beneficiar o planeta como um todo.

— Sem dúvida! Eu pretendo tomar as providências necessárias para que a descoberta não aconteça em um único local.

— Você já conversou com o mestre sobre isso? O que ele disse?

— Conversei, sim. Ele reafirmou que confia em nosso discernimento e que estamos realizando um bom trabalho. Apenas lembrou que as premissas básicas precisam ser respeitadas.

— Você sabe o que ele quis dizer, não sabe?

— Sei, sim. Que, quando for necessário, estaremos autorizados a agir. — Pela primeira vez Karr El demonstrou alguma emoção. Um leve, quase imperceptível ar de preocupação. A seguir, continuou:

— A questão é quando. Ele não deixou isso claro. Por isso perguntei a sua opinião.

— Esta será uma alteração de grande impacto, modificando não só o clima, mas a economia e a sociedade como um todo. Nas suas análises, você acha que eles já estão preparados?

— Você quer dizer se eles já têm a base tecnológica necessária para alcançar este novo patamar?

— Sim.

— Com certeza, ainda não. Meu plano inicial é incentivar as ideias ecológicas de preservação da fauna e da flora, para ganhar o tempo necessário para que eles se preparem para estas mudanças, que serão inevitáveis.

— De que prazo você acha que eles precisam?

— De trinta a cinquenta anos. Não mais.

— Você acredita que, nesse curto intervalo, eles estarão prontos?

— Eu acredito que sim.

— Eu percebo que você está contando com a participação dos exilados nessa sua projeção de futuro. — Kirr apontou para um outro esboço em evidência.

— Sim, com certeza. Os exilados já vêm participando da vida do planeta há um bom tempo. Sua contribuição tem sido significativa e podemos observar uma evolução de grande amplitude. Os conceitos mais avançados que trouxeram têm feito a diferença. Logo após a sua chegada, tivemos a chamada Primeira Revolução Industrial, e, depois disso, o gráfico de evolução tecnológica assumiu outro comportamento, como você pode observar. — Foi a vez de Karr El apontar para o mesmo diagrama.

— Mas, de lá para cá, também tivemos duas grandes guerras, não foi?

— Foi, sim. A grande vantagem é que, até aquele momento, o poder de destruição dos homens era limitado.

— Contudo, na reta final, cidades inteiras foram destruídas.

— Verdade.

— Você vem acompanhando a participação dos exilados com mais profundidade do que eu. Como eles estão se saindo?

— Eles vieram somar em muitas áreas do conhecimento humano, contribuindo para o desenvolvimento do planeta e para a evolução da sociedade.

— Para eu entender melhor, cite alguns exemplos, como aqueles que, à chegada, se sentiram injustiçados e você chamou para apresentarem os seus argumentos. Eles já tiveram várias passagens pelo planeta.

— A mulher evoluiu bastante, tanto em conhecimentos científicos quanto em ética e moral. Ela ainda conserva traços de beleza, mas já não dá a mesma importância à aparência como outrora e a sua escala de valores mudou. Atualmente ela dá prioridade para a família e aprendeu a respeitar os sentimentos dos outros; o jovem foi o que mais evoluiu. Ele, praticamente, está pronto para voltar, faltando apenas completar uns poucos anos. O atleta também corrigiu os seus erros e quase completou o resgate das suas faltas. No caso dele, há a necessidade de superar um último teste para provar ser merecedor do retorno. O religioso é que não acompanhou o progresso dos demais. Ele segue atrelado à necessidade de poder e vem marcando passo no seu avanço.

— Por esta amostragem, posso entender que muitos dos exilados já conseguiram voltar ao seu planeta de origem?

— Infelizmente, até agora, não.

— A que você atribui isso?

— Às facilidades que encontraram na Terra e ao nível de evolução dos seus habitantes.

— Como assim?

— Eles se depararam com um planeta com imensos recursos naturais, incluindo minérios, muitos ainda não explorados, solo fértil e oceanos quase intocados. Devido aos seus conhecimentos diferenciados, logo assumiram posições de liderança e puderam dar vazão a suas ambições.

— Você não comentou que eles vêm contribuindo para a evolução da sociedade humana?

— Sim, esta evolução vem acontecendo, mas de forma mais lenta do que gostaríamos. O desenvolvimento material é o mais perceptível.

— Por qual motivo?

— Os homens são mais atraídos pelas mensagens de hegemonia racial, conquista de poder e riquezas do que pelas de paz e igualdade. É difícil germinarem sementes em terreno árido. Enquanto for dada mais importância ao "ter" do que ao "ser", tendemos a ver esta realidade.

— Eu entendo. Minha preocupação é que, conforme este quadro que você esboçou, o planeta como um todo está avançando mais em ciência do que em moral. Você sabe que este é um dos motivos que vêm causando estas graves consequências climáticas, não é mesmo?

— Com certeza. Eu também tenho a mesma preocupação. Vamos seguir trabalhando, fazendo o possível para minimizar essa realidade e oferecer a eles a oportunidade de corrigirem os seus procedimentos e hierarquia de valores para que mais possam se libertar. E a sua opinião sobre as questões climáticas?

— Concordo com você, precisamos ganhar o tempo necessário para que eles estejam preparados para esta mudança, que será inevitável. Contudo, sugiro não apenas desenvolver a consciência ecológica, mas induzir o maior número possível de pessoas a se juntarem a estas ideias, até transformá-las em pressão para limitar a ação destrutiva dos governos. Ao mesmo tempo, em breve poderemos facilitar algumas pequenas descobertas que ajudem a limpar o ar, os mares, os rios, e a diminuir a emissão de gases, como a utilização de motores elétricos em substituição aos de combustão.

— Muito bem colocado.

— Acredito que isso dará o tempo de que eles precisam para alcançar o patamar tecnológico necessário para auxiliarmos na introdução das novas fontes de energia. Eles vêm se destruindo desde o início dos tempos. É previsível e aceitável. O que não podemos permitir é que destruam o planeta, ou que o tornem inabitável.

— Esta é uma das premissas básicas a que o mestre se referiu!

7

O matador

O contato com a velha pena lhe trazia uma satisfação indescritível. Ondas de prazer percorriam o seu corpo e uma sensação de poder o invadia. Ele se sentia grande, forte e poderoso. Era como se ele se transformasse num super herói, imbatível, invencível, acima do bem e do mal, capaz de decidir quem deveria viver e quem deveria morrer. Nestes momentos ele se esquecia da sua pequena estatura, das suas características físicas insignificantes, da sua timidez e da sua correspondente incapacidade social, para se sentir um ser superior, maior e melhor do que os demais.

Após o trote recebido por Bernadete, Giuseppe soube que não conseguiria segurar a fera que havia no seu interior por muito mais tempo. O medo vivido pela mãe aguçou nele o instinto de predador. Era chegada a hora. Nem mesmo o sacrifício de animais seria suficiente para abrandar o seu desejo insaciável por poder. No passado, funcionou. Agora, não mais.

Ele relembrou as suas próprias regras, criadas com base no estudo minucioso das obras dos seus antecessores:

1. Não se prender a um método;

2. Não se considerar infalível;

3. Não buscar reconhecimento.

Na sua avaliação, estava bom: simples e objetivo. Mas podia melhorar. Perfeccionista, decidiu acrescentar um quarto tópico:

4. Não deixar provas ou testemunhas.

Satisfeito, passou a planejar os próximos passos.

...

Em outro local do apartamento, Bernadete, deitada na sua cama, refletia. Teria ela agido corretamente ao pedir para ficar naquela casa? Pensou na sua vida em São Paulo. Embora cercada de amigas queridas, vivia sozinha e sentia falta do filho e, principalmente, do marido. Ali, em Porto Alegre, poderia novamente viver em família e desfrutar a alegria de ser avó — e como era bom cuidar da netinha, tão pequena e indefesa!

O trote mexeu com os seus sentimentos e a fez lembrar que a violência sempre fez parte de sua vida. Mesmo tentando evitar, retornaram lembranças da infância do filho, o que gerou inquietude no seu coração, trazendo à tona uma sombra, algo que a incomodava havia anos e que ela nunca pôde dividir com ninguém. Provavelmente, nunca faria. Não teria coragem, com toda a certeza. Dando vazão às recordações mais profundamente enterradas, vieram, desta vez, a sua memória outras recordações, culminando na tarde em que o seu Oswald tinha batido a única vez em Giuseppe, então adolescente. Sua vida nunca mais foi a mesma depois daquilo. O que mais a afetou não foi o marido ter surrado o filho ou a ação que provocou isso, mas a perda irreparável que veio depois. Sua mente voltou no tempo.

...

Oswald tinha o hábito de acordar bem cedo, antes do nascer do sol. A esposa fazia questão de despertar com a primeira claridade do dia, para preparar o seu desjejum, enquanto ele fazia a higiene e se arrumava. Desde quando podia lembrar, o marido costumava levantar sorrindo, brincando. Mesmo nos momentos mais complicados, na época das dificuldades financeiras, ele nunca demonstrou se abater. Era um homem de muita fé, que mantinha o pensamento positivo, que sempre lhe dizia que tudo ia se resolver e que as coisas melhorariam.

Naquela fatídica manhã, foi diferente. Oswald se comportou de uma forma estranha: não brincou com ela, não sorriu, não lhe deu um tapa no bumbum quando a percebeu desatenta, como sempre fazia. Tomou seu café em silêncio, pensativo. Dava a impressão de que alguma coisa havia se quebrado dentro dele. Era como se estivesse vendo algo que ela não via ou não queria ver. Como era da sua natureza, Bernadete, inicialmente, não teve coragem de perguntar o que era. Mas a mudança foi tão visível que ela não resistiu:

— Você está bem, meu querido? — Intimamente, ela sabia que não.

— Tudo bem. — Ele tentou sorrir, mas só conseguiu com os lábios. Os olhos permaneceram tristes.

— Eu te vejo abatido, como não é do teu jeito. Onde está o bom humor de sempre, a confiança inabalável em um futuro melhor?

— Ainda está dentro de mim, com certeza. Em algum lugar. — Sua tentativa de brincar saiu estranha, como alguma coisa fora de lugar ou no tempo errado.

— Eu estou aqui, tá? Lembre-se disso.

— Lembrarei, meu amor. Você sempre esteve ao meu lado, e eu do teu. Você nunca me decepcionou.

Bernadete jamais esqueceu aquelas palavras, que calaram fundo no seu coração.

Ele lhe deu um beijo na testa e desceu para a oficina. O filho acordou um pouco depois, fez um lanche rápido e saiu para andar de bicicleta. Sua escola era na parte da tarde.

A manhã seguiu sem incidentes, e ela, distraída nos afazeres domésticos e ouvindo música no rádio, nem percebeu o passar das horas. Próximo do meio-dia, quando já estava quase finalizando o preparo da refeição, o telefone tocou. Antes de tirar o fone do gancho, Bernadete olhou a hora e ficou preocupada. Ela conhecia as suas obrigações e sabia que logo precisaria servir o almoço para o marido e para o filho, que seguiria para o colégio. Resolveu baixar o volume do rádio e atender, mantendo em mente que não poderia demorar, pois ainda havia coisas para fazer.

Era Bia, uma das suas amigas mais próximas e também vizinha. Moravam na mesma rua, tinham idades próximas e problemas parecidos, cada uma com um marido e um filho para cuidar. As semelhanças paravam por aí. Bia era morena clara, alta, com cabelos negros e lisos, na altura dos ombros. Ela se destacava pela simpatia e por ter uma energia e uma disposição contagiantes.

Embora a ideia inicial fosse não atender à ligação, a vontade de saber as últimas notícias da vizinhança eram muito atraentes para deixar passar. A convivência com as amigas era, praticamente, a única vida social que ela tinha como dona de casa.

Bernadete mal havia iniciado a conversa com a amiga quando notou um movimento diferente na parte de baixo da casa, na serralheria — possivelmente não percebido antes devido à música alta. Havia mais vozes do que de costume, e a agitação chamou sua atenção. Poderia ser que alguns amigos de Oswald tivessem chegado de surpresa, mas alguma coisa na sua intuição de mulher a fez ficar apreensiva, com o coração apertado. Este sentimento cresceu quando ouviu o som de uma sirene de ambulância, que parecia se aproximar, ficando cada vez mais elevado. Ela não resistiu, pediu licença para a amiga e resolveu ir até a janela verificar.

Qual não foi o seu susto ao ver algumas pessoas se movimentando no pátio e a ambulância entrando. Bernadete colocou o aparelho, que permanecia na sua mão, no gancho — sem nem se despedir — e desceu o mais rápido que pôde as escadas. Nada poderia prepará-la para a cena que os seus olhos presenciaram: havia homens estranhos dentro da oficina e os agentes de saúde, em seus uniformes brancos, colocavam o seu Oswald numa maca, com ar de urgência e gravidade — esta imagem permaneceria na sua memória como um quadro em três dimensões. Ela sentiu o mundo rodar diante de seus olhos e caiu, desfalecida.

Em estado semiconsciente, Bernardete sentiu-se carregada e colocada num sofá. Havia diversas vozes, correria, uma sirene e outros sons que ela não conseguiu distinguir. Por fim, o barulho da sirene se perdeu ao longe.

Só depois veio a saber que um dos enfermeiros ficou para atendê-la, enquanto os demais paramédicos seguiram com Oswald na ambulância.

Ela sentiu algo próximo ao seu nariz, que a incomodou. O cheiro forte a fez readquirir a consciência e, com ela, veio o retorno à dura realidade. Todo o medo e desespero voltaram, ainda mais fortes. As pessoas que lhe prestavam assistência evitaram dar detalhes do ocorrido.

— O que aconteceu? O que aconteceu? — ela insistiu, com os olhos arregalados, em pânico.

— Calma senhora, não fique tão agitada. — O enfermeiro, um negro grande e forte, com mãos enormes, a manteve deitada.

— Por favor, eu preciso saber. Ele está bem? — Seu pedido soou como um lamento.

— Ele está sendo atendido. Se Deus quiser, ele vai ficar bem.

— Pelo amor de Deus! O que aconteceu? — Ela começou a chorar, em desespero.

O enfermeiro fez um gesto, e outras mãos potentes a mantiveram segura, enquanto ele abriu a sua maleta e pegou uma seringa. Bernadete sentiu uma picada no braço, uma leve queimação e as coisas começaram a perder o foco novamente. Logo, estava dormindo.

Bernadete nunca soube precisar por quanto tempo permaneceu naquele sono forçado. Foi algo diferente, ao qual não estava acostumada. A sensação foi semelhante à de que a tivessem trancado num lugar sem luz e sem lembranças. Passadas algumas horas, recobrou a consciência lentamente e percebeu que estava na sua cama, cercada pelas vizinhas. Ainda um pouco desorientada, fez um esforço para se lembrar do que tinha acontecido, do que a havia levado àquela situação tão estranha e sem sentido. Seu cérebro estava lento, ela estava lenta, semientorpecida. Tentou falar e não reconheceu a própria voz, mole e engrolada.

— O que aconteceu?

As amigas se olharam com certa aflição. Pareciam também tentar entender a situação.

— Você passou mal, Berna, e desmaiou. — A vizinha que estava ao lado, Bia, colocou a mão amiga sobre o seu braço, demonstrando cuidado.

— Você quer um pouco de água? — outra perguntou.

— Quero, sim.

As vizinhas notaram a voz engrolada e transpareceram insegurança. Nitidamente, elas não sabiam como proceder. Uma olhava para a outra em busca de uma sugestão. Ajudaram Bernadete a se sentar na cama e a tomar água. Todas foram muito solícitas, mas aparentaram receio, medo de alguma coisa. Elas, que normalmente tinham mil assuntos para conversar umas com as outras, permaneceram num silêncio estranho.

— Bia, você disse que eu passei mal. Por quê? O que houve?

— Você não se lembra? — A amiga arregalou os olhos.

— Vagamente. Espera! Parece que aconteceu alguma coisa com o Oswald. Sim, eu acho que foi isso. — Ela fez um esforço para se lembrar.

As amigas ficaram ainda mais receosas. Este assunto era a razão do seu medo.

— Foi isso, não foi? Ou eu sonhei?

Bia, por ser mais chegada, tomou a frente.

— Você não sonhou, amiga. Lembra-se de que nós estávamos conversando ao telefone?

— Sim, claro! O telefone, sim, eu lembro. Eu fui ver o que estava acontecendo, a ambulância, Oswald caído... — Ela levou as mãos à boca.

— Contem, por favor. O que aconteceu com ele? — Seus olhos estavam cheios de lágrimas.

Foi um pedido de quem quer saber, de quem precisa saber alguma coisa, mas que ao mesmo tempo implora que a notícia não seja totalmente ruim. Não houve mais como retardar, pois havia chegado a hora que todas temiam.

— O Oswald sofreu um acidente na oficina. — A amiga demonstrou fazer um grande esforço à procura das palavras certas.

As mulheres deram a impressão de sentir a perda de Bernadete, antecipadamente. Seus respectivos rostos, que antes demonstravam insegurança e medo, haviam se transformado em expressões de dor e de pena da amiga acamada.

— Um acidente? Ah! Sim, a ambulância, claro! Agora as coisas começam a fazer sentido. — À medida que os efeitos do sedativo passavam, ela começava a colocar as lembranças em ordem.

— E onde ele está agora? Ele está bem, não está? — Sua ingenuidade e angústia foram comoventes.

Houve um momento de silêncio pesado. Bernadete olhou de uma para outra amiga em busca de um retorno. Ninguém se atreveu a responder, foi constrangedor. Aos poucos, ela foi compreendendo — embora, no íntimo, não quisesse entender.

— Não, não pode ser. Digam que não é verdade, por favor! — Sua fala em desespero soou como um último pedido, feito com a voz embargada e as mãos trêmulas.

— Eles fizeram tudo o que puderam, mas ele não resistiu. — Bia tentou evitar, mas deixou cair uma lágrima. Nem percebeu que, às suas costas, as demais já estavam em prantos.

Por sorte, o enfermeiro que permaneceu para atender Bernadete percebeu a fragilidade da pequena senhora e, antes de sair, deixou um outro calmante, para o caso de ela precisar. E foi necessário. As amigas lhe passaram o comprimido com um copo de água e continuaram ao seu lado, dando-lhe conforto. Logo, ela dormiu.

Só bem mais tarde Bernadete veio a saber o que havia acontecido, debaixo dos seus pés, naquela manhã, na serralheria: Giuseppe chegou à oficina de bicicleta e encontrou Oswald caído sobre um portão que estava consertando, as pontas em lança cravadas em seu abdômen. Ele pareceu estar desacordado, mas ainda vivo. O menino saiu à procura de ajuda. Alguns vizinhos e transeuntes acorreram, mas ninguém pôde fazer nada — nunca foi encontrada uma razão plausível para o acidente e ninguém ousou pôr em dúvida o que foi contado pelo filho adolescente. O socorro médico foi chamado às pressas. O SAMU (Serviço de Atendimento Móvel de Urgência) chegou rápido e transportou o ferido para o hospital, mas ele não conseguiu chegar lá. No trajeto, ainda na ambulância, Oswald não resistiu e eles o perderam.

Bernadete permaneceu sob efeito de sedativos o resto do dia. Sua natureza física e psicológica fracas não lhe permitiram enfrentar a dura realidade imediatamente. Ela só foi ver o filho no dia seguinte. Giuseppe tinha passado a noite na casa de Bia, que tinha um filho da sua idade. A mãe abraçou o menino, chorando muito. Sob forte emoção, ela se esqueceu de que ele não gostava de abraços. Giuseppe demonstrou abatimento durante o velório e o enterro, mas não soltou uma única lágrima.

...

Em sua cama, no apartamento do filho, em Porto Alegre, Bernadete sentiu retornar a sombra que envolvia o seu coração havia tantos anos. Não era só tristeza, era dúvida. Uma dúvida que a consumia, dia após dia. O pensamento veio — ameaçando-a como um fantasma —, e ela o afastou com energia, gritando para si mesma: "Não, definitivamente, não!" Ela forçou a sua mente a acreditar — como nas vezes anteriores — que as suas suspeitas não faziam sentido. E repetiu: "Ele era apenas um menino".

Após conseguir aplacar os seus medos, aliviando a sua consciência com o inesgotável amor de mãe, Bernadete chegou à conclusão de que havia tomado a decisão certa. Ela estava na casa do filho, do seu filho. E teria a oportunidade de acompanhar o crescimento da sua netinha. O que mais poderia querer? O passado que ficasse no passado.

...

Giuseppe, por sua vez, no quarto ao lado, tinha outras ideias na cabeça. Decidiu iniciar as suas ações predatórias homenageando Gary Leon Ridgway, assassino em série americano conhecido como *The Green River Killer*. Sua decisão foi devido ao fato de Porto Alegre ser banhada pelo rio Guaíba e porque começar com uma prostituta lhe traria vantagens, pois essas profissionais, pelo tipo de trabalho que exerciam, se tornavam alvos fáceis, oferecendo, historicamente, oportunidade e facilidade de serem atacadas, além de não haver quase nenhum interesse das autoridades em protegê-las.

Ele planejou, cuidadosamente, cada passo, mantendo as informações em sua mente. Nada de anotações em papel ou uso de equipamentos digitais. Qualquer meio que usasse criaria uma trilha, e ele não desejava deixar rastros. Avaliando a diversa gama de ofertas de prostituição, optou pelas profissionais que atendiam por telefone, em vez das que trabalhavam diretamente nas ruas, nos clubes ou pela internet. Ele identificou várias vantagens: selecionar a sua vítima com calma, sem o risco de ser reconhecido depois; facilidade de disfarçar a voz, na remota hipótese de haver algum tipo de gravação; utilizar um telefone público e ligar de um lugar distante e com grande fluxo de pessoas, dificultando ser rastreado no futuro. O risco nas ruas e nos clubes era superior, pois eles estavam apinhados de câmeras e de colegas. Usando a internet, a possibilidade de ser rastreado aumentava — ele se lembrou do que havia acontecido a BTK. Além disso, optando pelo telefone, havia um jeito de ele se ver livre das malditas câmeras, bastando marcar o encontro num local adequado, antecipadamente checado. Encontrar os contatos foi fácil, bastando abrir os classificados de um jornal. Como precaução, optou por alugar um carro. O cuidadoso predador não desejava correr o risco que alguém saísse à procura do modelo e da cor do seu carro. Outra coisa que não lhe interessava era a luta corporal. Seu físico era inadequado, e havia a possibilidade de ficarem resíduos nas unhas da vítima ou marcas em ambos. Ele poderia optar pelo uso de uma seringa ou pela ingestão de algum líquido para tirá-la de combate, mas ambos ofereciam riscos. Escolheu o mais simples e mais fácil de adquirir: éter.

. . .

Bernadete acordou cedo e foi preparar o lanche para a família. Ela gostava de se sentir útil e estava habituada às tarefas do lar. O filho foi o primeiro a chegar à cozinha e pareceu mais bem-disposto do que de costume. Concluiu que era devido à conversa que tinham tido na véspera.

— Bom dia, filho!

— Bom dia, mãe!

— Acordou animado, hoje. Foi devido a nossa conversa e de termos combinado de eu ficar para cuidar da Amanda?

— Ah! Sim, claro! — Ele foi pego de surpresa, mas aproveitou a deixa.

Isso ajudou a melhorar o humor dela e a desvanecer as dúvidas que pairavam sobre a morte do seu Oswald e teimavam em assombrar o seu coração de mãe. Bernadete ainda tentou puxar conversa, mas o filho respondeu com os monossílabos de sempre. Carla chegou a seguir, e foi um pouco mais fácil manter um diálogo normal com a nora, como era do seu agrado. Após os dois saírem para o trabalho, ela chegou à conclusão de que precisava fazer novas amigas, pois já sentia falta das conversas com as vizinhas.

. . .

Giuseppe trabalhou normalmente naquele dia e prosseguiu, sempre que possível, repassando mentalmente os detalhes do seu plano, à procura de possíveis falhas. À noite, com mais tempo, foi possível se concentrar e concluí-lo. Algo importante que estava faltando era o local onde realizaria o trabalho. Resolveu utilizar um velho galpão recentemente adquirido por sua empresa como depósito secundário. Era um local com inúmeras vantagens: só era operado em horário comercial, espaçoso, de boa localização — no trajeto entre Porto Alegre e Canoas —, fácil acesso e isolado por um muro alto. Ele decidiu empregar o mesmo método do personagem Dexter, na famosa série de TV, isolando um determinado espaço com plásticos e, depois, se desfazendo deles, evitando assim qualquer vestígio de sangue. Não seria difícil adquirir uma bobina de plástico e deixar num canto do galpão. Entre tantos outros objetos, o pessoal do supermercado nem notaria a diferença.

Concluídos os planos, faltou o mais importante, a metodologia. Embora Ridgway tenha sido a sua inspiração inicial, não estava nos seus planos praticar necrofilia. Na sua opinião, isto era coisa da mente deturpada do *Green River Killer*. Ele descobriu que preferia utilizar um estilo mais clássico. Lembrou-se da obra do mito Jack, o Estripador, e sorriu. Este sim mereceu o reconhecimento recebido. Nunca foi pego e entrou para a história por sua perícia e originalidade. Mas a escolha por Ridgway já havia sido feita.

No correr da semana, fez contato com algumas mulheres, ajustando detalhes como valor e local onde poderia pegá-las. Fez uso do seu instinto de predador para fazer a escolha certa. O valor era irrelevante — não pretendia pagar mesmo, mas fazia parte do jogo, e ele foi forçado a abordar isso, para não chamar atenção. Por fim, escolheu uma jovem moça loira, magra, baixa, com olhos azuis, que disse se chamar Débora e ter vindo do interior havia pouco tempo. Ele bem que gostaria, mas não tinha como checar as informações. De qualquer forma, o seu nome e origem não tinham muita importância, pois ele a via apenas como um objeto. O que, verdadeiramente, o motivou na escolha foi que, no diálogo ao telefone, ele percebeu uma certa fragilidade nela. Foi algo sutil: um tempo a mais para dar as respostas, uma insegurança para tomar decisões, pequenas coisas que o fizeram lembrar sua mãe. Ele detestava esse tipo de fraqueza.

Colocar o plano em prática foi como fazer funcionar as engrenagens de um relógio. Giuseppe a pegou no local que escolheu, previamente checado e sem câmeras. Ela estava atraente, num vestido azul que realçava a cor dos seus olhos. Tinha os cabelos na altura da nuca — de um cacheado natural — e um sorriso meigo. Dava para perceber que a moça era muito jovem, quase uma menina. Os traços finos e delicados tornaram evidente a sua vulnerabilidade. Nenhum outro homem, nenhum que a visse como um ser humano, desejaria lhe fazer mal.

— Oi, posso entrar? — Ela se aproximou do carro alugado, com as características previamente combinadas, em passos delicados.

— Claro! — Ela entrou, sentou-se e fechou a porta.

Ficou um silêncio estranho no ar. Na cabeça dela, eles teriam um encontro naquela noite. Mais um cliente que a ajudaria a pagar as contas e enviar dinheiro para o filho. Na cabeça dele, os planos eram outros.

Como profissional, a moça sabia que fazia parte do seu papel quebrar aquele gelo inicial:

— Como você está, tudo bem?

Ele percebeu que ela tinha um sorriso encantador. Embora tentasse negar, sentiu atração.

— Sim, tudo bem. Perdoe se eu estou um pouco sem graça. Eu sou casado e é a primeira vez que eu busco este tipo de serviço.

— Sem problemas! Fica tranquilo. — Ela tinha percebido algo estranho no rapaz e a explicação a ajudou a relaxar.

— Você é mais jovem e mais bonita do que eu imaginava. — O predador gostou dos brincos em formato de pérola. Possivelmente uma bijuteria barata, mas chamaram sua atenção.

— Obrigada. — Ela sorriu novamente.

— Eu acho que não fiz uma boa escolha. Este local é um pouco mal iluminado. Parece ser perigoso.

— Eu já estou acostumada.

O predador colocou o carro em movimento. A moça demonstrou a confiança necessária para a profissão:

— Para onde vamos?

— Eu tenho um local. Eu tinha te falado, lembra?

— Sim.

— Exatamente. Fica no caminho para Canoas, não muito longe daqui. Você disse que não haveria problema.

— Sim. Mas você tem certeza de que não quer ir para um motel?

Ela realmente se lembrava de ter falado isso, mas agora, vendo o homem, ela titubeou. Não havia uma razão plausível para o sentimento de insegurança que se apoderou da moça. Parece que alguma coisa, dentro dela, tentava alertá-la.

— Eu preferia assim, como combinamos. Eu sou casado e, se, por azar, eu for reconhecido na entrada ou na saída de um motel, vou ficar numa situação embaraçosa. Você se importa?

Foi um momento de tensão para o caçador. Ele também sentiu que ela estava em dúvida. Se ela não aceitasse, teria que cancelar a missão.

Ela demorou alguns segundos para responder:

— Não, não me importo. Pode ser, sem problemas. — Por fim, a moça considerou bobagem o seu medo. Prevaleceu a ideia da necessidade do dinheiro que receberia. Pouco importava o local. Seu único desejo é que fosse rápido, o mais rápido possível.

Ele passou a desfrutar de uma sensação de força indescritível. Naqueles minutos, enquanto o carro seguia no trânsito, sabia que tinha o poder total sobre a vida e a morte. Ele não conhecia nada sobre a história daquela linda jovem ao seu lado, dos desafios que enfrentou, das decisões erradas que tomou, da ilusão de entrar nesse tipo de vida por dinheiro, para enviá-lo para a mãe, que a imaginava trabalhando em um escritório na capital e que cuidava do filho pequeno no interior. Para conhecer, Giuseppe precisaria ter interesse e, para ter interesse, necessitaria ter sentimentos. Só que ele não tinha.

Débora acordou um pouco tonta e levou algum tempo para entender o que estava acontecendo. Suas primeiras sensações foram de frio e dor de cabeça. Ela tentou se mexer, mas não conseguiu. As luzes a incomodaram e ela piscou os olhos repetidas vezes para tentar colocar as vistas em foco.

— Acordou, bebê?

A voz trouxe recordações, e nitidamente da sensação de insegurança que sentiu no carro, antes de concordar em acompanhar o cliente.

À medida que recuperou a consciência, ela percebeu que estava nua, deitada numa mesa gelada, cercada de plásticos por todos os lados, num ambiente bizarro. O medo tomou conta das suas emoções. Tentou falar, mas não conseguiu, notando que, além de amarrada, estava amordaçada. Seu único pensamento foi no filho pequeno. O que seria dele sem ela?

Na cabeça de Giuseppe, a sensação de poder o enebriava. Ele tinha nascido para aquilo. Aguardara anos para viver aquele momento de completo domínio sobre a vida e a morte. Teve paciência e esperou-a acordar, exatamente para poder ver nos seus olhos o medo, para respirar esse medo, para se alimentar desse medo. Era chegada a hora.

O predador entrou no ângulo de visão da vítima, e ela pôde notar a euforia estampada no seu rosto. Giuseppe respirou fundo, e ela percebeu que ele estava se sentindo o máximo. Naquele segundo, Débora teve a certeza de que não conseguiria ver o seu amado filho mais uma vez. Lágrimas rolaram dos seus olhos. Era o fim.

. . .

Com uma caneta, Valença levantou o pano que cobria o cadáver — encontrado próximo ao rio Guaíba, num ponto distante da Praia de Belas — e percebeu de imediato as marcas características de estrangulamento. Não havia sinais de violência sexual, mas chamou sua atenção a posição do corpo, jogado como se fosse lixo. Ele não pôde deixar de lamentar a perda daquela vida de forma tão cruel e sem sentido.

O detetive da Delegacia de Homicídios era baixo, moreno e um pouco acima do peso. O sangue índio era evidente, tanto nos cabelos e olhos escuros quanto no tom da pele, um pouco avermelhada. Ele era um homem calmo, de gestos lentos e grande poder de concentração. Nenhum detalhe lhe passava despercebido, por isso, além da brutalidade desnecessária, chamou sua atenção a total ausência de provas e o fato de que a vítima estava apenas com um dos brincos.

A morte da prostituta não recebeu muita atenção da imprensa, com exceção dos jornais populares, especializados em assassinatos, desastres e tragédias.

Para o detetive fez pouca diferença saber que se tratava de uma profissional do sexo. Ele a viu como um ser humano, quase uma menina, com idade para ser sua filha.

O policial conduziu a investigação com esmero e chegou ao apartamento que a moça dividia com outras quatro colegas com facilidade. Elas ficaram muito abaladas e lamentaram profundamente a perda da amiga. O detetive viu os anúncios que colocavam nos jornais e soube do local onde Débora — nome profissional de Maria Aparecida da Silva, de dezenove anos, natural de São Leopoldo — havia combinado com o último cliente. Ele foi ao local, numa região conhecida da Avenida Farrapos, local histórico de prostituição, mas foi frustrado pela falta de câmeras nas proximidades. O detetive perguntou-se se havia sido coincidência ou uma atitude planejada do assassino. Ele voltou ao lugar várias vezes, em diferentes horários, na esperança de encontrar alguém que pudesse ter visto alguma coisa, mas não obteve sucesso.

Um momento delicado do seu trabalho foi ir à residência da vítima, à procura de informações. Ele encontrou a mãe arrasada, morando numa casa humilde e cuidando do netinho, de pouco mais de um ano. Ela pouco pôde ajudar, pois nem sabia que a filha estava nessa profissão.

Valença fez o que foi possível, mas foi forçado a arquivar o caso, por não conseguir nenhuma pista que levasse ao matador.

Durante os anos seguintes Giuseppe colocou em prática diversos projetos semelhantes, sempre procurando evitar um padrão e sem deixar testemunhas. Essa forma de agir dificultou o trabalho da polícia, sobrecarregada de assassinatos para resolver. As mortes foram se acumulando, engrossando o número de casos sem solução, encaminhados para arquivamento por falta de provas e servindo apenas para compor as estatísticas.

8

A fênix

A entrevista com o delegado Fonseca, responsável pelo caso que estava comovendo o país, foi divulgada em rede nacional. Escolheu-se um dos programas de maior audiência da TV brasileira, exibido aos domingos, em horário nobre. O entrevistador foi selecionado com muito critério, entre os nomes de maior destaque da empresa — Paulo Bessa estava entre os três principais jornalistas em atividade e sua inteligência e credibilidade eram incontestáveis.

Os anúncios do futuro encontro começaram a ser divulgados no domingo anterior, no próprio programa dominical, e seguiram por toda a semana, com diversas chamadas durante a grade de programação, prometendo esclarecimentos e fatos até então desconhecidos do público em geral.

Os concorrentes haviam tentado esses esclarecimentos inúmeras vezes, sem sucesso. Um ou outro esboçou algum tipo de reclamação, mas todos sabiam que não havia como competir com o poder econômico da gigante das comunicações.

No dia da entrevista, o reclame apareceu, repetidamente, em diversos horários: "Não percam, hoje, a conversa de Paulo Bessa com o delegado Fonseca, que promete esclarecer o caso que abalou o país". À tarde, uma chamada diferente: "O seu programa dominical apresenta, daqui a pouco, uma declaração exclusiva do delegado Fonseca. Você não pode perder!"

O programa iniciou, como de costume, às 20 h, em clima de grande expectativa. Ao fim de cada quadro, a entrevista foi lembrada: "Não percam! Ainda hoje, Paulo Bessa tem um encontro, ao vivo, com o delegado Fonseca". Durante a sequência das atrações, nova publicidade: "Em breve, na nossa programação, o depoimento ao vivo do delegado Fonseca". E, perto do fim do programa: "É agora! Você não pode perder! No próximo bloco, os esclarecimentos que o Brasil inteiro espera. Paulo Bessa vai perguntar ao delegado Fonseca tudo o que você quer saber sobre o caso da família brutalmente assassinada no próprio apartamento".

Finalmente, chegou o momento tão esperado. A audiência atingiu o ponto máximo, com números impressionantes, semelhantes ao de uma trasmissão de jogo do Brasil em final de Copa do Mundo. Os executivos da rede sorriram satisfeitos, contabilizando enxurradas de dinheiro que entraram por meio de anúncios diretos e indiretos — utilizados indiscriminadamente durante todos os quadros do programa.

O povo havia sido conduzido pela mídia a formar uma opinião e torcia para comprová-la, indiferente e insensível a qualquer sentimento de empatia. Para uma boa parte do público, alienado por gerações pelas incontáveis novelas, aquela entrevista era, apenas, mais uma diversão.

O delegado Fonseca apareceu muito elegante, sentado confortavelmente em uma poltrona de couro, enquanto Paulo Bessa, em outra igual, exalava autenticidade e credibilidade com seus cabelos grisalhos e as marcas do tempo gravadas no rosto expressivo, advindas de incontáveis batalhas no jornalismo nacional e internacional.

Ambos estavam trajando ternos formais, com cortes impecáveis. Quem visse o delegado naquela pose, muito bem vestido, barbeado e maquiado, pensaria que a polícia brasileira não deixava nada a desejar ao MI5, ao FBI ou à CIA.

— Boa noite, delegado Fonseca. Em primeiro lugar, quero agradecer a presença do senhor, que de forma tão gentil atendeu ao nosso convite e veio, motivado pelo único desejo de apresentar as informações que a população anseia em saber, elucidar este caso que vem chocando a todos pela brutalidade do crime. — O sorriso profissional no rosto do jornalista e seu aspecto descontraído contrastavam com a ansiedade de toda uma nação.

— Boa noite, Paulo. Eu que agradeço o convite. É um prazer poder ajudar. Só não vim antes porque não era possível. — Para a surpresa de muitos, o delegado transpareceu estar muito à vontade em frente às câmeras.

— Podemos começar?

— Com toda a certeza. Eu estou a seu dispor.

— Delegado, a opinião pública vem demonstrando aprovar a atuação da polícia, neste caso. Sabemos, por exemplo, que poucas horas depois do crime o principal suspeito já havia sido localizado e detido. A que se deve tamanha presteza? — Foi uma deixa, subliminar, com a intenção de apoiar o secretário nas suas futuras pretensões políticas. Constava do acordo.

— Todos sabemos que uma organização é o espelho do seu chefe. Desde que o secretário Ramiro Borges assumiu a Segurança Pública do estado, a nossa polícia mudou muito, e para melhor. — O delegado aproveitou a deixa como um exímio jogador desfruta de um bom passe.

— Sem dúvida alguma, delegado, isto é uma grande verdade. Sua atuação, em particular, também vem sendo muito elogiada pela opinião pública. O senhor está à frente deste caso desde o início? — O jornalista era um show à parte.

— Sim, desde o início. O caso aconteceu na minha jurisdição e eu designei os primeiros policiais que chegaram ao local do crime. — O delegado aparentava ter total domínio da situação. Um exemplo de eficiência.

— Nosso jornalismo publicou uma foto exclusiva do suspeito deixando o prédio da Receita Federal, sob a custódia da polícia. Um dos seus policiais pareceu bastante machucado. Houve resistência, delegado?

A foto foi mostrada em tela inteira. O sangue nas roupas dos policiais recebeu especial destaque.

— Nós somos policiais, e na nossa profissão devemos estar preparados para tudo. Meus homens arriscam a vida todos os dias para proteger a nossa sociedade. — O delegado, inteligentemente, tentou saltar esta parte.

— Como eu disse, a foto mostra um dos seus policiais bastante machucado. Houve luta, delegado? — O jornalista não deu trégua.

— Sempre que possível, nós evitamos o uso da força, mas, quando se faz necessário, estamos preparados para isto. — O policial provou ser escorregadio como um bagre ensaboado.

— Delegado, pelo que sabemos, o senhor mesmo conduziu o testemunho do suspeito, devidamente acompanhado do seu advogado. É verdade que ele se negou a prestar esclarecimentos sobre os fatos?

— Sim, é verdade. Ele exerceu um dos seus direitos, o de ficar calado. Não havia provas, até aquela altura, que pudessem incriminá-lo. Contudo, havia acontecido uma agressão a dois policiais em serviço. Nossa intenção era proporcionar ao acusado a oportunidade de esclarecer os fatos e de apresentar as suas justificativas. Como ele se negou a colaborar, mesmo com a insistência do seu advogado, ele foi enquadrado no Art. 302, I e II, do Código de Processo Penal, em um flagrante delito próprio.

— Que interessante. Então, não era intenção da polícia prendê-lo no primeiro momento?

— Exatamente. Não era nossa intenção mantê-lo sob custódia, mas, tendo em vista sua escolha de não colaborar, não tivemos alternativa.

— Este foi um primeiro sinal de culpa? — O jornalista, como de costume, foi perspicaz.

— Não podemos afirmar isso, mas, como faz parte do dito popular, "Quem não deve, não teme". — Outra bela jogada do delegado, aproveitando uma boa assistência.

— Nós sabemos que a Justiça deliberou que o suspeito deverá ser mantido sob custódia até o julgamento. Provavelmente isso se deve ao conjunto de provas levantadas pela polícia. O senhor poderia nos dizer que provas são essas?

Chegou o momento que todos estavam esperando.

O delegado se ajeitou na cadeira. Isso contribuiu para aumentar a tensão dos telespectadores. Todos queriam saber quais provas a polícia tinha. Estas informações tinham sido mantidas em sigilo, até aquele minuto. As pessoas ficaram em alerta nas casas, nos bares e restaurantes espalhados pelo país. A maioria já tinha feito o seu julgamento pessoal e quase todos haviam condenado aquele monstro, capaz de matar a esposa grávida e o filhinho no berço com frieza e crueldade poucas vezes vistos. O público estava ávido para ter a confirmação das suas suspeitas.

— Posso, sim. Não divulgamos antes para não atrapalhar as investigações, mas agora elas estão concluídas. — O delegado Fonseca justificou por que não havia divulgado as informações anteriormente. Só não explicou a razão para não fazê-lo em situação de igualdade para com todos os meios de comunicação, como seria o esperado.

— Nós soubemos que as vítimas tiveram a garganta cortada, deitadas na própria cama. O senhor confirma esta informação, apurada pelo nosso jornalismo? — O entrevistador acrescentou um pouco de sensacionalismo à mistura, mexendo ainda mais com as emoções dos telespectadores, como um cozinheiro incrementa um tempero.

— Sim, é verdade. Uma jovem mãe grávida e um menino no berço tiveram a garganta cortada. Três mortes violentas que abalaram até os policiais mais calejados. — O delegado não desperdiçou a oportunidade.

O veterano jornalista foi quase às lágrimas, demonstrando seus sentimentos e levando com ele milhões. A diferença é que ele, como um profissional tarimbado, rapidamente recuperou o controle.

— A polícia encontrou a arma do crime?

— Sim, nós localizamos a arma do crime.

— É mesmo, doutor? Isto é muito importante. — Agora, como num passe de mágica, Paulo Bessa demonstrou surpresa. Ele era mais do que um simples jornalista, era quase um ator, capaz de provocar as mais diferentes emoções nos telespectadores.

— Sem dúvida alguma! A arma utilizada é uma peça fundamental para o esclarecimento de um crime.

— Provavelmente, uma arma branca.

— Sim, uma faca.

— E foi difícil encontrá-la?

— Por incrível que pareça, não. A arma estava em local visível, na cozinha.

— Que interessante! Eu diria até surpreendente. Foram encontradas provas que confirmassem que se tratava da arma do crime?

— Sim. Na faca foram encontradas amostras de sangue das duas vítimas. — O público ficou em êxtase. Era por esse tipo de informação que os milhões de telespectadores aguardavam.

— Delegado, eu preciso contar com a sua compreensão e a de todos que estão nos acompanhando, mas vou ter que interromper a nossa conversa para chamar os nossos patrocinadores.

A seguir, olhando diretamente para a câmera e esbanjando simpatia, ele concluiu:

— Em três minutos estaremos de volta para finalizar esta entrevista exclusiva. Não saiam daí! Já voltamos!

Golpe de mestre. O público não desgrudou os olhos do aparelho. Aqueles comerciais valeram milhões. As grandes empresas aproveitaram para confirmar a sua força e fixar suas respectivas logomarcas e seus produtos na mente de uma nação. Após a tradicional música e as imagens de chamada do programa, a entrevista continuou.

— Retornamos. Eu disse que era rápido. Delegado, todos nós desejamos saber se na arma encontrada há alguma evidência que comprove quem foi o executor deste crime hediondo. — O entrevistador, matreiramente, não conduziu a pergunta diretamente para o principal acusado. Assim, mais uma vez, ele reafirmava a sua isenção — e a da emissora — na divulgação das notícias sobre o fato.

O árbitro apitou e apontou para a marca da cal. Pênalti.

— Há, sim. E, na opinião da polícia, as provas são conclusivas. Encontramos impressões digitais na arma do crime. Não estão totalmente nítidas, mas a nossa equipe técnica conseguiu uma identificação positiva do autor. — Era o que o público queria saber.

A bola estava parada, na marca do pênalti. Só faltava bater. Só faltava a confirmação final. Havia expectativa e ansiedade no ar.

— E podemos saber de quem eram estas impressões digitais?

A pergunta do jornalista parecia banal, mas era a informação mais importante e mais esperada. Este elemento poderia ratificar ou não a opinião popular e ser crucial para o futuro julgamento. O delegado se ajeitou na cadeira novamente, numa atitude quase teatral.

Toda uma nação torceu como nunca, aguardando o resultado da batida na bola, que seria decisiva para o resultado.

— As impressões encontradas na arma do crime batem com as do suspeito que está sob a custódia da polícia, o senhor João Maxirae. — O delegado foi claro, direto e objetivo.

O artilheiro chutou com precisão. O goleiro nem saiu na foto.

Era tudo o que o público queria ouvir. Houve gritos e abraços, pois a maior parte dos telespectadores viu as suas suspeitas confirmadas e comemorou como uma conquista. Um povo acostumado aos desmandos e desigualdades clamava por justiça e por ver os culpados pagarem pelos seus atos — não percebendo que estavam sendo manipulados e precipitados. O jornalista, habilmente, esperou alguns segundos para a próxima pergunta. Paulo Bessa não era um dos melhores por acaso.

A sensação geral era de um gol decisivo do Brasil numa final de Copa do Mundo.

— Delegado, me parece muito amador o assassino ter deixado a arma, com as suas digitais, no local do crime. Como o senhor explica isso?

A pergunta inteligente captou a atenção de todos novamente. As comemorações cessaram e a atenção voltou à telinha. Ninguém, na emoção do gol, tinha atentado para este detalhe. Todos concordaram que aquele não era um procedimento normal. Qualquer bandido amador, e havia muitos assistindo, sabia que era importante se desfazer da arma do crime.

— A polícia não tem como afirmar, mas temos uma teoria para responder a esta pergunta. —Novo momento de ansiedade. Chegara a hora de provar a eficiência da polícia.

A confirmação do gol dependia do VAR.

— E qual seria esta teoria, delegado? O público pode saber?

Não houve dúvidas sobre a habilidade do armador, que, tirando toda a marcação da jogada, havia deixado o artilheiro livre, na cara do gol. Não houve alternativa para o adversário, a não ser cometer a falta. E falta, dentro da área, é pênalti. A penalidade foi batida, e bem batida. O que estava em revisão era uma possível invasão da área. Haveria a necessidade de cobrar novamente? O público aguardou a resposta. Só faltava o árbitro apitar e apontar para o centro, para a confirmação do gol e de mais um título mundial.

A expectativa das pessoas era a confirmação final das suas suspeitas.

— Pode saber, sim. Nós viemos aqui para isto.

Naquela hora, os telespectadores sentiram vontade de abraçar o delegado. Alguns torcedores, mais exaltados, pensaram até em lhe dar um beijo na testa.

— Excelente! Continue, delegado, por favor.

— Não sei se todos se lembram de que o que chamou atenção dos moradores do prédio, inicialmente, foi o cheiro de gás. Isso levou à descoberta do crime.

— Sim, é verdade, delegado. É um fato que, até o momento, não fez muito sentido, visto que as vítimas já estavam mortas. Qual a ligação entre estes dois pontos?

— Antes de responder a sua pergunta, vou informar que nada foi furtado da casa e que comprovamos que a porta do apartamento não foi forçada.

— Então, quem entrou tinha a chave do apartamento?

— Tudo indica que sim. Ou era um exímio arrombador.

A cada nova informação, João se afundava ainda mais.

— Soubemos que o prédio tinha câmeras, cujas imagens devem ter sido analisadas pela polícia. Vocês encontraram alguma coisa?

— Sim, o prédio era bem servido de câmeras, cobrindo toda a área externa, elevadores e garagem. Nossos técnicos fizeram uma investigação detalhada e podemos afirmar que não houve nenhum tipo de invasão.

— E qual a teoria da polícia para explicar esses fatos, que, isolados, não parecem fazer sentido?

— Na opinião da polícia, o gás foi aberto para induzir um acidente. Eu imagino que o público saiba que o gás de cozinha (GLP), na sua origem, não tem cheiro. Um composto a base de enxofre (mercaptana) é adicionado ao gás para produzir odor e revelar a sua presença, caso haja vazamento. A intenção é evitar um acidente. Quando a concentração do gás é elevada, como era o caso na residência das vítimas naquele dia, qualquer faísca pode desencadear uma explosão. Pensamos que essa era a intenção do assassino. Ele não contava que os moradores, prudentemente, não forçaram a porta, mas chamaram os bombeiros e que estes, profissionais treinados, tomaram todos os cuidados para evitar a explosão que poderia acontecer.

O público vibrou mais uma vez. O gol foi validado. O assassino, que era comprovadamente quem todos esperavam que fosse, tentou encobrir o crime, mas a sorte não o ajudou. O tiro tinha saído pela culatra. Após mais alguns esclarecimentos superficiais, o apresentador, habilmente, agradeceu a presença do delegado, ressaltou e enalteceu a autorização do secretário de Segurança Pública, e encerrou a entrevista.

O árbitro finalizou a partida. A vitória estava assegurada.

As pessoas vibraram. Era o que todos esperavam e pelo que torciam. Desde o início do caso, o público havia feito a sua escolha — ou tinha sido levado a fazer, dependendo do ângulo de visão — e afirmado que a culpa era do marido, o desalmado. E, naquele momento, um nobre integrante da polícia, acompanhado do melhor jornalista, da maior rede de comunicação do país, havia confirmado isso.

Quase todos estavam satisfeitos. O povo teve diversão, regada a sangue de inocentes, numa trama melhor do que as costumeiras novelas; a rede quebrou recordes de audiência e de arrecadação; a polícia viveu um momento histórico de lua de mel com a opinião pública; os concorrentes, se não totalmente satisfeitos por terem sido deixados para trás em momentos cruciais, não tinham o que reclamar das suas próprias audiências e ganhos com o caso; o secretário de Segurança Pública assegurou apoio para as suas futuras pretensões políticas; o delegado Fonseca, além das contas pagas, foi elevado a uma posição de destaque; Marcelo, que iniciou toda a cobertura jornalística, conseguiu o emprego tão desejado e conquistou a moça mais cobiçada do jornal. Quase todos estavam satisfeitos. Quase.

. . .

Os colegas de João e o seu chefe, definitivamente, não estavam. Na verdade, eles estavam revoltados. Conhecendo intimamente João e a relação que mantinha com a família, todos tinham convicção da sua inocência. Além disso, tendo acompanhado o caso desde o momento da chegada da polícia ao escritório, eles tinham certeza de que a história estava mal contada.

No dia seguinte, pela manhã, todo o grupo de fiscais pediu uma reunião com o chefe. Eles se acomodaram na sala de projeções, onde costumavam receber orientações coletivas. O chefe ficou em pé, à frente, como de costume; e os demais, sentados.

— Chefe, o senhor viu, ontem, a entrevista do delegado Fonseca? — perguntou um dos fiscais.

— Sim. Acho que todo o país viu. Os jornais não falam de outra coisa. — O chefe estava sério. Desde a prisão de João ele raramente soltava uma brincadeira. Não havia clima.

— Chefe, nós precisamos fazer alguma coisa — outro colega, mais ao fundo, expôs o que era a opinião de todos.

Um dos veteranos, que estava mais à frente, respondeu antes do chefe.

— Fazer o quê? O João não ajuda. Ele não quer falar com ninguém. Parece que ele desistiu, que para ele tanto faz como tanto fez.

— Eu não sei o que, mas tenho certeza de que alguma coisa tem que ser feita. Pelo que vimos ontem, o julgamento vai ser uma lavada, e ele não terá a menor chance. Nós sabemos que o João é inocente. Não podemos deixar assim. — Outra participação.

— Eu sei de uma pessoa que pode mudar esta situação — falou Marcos Vinícius, o colega mais tarimbado, da mesa ao lado de João.

— Quem? — A pergunta ressoou como um eco. Vários repetiram-na.

— Quem?

— É, quem?

— O Dr. Dagoberto? — perguntou um deles.

— Não, claro que não. Nós sabemos que ele só está quebrando um galho. A sua especialidade é tributária, e não criminal. Além disso, o João se recusa a falar com ele.

— Então, quem? Fala, homem.

— O chefe.

Todos os olhos se voltaram para o chefe. Ele era conhecido pela sua vasta rede de contatos e pela sua capacidade de resolver as questões mais complexas, exatamente aquelas que ultrapassavam as possibilidades dos demais. Todos tinham enorme confiança nele, e, de forma indireta, ele lhes devia isto, pois foi a seu pedido que haviam interferido e impedido João de sair da sala da chefia, quando todo aquele pesadelo começou. O chefe pareceu refletir por alguns segundos sobre a lógica da sugestão e a sua resposta foi mais surpreendente que a sua indicação.

— Está certo, eu vou dar um jeito nisso!

O efeito das suas palavras foi imediato. O ânimo, que estava muito baixo, mudou na hora. As expressões ganharam novo alento. Havia esperança. Surgiram ideias.

— Uma das primeiras coisas a fazer é conseguir um bom advogado, o melhor.

— Qual é o melhor advogado criminal do país?

— Quem é hoje, eu não sei. Mas por muitos anos foi o Dr. Fernando Victor.

— Mas ele não atua mais. Dizem que, depois daquele caso de corrupção, que ele perdeu para o promotor Baltazar de forma surpreendente, ele se decepcionou com a profissão e se aposentou. Eu ouvi dizer que hoje ele virou professor e dá aulas de direito.

— Mas o que adianta pensar em um advogado, se o João não aceita conversar com ninguém, nem com a gente?

A reunião começou a se acalorar. Cada um tinha uma opinião, e nem sempre elas convergiam. O chefe falou no seu estilo calmo e todos pararam para ouvi-lo.

— Pessoal, eu entendo como vocês estão se sentindo. Eu também sinto a mesma coisa. Nós sabemos que o menino é inocente e que está sendo triturado pela imprensa, que só enxerga lucro neste verdadeiro circo que foi montado. Eu ainda não sei o que fazer, mas concordo que a hora é agora, e que alguma coisa precisa ser feita.

O clima estava quente. Foi quando Marcos Vinícius fez uma pergunta que causou ainda mais desconforto:

— Chefe, por onde anda o Washington? Por que ele não está aqui?

Vários colegas quebraram as regras e falaram antes do chefe, todos atestando o seu descontentamento e indignação. O chefe aguardou o ambiente se acalmar para responder.

— Ele falou comigo ontem, no fim da tarde. Eu já ia informá-los. O Washington pediu licença não remunerada para concorrer a um cargo público.

Houve protestos.

— Cargo público? Política?

— Bem na hora que o amigo mais precisa dele?

O chefe tratou de apaziguar os ânimos.

— Ele deve ter as suas razões. Não nos cabe julgar. Vamos focar o João e o que podemos fazer para ajudá-lo a sair dessa.

Ainda que a contragosto, todos concordaram. Mais ideias foram somadas, e a união do grupo ficou evidente. Eram apenas eles para fazer frente a opinião pública, imprensa, polícia, Justiça e demais forças contrárias. Ao fim, o chefe colocou a sua posição:

— Eu agradeço o apoio de vocês. Eu vou fazer de tudo para não decepcioná-los. A vida segue e precisamos retomar as nossas atividades. Eu peço que me deem um tempo. Eu prometo mantê-los informados.

— Claro, chefe!

— Conte com a gente, para o que precisar.

— O tempo que for necessário.

— A gente confia no senhor, chefe.

— Combinado, então. Voltem ao trabalho. Deixem comigo. Eu vou resolver isso. — O chefe demonstrou uma segurança que ele mesmo, naquele instante, não tinha.

...

Em outro ponto da cidade, o promotor Baltazar foi chamado por sua secretária.

— Dr. Baltazar, ligação para o senhor na linha três.

— Dona Clara, eu tinha pedido para não ser interrompido, lembra? — O promotor pareceu contrariado.

— Eu sei, doutor. Mas o ministro da Justiça quer falar com o senhor.

O Dr. Baltazar engoliu em seco. Ele passou a ser conhecido, no estado, após o caso que levou o principal criminalista em atividade na época a se aposentar, havia uns dois anos. Mas a ligação era de Brasília, e Brasília era outra história. Além do que, era a primeira vez que ele recebia uma ligação de um ministro. E, se o ministro da Justiça estava ligando, era de se esperar que tivesse o aval do presidente. Só podia ser coisa séria.

— A senhora fez bem. Pode passar a ligação, por favor.

— Linha três.

— Alô! Pois não, é o Dr. Baltazar.

— Dr. Baltazar, aqui é Jéssica, a secretária do ministro José Carlos. O senhor aguarde um instante, por favor, que eu vou transferir a ligação. — A voz da secretária do ministro pareceu encantadora.

— Dr. Baltazar, bom dia.

O ministro José Carlos era reconhecido como um dos mais conceituados do governo. Homem de moral ilibada, havia construído uma carreira sólida em mais de trinta anos labutando na área do direito. Em seu vasto currículo, constava, entre outras coisas, ter sido anteriormente advogado-geral da União.

O promotor Baltazar ainda estava construindo a sua própria trajetória, mas, pela projeção alcançada nos últimos anos, era de se supor que viria a ser das mais promissoras. Ele era um homem baixo, gordo, claro, cabelos escuros, com uma entrada que já tinha se transformado em saída, visto que poucos cabelos ainda existiam no terço médio da sua cabeça. Quem o via pela primeira vez não poderia supor no que ele se transformava em frente a um júri. O homem era sagaz, matreiro, simplesmente brilhante.

— Bom dia, senhor ministro. A que devo a honra?

— Já faz algum tempo que eu desejava falar com o senhor. As coisas por aqui estão sempre bem agitadas e eu ainda não havia encontrado a oportunidade. Tenho certeza de que o senhor entende, não é mesmo?

— Com certeza, senhor ministro.

— Antes de tudo, eu gostaria de lhe informar que tenho ouvido falar muito bem do senhor. Neste momento, todos estamos acompanhando o desenrolar deste caso que aconteceu aí, na sua jurisdição. O senhor sabe a que me refiro, não é mesmo?

Era uma redundância que fazia parte do linguajar do ministro. Ele costumava acrescentar "não é mesmo?" no fim das suas falas. Quem trabalhava com ele, já estava acostumado. Para o promotor, soou estranho.

— Sim, senhor ministro.

— O presidente incumbiu-me de uma tarefa. Ressalto que não é intenção do chefe do Executivo prejudicar a independência dos três poderes. É apenas um pedido do presidente. Você entende o que eu quero dizer, não é mesmo?

— Claro, senhor ministro. É "apenas" um pedido, mas um pedido do presidente. — Ele não era bobo e sabia que as principais indicações no Brasil, mesmo no Judiciário, eram feitas pelo presidente.

— Exatamente. Nós tivemos uma reunião, hoje pela manhã, e este assunto foi abordado. Depois da entrevista do delegado na TV, não se fala em outra coisa. O presidente é da sua cidade e disse que conhece o seu trabalho. Ele deu a entender que gostaria que você assumisse o caso. Ele acha que você é a pessoa certa para conduzir este processo e garantir que a justiça seja feita. Você concorda, não é mesmo?

O promotor não conseguiu evitar uma pontinha de orgulho. O ministro da Justiça, a pedido do presidente, estava pedindo a sua atuação em um caso. Era a hora da sua fama ultrapassar os muros da província e chegar à capital do país. E a ação não parecia ser das mais difíceis, bem ao contrário. Com as provas existentes e com a defesa pouco qualificada do réu, tudo levava a crer que seria simples, quase trivial. E ele poderia marcar pontos importantes em Brasília. Por que não?

— Com toda certeza, senhor ministro. Considere o seu pedido atendido. — Ele fez questão de deixar claro que acolheria o pedido do ministro. Desta forma, ele pretendia matar dois coelhos com uma só cajadada: agradar o ministro e, ao mesmo tempo, satisfazer as expectativas do presidente.

— Muito bem, então. Está combinado, meu caro Baltazar. Você foi muito prestativo e eu fico lhe devendo essa. Quando passar por Brasília, me informe. Será um prazer recebê-lo. Você fará isto, não é mesmo?

— Sim, senhor ministro.

Após as formalidades usuais, eles encerraram a ligação e o promotor Baltazar imediatamente pediu à secretária todas as informações do caso das mortes dos parentes do fiscal.

O rol dos que buscavam se beneficiar com a tragédia que se abateu sobre a família de João não parava de crescer.

...

O delegado Fonseca, elevado temporariamente a uma posição de semicelebridade, procurou aproveitar da situação como pôde. Contudo, como parte do acordo estabelecido, ele foi forçado a respeitar uma restrição: não conceder entrevistas por alguns dias — o contratante não desejava dar oportunidades aos concorrentes. Convites não faltaram, e foi necessário usar de toda a sua habilidade para contorná-los. O delegado, trajando um dos ternos do seu novo guarda-roupa, lia as manchetes — muitas delas com a sua foto — quando um dos auxiliares bateu e entrou na sua sala.

— Delegado, com licença. Tem uma pessoa que quer falar com o detento. — O auxiliar nem precisou dizer qual.

O delegado baixou o jornal e respondeu, a contragosto:

— Luizinho, você sabe que o homem pediu para não receber ninguém. Não entendi por que você veio até aqui.

— Eu sei, doutor. É que o cidadão mandou dizer que é o pai dele.

O delegado não escondeu a surpresa. Ninguém da família de João tinha aparecido, até então. Ao que ele sabia, os pais eram falecidos e ele não mantinha contato com os demais parentes.

— Pai dele?! Só pode ser alguma brincadeira. Mande esse homem entrar. Vamos ver o que ele quer. Provavelmente vai em cana também.

Luizinho sorriu. Este era o delegado Fonseca que ele conhecia, bem diferente daquele da TV.

A pessoa que foi conduzida à sala causou grande surpresa para o policial. Ele esperava qualquer um, menos o superintendente da Receita Federal. Eles já se conheciam. Todos na polícia tinham muito respeito por este homem, inclusive os superiores dele.

— Bom dia, delegado, tudo bem?

— Bom dia, senhor superintendente. Sente-se, por favor. Não repare se aqui as coisas não são tão limpas e organizadas como no seu escritório.

— Não se importe. Todos procuramos fazer o melhor com o que temos a nossa disposição.

— A que devo a honra da sua presença?

— Eu vim ver o João.

— Será que eu entendi errado? O Luizinho disse que a pessoa que queria falar com o preso havia se apresentado como o pai dele.

— Não, o senhor não entendeu errado. É isto mesmo! Foi o que eu disse.

— O senhor sabe muito bem que ele não quer receber ninguém. — O delegado tinha grande respeito pelo superintendente da Receita Federal e achou prudente não prosseguir naquela abordagem. Alguma explicação viria. E veio.

— Eu sei, doutor. Por isso eu vou lhe pedir um favor particular. O primeiro e último.

O delegado ficou em estado de alerta. Um pedido daquele homem merecia atenção.

— Em que eu posso ser útil? Se estiver ao meu alcance, considere feito. — Os quase trinta anos de polícia tinham ensinado muito ao delegado. Ele tinha uma linguagem a ser usada com os frequentadores da delegacia; outra com os policiais; e uma terceira reservada para a imprensa e autoridades.

— É simples, doutor. Eu sei que o João não deseja receber ninguém. Meu pedido é que o senhor, pessoalmente, vá até o local onde ele está e informe que o pai dele quer vê-lo. É só isso.

O delegado pensou em retrucar. Era evidente que o chefe não era o pai do rapaz. Contudo, vendo o semblante sério do homem postado a sua frente, não havia dúvidas de que não era uma brincadeira. O chefe aparentava estar abatido. Seus olhos mostravam as marcas de muitas noites maldormidas e sua face era pura preocupação. Um homem como aquele devia saber muito bem o que estava pedindo. E, se estava pedindo, o que custava atender? Por que provocar a fera? Ele tinha muito mais a ganhar atendendo do que recusando.

— Está certo, eu vou fazer isso. Porque é um pedido seu, que não fique nenhuma dúvida.

— Obrigado, doutor. Eu não costumo esquecer os favores que recebo. Assim como o senhor, eu sou um cumpridor da lei e não me afasto dela, mas sempre é possível dar uma atenção especial aos amigos.

A resposta satisfez o delegado. Nunca se sabe o que o futuro reserva e ter uma dívida a cobrar do superintendente da Receita Federal poderia valer mais do que uma poupança.

— "Aos amigos, tudo"? — O sagaz delegado não dava ponto sem nó.

— Sim. Eu aprendi algo parecido nos meus tempos de caserna: "Aos amigos, tudo; aos indiferentes, a frieza da lei; e aos inimigos, nem pão nem água, somente a certeza do combate".

O delegado entendeu o recado. Mais do que nunca, ele percebeu que havia tomado a decisão certa em atender ao pedido recebido.

— Eu preciso lhe lembrar que ele não recebeu ninguém desde que chegou. — O policial era só gentileza, bem diferente daquele que havia falado com Luizinho minutos atrás.

— Sem problemas! Eu sei disso. O risco é meu. Se ele não quiser me receber, ainda assim, eu serei grato pela sua ajuda.

A resposta soou ao delegado como uma promessa. Este caso vinha lhe trazendo inúmeras vantagens. Esta pareceu ser mais uma delas. O delegado foi até a sala que servia de cela para o preso, desde a sua chegada à delegacia. João estava sentado na cama, lendo um livro. Parecia alheio a tudo o que acontecia do lado de fora. O delegado entrou, e João não levantou os olhos.

— Eu trouxe um recado para você. — O delegado não foi mal-educado, mas foi curto e grosso, como costumava ser longe das câmeras.

João não disse nada. Continuou sem olhar para o delegado.

— Tem uma pessoa lá fora que quer vê-lo.

Nenhuma reação. João havia feito um acordo com o delegado, que esperava que fosse cumprido.

— Disse que é o seu pai.

João levantou as vistas do livro e olhou profundamente nos olhos do delegado.

— Eu disse a ele que você não aceitava visitas, mas ele insistiu.

João seguiu com o olhar fixo no delegado, que, sentindo-se desconfortável, virou as costas e se preparou para ir embora.

— O.K., entendi. Como eu disse, eu avisei a ele que você não recebia ninguém. O homem não poderá alegar que eu não avisei. — O delegado pôs a mão na maçaneta.

— Espere.

Foi uma das raras vezes que ele ouviu a voz de João.

O delegado parou o movimento e virou-se, atento.

— Eu sei quem é. Pode pedir para ele entrar, por favor?

Foi uma reação que o policial não esperava. O homem lá fora já tinha o seu respeito. Agora, tinha a sua admiração. O preso não quisera falar com ninguém, desde amigos, colegas até o próprio advogado. E agora aceitava aquela visita, sem uma única ressalva.

— O seu pedido de não receber ninguém continua valendo?

— Sim, continua. Eu vou receber apenas ele.

O delegado retornou a sua sala com uma postura diferente. O homem que o aguardava, definitivamente, não era qualquer um. O chefe estava tranquilo, sentado em sua cadeira. Não pareceu nada surpreso quando foi informado que a sua visita fora aceita.

— O senhor se importa de que façamos uma revista pessoal? Eu espero que entenda que é uma regra que precisamos cumprir. — O delegado foi extremamente educado. Luizinho, ao lado, teve dificuldades para reconhecer o seu comandante.

O chefe aceitou a revista, agradeceu a gentileza do delegado de ter levado o recado e saiu, acompanhado por Luizinho, para ver o amigo.

Quando entrou, João estava sentado próximo à mesa. A pessoa que ele encontrou pareceu muito diferente do jovem que costumava ver no escritório. João estava barbado, o cabelo crescido e desgrenhado, as unhas grandes e sujas. Os olhos, fundos, tinham círculos escuros em volta. Estava visivelmente mais magro, e as roupas soltas evidenciavam isso. Deu a impressão de que havia envelhecido uns dez anos. Chegando mais perto, pôde perceber que as condições de higiene pessoal também deixavam a desejar: João estava com os cabelos e dentes sujos; e as roupas, amassadas, cheiravam mal.

O chefe não teve coragem de usar os usuais "Como vai?" ou "Como você está?" A imagem falava por si.

— Obrigado por me receber — foi o que ele conseguiu dizer.

— Não há o que agradecer. Eu lhe devia isso, depois de tudo que o senhor fez por mim. Desde o dia em que eu cheguei, o senhor sempre me tratou bem e demonstrou confiança na minha capacidade. — Era a primeira vez que ele conversava com alguém em semanas.

— Posso me sentar?

— Claro, por favor. — Ele apontou a outra cadeira existente.

— Você ainda acha que há o que agradecer, mesmo depois de eu ter ordenado que os seus colegas o contivessem?

— Eu pensei muito sobre isto. Aqui não falta tempo para pensar. Eu tenho certeza de que o senhor tomou aquela decisão com a intenção de me ajudar.

— Fico grato pela sua compreensão. — O chefe teve que respirar fundo para conter a emoção.

Houve um silêncio que durou alguns segundos.

— Por que você se negou a receber as pessoas, até agora? Tem muita gente que lhe quer bem.

— Chefe, é simples, eu morri naquele dia. Eles eram tudo o que eu tinha e tudo o que dava sentido a minha vida. Eu só estou aqui porque as minhas crenças pessoais me impedem de atentar contra a própria vida. O que o senhor está vendo é apenas uma casca, um corpo sem alma. Nada mais me importa.

A sinceridade e a dureza das palavras de João foram tocantes.

— Eu sei que você está sendo acusado injustamente. O que me causa surpresa é vê-lo assim. Não lhe interessa saber o que realmente aconteceu ou quem é o verdadeiro culpado?

— Isto traria a minha família de volta?

— Não, claro que não.

— Por isso, não me importa. Digam o que quiserem dizer, façam o que quiserem fazer. Eu prefiro ficar com as minhas recordações. Isso não podem tirar de mim.

— E a sua família? Eles não contam?

— Chefe, eu sou filho de mãe solteira, que foi expulsa de casa quando engravidou. Ela era de família de descendentes de irlandeses, de formação rígida. O meu sobrenome é uma adaptação do nome dos seus ancestrais, McCrae. Na versão brasileira, ficou Maxirae. Eles nunca quiseram saber como ela estava e muito menos se importaram com a criança que levou na barriga. Por que se interessariam agora?

— Ela já faleceu?

— Sim, infelizmente. Passamos muitas dificuldades juntos. No início da minha idade adulta, eu a perdi. Possivelmente, porque ela deu maior atenção ao trabalho do que à saúde. Um câncer de mama. Quando ela percebeu, já não havia mais tempo.

— Com o seu pai, você tem contato?

— Eu nunca o conheci. Às vezes eu perguntava sobre ele. Ela nunca me disse o seu nome e eu ainda recordo as suas palavras: "Não vale a pena. Nunca o procure. Esse homem não vale a comida que come". Por isso, o meu sonho sempre foi ter uma família e poder ser, para os meus filhos, o pai que nunca tive. E também por isso eu sabia quem era, quando o delegado disse que o meu "pai" queria me ver. — A tristeza de João foi comovente.

O chefe sentiu o baque, mas não desanimou.

— E como ficam as pessoas que acreditam em você e se preocupam com o seu bem-estar?

— Eu agradeço, de coração. Mas só eu sei o que senti, o que estou sentindo e o vazio que se tornou a minha vida. Vou repetir: não me importa o que estejam dizendo de mim ou o que façam comigo. — A voz soou baixa e desanimada.

Um outro qualquer, naquela situação, teria levantado e ido embora. Estava claro, pela imagem e pelas palavras, que João tinha desistido da vida e que nada do que fizessem para ajudá-lo ou prejudicá-lo faria diferença para ele. Mas o chefe não era qualquer um. Ele já tinha enfrentado diversas batalhas, em muitas guerras, e não desistiria sem lutar.

— Eu entendo você. Mas acho que, no seu lugar, eu agiria de forma diferente. Fico muito grato por você ter me recebido. — Foi como um pai falando com um filho.

Fez-se novo silêncio.

— Lamento não poder atender a suas expectativas.

— Eu compreendo a tua dor, meu filho. — Foram palavras ditas com o coração.

— Agradeço a sua boa vontade. Desejo que seja feliz com a sua família. — Foi um claro convite para a visita se retirar.

O chefe se levantou e fez menção de sair, mas voltou e se postou, colocando as duas mãos sobre a mesa e olhando o rapaz bem de perto.

— Antes de partir, eu só queria te lembrar que *alguém* fez aquela carnificina. Que *alguém* invadiu a *tua* casa, entrou no quarto do *teu* filho e cortou a garganta dele como um animalzinho. Depois, entrou no *teu* quarto e matou a *tua* mulher, com um outro filho *teu* na barriga. Um filho *teu* que nem chegou a ver a luz do sol.

O chefe deu ênfase a certas palavras, olhando firmemente nos olhos de João. Aqueles olhos sem vida se contraíram de dor a cada frase, a respiração começou a se alterar e, no fundo da sua alma, onde até ele acreditava que só havia uma fogueira morta, uma última brasa começou a luzir.

— Esta pessoa, este *monstro* está solto e os *teus* entes queridos mortos não têm ninguém para vingá-los, *para fazer justiça*. Todos lá fora estão dizendo que foi tu quem fez isso.

A última brasa logo passou calor às outras, e o fogo que vinha de dentro transpareceu na respiração forte de João, pelas narinas. O chefe chegou ainda mais perto, olho no olho.

— Tu achas que os *teus* filhos merecem que o pai se entregue? Tu achas que a *tua* mulher, que te dedicou os melhores anos da sua vida, merece que o marido se transforme nesse *lixo?* Tu achas que o *teu* filho, aquele que não teve a oportunidade de nascer, gostaria de saber que o pai dele é um *covarde?*

A palavra "covarde" doeu como uma chicotada. O chefe falava firme, sem dar trégua, olho no olho. As lágrimas, que nunca tinham caído antes, chegaram aos olhos de João. No início desceu uma gota, depois veio outra e logo elas transbordaram. Pela primeira vez ele se permitiu chorar, pela primeira vez ele sentiu que sua vida poderia ter ainda um objetivo, pela primeira vez, desde a tragédia, ele se sentiu vivo.

Quem visse aqueles homens assim tão perto, frente a frente, se encarando, as lágrimas caindo na mesa, perceberia que aquela seria uma cena única na vida deles. O rosto de João se transformou. Já não estava ali aquele morto-vivo de minutos atrás. O fogo que veio de dentro virou labareda e consumiu totalmente aquela figura triste e desanimada, transformando-a em cinzas. Das cinzas, como uma fênix, surgiu um novo homem, mais forte e determinado do que ele era antes. João se ergueu e assumiu a mesma postura do chefe, com as duas mãos sobre a mesa. Os rostos ficaram na mesma altura, ainda mais próximos. Sua força se fez ouvir quando as lágrimas secaram, instantaneamente, e ele falou, com os olhos em brasa, ainda fixos nos do chefe:

— Isto não vai ficar assim. Vamos lutar!

E, quase sem afastar os dentes, ele completou:

— E-u v-o-u p-e-g-á--l-o!

9

A maldade

A maldade tem muitas faces. É raro ela se apresentar abertamente, preferindo o disfarce e a surpresa. Encoberta pelo véu da falsidade, ela planeja, calcula e escolhe o momento adequado para se revelar, normalmente quando está em vantagem. Filha do egoísmo e da vaidade, carrega consigo os traços dos seus genitores, estes dois algozes da humanidade. Prima da cobiça e amiga íntima da inveja, têm o hábito de andar juntas e frequentar os mesmos ambientes.

Por pensar exclusivamente em si — como faz o seu pai —, a maldade prioriza o próprio prazer, sem se importar com a dor que causa. Embevecida com sua própria beleza, inteligência e perspicácia — como aprendeu com sua mãe —, a maldade vê as outras pessoas como coadjuvantes em um filme em que é a estrela principal.

Não costuma se preocupar com as consequências dos seus atos, pois, no seu entendimento, possui uma superioridade que lhe confere direitos diferenciados. As leis, as regras sociais e os valores morais, como respeito, ética e responsabilidade, ficam para os outros, os inferiores. Sem limites ou restrições, vai em busca do seu próprio prazer, doa a quem doer. Em suas diversas gradações, ela, invariavelmente, deixa um rastro de destruição e sofrimento.

Mas a maldade tem uma fraqueza, que a impede de ser admirada: a covardia. A maldade é covarde. Ela tem medo. Medo de ser vista, de ser notada e de ser descoberta. Por não ter coragem de mostrar a sua cara, esconde-se por trás de palavras, promessas, títulos, fama, poder ou da simples desfaçatez. Esquece-se de que tudo ao que dá valor é temporário e que, um dia, cedo ou tarde, será exposta. E, neste dia, responderá pelos seus atos.

Giuseppe preparou-se para ser um caçador. Entre outras coisas, estudou o comportamento dos predadores de topo na natureza. Chamou sua atenção o modo como escolhem as suas presas e o percentual de sucesso das suas tentativas. Os caçadores, de uma forma geral — leões, leopardos, guepardos, cães selvagens e lobos —, costumam selecionar os animais mais fracos para abater. Cada um deles tende a fazer diversas tentativas para conseguir sucesso. Os que têm melhores resultados são os cães selvagens, que não usam a velocidade ou a surpresa, mas a resistência e a persistência como principais armas. De forma engenhosa, adequou estes conhecimentos para usar nas suas ações.

Ele costumava se deliciar com cada etapa das suas atividades predatórias, desde a decisão inicial de qual matador homenagear, até a consolidação do ato final, quando a vida da vítima se esvaía e chegava a um estado de êxtase. Uma das fases que mais lhe traziam satisfação era a escolha do sacrificado, em que ele precisava usar as características dos cães selvagens: resistência e persistência. Segundo a sua teoria, *não era ele quem escolhia a vítima, mas a vítima quem o escolhia.*

Usando de inteligência e planejamento meticuloso, já tinha feito diversas "homenagens" a nomes como Samuel Little, Earle Nelson, Gerald Stano, Carl Eugene Watts, entre outros. Cada um tinha o seu próprio método, o que lhe exigia um bom tempo de preparação.

Tendo já se passado mais de um ano da sua última ação, começou, novamente, a sensação de insatisfação com a insignificância da sua vida. Giuseppe sentiu falta da sensação de poder como um viciado carece dos efeitos da droga, levando-o a uma decisão: era hora de voltar à ativa. Desta vez, o escolhido foi Ted Bundy. Havia consciência de que, diferentemente de Bundy, ele não era um homem bonito ou carismático, traços que o americano utilizou na década de 1970 para conquistar a confiança de suas vítimas e enganar a sociedade. Contudo, achou desafiador reutilizar o seu método de se aproximar de suas presas em locais públicos, fingindo lesão ou incapacidade física e pedindo ajuda para realizar alguma tarefa.

Giuseppe sabia, pelos exemplos de sua mãe, que as mulheres gostavam de ajudar. Isso lhes dá uma sensação de importância, pensou, além de lhes ser agradável a ideia de fazer uma boa ação. E ele detestava essa característica de Bernadete, sempre pronta a prestar auxílio às amigas ou até mesmo a estranhos. Admirou a inteligência de Bundy, que, conhecendo esse traço feminino, utilizou a falsa lesão ou incapacidade para aparentar ser inofensivo e baixar a guarda das vítimas. É claro que a época era outra e que, após cinquenta anos, todos diriam que as mulheres haviam mudado. Giuseppe sorriu com sarcasmo. Seria interessante descobrir se isto era verdade ou não.

Ele guardou a velha pena e passou a manusear outra peça de sua coleção, um brinco colorido — troféu de sua homenagem a Ridgway. Os objetos lhe traziam recordações que aplacavam, por um tempo, a sua necessidade de real sensação de poder. Apenas por um tempo.

Ele fez um plano de ação detalhado, sem anotações, como sempre. O local escolhido foi o Parque Farroupilha, conhecido pelos gaúchos como Parque da Redenção ou, simplesmente, Redenção. É o mais tradicional da cidade, possuindo quadras esportivas, pista de atletismo, monumentos, palmeiras, pedalinhos, minizoo e orquidário, espalhados por trinta e oito mil metros quadrados de área verde, entre o bairro Bom Fim e a boêmia Cidade Baixa.

Como de costume, o caçador foi cuidadoso e metódico no processo de preparação: visitou o parque várias vezes, em diferentes dias e horários, para escolher o momento mais adequado; comprou uma tala móvel; adquiriu uma luva de cozinha, destas utilizadas para retirar objetos quentes do forno, e a forrou por dentro com plástico, prevendo o uso do éter. Avaliou o melhor lugar para se posicionar, perto o suficiente de uma área de estacionamento, e preparou o local usual do abate, o velho galpão, em Canoas, que seguia sendo pouco utilizado. Além da vantagem do lugar não ter câmeras, tinha total confiança em seus métodos, que não deixavam vestígios.

Cada etapa foi feita com esmero e sem pressa. Desta vez, houve certa dificuldade em alugar o carro, pois ele resolveu usar um Volkswagen Typ 1, popularmente conhecido como Fusca, o mais semelhante possível do utilizado por Bundy. Foi necessário pesquisar na internet, pois as locadoras de veículos não disponibilizavam automóveis antigos nas suas frotas.

Para evitar improvisações, resolveu testar o plano. Havia uma questão importante a ser respondida: será que a técnica de Bundy ainda funcionaria? Para resolver essa dúvida, foi para outro parque, o Marinha do Brasil, evitando repetir a ação no mesmo local. Ele obteve sucesso na simulação, mas percebeu que não ficou muito à vontade em pedir ajuda. A sua timidez e a falta de carisma atrapalharam. Giuseppe chegou à conclusão de que a estratégia de Bundy ainda poderia funcionar bem nos dias atuais, mas precisaria ser ajustada às suas características.

Finalmente, depois de um longo tempo de preparação, fez as suas escolhas. A primeira escolha foi pelo fim de semana — quando havia mais movimento, o que facilitava a sua intenção de não ser notado. Como o domingo era inadequado, devido ao famoso Brique da Redenção, que juntava gente demais, gerando dificuldades para estacionar por perto, optou por um sábado.

O momento preferido foi o meio da tarde, pois fora do horário comercial as pessoas ficavam mais relaxadas.

Giuseppe alugou o carro e foi para o parque no dia da semana e horário selecionados. Estacionou onde havia planejado, na avenida José Bonifácio — uma rua larga e arborizada, perto do Colégio Militar —, e transportou uma cadeira desmontável e um kit de chimarrão até o lado de uma árvore frondosa. Retornou ao carro com tranquilidade e colocou a tala móvel, tomando o cuidado de encaixar a luva — previamente preparada — no seu interior, de uma forma fácil de ser calçada. Para não liberar odor, colocou a luva dentro de um saco plástico com fecho. Também fez uso de uma atadura em volta do pescoço, optando por colocar a tala no braço direito, por dois motivos: deixar o seu braço esquerdo — mais ágil e mais forte — livre e devido ao ombro direito já estar havia algum tempo apresentando uma dor que ele relutava em tratar. Concluídos os arranjos, assumiu o seu lugar, sentou-se e passou a observar.

Com paciência, aguardou o momento certo, selecionando a presa com o esmero de um caçador na savana africana. Para ele, tanto quanto para os grandes predadores, era extremamente importante controlar a distância e perceber algum sinal de fraqueza que destacasse a vítima da multidão. Passados mais de trinta minutos, ele a viu. Ela não tinha trinta anos e, pelas roupas, aparentava fazer exercícios andando no parque. Era morena, cabelos escuros curtos, quase lisos, na altura dos ombros. Os olhos eram castanhos, com sobrancelhas grossas. Chamou atenção o volume dos seios, que se destacavam devido à roupa colante. Ela estava vindo na sua direção. Não havia gente perto naquele momento e ele observou que ela passou a mão na cabeça de uma criança que seguia no sentido contrário, com a mãe, e sorriu descontraída. Era o sinal que ele estava esperando. Era ela.

Como, reconhecidamente, Giuseppe não tinha os atributos sociais de Bundy, resolveu optar por uma abordagem diferente. Em vez de pedir ajuda, fingiu falta de jeito ao tentar colocar a erva na cuia com um braço só. Ele deixou a cuia e a bomba caírem propositalmente, derramando a erva. No mesmo instante, a jovem ofereceu auxílio.

— O senhor precisa de ajuda? — A voz era delicada e fina, quase infantil.

— Oh! Muito obrigado. Eu ia preparar um mate, mas não deu certo. Acabei sujando a minha camisa. — Ele bateu com a mão para limpar.

— Mas *bah!* Se quiseres, posso preparar para ti. — Ela sorriu com gentileza.

— Poxa! Obrigado. Depois dessa bagunça, eu acho que não quero mais. Mas eu aceitaria um outro apoio. Se você puder, é claro.

— Do que o senhor precisa?

— Com um braço só fica difícil de transportar tudo isso. Você se importaria de me ajudar a levar estas coisas até o meu carro? Ele está aqui próximo. Se não for te aborrecer, eu ficarei muito grato.

— Claro que não! Sem problema algum. É um prazer poder ajudar.

O predador anteviu o sabor da presa.

— Qual o seu nome?

— Júlia. Prazer. E o seu?

Ele gostou da corrente de ouro com um pingente em forma de coração que ela tinha no pescoço.

— Ted. — Sorriu, sem o encanto do verdadeiro Bundy, mas com o mesmo nível de maldade.

Ela se agachou com agilidade e recolocou os materiais que estavam espalhados pela grama nos encaixes do suporte. Tentou pegar a cadeira, que era o objeto maior a ser transportado, mas ele não permitiu.

— Por favor, não precisa. Eu posso levar. Eu estou com um braço machucado, mas o outro ainda funciona bem.

— Tá bom! — Foi a vez de ela sorrir. Um sorriso encantador, que mexeu ainda mais com ele.

Giuseppe sentiu o seu corpo reagir. Ele vinha mantendo reprimidos os seus apetites sexuais, que estavam a ponto de transbordar.

A moça carregou os objetos, enquanto ele mostrava o caminho. Durante todo o trajeto, prestou atenção nos transeuntes e observou se algum dos carros próximos ao seu tinha ocupantes que poderiam atentar para a sua ação. O horário foi bem escolhido: as vagas estavam todas ocupadas e era cedo para as pessoas saírem.

Mas havia o guardador, o flanelinha. Eles sempre estão por perto e aparecem quando o motorista se aproxima do carro. Ele já havia pensado nisso, e caminhou pela rua ampla, vagarosamente, procurando localizá-lo. O homem estava exatamente onde imaginava que estaria — fruto do seu planejamento —, sentado num banco, na sombra de uma árvore, no caminho para o seu carro. Ao passar por ele, Giuseppe soltou a cadeira, colocou a mão no bolso e passou o dinheiro, previamente reservado.

— Não preciso de ajuda para sair. A vaga está bem tranquila.

— Ah! Tá bom, doutor. Obrigado. — Pego de surpresa, o guardador agradeceu. Naquele calor da tarde, receber o dinheiro na mão, sem precisar pedir, e poder ficar na sombra era tudo o que ele desejava.

O predador sorriu. O terreno estava limpo.

Quando chegaram ao carro, uns cinquenta metros à frente, Giuseppe colocou a cadeira no chão e abriu as portas do lado do passageiro. A moça arrumou o conjunto de cuia, bomba, térmica e erva no piso, à frente do banco. Ele pediu para colocar a cadeira no banco de trás, bem no fundo. Ela se posicionou de costas para ele, com um joelho no banco e empurrou a cadeira como solicitado. Esta era a hora esperada.

Giuseppe teve tempo suficiente para fazer o que pretendia. Enfiou a mão na tala e calçou a luva com agilidade. Encaixou o seu corpo atrás do corpo da moça, segurando forte, com uma das mãos, a sua cintura de encontro ao próprio tronco, enquanto com a outra mão pressionava a luva embebida em éter contra o nariz e a boca da jovem. Quando Júlia tirou o braço que mantinha apoiado no banco, para tentar se defender, ele deixou desabar o seu peso sobre ela, fazendo-a cair de bruços. Foi tudo muito rápido e sem ruídos. Logo ela parou de se debater. Giuseppe saiu do carro, recolheu as pernas da sua vítima para dentro e fechou as portas do Fusca — Ted Bundy sentiria orgulho do seu discípulo. Em passos calmos, deu a volta no veículo, assumiu a posição no volante e saiu devagar em direção ao galpão. Nem se preocupou em tirar a tala, pois não atrapalhava em nada para dirigir.

O predador sentiu um prazer incomensurável. Como um leopardo, ele havia atacado de forma furtiva e arrasadora, sem dar chances para a presa. Para poder completar a sua tarefa, só precisava transportar a caça para local seguro, longe do risco de ser atrapalhado por curiosos, carniceiros ou outros predadores. Aí sim, sem pressa, o caçador poderia desfrutar da sua conquista.

Ele olhou para trás e a viu deitada no banco do pequeno carro. Parecia dormir. Chamaram sua atenção, novamente, o pingente e o volume dos seios. Naquele momento ele entendeu Bundy e decidiu liberar os seus instintos e se deliciar com a beleza daquele corpo, imaginando como seria quando estivesse totalmente despido.

A chegada ao armazém foi tranquila. Giuseppe tinha o controle do portão e as chaves. Não houve dificuldades em amarrar a jovem sobre uma mesa, em local previamente preparado.

Era a hora do caçador. Depois da tocaia, da longa espera e do risco da perseguição e captura, chegara o momento de sentir o gosto do sangue fresco.

A moça acordou e demorou algum tempo para entender a sua situação, amarrada em X, nua, com as pernas e os braços abertos. O ambiente cercado de plástico ampliou a sua desorientação inicial. Um barulho arrastado se fez ouvir, e o seu raptor entrou, sorrindo. Havia uma maldade tão grande em sua figura que o coração da moça gelou.

— Acordou, bebê? — Ao repetir a frase com suas vítimas, deliciava-se com o esperado desespero que ela causava.

A jovem não tinha como responder, com uma fita cobrindo a sua boca, mas seus olhos quase saltaram de órbita.

Ele começou a acariciá-la devagar, com especial atenção para os belos seios e para as curvas do corpo, em formato de violão. O desejo por tanto tempo reprimido veio à tona, e a luxúria tomou conta dos seus pensamentos.

A moça se debateu, desesperadamente, tentando se soltar, chegando a fazer sangrar as articulações. Seu medo e sua agonia serviram como incentivo para o insensível malfeitor.

Júlia sofreu todo o tipo de violência física e psicológica.

...

O cadáver foi encontrado, dias depois, em um matagal. Júlia estava desfigurada. O detetive Valença foi novamente chamado. Enquanto a perícia tirava as fotos de praxe e recolhia material para análise, o policial notou os extremos da violência: havia evidências de abuso sexual, os pulsos e tornozelos estavam em carne viva, os mamilos tinham sido arrancados e havia uma marca de mordida em um dos seios. Que animal teria maldade suficiente para mutilar uma moça daquela forma? O detetive sentiu uma certa revolta com a realidade.

A polícia enfrentava sérias dificuldades: grande número de homicídios, falta de pessoal, baixa remuneração, ausência de treinamento adequado, reduzida valorização, carência de meios, entre outros. Havia esperanças de tentar um molde da mordida e, com sorte, poderia conter algum DNA do agressor, mas, caso não encontrasse prova concreta, este seria mais um crime para ser arquivado e engrossar o número de casos não resolvidos, que vinham se acumulando. Esta possibilidade o deixou incomodado.

O incansável detetive descobriu que a moça tinha sido vista, pela última vez, na Redenção, no sábado anterior — o que não ajudou muito. Ouviu parentes e amigos, colocou técnicos para vasculharem o computador da vítima, mas não conseguiu nada aproveitável. A análise do corpo não acrescentou pistas e, para sua grande decepção, a perícia concluiu que a mordida tinha sido feita com o uso de uma dentadura cobrindo os dentes.

Valença não soube explicar o motivo, mas, embora aborrecido por não conseguir nenhuma pista para realizar o seu trabalho e identificar aquele monstro, isso não o surpreendeu. De alguma forma, ele esperava por isso.

. . .

Algum tempo depois, com o apetite por poder saciado, Giuseppe finalmente resolveu procurar um médico para avaliar a dor no ombro direito. Os exames indicaram uma possível LER (Lesão por Esforço Repetitivo). O doutor receitou um anti-inflamatório e o encaminhou para fazer fisioterapia. Ele agendou um horário numa clínica, utilizando o seu plano de saúde.

A clínica de fisioterapia escolhida ficava num pequeno centro comercial próximo ao supermercado onde trabalhava, no bairro Petrópolis, em uma construção retangular de um único piso, com as lojas lado a lado. Ela dividia o espaço com uma clínica estética, uma loja de roupas masculinas e femininas, um salão de cabeleireiros, uma clínica odontológica, uma loja de venda de ar-condicionado e uma loja de materiais de segurança e uniformes. As placas de anúncio dos estabelecimentos formavam um mosaico desarmônico, cada uma com o seu estilo e tamanho próprio. Atrás, havia um amplo estacionamento para lojistas e clientes.

Giuseppe foi designado para ser atendido por uma profissional muito gentil e competente, chamada Bárbara. Era uma mulher alta, magra, de nítida ascendência italiana, identificada tanto pelos gestos largos como pelo jeito de falar alto. O tratamento correu a contento e, após várias sessões, ele já sentiu considerável melhora, estando a ponto de receber alta.

Naquela que estava prevista para ser a sua última sessão, ele foi conduzido pela recepcionista para uma das pequenas salas de atendimento, divididas por divisórias, onde constava uma mesa de massagem e alguns aparelhos.

— Olá, Giuseppe, tudo bem? — A fisioterapeuta chegou.

— Olá, Bárbara. Cada dia melhor.

— Que bom. Na minha avaliação, hoje concluímos. Só que, justamente hoje, estou com um pequeno problema.

— Você quer adiar?

— Não acho que seja necessário. Eu vou precisar me ausentar para resolver um problema particular. Se você não se importar, uma colega virá me substituir. Com ela aconteceu o contrário, o paciente que não pôde vir. Tudo bem para você?

— Claro, sem problemas! Estamos finalizando. Eu só tenho a te agradecer.

— Não tem de quê. Você perdoe a pressa, mas eu preciso sair mesmo. A minha colega, Maria do Carmo, já vem te atender. Tudo de bom!

— Para você também.

Um predador costuma não resistir quando uma presa em potencial se coloca em seu caminho. O instinto fala mais forte. É assim na savana africana e em todos os lugares onde há predador e presa dividindo o mesmo espaço.

A nova fisioterapeuta não demorou a chegar, vestida com o tradicional guarda-pó branco. Maria do Carmo era clara, cabelos castanhos, quase loiros, e olhos verdes claros. Seus traços tinham algo de exótico, que passavam uma impressão de masculinidade, talvez por as maçãs do rosto serem protuberantes; e os olhos, grandes. Ela já não era tão jovem, tendo passado dos quarenta anos havia algum tempo, e a idade começava a lhe trazer preocupações. Os melhores anos já iam longe, e ela não tinha tido muita sorte nos relacionamentos — não havia casado e não tinha filhos. Vivia sozinha em um pequeno apartamento, em um prédio antigo, no bairro Menino Deus. Como mulher, não podia ser considerada feia, mas, na sua opinião, não tão bonita quanto a mãe ou a irmã — ela guardava uma grande mágoa em seu peito por não se sentir reconhecida pela mãe, que desde a infância deu mais atenção à irmã; isso havia desenvolvido nela um sentimento de inferioridade em relação às duas. Era esperta e relativamente inteligente, só que, na sua avaliação, não tanto quanto a mãe ou a irmã. Tinha um bom relacionamento social, que lhe permitia ter muitos amigos, mas, na sua visão, não tantos quanto a mãe ou a irmã. Os pais eram divorciados, e a mãe vivia com a outra filha, recém-separada.

A vida era dura, mas, com muito esforço e dedicação, Maria do Carmo tinha conquistado a sua independência e dava muito valor a isso. O rendimento como fisioterapeuta não era dos melhores, o que a obrigava a trabalhar em duas clínicas, além de atender em domicílio, quando requisitada ou indicada por algum dos clientes — devido aos cuidados com a sua segurança, evitava oferecer os seus serviços em classificados ou na internet.

— Senhor Giuseppe?

— Sim.

— Meu nome é Maria do Carmo. Acho que a Dra. Bárbara já lhe explicou que hoje eu vou substituí-la.

— Sim, ela falou que surgiu um imprevisto.

— Esta é a sua última sessão?

— Sim.

— Você fez bem em ter vindo. Além do ultrassom e dos exercícios costumeiros, ao fim eu vou lhe passar algumas sugestões para melhorar a postura. Isso vai ajudar a diminuir a carga sobre este braço e evitar que o problema volte.

— Que bom. Eu já estou me sentindo bem melhor. Confesso que, no início, eu não queria vir. Foi a minha mãe quem insistiu.

— Mães, sempre elas.

Normalmente reservado, quase tímido, o paciente deixou o assunto fluir, por parecer que o problema com as mães era comum a ambos.

Acostumada ao diálogo descontraído durante o trabalho e motivada por ele ter abordado o seu ponto fraco — a relação com a mãe —, a fisioterapeuta não percebeu o risco a que estava se expondo.

— A sua também se intromete em tudo?

— Eu bem que gostaria. Minha mãe só tem olhos para a minha irmã.

— Desde criança?

— Desde sempre.

Maria do Carmo pediu para Giuseppe se deitar e tirar a camisa. A seguir, aplicou um gel transparente sobre o seu ombro e começou a passar um pequeno aparelho, girando em círculos.

— Eu não tenho esse problema, pois sou filho único. Ela mora com você?

— Você é feliz e não sabe. Não, mora com a minha irmã. Eu moro sozinha.

— A minha veio de São Paulo para ajudar, quando a minha filha nasceu, e não voltou mais. Você não tem filhos?

— Não me casei e não tenho filhos. Não sinto falta. — Isto não era totalmente verdade. Como na fábula da raposa e das uvas, ela dizia não gostar daquilo que não conseguira obter.

A solidão de Maria do Carmo, as características da profissão e a falsa sensação de segurança ao lidar, normalmente, com os pacientes conhecidos formaram uma mistura perigosa, capaz de fazê-la se sentir à vontade com um estranho.

O instinto do predador foi aguçado. Ele não estava procurando uma nova vítima naquele momento. Contudo, esta parecia tê-lo escolhido ao demonstrar as suas fraquezas, espontaneamente. Decidiu investigar mais:

— Não tem medo de morar sozinha? Porto Alegre é uma cidade perigosa.

— Eu moro no Menino Deus. É um bairro tranquilo.

— Até um determinado horário, com certeza.

— Sim, claro. Mas eu nunca chego muito tarde.

— Você deve trabalhar muito.

— Sim, além de atender aqui todos os dias, trabalho na clínica da minha irmã duas vezes na semana, à noite. E também atendo alguns clientes em casa.

— A clínica é aqui, em Porto Alegre?

— Não, fica em Gravataí.

— Deve ser bastante desgastante. Ainda bem que você não precisa ir à clínica todos os dias da semana.

— Ainda bem.

— A tua mãe não fica preocupada? A minha é extremamente impressionada. Há alguns dias ela recebeu um trote pelo telefone, um destes falsos sequestros, e levou um grande susto, ficou muito nervosa.

— A minha mãe nem percebe que eu existo. Só tem olhos para a minha irmã.

O predador sentiu mais profundamente a fraqueza da presa. Seus instintos naturais perceberam as facilidades advindas de uma rotina bem definida, somada a um estado de solidão e de desinteresse familiar.

— Como você faz nos dias que atende na clínica da sua irmã? Você deve sair tarde daqui.

A moça não percebeu que estava expondo a sua intimidade a um desconhecido e prosseguiu relaxada, passando todas as informações pessoais que interessavam ao malfeitor.

— Eu saio às 18 h. A gente dá um jeitinho. Nesses dias eu vou direto e lancho por lá mesmo.

— Não tem medo de chegar tarde em casa?

— Ah! Não. Eu chego em casa antes das 22 h. Nunca tive problemas. E vou te contar um segredo...

— Olha, se não quiser contar, não precisa.

— Bobagem. As câmeras do prédio estão quebradas. Eu sou a síndica. O sistema precisa ser trocado, mas não temos dinheiro em caixa para isso neste momento. Foi dada prioridade a uma reforma na garagem.

— É mesmo?! E, ainda assim, você não tem medo?

— Eu não tenho medo. Olha o que eu tenho... — Ela foi até a bolsa e mostrou um spray de pimenta.

— Isto é eficiente?

— Não sei, nunca usei. Dizem que sim. — Maria do Carmo sorriu como uma criança que faz uma arte.

O predador decidiu ali, naquele momento, enquanto recebia a aplicação de ultrassom, deitado na maca, que homenagearia o mestre, BTK. Ela não usava correntes, brincos ou anéis. O relógio serviria. Era um relógio prateado, redondo e delicado.

— Bonito relógio. Você faz coleção?

— Não, claro que não. Quem dera! Foi um presente do meu pai, quando eu fiz quinze anos. Minha mãe nem se lembrou.

Giuseppe ficou em silêncio, parecendo ser solidário, mas, na verdade, se deliciava com a dor da profissional. Foi orientado a fazer alongamentos, uma boa parte deles utilizando um bastão como auxílio. Ao fim, a fisioterapeuta passou algumas folhas de papel com sugestões de exercícios para melhorar a postura.

Maria do Carmo percebeu que já eram quase 18 h.

— Eu espero que você tenha gostado. Faça estes exercícios regularmente e não terá mais problemas.

— Gostei, sim. Muito obrigado.

— Não tem de quê. Desculpe a pressa, mas eu preciso sair.

Você vai para a clínica hoje?

— Não, eu só vou terças e quintas.

— Que bom, hoje é sexta-feira, dia de se divertir.

— Para a maioria das pessoas, é dia de diversão; para mim, é dia de descansar. A semana foi puxada! — Faltou ela dizer que não tinha companhia.

— Mais uma vez, obrigado por tudo. Bom descanso!

— Não tem de quê, é o meu trabalho.

Giuseppe tinha as suas regras e não correria o risco de escolher uma presa que pudesse colocar a polícia no seu encalço. Na saída, pediu para ver a agenda e confirmou que não havia deixado rastros: a sua hora estava marcada com a Dra. Bárbara. Agradeceu a atendente, que não demonstrou o mínimo interesse, mais preocupada em responder ao WhatsApp, foi para o estacionamento e ficou na espreita. Era um espaço amplo, com muitas vagas e sem segurança. Nas paredes, podia-se ver escrito em letras pretas, contra um fundo amarelo: "Proibido estacionar. Vagas exclusivas para clientes". Ajustou a posição do carro, colocando-se de frente para a saída. Os vidros escuros e o cair da noite proporcionaram-lhe uma cobertura quase perfeita.

Não demorou para ela aparecer. Giuseppe aguardou o momento adequado e seguiu o carro a uma distância razoável. Quando a moça entrou na garagem do prédio, ele seguiu pela rua, pois havia atingido o seu objetivo, já sabia onde ela morava.

No início da semana seguinte, o predador retornou ao endereço no horário comercial, sabendo que a moradora estava no trabalho. Era um prédio pequeno, com apenas seis apartamentos. As opções não eram muitas: 11, 12, 21, 22, 31 e 32. Ele escolheu o 21, mas ninguém respondeu no interfone. Tentou o 22, e uma voz de mulher atendeu.

— Pois não? — uma pessoa com pouca paciência respondeu.

— Bom dia.

— Bom dia. — E cada vez menos paciência.

— Eu tenho uma encomenda para a senhora Maria do Carmo.

— A síndica? O senhor apertou o botão errado, ela é do 32. Mas a esta hora ela não está em casa, não. O senhor só vai encontrá-la à noite.

— Muito obrigado. Eu volto outra hora.

Assunto resolvido. Aproveitou que já estava ali e resolveu checar o local. Havia a tranquilidade de saber que não estava sendo filmado. Por precaução, colocou as luvas de trabalho. Abrir a porta do prédio foi elementar. Chegou ao terceiro andar e usou, novamente, as suas gazuas para abrir a porta do apartamento. Moleza. Fez o reconhecimento com toda a tranquilidade. Era um apartamento simples, de uns cinquenta metros quadrados: quarto, sala, uma cozinha pequena e um banheiro minúsculo. A dona era caprichosa. O ambiente estava bem arrumado e limpo. O visitante procurou não mexer em nada, mas olhou, atentamente, tudo. Um sentimento de força o dominou novamente. Ele já não era mais um qualquer, tímido e insignificante. Ali, dentro da residência da futura vítima, voltou a sentir a sensação de poder sobre a vida e a morte, que tanto apreciava.

Após analisar cada detalhe, o caçador chegou à conclusão de que o ideal seria esperá-la no próprio apartamento. Em um dos dias em que ela estivesse na clínica da irmã, seria mais fácil de agir e haveria tempo para realizar as preparações necessárias, sem pressa. Para poder planejar com mais segurança, decidiu observar a chegada da presa algumas vezes. A paciência era uma das suas virtudes.

Duas semanas se passaram, e Giuseppe decidiu que estava pronto. Ele já tinha conhecimento dos horários de Maria do Carmo, do movimentos no prédio e estava com todo o material necessário em uma mochila: plástico, cordas, dois rolos de fita adesiva, gazuas, luvas e uma arma de eletrochoque. Não havia mais razão para esperar. Era chegada a hora. Desfrutou cada minuto daquele dia, saboreando a costumeira e agradável emoção que tanto apreciava. Nesses momentos, sentia-se como um deus. Ele decidia quem viveria e quem morreria, quando e como. E estava tudo programado para aquela mesma noite. Ela que aproveitasse bem as suas últimas horas de vida.

O predador se deslocou para o apartamento da vítima com uma antecedência programada, estacionou o carro a uma distância segura, colocou a mochila nas costas e seguiu de forma despreocupada. Antes de entrar, calçou luvas cirúrgicas transparentes, para facilitar o tato. Ele havia escolhido o banheiro para o serviço, obtendo as medidas e trazendo a quantidade certa de plástico para recobrir as paredes, o teto e o piso. Usou a fita para a fixação, deixando o local totalmente isolado. Olhou o relógio e calculou em quanto tempo a presa deveria chegar. Como tinha alguns minutos, sentou e aguardou, deleitando-se com o controle que tinha da situação. Ficou imaginando o que BTK sentia nos seus trabalhos, minutos antes de agir.

Giuseppe foi despertado das suas reflexões com um barulho de conversa feminina no corredor. Isso não estava programado. Em todas as vezes anteriores, ela havia chegado sozinha. Em estado de alerta, identificou três vozes diferentes se aproximando. A situação, repentinamente, ficou crítica. Ele portava apenas uma arma de eletrochoque — para uma emergência —, e isto não era o suficiente para impedir três mulheres de entrarem em desespero. Os gritos poderiam chamar atenção, e isso seria desastroso. Para piorar a situação, não tinha por onde sair. O apartamento só possuía uma porta.

Encurralado, o predador dispunha de segundos para tomar uma decisão. Tudo o que havia construído estava prestes a ir por água abaixo. Ele pôde ouvir os passos do lado de fora da porta. Não havia para onde ir, nem onde se esconder. Os arranjos no banheiro denunciariam a sua presença em instantes. Sem opções, em quase desespero, correu, fechou a porta do banheiro, foi para o quarto e ficou atrás da abertura, observando a entrada pela fresta, próximo às dobradiças. Apenas duas mulheres apontaram à porta do apartamento. A terceira se despediu e seguiu pelo corredor. Possivelmente, uma vizinha.

A situação ainda era crítica, mas havia uma réstia de esperança. O caçador não seria capaz de controlar as duas mulheres ao mesmo tempo e devia, a qualquer custo, evitar que se assustassem e gritassem. Ele tinha muito pouco tempo para decidir o que fazer e precisava encontrar uma forma de transformar uma provável situação de susto — por encontrar um estranho em casa — em uma simples surpresa. O matador respirou fundo. Estava a um passo de ser descoberto e seria o fim. Os arranjos no banheiro e o material que trazia levariam a polícia a associá-lo aos outros crimes com facilidade. A única coisa que lhe restava era o poder de decidir quando e como agir. Tudo ainda dependia somente dele.

As mulheres entraram, e Giuseppe pôde identificar a acompanhante pelas fotos, que já tinha visto no apartamento: era a mãe. Ele não podia deixá-las ver o banheiro. Se isto acontecesse, com certeza elas entrariam em pânico e ele perderia o fator surpresa. Não tinha jeito, havia necessidade de tomar uma atitude, imediatamente. Aproveitou o breve momento em que a fisioterapeuta virou as costas para fechar a porta de entrada e saiu do quarto, devagar, com um sorriso no rosto.

— Oi, amor. Você não avisou que traria companhia.

A mulher virou-se com uma expressão de quem não entende nada, e ele conseguiu o seu primeiro intento: tinha causado surpresa, e não medo. Maria do Carmo ficou desconcertada ao vê-lo, e a mãe deu um sorriso de canto de boca.

— *Amor?!* O que você está fazendo aqui? — Surpresa total.

Esta reação era tudo de que precisava. Ele não respondeu, e andou alguns passos em direção a elas, sorrindo de forma descontraída, com uma das mãos no bolso. O golpe de eletrochoque foi rápido. Maria do Carmo tremeu e caiu.

— Oh! — A mãe, sem nada entender, levou a mão à boca, com os olhos arregalados.

O segundo golpe foi tão rápido quanto o primeiro. A senhora recebeu o choque e desabou, sem ter tido tempo de gritar. Dali em diante, passado o grande risco, o apreciador de BTK — amarrar, torturar e matar — reassumiu o domínio da situação. Antes de começar os trabalhos, precisou se sentar e se recuperar por alguns minutos. O suor frio escorreu pela testa. Por muito pouco, ele não fora descoberto.

Giuseppe amarrou e amordaçou as duas mulheres.

Maria do Carmo foi a primeira a recuperar a consciência, e entrou em pânico assim que ouviu a frase que havia se transformado na marca do matador:

— Acordou, bebê?

Mãe e filha foram brutalizadas com requintes de sadismo, pois ele teve o cuidado de pesquisar para poder reproduzir as torturas infligidas pelo seu mestre às suas vítimas.

Demorou algum tempo para os corpos serem descobertos, só na noite seguinte, quando a irmã desistiu em tentar se comunicar com as duas e, como não conseguiu entrar no apartamento, pediu a ajuda da polícia. O detetive Valença não estava entre os primeiros a chegarem ao local, mas logo foi chamado, dada a selvageria dos crimes.

O estado em que foram encontradas as duas mulheres indefesas incomodou tremendamente o detetive. As vítimas tinham perdido a vida por asfixia, tendo sofrido uma violência desmedida, desnecessária e com requintes de crueldade — foram encontradas evidências que indicavam que ambas haviam sofrido tortura. Além disso, não havia indícios de roubo nem marcas de arrombamento. Como o agressor havia entrado? Qual a motivação para tamanha maldade?

O detetive ficou decepcionado ao descobrir que o sistema de câmeras estava inoperante, mas fez o que podia para desvendar o crime: o policial ouviu todos os vizinhos do prédio e a única informação relevante foi o relato de uma testemunha de que as vítimas tinham entrado sozinhas no apartamento; ele colocou investigadores para visitarem os prédios próximos, à procura de alguma imagem ou lembrança dos moradores. O máximo que conseguiu foi a observação de um vizinho, que percebeu um homem, no início da noite, entrando no edifício com uma mochila nas costas. Ainda assim, as informações eram muito vagas: era um homem de estatura média, com uma jaqueta com capuz e calçando luvas. Como era uma noite fria, isto não havia chamado a atenção da testemunha; o detetive visitou as clínicas onde a fisioterapeuta trabalhava, verificou as agendas e ouviu clientes, colegas e funcionários, sem conseguir nada produtivo.

Valença esperou com ansiedade o resultado da perícia técnica. Novamente, ele não soube explicar o motivo, mas não lhe causou surpresa a perícia não encontrar provas. Contudo, isso tornou o incômodo do detetive quase insuportável. Como era possível o assassino não ter deixado nenhuma marca, cabelo, digital, nada? O policial não tinha como afirmar que aqueles crimes tinham alguma relação com os outros, já arquivados, mas despertaram nele um sentido de alerta. Aquelas últimas mortes, com extremos de crueldade, trouxeram a certeza de que ele precisava fazer alguma coisa, de que ele tinha a obrigação de, ao menos, tentar.

10

O vírus

Karr El interagia mentalmente, fazendo conexões, incluindo ou retirando dados que influenciavam o comportamento dos diagramas que apareciam a sua volta. Ele pareceu chegar a uma conclusão ao eliminar alguns dos esboços e ampliar outros.

— Kirr, concluí o estudo socioeconômico e comportamental de que havia lhe falado.

— Que interessante! Você vem trabalhando nisso há bastante tempo. A que conclusões chegou? — Kirr parou o que estava fazendo e dedicou toda a sua atenção ao companheiro.

— Não resta a menor dúvida que, com o auxílio dos exilados, nos últimos duzentos anos houve um incremento exponencial nos níveis tecnológicos. Infelizmente, os conhecimentos e a cultura não têm uma distribuição homogênea, e variam conforme a localidade. O problema maior é que, como temíamos, os valores éticos e morais não acompanharam esse crescimento.

— É uma situação preocupante. Falando nos exilados, neste exato momento eu estou selecionando a última leva deles para o retorno ao planeta de origem.

— Depois destes, não será mais possível?

— Eu acredito que não. Segundo os meus estudos, a defasagem evolutiva ficará insustentável, ao menos por algum tempo.

— E qual a sua estimativa? Esse grupo será maior do que o anterior?

— Pelo levantamento do computador, desta vez não vai passar de vinte mil. — Kirr apontou para uma imagem repleta de pontos coloridos.

— Bem poucos, considerando que será o último grupo.

— Durante este trabalho, eu me lembrei da nossa conversa anterior sobre os exilados, quando você apresentou a sua análise sobre o clima, e procurei verificar aqueles sobre os quais conversamos. Você se recorda?

— Sim, claro. E como está a situação deles?

— O jovem e a mulher estão no grupo, mas o atleta não.

— Eu imaginei. Ele ainda não passou no teste necessário para provar o seu merecimento.

— Entendo. Infelizmente, se ele não vencer este último obstáculo logo, provavelmente perderá a oportunidade de atingir o seu objetivo. Sobre a questão moral do planeta, eu tenho a impressão de que isso não era para nos causar surpresa.

— Sem dúvida! Acontece que a defasagem chegou a níveis alarmantes.

— Nós auxiliamos o desenvolvimento das comunicações, principalmente nos últimos quarenta anos, na expectativa de que isso unisse mais as pessoas. — Kirr demonstrou esperanças.

— Como em outras situações, nós fizemos a nossa parte, mas o resultado depende deles. Os dados comprovam que os indivíduos estão cada vez mais isolados. Muitos têm centenas de amigos virtuais, mas o número de amigos reais diminuiu. Uma quantidade bem menor do que tinham antes do avanço das telecomunicações. E os interesses econômicos utilizaram as novas facilidades para transformar a maioria das pessoas em simples marionetes, conduzindo-as em seus pensamentos, valores e opiniões. Esse exagerado incentivo ao materialismo acabou contribuindo para a degradação da família e para o consequente aumento da violência. As várias revoluções industriais trouxeram inúmeras melhoras na saúde, nas comunicações, na agricultura, no transporte e na indústria. Contudo, com exceções, desde a primeira até aos atuais *smartphones*, os seres humanos nunca foram vistos como pessoas, mas apenas como potenciais consumidores.

— Não evoluíram neste ponto?

— Não. E isto aconteceu nos três principais sistemas políticos do globo: o democrático, o socialista e o autoritário. Já faz muito tempo que esses diferentes sistemas travam uma luta feroz pelo domínio do seu povo, cada um a sua maneira. O ser humano é tratado como matéria descartável em todos eles, lamentavelmente. Com exceções no setor 2, o restante do planeta vive uma nova Idade das Trevas.

— Uma nova Idade das Trevas!? Como é possível, com tanta liberdade nos sistemas democráticos, com o conforto e a saúde advindos da tecnologia e com uma facilidade de acesso às informações nunca antes imaginada?

— Porque não é o mesmo tipo de trevas do passado. O planeta está atualmente mergulhado em trevas morais. A silenciosa depressão, em suas diferentes gradações, se tornou uma pandemia mundial. E os números de suicídios e abortos batem recordes, ano após ano. Há um acordo mundial pela não divulgação dos seus dados reais como uma forma de desencorajar essas ações desesperadas, mas isso não vem gerando resultados práticos. Resumindo, as ideias materialistas não preenchem o vazio no coração dos indivíduos, pois o prazer advindo da aquisição de bens e dos gozos mundanos é efêmero, gerando uma sensação de insatisfação constante. Como você pode perceber neste gráfico à direita, a consequência disso foi o aumento no consumo de álcool, drogas, sexualidade desregrada e da alienação, com o consequente enfraquecimento do tecido social.

— Continua a proliferação das ideias materialistas?

— Sim e cada vez mais.

— O que causa esta situação?

— São diversos fatores, com certas variações, conforme o lugar. Para a maioria das criaturas, as facilidades do mundo moderno utilizadas pelos meios de comunicação, como incentivo ao consumo, levam a uma luta sem tréguas pela sobrevivência e a um desejo de aquisição quase insaciável. As pessoas têm a maior parte do seu tempo tomada pela atividade laboral, e o que resta é preenchido pelas tentadoras facilidades tecnológicas. Por exemplo, nas regiões mais industrializadas, as crianças não convivem mais com os seus pais, como há alguns anos. As razões? Os genitores, por não terem tempo; e os infantes, por estarem envolvidos em atividades escolares e extraclasse. Em diversos países do mundo moderno, os idosos não recebem mais a atenção e o carinho da família, proliferando os asilos e as casas para a terceira idade. Isso para os que têm poder aquisitivo. Os menos privilegiados, após uma vida de trabalho quase escravo, são abandonados, quando não ficam sujeitos a maus-tratos.

— E o que você sugere fazer para alterar esta situação?

— Vou auxiliar os pesquisadores que trabalham para o 3 045 085 05 2 a alcançarem os seus propósitos e produzirem o vírus em laboratório.

— E como você pretende fazer isso?

— Da forma costumeira. Eu vou sugerir-lhes ideias que os ajudem a superar os obstáculos que os impedem de alcançar os seus objetivos.

— Esta é uma decisão importante. — Kirr demonstrou certa preocupação.

— Com certeza, é muito importante.

— E qual a sua intenção em permitir que desenvolvam o vírus?

— Uma parada. Uma oportunidade de todo o planeta refletir e repensar os seus valores e a sua forma de conduzir a vida. Não vai haver escolha, pois eles ficarão meses sem ter para onde ir, reclusos, obrigados a permanecer em casa. Em momentos diferentes, conforme o desenvolvimento local da pandemia, boa parte do comércio não poderá abrir, os parques e praças serão fechados e todas as atividades de lazer externo serão proibidas. Durante esses períodos, as famílias serão forçadas a conviver, gerando a oportunidade de perceberem as necessidades dos idosos e de os pais darem maior atenção aos filhos.

— E quando você pretende fazer isso?

— Imediatamente. Eu imagino que já no próximo ano se iniciará a disseminação, vindo a se transformar em uma pandemia.

— Todo o planeta? Semanas, meses de reclusão? Haverá sérias consequências econômicas e possibilidades de mudanças nas forças geopolíticas.

— Usando da linguagem deles: “Não há como fazer um omelete sem quebrar os ovos!”

— Você sabe que a intenção do 3 045 085 05 2, e do seu partido, é apenas a expansão de poder, em busca de uma hegemonia global, não sabe?

— “Elementar, meu caro Watson!”

Kirr gostou do senso de humor do companheiro.

— A sua proposta, além de radical, é muito ambiciosa. O mestre tem aquele coração maravilhoso e eu tenho dúvidas se ele vai aprovar.

— Eu conheço o mestre tanto quanto você, e tomei alguns cuidados. O vírus, de uma forma geral, vai ser menos agressivo para as crianças e os adolescentes.

— Isso é muito bom. E os animais?

— Menos ainda. Praticamente não serão afetados.

— Qual será o grupo de risco?

— Os portadores de doenças crônicas, como diabetes e hipertensão, asma, doença pulmonar obstrutiva crônica, fumantes e idosos.

— Alguma razão para a escolha destes grupos?

— De uma forma geral, são aqueles de menor resistência e alguns trazem consigo as consequências de suas próprias atitudes desregradas, nesta ou em outras passagens pelo planeta.

— Faz sentido. E você vai introduzir estas características seletivas no vírus? Você sabe que, com a tecnologia atual, eles estão muito longe de chegar perto dessa possibilidade.

— Vou, sim. O plano é abrangente e haverá consequências que se estenderão no correr de vários anos. A minha ideia é evitar uma guerra, nos termos convencionais, cujo sofrimento seria bem maior e que nos impediria de fazer qualquer tipo de seleção.

— Eu já havia deduzido isso. Eu logo percebi que, se você está disposto a apresentar um plano tão ambicioso e de tão alto risco, é porque pretende evitar um mal maior. Eles demorarão a perceber, mas será uma Terceira Guerra Mundial, não será?

— O que o leva a esta dedução?

— Se eu entendi bem, haverá mortes em todos os países, o povo ficará confinado e isolado por meses, forçado a ficar em casa e sem opções de lazer externas. Não vai haver bombas, e os soldados estarão vestidos de branco, mas as perdas de vidas e as limitações impostas à sociedade serão semelhantes às que ocorrem em um conflito bélico.

— É, vendo por este ângulo, você tem razão. Eu diria que todo o planeta vai passar por uma grande tempestade.

— Sim, todos estarão na mesma tempestade, mas em barcos diferentes. Eu não tenho dúvidas de que os níveis culturais e de desenvolvimento tecnológico farão diferença na forma como cada nação vai enfrentar a mesma situação.

— Infelizmente, sim.

— Você vai incluir no vírus algum fator que ajude a controlar o crescimento da população? Se eles continuarem se proliferando exponencialmente e consumindo de forma desregrada, em breve os recursos do planeta se esgotarão.

— Esta é uma outra questão, que precisará ser avaliada no futuro. Em minhas análises, a carga física e psicológica do vírus já será o suficiente, por enquanto.

— Faz sentido.

— Você me fez lembrar que há uma outra coisa que vai agradar o mestre.

— O quê?

— Com a diminuição das atividades produtivas, a fauna e a flora terão uma redução da ação predatória humana que, embora o avanço da ecologia, segue destruindo riquezas naturais e extinguindo espécies em ritmo crescente.

— Uma diminuição apenas temporária.

— Sem dúvida alguma! Essas são outras questões sobre as quais eles terão tempo para refletir. Os homens pensam que são donos do planeta e que não têm contas a prestar sobre as suas ações. Esquecem-se de que habitam, conjuntamente, uma diminuta nave na vastidão do espaço e que quem vai pagar a conta dos seus desmandos e consumo desregrado serão as futuras gerações. Ao invés de se unirem e os mais fortes ajudarem os mais fracos a terem as melhores condições possíveis para progredir, eles vêm, há séculos, tentando tirar vantagens uns dos outros. Insistem em seguir predando a natureza, numa luta insana por um poder temporário e por bens materiais que se esvaem das suas mãos como água: quanto mais eles apertam, menos eles têm.

— Concordo com você, Karr El. Seria tão mais inteligente e produtivo se eles extinguissem as fronteiras, utilizassem uma linguagem única e proporcionassem oportunidades de qualidade de vida e de desenvolvimento a todos, sem exceção. Afinal, não são todos irmãos?

— Este é um dos objetivos do nosso trabalho. Cedo ou tarde, isso vai acontecer. É inevitável. Eles estão presos a esse mundo por sua própria vontade. Quando atingirem esta fase, será um forte sinal de que a Terra estará pronta para uma mudança de estágio.

— Eu tenho uma dúvida: a gripe aviária de 2006 e a gripe suína (H1N1) de 2009 foram algum tipo de teste?

— Foram avisos, alertas que, infelizmente, não surtiram efeito.

— E você acha que desta vez vai funcionar?

— A dose do remédio é proporcional à gradação da doença, mas raramente se pode ter certeza do resultado. Eu acredito, sinceramente, que pode funcionar.

— Quase todo remédio tem efeitos colaterais. Esta será uma situação mundial nunca antes vivenciada.

— Sim, é verdade. Contudo, muitas vezes o medicamento é amargo, mas o resultado compensa. Nós trabalhamos continuamente pelo bem deles e pela sua evolução. Desde os primórdios, temos auxiliado com ideias que contribuíram para as evoluções tecnológicas, assim como temos intuído e incentivado líderes morais a conduzirem o progresso da sociedade, sempre respeitando as escolhas individuais e evitando ao máximo interferências diretas. Neste momento será necessário tomar uma atitude, pois, como eu te expliquei, a situação moral global chegou a níveis alarmantes, o que poderá, em breve, conduzir a um conflito bélico.

— Eu entendo. Contudo, mesmo que o remédio seja amargo e a intenção seja nobre, não é certeza que aproveitarão a oportunidade.

— Dependerá somente deles. Como você sabe, uma das premissas básicas do universo é o livre arbítrio. Cada um tem a liberdade de tomar as suas próprias decisões, e a obrigação de responder por elas. Assim, cada conquista individual ou coletiva é real, e não uma imposição sobre a vontade.

— Com certeza!

— Quando os seres humanos conhecerem, entenderem e, principalmente, colocarem em prática esse conceito, o planeta evoluirá como um todo.

— Eu presumo que eles abrirão uma corrida mundial pela vacina. Você pretende ajudá-los nisso também?

— Apenas se for necessário. Eles têm todas as condições de resolver este problema sozinhos. Pelos meus estudos, vai demorar um pouco, mas eles chegarão lá. Este período será o que entendo necessário para a reflexão e o aprendizado.

— Quanto tempo, nas suas previsões? — Kirr apontou um dos gráficos em destaque.

— Aproximadamente um ano. Haverá muita pressão da população e, principalmente, dos governos.

— Isso não pode ser perigoso? Não poderão as vacinas, nessas condições, sem o tempo necessário para garantir uma eficácia, trazer efeitos colaterais no futuro?

— É um risco que vamos ter que correr. Outro aspecto positivo é que os números finais das perdas serão menores do que os causados por uma grande guerra.

— Verdade. Tem uma outra questão que me preocupa.

— O que o preocupa?

— O isolamento vai gerar uma queda na produção e uma diminuição nas atividades comerciais. As economias serão afetadas. Isso poderá gerar desemprego e fome. Você acha que eles podem lidar com isso?

— Meus estudos dizem que sim. Vai haver uma diminuição das riquezas, mas isso é inevitável. Você acha que, com uma guerra, seria melhor?

— Não, com certeza, não. Neste caso, a produção seria direcionada para as necessidades bélicas, principalmente para a produção de armamentos, ou seja, para gerar destruição. Os sacrifícios necessários às populações seriam bem superiores. Além da perda das edificações.

— É o que eu estou tentando evitar.

— Eu entendo e concordo. Posso deduzir que eles passarão por uma mudança de regime? — Kirr questionou.

— Por um tempo, sim. Eles não têm se comportado bem. Como você já percebeu, eles mudarão do regime aberto para o regime semiaberto, com prisão domiciliar. Bem melhor do que um regime fechado e o caos de estarem se matando reciprocamente — Karr El esclareceu.

— Vamos trabalhar para que dê certo e que uma boa parte da população mundial se disponha a mudar o seu comportamento, dando mais importância aos valores perenes do que ao consumismo desenfreado.

— As oportunidades aparecem na vida das pessoas e, neste caso, do planeta como um todo. Aprender as lições necessárias e mudar as atitudes é uma decisão de cada um. Depende da inteligência e, principalmente, da vontade.

— Você me fez lembrar de uma sala de aula.

Karr El aproveitou para concluir:

— A sugestão é boa. Numa escola, o professor ensina a matéria para um grupo de alunos, mas o aproveitamento tende a obedecer a uma curva conhecida. Existe uma série de razões envolvidas, com um especial destaque para a dedicação de cada aluno. No planeta Terra, todos também estão em processo de aprendizagem. Sendo o livre arbítrio a liberdade de cada indivíduo fazer o que quiser, permanecendo responsável pelos seus atos, a vontade faz toda a diferença, pois aqueles que, por seu desejo, escolhem fazer coisas boas merecem ser recompensados. Como consequência natural, embora o progresso seja uma lei imutável, o tempo de cada um é diferente.

11

O julgamento

Marcelo não fora surpreendido com a definição do promotor do processo. Ele manteve um informante na promotoria e recebeu a notícia em primeira mão. A manchete do dia seguinte e capa do jornal trouxe: **"SAIU O PROMOTOR"**. A reportagem destacou que o promotor Baltazar, o mais famoso do estado, havia recebido uma ligação de uma alta autoridade e aceitado assumir a causa. De forma sutil, a matéria não definiu quem era a "alta autoridade", deixando para o imaginário popular a especulação. Nas redes sociais, não faltaram palpites, desde o presidente dos EUA ao papa. O jornal também comentou sobre a fama do promotor de esmagar os causídicos adversários, tendo até mesmo retirado o defensor mais conceituado do meio por muitos anos, o Dr. Fernando Victor.

Na sua mesa, o promotor Baltazar viveu um conflito: por um lado, ele se sentiu traído por a notícia ter chegado aos jornais antes de uma divulgação oficial; por outro, gostou de ter o ego massageado pelos elogios ao seu nome. Ele decidiu por não fazer grande alarde devido à publicação antecipada. Afinal, a notícia chegaria aos periódicos e sites mais cedo ou mais tarde. Para manter as aparências, reuniu os assessores e deixou clara a sua indignação, prometendo averiguação e punição severa, caso o fato se repetisse. O informante relaxou. Não se repetiria, e o dinheiro seria bem aplicado.

Concluída a breve reunião com a equipe, o promotor demonstrou energia e determinação:

— Assunto encerrado. E agora vamos ao trabalho! Eu quero tudo sobre este caso. Não só o divulgado pela imprensa, mas, principalmente, o que não foi divulgado. Este será o julgamento do ano, e eu não desejo apenas vencer, eu pretendo fazer história. Nós vamos fazer história! — Foi dada a largada.

. . .

Na Universidade Católica, o professor Fernando Victor estava com a mesa cheia de trabalhos para corrigir. Ele digitava no computador, montando a próxima prova do primeiro ano de Direito. Como professor, adorava o convívio com os alunos. Lecionar para ele era um deleite. No íntimo, sabia que este prazer era ainda maior com os jovens iniciantes. As carinhas imaturas, os olhinhos brilhando, a vontade de aprender e os sonhos na cabecinha quase infantil deles comoviam-no. Dava aula com empolgação, contava histórias e mexia com a imaginação dos alunos. Às vezes, contava mais histórias e fazia piadas do que dava aula. E os estudantes adoravam-no. Ele era, sem dúvida alguma, o professor mais querido da maioria dos novatos. O velho causídico representava para os jovens um herói, um mito. E ele sabia disso. E gostava.

Entretido com a montagem da prova, Fernando Victor não percebeu a leve batida à porta. Como estava entreaberta, a pessoa entrou. O professor nem tirou os olhos da tela. Com certeza, algum estudante inseguro vindo pedir uma explicação extra, como de costume. Todos eram tratados como amigos e bem-vindos a sua sala.

— Boa tarde, professor! — A voz não era de um jovem aluno.

Ele levantou a cabeça e identificou o visitante:

— Meu caro superintendente. Há quanto tempo!

O sorriso no rosto simpático foi da mais pura sinceridade. Fernando Victor era um homem de inteligência reconhecida, que havia se destacado em todos os campos em que atuou, fosse pela capacidade, fosse pela simpatia ou honestidade; a maior parte das vezes pelo conjunto dessas virtudes. Já passava dos sessenta anos, mas a vasta cabeleira ainda era negra como a noite. A pele era morena, meio avermelhada, evidenciando a mistura do sangues índio e negro que corriam em suas veias, misturados aos cruzamentos com os europeus. Os olhos eram castanhos escuros e não era alto, um e setenta e dois. Uma pequena barriga dava uma certa dignidade a sua silhueta. Sempre vestia terno e gravata. Nada extravagante, nada muito caro, mas a roupa ajudava a formar a aura de credibilidade que possuía. Tal como o visitante, era um brincalhão, mas sabia falar sério quando necessário.

— Eu que o diga! É um prazer revê-lo.

Os dois amigos apertaram-se as mãos.

— Senta, senta. Não repare a bagunça. Isto aqui é uma universidade, não um escritório de advocacia.

— Que é isso, amigo? Vejo que você está feliz. Isso é o que importa.

— Sem dúvida! Acho que sou mais feliz aqui do que advogando. O contato com os jovens é enriquecedor. Aprendo muito todos os dias.

— Boa! Só pode ser piada. — O chefe sabia que ele era um verdadeiro mestre.

— Verdade! Eu aprendo mais do que ensino. — A modéstia no sorriso largo foi sincera.

— Sei, é apenas difícil de acreditar. Faz uns dois anos que não conversamos, né?

— Sim, mais ou menos isso. Aqueles foram bons tempos, diga-se de passagem. O que eu posso fazer por você? Eu não esqueço que sou seu devedor.

— De forma alguma! Foi um prazer poder ajudar no passado. Você não me deve nada. — O chefe foi modesto.

— Ainda assim, é como eu me sinto, um devedor. É só você dizer do que precisa e, se estiver ao meu alcance, pode contar. — O homem exalava sinceridade e boa vontade. Sua simpatia era contagiante.

— Eu vim pedir um favor pessoal.

— Deixe de rodeios, e diga lá!

— Eu tenho um companheiro de trabalho que é quase como um filho. Ele precisa da sua ajuda.

— Não acredito!

O professor moveu o rosto para os lados e sorriu, à medida que exalava o ar pelas narinas, com descrença. A seguir, continuou:

— Você deve estar brincando! Você não vai pedir o que eu imagino que vai pedir, não é mesmo?

O chefe somente sorriu com os lábios e forçou as sobrancelhas para cima enquanto levemente erguia os ombros, mais do que nunca lembrando um boneco de posto.

Fez-se um silêncio, que durou alguns segundos.

— Não, não, não pode ser verdade. — O professor parou de sorrir. O assunto era sério.

O chefe ergueu as mãos ao lado do corpo, com as palmas voltadas para cima, como que dizendo: “Fazer o quê?”

— Você sabe que eu me aposentei. Você percebe quanto eu estou feliz aqui? Não acredito que você vai me pedir isto!

— Meu amigo, você não é o Chapolin Colorado, mas, neste momento, só você pode nos ajudar. Eu não viria até aqui perturbar a sua paz, se houvesse qualquer possibilidade de recorrer a outra pessoa.

— Você tem ciência de que é um caso perdido, não tem? — A pergunta foi séria. O chefe ficou calado.

Como não houve resposta, o professor continuou:

— Eu tenho certeza de que você tem conhecimento que está tudo contra o seu menino: a imprensa, a opinião pública e a polícia. Quem sabe até outras forças de que não tenhamos conhecimento. Não tenho dúvidas de que, em futuro próximo, o juiz e os jurados também farão parte desse grupo. Estarão todos prontos para mandá-lo apodrecer na cadeia. Se fosse em outro país, seria pena de morte, na certa.

— Eu entendo. — O chefe quebrou o seu silêncio, com humildade.

— Se entende, por que você segue tentando?

— Porque ele é inocente. — Havia convicção em sua fala.

— Você sabe que eu tenho grande consideração por você, meu amigo. Eu realmente me sinto seu devedor e ficaria muito feliz em poder atender a qualquer outro pedido seu. Mas você está falando com um professor, não mais com um advogado.

— Eu compreendo. Desculpe aborrecê-lo. — O chefe pareceu aceitar a recusa.

— Não aborreceu. É sempre um prazer revê-lo. Apareça mais vezes.

O chefe levantou-se, apertou a mão do amigo e ameaçou se dirigir para à porta, mas voltou.

— Você sabe quem é o promotor do caso?

— Todos sabem, está na capa do jornal de hoje.

— Exatamente. Seu nome também está no jornal.

— Eu vi. — Os olhos do professor faiscaram. Era o advogado que estava lá dentro, ameaçando sair.

— Você vai deixar assim? Vai permitir passar a chance de dar o troco?

— Acabou. Ele venceu e eu me aposentei. Acabou. E eu estou feliz aqui. — O professor retomou o controle.

— O.K., eu entendo. Apesar da nossa amizade e da grande admiração que eu sinto por você, não vou insistir. — O chefe virou-se e saiu em direção à porta. — Eu só fico conjecturando o que pensarão os seus alunos quando lerem as notícias e souberem que o seu querido professor foi convidado e se negou a assumir o caso. Será que continuarão a admirá-lo da mesma forma? Principalmente após perceberem que o seu ídolo se negou a lutar. Será que passarão a vê-lo como um covarde?

O chefe falou de costas, sem ver a reação que as suas palavras provocaram. Continuou andando para a porta. E saiu. Ele já havia completado alguns passos no corredor quando ouviu:

— Espere!

O chefe sorriu e os olhos brilharam. Mas teve o cuidado de desfazer o sorriso quando se virou. Só não conseguiu tirar o brilho dos olhos.

— Venha, entre, vamos conversar.

Os dois retornaram para a sala e se sentaram novamente. O professor ficou do lado de fora. Sentado à mesa, o chefe reconheceu o advogado. A transformação foi facilmente perceptível. A postura era outra: as costas estavam eretas, as mãos bem feitas sobre a mesa, o olhar mais direto e incisivo.

— Eu aceito o caso. Mas com uma condição.

— Diga.

— Não quero remuneração. Se houver despesas, eu te informo. Vou selecionar alguns jovens alunos recém-formados para me ajudarem. Ainda tenho o meu velho escritório. É só do que eu preciso.

Fernando Victor não deixou dúvidas de que não assumiria o caso por dinheiro ou por exposição na mídia. Ele não precisava mais disso. Seu interesse era atender a um pedido de um amigo, saldar uma dívida e, principalmente, se manter à altura do conceito que desfrutava com os discentes.

O chefe titubeou. Chegou a pensar em contra-argumentar, mas a atitude do advogado a sua frente não dava margem a negociações.

— Combinado.

Foi assim que o chefe contratou o melhor advogado do estado e, reconhecidamente, um dos melhores do país.

. . .

A notícia da troca na defesa do réu foi apresentada na TV, num programa jornalístico de uma rede concorrente — o chefe fez questão de passar a informação para um de seus contatos na imprensa, que tratou de divulgá-la. Foi dada ênfase à fama do velho advogado, forjada em anos de prática forense, e ao fato de ele dispensar remuneração. Os caciques da grande rede de comunicação não gostaram nada da sensação de ficar para trás, mas foi considerado apenas uma pequena batalha perdida, entre muitas vencidas, em uma guerra que prometia ser longa. Em resposta, em todos os seus editoriais do dia, a rede destacou a marcante derrota do velho advogado para o jovem promotor, no passado recente, e a sua posterior aposentadoria.

Com a proximidade do julgamento, especialistas em direito foram chamados, constantemente, às principais emissoras de canal aberto e a cabo para opinar sobre o andamento do caso e as suas tendências. A troca na defesa foi um atrativo a mais, e o público deliciou-se com as informações, antevendo o resultado. Ninguém acreditava que o réu poderia ter chances de absolvição.

As opiniões, nos programas televisivos, seguiram na mesma direção:

— Eu acho temerário o retorno do nosso afamado defensor neste momento. — Paulo de Tarso Juras de Macedo, juiz aposentado.

— Todos temos muito respeito pelo Fernando Victor e não temos dúvidas da sua capacidade. Contudo, aceitar esse caso, nessas circunstâncias, considerando que tem estado afastado do exercício do direito e o pouco tempo que resta para montar a defesa, passa a ser um risco muito grande de enfrentar nova derrota e comprometer o seu legado. — Jeferson Costa Moura, colega advogado de muitos anos.

— Eu não queria ser o Fernando Victor neste momento. — Antônio Salomão, comentarista de TV.

Até mesmo as principais revistas semanais opinaram na internet, por intermédio de seus conceituados jornalistas:

— Uma pena um advogado com uma história tão brilhante botar tudo a perder no apagar das luzes. — Genésio Gravata, revista *Veja*.

— Este parece ser um caso perdido. Um advogado para assumir um processo como esse, às vésperas do julgamento, só por muito dinheiro ou pela chance de aparecer e se tornar conhecido. Estas não parecem ser as motivações do conhecido causídico. — Carlos Almeida, revista *IstoÉ*.

...

Fernando Victor pediu licença da universidade para se dedicar de modo exclusivo à ação. Seus alunos, que na sua maioria acompanhavam a opinião geral, mudaram de posição automaticamente, passando a apoiar incondicionalmente o querido mentor. Ele se despediu do campus cercado de carinho, após uma linda cerimônia em que recebeu rosas, e colegas e alunos homenagearam-no com uma placa, com os dizeres: "Ao inesquecível professor Fernando Victor, um grande mestre". A imprensa acompanhou tudo. Os repórteres acotovelaram-se e não descansaram enquanto não lhes foi prometida uma declaração do advogado. Ele, educadamente, reuniu a todos no anfiteatro da faculdade e fez um pronunciamento simples:

— Eu agradeço a presença dos senhores jornalistas e o interesse que todos vêm demonstrando neste caso. Eu preciso lembrar que estamos lidando com um ser humano e um pai de família exemplar. Como advogado e professor, eu acredito que todos têm direito a um julgamento justo e que devem ser considerados inocentes, até que se prove o contrário. — Ele deu um sorriso gentil e se retirou, sem responder a perguntas.

Houve um alvoroço no auditório, a ponto de alguns repórteres precisaram ser contidos. Sua mensagem foi amplamente divulgada, discutida e analisada.

...

O público acompanhou as etapas que antecederam o julgamento como os capítulos de uma novela. A imprensa tratou de manter a atenção popular com o acréscimo constante de informações ou, na falta delas, com debates e trocas de opiniões entre especialistas. O próximo assunto que mereceu destaque especial foi a definição do juiz do caso.

A juíza Sandra Maristela Veiga era conhecida nos tribunais como uma loba em pele de cordeiro. A expressão pegou porque não se referia ao seu sentido literal, mas ao choque que causava o contraste entre a sua aparência e o seu temperamento. Quem olhasse para ela imaginaria um cordeiro: alta, magra, os cabelos loiros em cachos, na altura dos ombros, os olhos verdes e óculos na ponta do nariz. Tinha uma aparência de doçura e fragilidade. Isso até alguém ouvi-la falar. Aí era possível entender a razão da sua fama de loba. Era extremamente rígida. Quem estivesse ao seu alcance tinha que andar na linha, e a linha era fina. Ela se tornou famosa por abominar os exageros dos advogados nos tribunais, que, em certas circunstâncias, ofereciam verdadeiros shows na tentativa de convencer o corpo de jurados. Alguns arriscaram se exceder e não deram a devida atenção às suas recomendações, até chegando a vencer algum caso com ela no comando, mas pagaram o seu preço, terminando com suspensões severas. Fernando Victor mesmo foi um deles. Ele, certa vez, foi enquadrado pela juíza, vindo, posteriormente, a ser julgado e levar um gancho de seis meses.

Os jornais e telejornais exploraram o assunto com intensidade. Estava evidente que as ações da defesa e da promotoria sofreriam restrições. E ambos eram famosos por suas performances diante dos jurados. Os analistas dividiram-se, mas a maioria achou que a parte mais prejudicada seria a defesa, visto que a acusação tinha uma quantidade significativa de provas, e a mídia e a opinião pública ao seu lado, ou seja, estava com a faca e o queijo na mão.

...

O encontro do afamado defensor com o seu novo cliente ocorreu em clima tranquilo. João simpatizou com o homem logo que o viu. O advogado, em seu costumeiro terno de bom corte, notou as roupas soltas do rapaz. Ele sentou à frente do acusado, e suas primeiras palavras evidenciaram o seu caráter humano e sensível:

— Como você está, meu rapaz?

— Eu estou bem, em paz com a minha consciência.

— Isso é o mais importante. Eles estão te tratando corretamente?

— Não tenho do que reclamar.

O advogado percebeu que aquele era um homem de têmpera.

— Você sabe quem eu sou e por que aceitei o seu caso?

— O chefe me contou que vocês são amigos e que o senhor é o melhor. Eu não encontro palavras que possam expressar o meu agradecimento.

— Não se preocupe com isso. Pretendo trabalhar para tirá-lo dessa enrascada, pois pertenço ao pequeno grupo dos que acreditam na sua inocência. Será uma tarefa árdua, e eu não posso garantir sucesso. Neste momento, está quase tudo contra nós. Você vai me ajudar?

— Vou, sim. Antes eu não dava importância, mas agora quero ficar livre, pois tenho um novo objetivo. O senhor pode contar comigo.

— Eu quero que você me fale sobre você, sua história de vida e a sua relação com a família. Abra o seu coração e me conte tudo, até mesmo aquilo que não considere importante.

A conversa foi longa, e o advogado saiu convencido de que não poderia permitir que aquele homem fosse declarado culpado de um crime bárbaro que não havia cometido.

. . .

Um momento de grande importância para o processo — ao qual a imprensa não teve acesso — foi a escolha dos jurados. Os comentaristas foram unânimes: naquele julgamento, além da profissão e dos valores individuais — que são sempre relevantes —, o sexo faria grande diferença. É de conhecimento geral que as mulheres são mais emocionais, e os críticos garantiram que, para o réu ter alguma chance, seria necessário um júri com maioria masculina. Afinal, tratava-se de um caso de assassinato de uma criança e de uma mãe grávida.

Fernando Victor pareceu dispersivo na hora da escolha do corpo de jurados. Enquanto a promotoria fez uso da lei e vetou três dos futuros jurados por recusa imotivada e outros cinco por recusa motivada, a defesa quase não fez uso do seu direito de veto. Dos vinte e um jurados previstos, treze acabaram sendo escolhidos do sexo feminino. A impressão geral foi de que se consolidou mais uma vitória da promotoria, que comemorou. Na opinião de alguns dos jovens promotores da equipe do Dr. Baltazar, tudo indicava que o velhinho não daria muito trabalho.

O julgamento tornou-se um acontecimento e, considerando o grande interesse da população e a pressão dos meios de comunicação, apoiados por políticos influentes, a juíza autorizou a transmissão "ao vivo", contando com o aval do Conselho Nacional de Justiça. Era uma situação pouco comum no Brasil, e foram estabelecidas regras de atuação: o número de jornalistas que poderiam permanecer no tribunal foi limitado, a cobertura seria de responsabilidade do Poder Judiciário, e não seriam permitidos *flashes* ou entrevistas no tribunal. A juíza deixou claro que, caso houvesse necessidade, interromperia as filmagens, fosse para preservar a integridade do tribunal, fosse para garantir que não ocorresse violação do direito das partes.

Depois de muita expectativa, o grande dia chegou. Aproximadamente uma hora antes de o julgamento começar, a magistrada chamou os dois advogados à sua sala, para uma conversa. Ela estava sentada atrás de uma mesa larga, numa cadeira de espaldar alto, vestindo uma roupa sóbria e com uma capa preta nos ombros — a toga é considerada um símbolo de imparcialidade e honestidade, é como um escudo contra a corrupção. As paredes eram repletas de livros de direito, uma verdadeira biblioteca. O advogado de defesa e o promotor entraram respeitosamente e, após os cumprimentos de praxe, foram convidados a sentar.

— Senhores, este caso atraiu a atenção de muita gente, a ponto de ser televisionado. Vou lembrá-los que isto ainda é um julgamento, que deve transcorrer dentro da lei e que, com ou sem televisão, nós estaremos em um tribunal sob a minha responsabilidade. E eu não vou permitir que transformem o meu tribunal num circo. Entenderam? — Ela falou olhando para Fernando Victor. Sem sombra de dúvida por já terem tido problemas no passado.

— Sim, Meritíssima. — O promotor escondeu a sua satisfação. Nem tinham começado, e ele já saía em vantagem.

— Entendido, Meritíssima. — O defensor baixou a cabeça.

Após mais algumas recomendações, a magistrada dispensou os advogados.

Quando a juíza Sandra Veiga finalmente entrou na sala do júri e foi solicitado que todos ficassem de pé, os lugares estavam completamente ocupados e havia milhões assistindo. Ela passou um olhar crítico na defesa e na promotoria, posicionados a sua frente, fez uma checagem de rotina e falou com energia:

— A sessão está aberta. Podem se sentar.

Em suas posições, à frente do tabuleiro, os dois grandes enxadristas estavam prontos para começar a partida decisiva, que decidiria o título mundial.

Na promotoria, à direita da juíza, estava sentado o atual campeão, o Dr. Baltazar, que vivia o melhor momento da sua carreira, e já antevia o gosto doce da vitória. Ele olhou para as suas peças, logo após a abertura, e as viu mais bem posicionadas: ele tinha o caso muito bem preparado, uma equipe de mais qualidade e quantidade, diversas provas, uma lista consistente de testemunhas, uma juíza rigorosa presidindo — que não simpatizava com o defensor — e ainda contava com a força da mídia e o apoio da opinião pública. Para completar, o velho defensor havia sido descuidado e permitiu-lhe uma vantagem extra, para o caso de necessidade, pois o perfil do corpo de jurados era, reconhecidamente, favorável à acusação.

Ao lado do promotor, o Dr. Barbosa, seu auxiliar, estava com todas as informações na ponta da língua. — Ele era mais jovem que o chefe, cerca de trinta e cinco anos, estatura média, uma cabeleira ruiva e o rosto cheio de sardas. Havia sido um acadêmico brilhante e estava na linha sucessória do Dr. Baltazar.

Na mesa da defesa, à esquerda da juíza, o ex-campeão, Dr. Fernando Victor, demonstrava tranquilidade. Ele sabia que iniciava a partida em desvantagem, mas, em sua vasta experiência, já tinha visto de tudo e havia a máxima, que valia para toda competição: "O jogo só acaba quando termina".

Ao lado direito do mestre, o jovem e imaturo Dr. Luís Cláudio estava visivelmente nervoso. — Tinha apenas vinte e cinco anos, pele clara, cabelos escuros curtos, nariz largo e um óculos de aro grosso. Ele havia sido convidado devido a sua extrema dedicação aos estudos. Formado no ano anterior — com louvor —, vivia a sua primeira experiência no tribunal num caso que poderia entrar para a história do direito.

Do lado esquerdo do defensor, estava o réu. João aparentava um aspecto bem diferente de quando recebeu a visita do chefe. Estava barbeado, o cabelo cortado, as unhas aparadas e a roupa limpa. Seu corpo já demonstrava os efeitos dos exercícios físicos que passou a praticar diariamente. Seus olhos traziam um brilho novo, um fogo que vinha de dentro e que clamava por justiça.

O ambiente no tribunal estava elétrico, repleto de gente, dentro e fora da sala do júri; mais fora do que dentro. Não foram suficientes as coberturas ao vivo das tevês, das rádios e dos jornais. O povo quis acompanhar de perto aquele julgamento e garantir que aquele monstro pagasse pelos seus crimes. Não havia dúvidas de que o interesse foi incentivado pela mídia, que bombardeou as pessoas, todos os dias, por meses, com informações, análises e prognósticos. Os assentos na sala do júri foram disputados, mas poucos lugares foram liberados para o público em geral, além dos previstos para a imprensa e para as partes. O chefe e alguns colegas da Receita se posicionaram nas primeiras filas, próximo à mesa da defesa.

A juíza, seguindo o protocolo, chamou os advogados para as suas argumentações iniciais. Seu olhar crítico foi uma lembrança constante das recomendações que havia passado antes do início do julgamento.

A promotoria deixou claro o seu plano, que era atacar e não dar a menor chance de reação ao adversário. O Dr. Baltazar apresentou um resumo do caso, destacando as condições de morte das vítimas inocentes: sem chance de defesa e com requintes de crueldade. O promotor dirigiu-se aos sete jurados (quatro mulheres), assegurando apresentar testemunhos e provas que confirmariam a culpa do acusado no planejamento e execução daqueles crimes hediondos. Ele chamou novamente atenção de todos: as vítimas não tiveram chance de se defender e afirmou que cabia à sociedade, por meio dos jurados, fazer justiça e imputar a pena máxima ao réu.

A exposição foi emocionante, simplesmente brilhante. Os analistas que acompanhavam a transmissão garantiram que o promotor havia alcançado os seus objetivos e havia impressionado o corpo de jurados.

Após o seu movimento bem planejado e executado, o jogador aguardou o lance do velho desafiante.

A defesa fez uma explanação curta e mais comedida. Fernando Victor alertou os presentes de que ninguém podia ser considerado culpado antes de um julgamento justo, com direito à plena defesa. Que era papel dos jurados não se deixarem influenciar pelo que vinha de fora do tribunal, mas ater-se às provas e à aplicação da lei. Ele pediu que todos mantivessem a mente aberta durante o julgamento, destacando que a lei garantia que cada cidadão devia ser considerado inocente, até que se provasse o contrário. Concluiu lembrando a todos que o acusado foi um marido e pai exemplar, e que a sociedade havia cometido uma grande injustiça ao acusá-lo do crime, quando na verdade deveria ter oferecido apoio para minimizar a perda inestimável e insubstituível da sua família.

Os analistas consideraram a exposição da defesa uma tentativa de desviar o público e os jurados do objeto do julgamento, apelando para uma visão apenas emocional da questão. Houve quase consenso de que a abordagem da defesa foi pouco eficaz e de que os argumentos da promotoria foram mais consistentes.

O desafiante mostrou-se cauteloso, na defensiva. Seus movimentos cuidadosos ofereceram a iniciativa ao jovem adversário. As perguntas dos especialistas foram: "Isto era uma estratégia ou uma demonstração de fraqueza?", "Ele conseguiria suportar a pressão?"

A seguir, a juíza autorizou a promotoria a chamar as suas testemunhas e apresentar as suas provas.

O jogador mais jovem, com as peças brancas, seguiu na ofensiva.

O promotor iniciou chamando um dos vizinhos do prédio, o primeiro que havia sentido o forte cheiro de gás no corredor, na manhã dos crimes. O advogado fez questão de definir a hora aproximada do fato e de pedir para o depoente esclarecer, detalhadamente, a sequência dos acontecimentos até a chegada dos bombeiros.

A testemunha, um comerciante de quarenta e poucos anos, baixo e de cabelos grisalhos, demonstrou certo desconforto, mas respondeu a todas as perguntas com precisão e informou como a descoberta dos crimes havia afetado a vida no condomínio. Ficou evidente para os jurados que uma situação como aquela não era esperada em lugar algum — muito menos em um prédio residencial de classe média — e que o fato havia causado grande impacto em todos os moradores.

Oferecida a oportunidade para a defesa fazer a sua arguição, Fernando Victor, para surpresa geral, declinou.

Os analistas divergiram ao avaliarem a estratégia da defesa, mas a maioria considerou que o advogado estava sem um plano definido.

O desafiante demonstrou passividade.

A segunda testemunha da acusação foi o capitão Marcos, chefe da equipe de bombeiros e responsável pelo atendimento. O capitão, um homem alto, moreno e portando um bigode bem cuidado, ocupou o seu lugar de forma imponente, fardado — ostentando medalhas e galões — e com o chapéu vermelho da corporação embaixo do braço. Sua figura impressionou o público e os jurados, passando uma imagem de credibilidade. Durante a explanação da promotoria, foi destacado o tempo recorde da chegada da equipe e dada ênfase à correta decisão tomada de não forçar a porta de entrada do apartamento, tendo em vista o risco de explosão. O promotor elogiou a ação dos bombeiros e perguntou se o capitão era da opinião de que o vazamento havia sido proposital, ou seja, com fim de provocar uma explosão e encobrir as provas — conforme teoria da polícia. A defesa protestou, alegando que o ponto de vista do bombeiro era irrelevante, visto que não era um parecer técnico, mas apenas uma interpretação pessoal. A juíza aceitou e pediu ao promotor para prosseguir, dando maior atenção aos fatos.

O depoimento foi coerente e reforçou a posição da promotoria. O capitão narrou em detalhes todas as ações da sua equipe, desde a chegada ao local. Duas coisas ficaram gravadas na mente dos jurados, bem como em todos os presentes: o alto índice de profissionalismo dos bombeiros — comprovado pelo tempo de resposta, a análise rápida e criteriosa da situação e pelas tomadas corretas de decisões — e o choque que tiveram, após entrarem no apartamento, ao se depararem com os corpos sem vida, principalmente a criança, encontrada no berço com a garganta cortada.

— Oh! — Uma senhora, nas primeiras filas, tapou a boca e baixou a cabeça, demonstrando repulsa.

— Meu Deus! — um homem, na terceira fila, manifestou indignação.

A juíza abafou os murmúrios, batendo o seu martelo e ordenando com vigor:

— Silêncio no tribunal!

Ao fim, a defesa manteve a estratégia anterior e também não fez perguntas.

O jogador agora tinha um bispo posicionado na grande diagonal, cortando o tabuleiro de ponta a ponta.

O pai de Sheila foi chamado para depor. O velhinho andou lentamente até o banco das testemunhas, cabeça baixa — parecendo carregar o peso do mundo sobre os ombros —, sentou-se devagar na cadeira e fez o juramento. A sua tristeza comoveu a todos.

— Senhor Edgar, eu imagino quão difícil tem sido para o senhor e para a sua esposa passar por tudo isso. Eu soube que ela segue acamada. Estimo melhoras.

— Obrigado, doutor.

— Peço desculpas por precisar tocar nesta ferida, que ainda está aberta e talvez não feche nunca, pois o senhor perdeu ao mesmo tempo a sua única filha e dois netos. Contudo, o seu testemunho é importante para auxiliar os jurados a formarem uma ideia do que aconteceu. Como o senhor definiria o casamento da sua filha? — O promotor conseguiu a atenção total do júri. Sua habilidade no trato da testemunha recebeu elogios dos analistas.

— Eu nunca fui favorável a esse casamento. O rapaz não tinha um emprego com salário fixo e minha filha teve que sustentar a casa por um bom tempo, até ele conseguir um trabalho decente.

A resposta causou surpresa. O diretor de TV focou o réu, mostrando-o olhar para baixo e para o lado, em visível desconforto.

— É mesmo? — O promotor, astucioso, aprofundou o buraco em que João já estava.

— Sim, senhor. Ela nunca reclamou para mim. Contudo, mais de uma vez a minha filha pediu dinheiro emprestado para poder pagar as contas.

— Com certeza não é aquilo que um pai deseja para a sua única filha. — E o hábil promotor seguiu cavando, provocando a testemunha.

— De forma alguma. — A testemunha mostrou indignação.

— E qual a sua opinião sobre a educação do seu neto?

— Muito ruim. O menino era um amor, mas o pai não sabia se portar, colocar limites. Quem tinha que fazer esse papel era a minha filha. O pai era quase uma outra criança na casa. No meu tempo, as coisas eram bem diferentes.

O promotor prosseguiu formulando perguntas sutis, conduzindo a testemunha a extravasar a sua indignação e levando os jurados a consolidarem a impressão de que João era relapso em suas obrigações familiares.

Durante o seu testemunho, o senhor Edgar não chegou a acusar João diretamente, mas ficou claro que ele não simpatizava com o genro. O seu desacordo com o casamento e com a educação do neto foi suficiente para reforçar os argumentos da promotoria e evidenciar as falhas do réu como pai e como marido.

Quando a testemunha foi passada à defesa, todos os olhos se voltaram para Fernando Victor. Havia a expectativa de que ele fosse, de alguma forma, enfraquecer o testemunho do sogro do seu cliente. Para surpresa geral, ele declarou, sem entusiasmo:

— Sem perguntas, Meritíssima.

O auxiliar da defesa, Dr. Luís Cláudio, coçou a cabeça e não escondeu o seu desconforto e preocupação.

A acusação chamou, a seguir, diversas outras testemunhas periféricas, como o porteiro do edifício, o investigador Luís Otávio e o representante da empresa responsável pela segurança do prédio.

O porteiro, senhor José, um homem simples, com claro sotaque nordestino, não se mostrou fácil de manipular. Apesar das tentativas da promotoria de evidenciar algum aspecto negativo do réu, ele não confirmou e ainda destacou que João sempre o cumprimentou e tratou com respeito. O porteiro garantiu que ninguém estranho ao prédio havia entrado nas horas que antecederam o crime.

O investigador Luís Otávio foi comedido e, mesmo com o incentivo do promotor, evitou ao máximo emitir julgamentos sobre as atitudes de João que antecederam a prisão. Mas confirmou a agressão — com a foto mostrada em destaque no telão — e o fato que havia perdido vários dentes. O representante da empresa de vigilância atestou que os vídeos captados pelas diversas câmeras de segurança confirmaram que não houve nenhum visitante desconhecido ou entrada indevida no edifício antes dos crimes.

A defesa, para a surpresa de muitos, seguiu sem apresentar objeções e não quis fazer perguntas a nenhum deles.

Os analistas ficaram perplexos. A passividade do advogado não condizia com a sua fama e com o seu histórico como defensor. Somente um deles, o Dr. Jairo Alencar, um causídico aposentado que já tinha trabalhado com Fernando Victor, apresentou a hipótese de que ele estava aprontando alguma coisa, que provavelmente tinha alguma carta escondida na manga. Para os demais, a atuação pífia da defesa era por falta de argumentos e por saber que performances teatrais não seriam admitidas pela rigorosa magistrada.

Devido ao adiantado da hora, a juíza Sandra Veiga encerrou a sessão, marcando a continuidade para o dia seguinte.

Críticos, profissionais e amadores apresentaram opiniões semelhantes, apontando clara vantagem da promotoria ao fim do primeiro dia de julgamento.

A importante partida de xadrez, adiada para o dia seguinte, confirmou as expectativas do público e mostrou franca vantagem do jogador de brancas, que havia iniciado o jogo e apresentado, desde o início, um plano sólido e agressivo.

À saída do tribunal, o Dr. Luís Cláudio pareceu inseguro e apreensivo ao lado do mentor.

— Professor, o que eu posso fazer para ajudar? — O jovem auxiliar da defesa estava perplexo com a atitude passiva do mestre no tribunal, muito diferente do que ele costumava ensinar na sala de aula.

— Neste momento, não muito.

— Nós temos um plano, não temos? — A pergunta foi feita com olhos quase suplicantes.

— Hã? Ah! Sim, claro! — Para total desespero do ex-aluno, o velho mestre pareceu disperso e desatento.

Os colegas da Receita também demonstraram preocupação com o desenrolar do julgamento.

— Chefe, a coisa está feia. O senhor acha que o advogado que o senhor escolheu pode ainda reverter a situação?

— Eu acredito no Dr. Fernando Victor. Hoje foi apenas o primeiro dia. Vamos dar tempo para o homem trabalhar. — O chefe não quis dar o braço a torcer, pois ele precisava acreditar, mas estava tão preocupado quanto os demais.

João não saiu do tribunal apreensivo. No seu íntimo, queimava o fogo da vingança. Ele já havia feito tudo o que podia para auxiliar o seu defensor. Embora fosse nítido que as vantagens estavam com a promotoria, ele tinha uma grande aliada, a sua consciência limpa. Ele acreditava que, de alguma forma, o advogado encontraria um jeito de provar a sua inocência. Era uma questão de tempo. E, quando isso acontecesse, seria a vez dele.

O promotor demonstrou estar confiante, mas não quis descanso. Seguiu para o seu escritório e, ao lado da sua qualificada equipe, tratou de fazer os ajustes necessários para os trabalhos do dia seguinte.

O jogador manteve-se focado. O adiamento seria apenas uma oportunidade para avaliar a sua estratégia e aprofundar as análises da partida. Ele não pretendia apenas vencer, mas arrasar.

O rescaldado advogado de defesa entendia muito bem a complexidade da situação e tudo o que o caso envolvia. Ele percebia com clareza como a mídia e a opinião pública exerciam grande pressão sobre o tribunal do júri e colocavam a promotoria em vantagem, além de a acusação estar repleta de testemunhos e provas. Ele advogou e lecionou direito por muitos anos, e o combustível que sempre o moveu foi a crença na justiça. A sua larga experiência dizia-lhe que o seu cliente era inocente. E, se o seu cliente era inocente, ele haveria de encontrar uma forma de prová-lo. A questão era: como? Ele havia vasculhado o caso profundamente, chegando a conversar com um amigo de longa data na polícia, o detetive Valença — que foi um dos primeiros a avaliar a cena do crime —, à procura de algum detalhe, mas não havia encontrado nada consistente que pudesse utilizar no tribunal. Até o momento, a única estratégia possível era derrubar as afirmações da promotoria e convencer os jurados de que João era ótimo pai e marido exemplar. A certeza que não saía da sua mente era de que isto era muito pouco. A acusação tinha evidências sólidas; e ele, não. A decisão de não inquirir as testemunhas fazia parte do seu plano, que carecia de algo palpável para ganhar força. Podia parecer a todos que o seu comportamento estava dispersivo, mas, na verdade, a sua mente seguia trabalhando o tempo todo, atenta aos detalhes, à procura de um ponto fraco na barragem. Era só do que ele precisava.

O desafiante confiava na sua habilidade e experiência para suportar o ataque inicial e contra-atacar no momento certo.

A sessão seguinte, muito aguardada e discutida amplamente na mídia e nas redes sociais, começou pontualmente, como era de costume da exigente magistrada.

A promotoria seguiu com suas testemunhas, chamando uma amiga da vítima, a professora da escolinha do filho, o investigador Michel e a presença mais esperada do dia, um médico forense vindo de São Paulo, Dr. Guedes, o mais conhecido e respeitado do país.

A amiga de Sheila, Maria Regina, era uma jovem senhora, com menos de trinta anos, muito simpática, que a conhecia desde a infância. Com o casamento de ambas e a vida corrida, não conseguiram manter contato como nos tempos de solteiras, mas ainda assim costumavam se ver, esporadicamente, para colocar os assuntos em dia. A testemunha não se lembrou de ouvir a amiga reclamar do marido, mas alegou que isso poderia ter sido pela personalidade reservada de Sheila. Ela confirmou alguns momentos difíceis vividos pelo casal nos primeiros anos, quando, em certas oportunidades, Sheila teve que arcar com as despesas da casa e, às vezes, precisou pedir a ajuda do pai. O Dr. Baltazar aproveitou esse assunto ao máximo. A defesa não fez perguntas.

A professora do pequeno Thor informou que mantinha pouco contato com o pai do seu ex-aluno, que raramente vinha à escola. A mãe é que participava das reuniões e vinha pegar o menino. Ele parecia ser muito brincalhão, pois, quando vinha buscar o filho, costumava fazer muita bagunça. Pareciam duas crianças correndo pelos corredores. A defesa não fez perguntas.

O investigador Michel, tal como seu colega Luís Otávio, foi cauteloso nas suas respostas. Evitou entrar em detalhes sobre a prisão de João, preferindo destacar que apenas cumpriu a sua obrigação como policial e que o réu, a partir do momento que foi imobilizado, não apresentou mais resistência. A promotoria insistiu, dando ênfase à reação do réu, que chegou a entrar em luta corporal com as autoridades, dando a entender que isso mostrava um sentimento de culpa. Houve protestos da defesa, aceitos pela magistrada. A defesa não fez perguntas.

O clima no tribunal e fora dele era de tensão e surpresa. Ninguém entendia a atitude passiva da defesa, muito menos o jovem auxiliar, à beira de um ataque de nervos. O chefe de João e os colegas de trabalho já estavam impacientes. Na opinião deles, o advogado de defesa precisava fazer alguma coisa, qualquer coisa. O segundo dia de julgamento já se aproximava do fim, e nada.

A próxima testemunha da acusação gerou certo alvoroço.

Com grande pompa, o promotor chamou o Dr. Euclides Fagundes Guedes, fazendo a leitura de um extenso currículo, incluindo formação em Harvard, inúmeros cursos e palestras no exterior e uma folha de serviços invejável. O homem era uma sumidade, reconhecido internacionalmente. A promotoria poderia ter convocado os profissionais locais, como o perito que esteve na cena do crime ou o legista que examinou os corpos, mas fez questão de trazer um especialista forense renomado, cuja opinião não deixaria nenhuma margem a dúvidas.

Os analistas foram quase unânimes em que a escolha foi planejada, evidenciando a estratégia da acusação de não apenas vencer, mas arrasar, sem dar a mínima chance de a defesa apresentar outra versão dos fatos ou pôr em suspeita as provas.

A testemunha assumiu o seu lugar e fez o juramento.

— Dr. Guedes, obrigado por atender a nossa solicitação.

— Foi um prazer, doutor.

— Antes de iniciarmos com as perguntas específicas sobre este crime bárbaro, eu tenho uma questão para o esclarecimento da corte. Podemos afirmar, sem sombra de dúvidas, que o senhor é o maior e mais conceituado médico forense, hoje, em atividade no Brasil? — O promotor perguntou ao médico, mas, logo a seguir, como que por acaso, virou o rosto lentamente em direção à defensoria.

Os analistas viram o gesto teatral como um tapa de luvas. Alguns até disseram que eram luvas de boxe.

— Exagero seu, doutor. Com certeza eu construí uma carreira sólida e gozo de respeito na área. Mas não sou o único.

A resposta formal — e com certa dose de humildade — da testemunha apenas serviu para fortalecer a opinião do promotor.

O Dr. Guedes foi solicitado a discorrer sobre os crimes. Ele começou reforçando que sua análise foi baseada nas provas e evidências colhidas na cena pelos peritos locais. Demonstrando raro conhecimento e muita segurança, fez um longo relato sobre as condições em que aconteceram as mortes — segundo ele, de forma rápida —, dando especial destaque à habilidade e à precisão do assassino. Inquirido pela promotoria, confirmou que, na análise da arma, o sangue encontrado era das duas vítimas e que as impressões eram do réu, sem nenhuma chance de dúvidas. Com riqueza de detalhes, mostrou fotos que comprovavam os rastros do caminho da faca do quarto até a cozinha, onde foi encontrada.

Houve burburinho no tribunal, e a juíza teve que ser enérgica para exigir o restabelecimento da ordem.

Após mais algumas perguntas da promotoria, seguidas de longas explicações acadêmicas, foi passada a vez para a defesa. O depoimento do Dr. Guedes fora o mais impactante até aquele momento e repleto de detalhes técnicos, que, somados à credibilidade da testemunha, deixaram o réu em uma posição extremamente delicada.

Fernando Victor, pela primeira vez, fez uso da palavra. Ele levantou devagar e falou pausadamente, parecendo mais calmo do que seria esperado.

— Boa tarde, Dr. Guedes.

— Boa tarde, doutor.

— Seja muito bem-vindo ao nosso estado, à nossa cidade e ao nosso tribunal. — Sutilmente, o advogado chamou atenção para a presença do forasteiro.

— Obrigado, doutor.

— O senhor esteve no local do crime?

— Sim, senhor, estive. — O médico demonstrou grande segurança, fruto de anos de experiência.

— Imagino que bem depois dos fatos ocorridos, não é verdade?

— Sim, senhor. Eu visitei a cena do crime para auxiliar a minha apreciação de certos detalhes. Como eu já havia explicado, as minhas conclusões foram baseadas nas provas colhidas pelos peritos no dia do fato.

— O senhor teve acesso e avaliou todas as provas recolhidas pela polícia?

— Sim, senhor.

— Na sua opinião, esse material é de boa qualidade?

— Protesto, Meritíssima!

— Negado. É importante saber a opinião da testemunha sobre a qualidade das provas existentes. Prossiga, doutor.

— Sim, as provas foram obtidas e armazenadas adequadamente. A equipe local está de parabéns.

Houve um suspiro de alívio do delegado Fonseca.

— O senhor poderia nos dizer, baseado em seus conhecimentos, se a ação impetrada pelo assassino demonstrou forte emoção, ou foi uma ação fria e bem calculada?

— Protesto, Meritíssima! — Eram as primeiras perguntas da defesa, em dois dias de julgamento, e a promotoria já havia protestado pela segunda vez.

— Sob que alegação, senhor promotor?

— A questão não é relevante para o esclarecimento dos fatos.

— Senhor promotor, neste tribunal eu defino o que é relevante ou não. Protesto negado. A testemunha pode e deve responder à pergunta. — A dureza da magistrada justificou a sua fama.

— Como o senhor bem sabe, eu não pude estar na cena do crime, pessoalmente, logo que os fatos ocorreram. Se isso tivesse ocorrido, eu poderia responder a sua pergunta com maior precisão. Baseado nas imagens obtidas, eu diria que foi uma ação não emocional.

A juíza teve que interferir e pedir ordem no tribunal novamente. As pessoas estavam revoltadas com a possibilidade de um pai e marido ter a capacidade de cometer um crime como aquele, assassinando a própria família, com frieza. Alguns membros do júri demonstraram o seu desconforto.

— Era só isso, Dr. Guedes, muito obrigado, por enquanto. — Para nova surpresa geral, Fernando Victor não contra-argumentou. Na verdade, ele abriu mão de fazer mais perguntas e retornou a sua mesa, pensativo.

Entrou em jogo uma das peças mais fortes das brancas: uma torre cruzou o tabuleiro e posicionou-se atrás das linhas de defesa do adversário, ameaçando o rei: xeque. Toda a plateia percebeu a ameaça. Ao que tudo indicava, o mate estava próximo.

Dado o adiantado da hora e o clima de revolta no tribunal, a juíza encerrou o segundo dia de julgamento e marcou a continuidade para o dia seguinte.

— Professor, eu... — O jovem Luís Cláudio demonstrou apreensão, quase desespero.

— Luís, eu tenho uma missão para você. — Fernando Victor não deixou o auxiliar terminar a frase. Chegou perto dele e sussurrou algo ao seu ouvido.

O chefe, que estava bem atrás, não conseguiu entender o que havia sido dito, mas percebeu o rapaz aturdido.

— Mas professor!

— Faça! — Foi a resposta do defensor.

Aproveitando a saída do Dr. Guedes, Fernando Victor foi na sua direção. Em meio ao ambiente tenso que reinava no tribunal, ele quase nem foi percebido.

— Doutor!

O renomado médico forense virou-se.

— O senhor teria um minuto?

...

Os especialistas, ao analisarem a partida, destacaram a posição privilegiada do jogador mais jovem. À medida que o tempo passava, a pressão aumentava e as chances de recuperação do adversário ficavam cada vez menores.

Somente o Dr. Jairo não demonstrou estar convencido da vitória iminente da promotoria. Ele chamou atenção para alguns sinais deixados pelo defensor durante a audiência, acreditando que ainda poderia acontecer alguma surpresa. Ele foi a única voz entre muitas contrárias, e não lhe foi dada atenção.

O terceiro dia de julgamento tinha tudo para ser decisivo. O ambiente no tribunal estava ainda mais carregado. A promotoria estava prestes a concluir a apresentação das suas testemunhas, até aquele momento, da forma como as coisas seguiam e dada a força dos argumentos da acusação, haveria muita pouca chance de a defesa reverter a situação.

Fora do fórum, o povo, em geral, não escondia a sua expectativa — desde o início do julgamento, o assunto estava entre os trending topics do Twitter. Podia-se perceber a eletricidade no ar, fazendo com que o tribunal se assemelhasse a um barril de pólvora, prestes a explodir.

Foi exigido silêncio e, com todos em pé, a juíza entrou, exibindo toda a sua autoridade. Ela também percebeu o clima reinante e tratou de assumir o controle.

— Antes de iniciar os trabalhos, eu gostaria de esclarecer que estamos em um tribunal, e não em uma casa de espetáculos. Quem não se comportar será convidado a retirar-se — ela falou em pé, olhando nos olhos dos advogados e, posteriormente, encarando os presentes.

Ninguém falou uma única palavra. Cada vez mais, ela justificava a fama, pois a sua aparência doce e gentil não condizia com as suas atitudes enérgicas: "Uma loba em pele de cordeiro".

— Podem se sentar.

Todos obedeceram.

— O senhor promotor tem mais alguma testemunha para apresentar?

— Mais uma, Meritíssima.

— Pode prosseguir.

O enxadrista seguiu jogando com energia, avançando as suas peças em um ataque avassalador, mantendo a iniciativa e encurralando o adversário. A vitória estava próxima.

— A promotoria chama para depor o delegado Fonseca.

Alguns leves murmúrios surgiram, logo silenciados pelo olhar de águia da juíza. A dama — a peça mais forte — foi movida no tabuleiro. A ideia foi reforçar uma posição já privilegiada, preparando o xeque-mate.

O delegado Fonseca, trajando um terno elegante, lembrou muito mais o entrevistado da TV do que o policial da delegacia. Muito seguro, cabeça erguida, como um digno representante do poder público, ele pareceu fazer por merecer o destaque que vinha recebendo.

Após o juramento solene, o promotor fez diversas perguntas, dando a oportunidade ao delegado de ratificar o depoimento dos seus auxiliares, expor mais detalhes dos assuntos abordados na sua entrevista na TV e reforçar a competência da polícia local. A postura confiante, segura e altiva do delegado chamou atenção de todos.

Concluído o seu trabalho brilhantemente, o Dr. Baltazar ofereceu a testemunha à defesa. Todos esperavam que o defensor declinasse do convite, visto que só havia feito umas poucas perguntas até aquele momento. E, diga-se de passagem, perguntas que só aumentaram a carga de culpa sobre o réu.

Após posicionar a dama, o enxadrista olhou para o relógio — as partidas de xadrez têm um relógio próprio, duplo e dividido ao meio — para conferir o tempo. Sorriu. O seu tempo era superior ao do adversário, que, encurralado, teve que pensar muito apenas para sobreviver.

Para surpresa de muitos, o defensor ergueu-se, vagarosamente, e foi na direção da testemunha. Seus movimentos, propositalmente lentos, lembravam os de um felino preparando-se para uma ataque.

— Bom dia, delegado.

O chefe percebeu como a postura de Fernando Victor, no tribunal, era diferente da do professor que ele visitou no ambiente acadêmico. Ele conhecia a sua fama, mas nunca o tinha visto atuando. Havia certa altivez na sua conduta e uma pujança em suas palavras, que não eram usadas na universidade.

— Bom dia, doutor.

Não foi só o chefe quem percebeu a força do advogado, pois o delegado respondeu respeitoso.

— O senhor, ao ser inquirido pelo nobre promotor, reafirmou o que já havia declarado na sua conhecida entrevista, concedida a um importante programa televisivo. O senhor elogiou o papel da polícia e deu especial destaque à atuação dos seus auxiliares, que, poucas horas após o crime, detiveram o réu em seu local de trabalho. O senhor confirma isso, senhor delegado?

A poderosa dama sofreu uma ameaça. Contudo, o jogador não tinha opção. O seu lance já estava feito, não havia como voltar atrás.

Pela primeira vez o delegado demonstrou certo desconforto. O policial sabia que a história não tinha sido contada completamente. Ele e seus auxiliares fizeram de tudo para encobrir certos detalhes. Seu olhar buscou o do promotor. Mas não havia nada que este pudesse fazer.

— Sim, senhor. Foi o que eu disse. — Ele pareceu retomar a sua segurança habitual.

O advogado deu dois passos em direção à testemunha, mantendo o olhar fixo em seus olhos.

— Caro delegado, quando os seus auxiliares, os investigadores Luís Otávio e Michel, chegaram ao prédio da Receita Federal, eles tinham um mandado de prisão?

A pergunta, feita de forma abrupta, causou surpresa. Foi como uma bomba. As pessoas olharam-se, pasmas, demonstrando não entender aonde o advogado queria chegar. Era óbvio que devia haver um mandado de prisão. Esta certeza só foi abalada quando o delegado demorou para responder e, quando respondeu, pareceu titubear.

— Doutor, o crime havia acontecido há poucas horas, eu tenho certeza de que o senhor entende que...

— Delegado, eu lhe fiz uma pergunta direta e objetiva. Eu não lhe pedi uma explicação. — O olhar do defensor foi duro, tanto quanto as palavras.

— Mas doutor... — Novamente a testemunha buscou apoio visual na promotoria.

— Protesto, Meritíssima!

— Sob que alegação, doutor?

— A defesa está pressionando a testemunha, impedindo-a de apresentar a sua resposta de forma completa.

— Negado. A defesa pode prosseguir.

— Delegado, eu quero uma resposta simples: sim ou não. Vou repetir a pergunta: a polícia tinha um mandado de prisão?

— Bem, é que...

— Sim ou não, delegado?

— Eu gostaria de explicar...

— Sim ou não, delegado?

— Não. — A resposta saiu a fórceps.

— *Não?* O senhor está nos dizendo que os seus auxiliares não foram ao prédio da Receita Federal, local do trabalho do réu, para prendê-lo? É isso, delegado? — Fernando Victor deu forte entonação à primeira palavra. O "não" pareceu ser uma surpresa tão grande para ele quanto para os demais.

— Sim, senhor. — O delegado passou a mão direita aberta sobre a testa, depois sobre o nariz e a boca, enquanto soltava um profundo suspiro. Seu incômodo ficou mais do que evidente.

A juíza, os jurados e todos no tribunal — e fora dele — ficaram em alerta.

— Delegado, o senhor me deixou com uma dúvida, que acredito que seja da maioria, inclusive dos jurados. Se os seus auxiliares não foram prender o réu, o que eles foram fazer na Receita Federal? — A pergunta pareceu casual e sem importância, mas a testemunha recebeu-a como uma flecha.

O delegado começou a suar. De repente, o terno começou a ficar desconfortável. Ele, instintivamente, levou a mão ao pescoço e afrouxou o nó da gravata. Pareceu pensar. Sua intenção era encontrar uma explicação, mas sua mente não o auxiliava e o olhar do advogado cobrava uma resposta.

— Bem, eles... — Primeira tentativa. Ele coçou o rosto. — Eles foram... — Segunda tentativa. Ele olhou para o promotor.

— Prossiga delegado. — O advogado deu mais um passo em direção à testemunha, aumentando a pressão.

— Eles foram lá para informar o réu do que tinha acontecido e, se possível, colher alguma informação que pudesse ajudar nas investigações. — Foi difícil, mas saiu.

O defensor juntou as duas mãos em frente ao rosto, colocando os dois indicadores sobre os lábios. Pareceu refletir, tentando entender a resposta da testemunha. Andou alguns passos para a direita, outros retornando e, bem em frente à testemunha, desfez o gesto, suavemente. O efeito foi dramático. O delegado pressentiu que a próxima pergunta seria pior do que a anterior.

— Delegado, o senhor acabou de afirmar que a polícia não tinha mandato de prisão e que foi ao encontro do réu para comunicá-lo do crime. Vamos lembrar ao público, em especial aos jurados, que os policiais foram informar a um chefe de família que seu filho pequeno, sua esposa e o filho que ainda não havia nascido tinham sido brutalmente assassinados. É isso, delegado? — O advogado deu uma rápida olhada em direção aos jurados, captando, pela primeira vez, a sua atenção.

— É que...

— É isso, delegado? — O advogado não deu trégua.

— É, sim, senhor.

O delegado colocou uma mão sobre a outra, na altura do peito, e baixou os olhos, fugindo do olhar penetrante do advogado. Sua imagem já não transparecia a mesma segurança de minutos atrás.

— Delegado, o senhor é um agente da lei e bacharel em direito. Ainda assim, eu vou lembrá-lo de que o senhor está sob juramento e que poderá ser responsabilizado, se suas respostas não corresponderem à verdade. Eu fui claro, doutor?

A pressão do advogado sobre a testemunha foi enorme. Os olhos do Dr. Luís Cláudio, auxiliar da defesa, brilharam de orgulho e admiração. Este sim era o seu mestre. Como ele, todos os alunos de direito da universidade, que assistiam ao julgamento em casa ou no bar, vibraram. Eles estavam, mais uma vez, tendo a oportunidade de aprender lições valiosas com o grande educador.

— Sim, senhor — o delegado respondeu, com certo constrangimento, olhando para baixo e balançando a cabeça.

O defensor fez um sinal, e o seu auxiliar colocou na tela a imagem, anteriormente utilizada pela promotoria, dos policiais saindo do prédio da Receita com o réu algemado e tendo as roupas sujas de sangue.

— Se os seus auxiliares não foram lá para prendê-lo, delegado, como o senhor explica isso? — O advogado fez um gesto amplo, apontando para a imagem com o olhar, a mão, o braço e o corpo todo.

O delegado levou a mão à cabeça, coçou o couro cabeludo e desceu por trás, passando pelo pescoço. Os olhos, arregalados, estavam fixos na imagem como se a estivessem vendo pela primeira vez.

— As coisas na polícia acontecem muito rápido. O policial é treinado para lidar...

— Delegado, vamos ser mais específicos. O senhor disse, em suas declarações anteriores, que o réu reagiu e que foi contido pelos seus valorosos homens. Não foi isso o que o senhor disse?

— Foi, mas...

— Delegado, sim ou não. Foi isso o que o senhor disse na sua entrevista na TV. Se o senhor não se lembra, eu posso mostrar as imagens.

— Foi, foi isso o que eu disse. — O delegado desistiu de olhar para o promotor, buscando ajuda. Ele percebeu que estava sozinho.

— Delegado, antes de fazer a próxima pergunta, eu gostaria de lembrá-lo que, além do réu e dos dois policiais, havia uma outra pessoa na sala, que está presente neste tribunal.

O advogado não olhou para o chefe, mas o diretor de imagem não deixou passar. O superintendente da Receita Federal recebeu um zoom. O desconforto da testemunha tornou-se cada vez maior. Ele abriu os botões do paletó. O suor escorria pelas têmporas.

— Delegado, o senhor poderia nos esclarecer qual foi o motivo da reação do réu, se ele não recebeu voz de prisão, pois não havia mandado de prisão?

— Bem, eu não estava na sala e...

— Delegado, o senhor é o chefe dos investigadores que trabalharam neste caso. Na sua entrevista à TV, o senhor declarou que foi o senhor quem os designou para falarem com o réu. Não foi isso, delegado?

— Foi.

— Nenhum de nós é ingênuo a ponto de desconhecer que eles devem ter prestado contas ao senhor do que aconteceu naquela sala, em detalhes. Não foi assim, delegado?

— Foi. — A resposta foi baixa, sem convicção.

— Sendo assim, o senhor pode nos explicar a que o réu reagiu, se não houve voz de prisão?

— Eu não sei se consigo explicar. — O delegado sacou um lenço e começou a enxugar o suor, que descia também pela testa.

— Eu vou ajudá-lo, delegado. Os seus policiais contaram a terrível notícia para o réu, que até aquele momento não sabia de nada. A força devastadora dos fatos colocou o réu em estado de choque. Ele gritou de dor e tentou sair da sala abruptamente, numa tentativa desesperada de ir ao encontro dos seus entes queridos chacinados. Uma reação natural, um estado de negação a que, às vezes, as pessoas recorrem quando recebem uma notícia arrasadora. E a que a polícia deve estar acostumada. Um dos seus auxiliares, o menos experimentado, precipitou-se e tentou impedir a saída do réu. Na mente do réu, em desespero, o policial, naquele momento, representava alguém que tentava impedi-lo de ajudar a sua família. Sua reação foi instintiva. Houve luta. O policial caiu, e o outro detetive, que não planejava nada daquilo, reagiu defendendo o colega, entrando também em luta corporal com o réu. O grito e o barulho chamaram atenção dos colegas de trabalho, que entraram na sala, deparando-se com aquela cena inesperada e surreal. O senhor superintendente, pego de surpresa e com a intenção de evitar que o réu fizesse alguma besteira maior, ordenou aos colegas que o contivessem. Pelo que eu soube, foram necessários vários homens para imobilizá-lo. Foi isso, doutor?

— Protesto, Meritíssima! O advogado está colocando palavras na boca da testemunha, induzindo-a a responder.

— Negado. A testemunha deve responder. Se discordar do relato da defesa, deve apresentar a sua versão, lembrando que está sob juramento.

O promotor sentou-se, desolado. Seu auxiliar fazia buscas frenéticas por algo que pudesse ajudá-lo.

O delegado respirou fundo. O pano com que ele, cuidadosamente, havia encoberto este fato havia sido removido. Não havia mais nada a fazer.

— Sim, senhor, foi isso. Não exatamente com estas palavras, mas foi isso o que eles me disseram que aconteceu. — A postura elegante do delegado havia se desmanchado. Até o cabelo estava despenteado.

Houve surpresa geral, seguida de perplexidade. As pessoas tiveram certa dificuldade para aceitar que alguma coisa a que elas foram levadas a acreditar era, na sua essência, totalmente diferente.

— Delegado, é muito bonito o terno que o senhor está usando. — No auge da pressão, o advogado pareceu mudar o assunto, para alívio da testemunha.

— Obrigado, doutor. — De um momento para o outro, o delegado pareceu desajeitado naquele terno chique.

— Protesto, Meritíssima! O advogado está se afastando do foco do julgamento. — O promotor seguiu fazendo tudo o que estava ao seu alcance.

— Aceito. A defesa deve tomar cuidado para não se afastar dos fatos que interessam à corte.

A juíza olhou criticamente para o advogado, baixando os olhos para ver por sobre os óculos. Fernando Victor fingiu não perceber e puxou um papel do seu bolso. Deu uma rápida olhada e voltou a sua atenção à testemunha.

— Delegado, eu tenho algumas anotações que indicam que o senhor fez algumas palestras, muito bem remuneradas, após a sua conhecida entrevista à TV. O senhor já fazia palestras antes?

O delegado Fonseca sentiu o golpe e percebeu que a sua sensação de alívio fora precipitada. Ele havia se transformado totalmente. Durante a arguição da promotoria, tinha sido o mesmo da TV, mas, aos poucos, a mudança foi acontecendo, e o tira da delegacia foi ressurgindo. A gravata ficou frouxa, o paletó aberto, o modo de sentar e a postura ficaram diferentes. Até o linguajar se alterou. Ele havia passado por diversas emoções, em diversas gradações, indo do receio ao medo e, por fim, chegando ao pavor. Agora, estava com raiva.

— Eu não entendo aonde o senhor quer chegar. Isso não tem nada a ver com o caso e... — o policial falou duro, como se estivesse na delegacia.

— Delegado, neste tribunal o senhor é testemunha e não está no seu ambiente de trabalho. Trate apenas de responder às minhas perguntas. Se alguma delas for indevida, caberá ao promotor protestar e à juíza corrigir. Estamos entendidos?

Uau! Os alunos vibraram, cheios de orgulho do seu professor, que havia enquadrado o delegado com energia, colocando-o no seu lugar.

— Eu acho que...

— Estamos entendidos, delegado?

— Meritíssima, eu... — O promotor ameaçou intervir novamente.

— Negado. O senhor fez as suas indagações e não me lembro de ter sido interrompido com a mesma frequência com que está fazendo agora. A testemunha está sob juramento e deve responder às perguntas da defesa. Fui clara, senhor promotor?

— Sim, Meritíssima. — O promotor sentou-se, ainda mais desolado.

— A defesa pode continuar.

— O senhor entendeu, senhor delegado? — O advogado prosseguiu, retomando a pressão.

— Sim, doutor. — O delegado o fuzilou com o olhar. Ele tinha a certeza que, se estivesse na delegacia, a história seria outra.

— Retornando: o senhor fazia palestras antes de sua citada aparição na TV?

— Sim, muitas. — A raiva transpareceu na fala do policial.

— É mesmo?!

O advogado pareceu ter recebido uma informação nova ou a confirmação de algo que ele já sabia, mas que ainda assim lhe causou certa surpresa. Deu mais uma olhada no papel em sua mão.

— Alguma dessas muitas palestras foi remunerada? — Ele fez questão de enfatizar.

— Bem, depende, o senhor sabe que...

— Delegado, sim ou não? Quando quiser uma explicação, eu peço.

— Não. — A resposta foi forte.

Os policiais que acompanhavam o julgamento perceberam que o delegado Fonseca, aquele da delegacia, estava de volta. O advogado não pareceu se abalar.

— Eu tenho informações de que as suas palestras pagas, aquelas realizadas após a sua entrevista na TV, foram contratadas a um valor elevado. O senhor pode informar o valor de cada palestra?

— Protesto, Meritíssima! Isso é uma informação pessoal que não tem nada a ver com o julgamento em questão.

— Negado. Eu discordo do nobre promotor. O assunto está intimamente relacionado com o que está sendo tratado na corte, visto que a testemunha passou a auferir ganhos após divulgar, em rede nacional, informações sobre o caso.

O promotor sentou-se, completamente arrasado. A coisa estava indo de mal a pior. E o que mais o incomodava era que ele não sabia dessas palestras. Virou para o lado e fez severas críticas ao seu auxiliar. Se não adiantou de muito, ao menos serviu para descarregar a frustração que o acometia.

— A defesa pode prosseguir.

— O senhor pode informar o valor de cada palestra?

— Cinquenta mil reais. — O delegado baixou a voz. A raiva começou a dar lugar ao medo novamente.

— Cinquenta mil reais! Uma bela quantia. Pena eu não ter sido convidado para assistir a uma dessas palestras, pois devem ter tido um conteúdo interessantíssimo.

— A defesa deve tomar cuidado para não extrapolar. Mantenha-se na linha de questões que sejam de interesse da corte, abstendo-se de opiniões pessoais. Esta observação da defesa deve ser retirada dos autos e os jurados devem desconsiderá-la. — A juíza nem esperou o protesto da promotoria para se manifestar.

— Sim, Meritíssima.

Fernando Victor acatou a orientação da magistrada, mas as suas palavras ainda ressoaram na mente dos jurados por um bom tempo. Ele olhou novamente para as suas anotações. A sua equipe era pequena e composta, na sua maioria, por jovens recém-formados, só que de internet e redes sociais eles sabiam tudo.

— Quantas palestras remuneradas foram, delegado?

O desconforto da testemunha ficou evidente novamente. Ele se mexeu na cadeira, que pareceu ter espinhos.

— Cinco.

— Cinco palestras a cinquenta mil reais. — O advogado apenas repetiu, tomando o cuidado para não emitir opinião pessoal. A juíza estava de olho nele.

— Todas para grandes empresas?

— Sim.

— Foram diferentes palestras ou o mesmo assunto?

— O senhor sabe, nem toda palestra é igual e...

— Foram do mesmo assunto, sim ou não, delegado? Eu tenho em minhas anotações que o assunto foi o mesmo, com o título: "Segurança Pública nos dias atuais". Foi isso, delegado? — O terrível papel com as anotações.

— Sim. — O desconforto passou a se tornar constrangimento.

— Eu tenho informações de que o senhor quitou diversas dívidas, reformou a sua casa, comprou um carro novo e renovou o seu guarda-roupa após auferir esses ganhos. Eu gostaria de saber...

— Protesto, Meritíssima! A aplicação dos rendimentos da testemunha não tem ligação com o julgamento em curso.

— Aceito. Reformule a sua pergunta, senhor advogado.

— Sim, Meritíssima. Após essas cinco palestras pagas, e muito bem pagas, o senhor fez alguma outra?

— Sim, algumas. — O delegado pareceu respirar. Finalmente o promotor serviu para alguma coisa.

— Alguma delas paga? — O advogado constantemente consultava o papel que mantinha na mão direita, mostrando que sabia o que estava perguntando e tirando da testemunha qualquer chance de alterar a resposta.

— Não. — O constrangimento foi evidente. O delegado pareceu não caber na cadeira.

— Nenhuma? — O Dr. Fernando Victor seguiu sem dar tréguas.

— Nenhuma.

— Eu estou satisfeito, Meritíssima. A testemunha está liberada.

— A promotoria tem algum questionamento a acrescentar?

O homem sentado no banco das testemunhas demonstrou estar destruído. O promotor olhou para ele e percebeu que dali não tiraria mais nada, só tinha ficado o bagaço.

— Não, Meritíssima, nada a acrescentar.

O delegado deixou o banco das testemunhas profundamente abatido. Ele havia construído uma carreira pautada na honestidade, e o estrago provocado pela exposição daqueles fatos, em rede nacional, teria um efeito devastador no seu nome na corporação. Se fosse possível apresentar a sua face antes e depois de passar pelas perguntas da defesa, a mudança ficaria flagrante. Isso não era possível ali, na corte, mas posteriormente a internet enxamearia de memes sobre o assunto.

O campeão contabilizou as suas perdas: a sua dama havia sido neutralizada; o adversário havia sido brilhante, demonstrando o porquê tinha chegado à posição de desafiante. Mas a vitória ainda seria sua. Não arrasadora, como havia planejado, mas consistente. Ele mantinha vantagem posicional, com as peças exercendo forte pressão sobre as defesas adversárias. O velho campeão havia escapado do xeque-mate e prolongaria a partida um pouco mais. Isso era um fato. Só que não conseguiria evitar a derrota. Ele tinha esta certeza.

— Concluída a ação da promotoria, a defesa pode chamar as suas testemunhas.

A juíza deu sequência ao julgamento, tirando todos do estado de perplexidade em que se encontravam, ainda digerindo as novas informações apresentadas e a derrocada de um mito, bem em frente aos seus olhos.

A defesa chamou para testemunhar a dona Marilda, mãe de Sheila. Foi outra surpresa, pois todos a imaginavam acamada e sem condições de ir ao tribunal. Ela chegou amparada por uma enfermeira. Quando a débil senhora cruzou a linha que demarcava a ação dos causídicos, o próprio defensor fez questão de substituir a cuidadora, dar o braço para a testemunha apoiar-se e conduzi-la ao seu lugar. Dona Marilda era uma senhora frágil, magra, cabelos grisalhos, estatura média, vestida com elegância e sobriedade. Poucos esperavam tal atitude cavalheiresca e gentil do advogado que havia concluído, havia poucos minutos, uma batalha com um delegado de polícia. O defensor, antes duro e afiado como uma navalha, transformou-se num gentleman, tratando a dama convalescente com extrema delicadeza. Nem a juíza teve vontade de se manifestar, diante daquela evidente quebra de protocolo.

Após o juramento, o advogado tomou a palavra.

— Dona Marilda, como a senhora está se sentindo? — O brilhante causídico não dava ponto sem nó.

— Estou melhorzinha, doutor. O choque foi muito grande e afetou a minha saúde, já um pouco debilitada, mas eu estou reagindo.

— O médico autorizou a sua vinda?

— Sim, o doutor autorizou a minha vinda. Ele conhece o senhor. Disse que já assistiu a uma palestra sua e que me liberaria para vir depor somente porque era um pedido seu e porque deveria ser importante. Ele me garantiu que o senhor me trataria bem e que, se fosse outro advogado, não liberaria. — A senhora era uma simpatia. Seus traços fisionômicos lembravam muito os da filha. Ela devia ter sido uma moça linda na juventude.

— Eu agradeço ao doutor e à senhora ter vindo. Prometo ser o mais breve possível. Era muito importante o seu testemunho, mas a sua saúde está em primeiro lugar. A senhora é como uma bela flor, cuja simples existência já contribui para o mundo ficar mais bonito e perfumado. — A gentileza do advogado encantou a todos, incluindo a juíza e os jurados, na sua maioria mulheres.

O promotor mordeu o lábio de raiva, mas não teve coragem de protestar.

— Bondade sua, doutor. — A dama mostrou leve rubor.

— Dona Marilda, a senhora e a sua filha eram boas amigas?

— As melhores. Eu posso dizer, sem medo de errar, que ela era a minha melhor amiga; e eu a dela.

— Sendo assim, tão chegadas, eu quero crer, não tinham segredos?

— De forma alguma. Nós confiávamos plenamente uma na outra.

Uma lágrima ameaçou descer pelos lindos olhos da dama e Fernando Victor, prontamente, ofereceu o seu lenço — o gesto não passou despercebido aos jurados.

— Desculpa, doutor. Vou me esforçar para que não aconteça de novo. — A delicadeza e nobreza da senhora enterneceu a todos.

— Nós entendemos, pois as coisas ainda são muito recentes. Retornando a nossa conversa, a senhora disse que não tinham segredos. Como era o casamento da sua filha? — O advogado passou a impressão de não estar diante de uma testemunha, mas sim de uma velha amiga com quem tomava um chá em sua sala de estar.

— Ah! Muito bom! Excelente! O casal se amava muito e o filhinho era um amor, criado num clima muito agradável, com todo o conforto, atenção e carinho. E havia a previsão da chegada do segundo filho. Ela estava radiante quando me ligou naquela tarde para dar a notícia.

— A senhora foi a primeira a saber?

— Sim. Como eu já disse, éramos muito amigas.

— Alguma reclamação do marido?

— Do João? Não, claro que não. Eles se davam muito bem. Ele sempre foi um bom marido, cumpridor dos seus deveres, e, como pai, então, eu não tenho palavras. O rapaz era um pai nota 10!

— A senhora desculpe, mas deve haver algum mal entendido. O seu marido esteve aqui há dois dias e disse coisas diferentes.

— O velho? Ah! Não dê bola para o que ele diz. Não é por mal, entende? É ciúme. — Ela deu a impressão de que estava contando um segredo. Um segredo que estava sendo dividido com todo o país.

— Ciúme! Como assim?

— Ele sempre foi um pai amoroso, muito apegado com a filha. Quando ela conheceu o João e eles se apaixonaram, ele não aceitou muito bem. Acho que, na opinião dele, a filha era tanta coisa que só um príncipe, com cavalo e espada, seria merecedor dela. Não leve a mal, doutor. Ele é um bom homem e foi um ótimo pai. Ciúme, o senhor entende?

— Entendo, dona Marilda, entendo. — O advogado sorriu complacente, e quase todos no tribunal também, incluindo os jurados. Não a promotoria, é claro.

— Uma última pergunta: dizem por aí que o João cometeu aquele crime horrível. Qual a sua opinião?

O "dizem por aí" foi um golpe de mestre. Praticamente todo o país tinha essa opinião, incentivada pela mídia implacável. O advogado apostou que a dama, convalescente, não deveria estar bem informada.

— O quê? O meu menino? O João fazer mal para o bebê? O João maltratar a minha filha?

A testemunha ficou indignada. Ela ameaçou se levantar. Foi necessário o advogado pedir para ela se acalmar. A enfermeira, que estava próxima, correu e levou água, que trazia em uma bolsa a tiracolo.

— O senhor desculpe, doutor, mas isso é um absurdo. Eu conheço este menino muito bem e sei que ele seria incapaz de fazer qualquer coisa que prejudicasse a família. Eles eram tudo para ele. Eu tenho muita pena dele, coitado. E ainda esse povo, maledicente, fica dizendo estas coisas? Ah, se eu pego alguém fazendo isso! — A braveza da delicada dama foi comovente.

A câmera pegou uma lágrima caindo dos olhos do réu. Foi o primeiro momento em que muitos balançaram em suas certezas e viram não o monstro, mas o pai e marido ferido, subtraído de tudo o que mais amava na vida.

— Eu agradeço muito a sua colaboração, dona Marilda. A senhora veio trazer luz a esta corte. Sem mais perguntas, Meritíssima.

— A promotoria tem alguma pergunta a fazer à testemunha?

— Sem perguntas, Meritíssima. — Nem o promotor se sentiu motivado a expor aquela adorável senhora a uma indelicadeza. Além do que, se o fizesse, teria todas as mulheres da nação, incluindo as juradas e a sua própria, querendo pegá-lo.

— A defesa pode prosseguir.

Fernando Victor chamou o chefe, um colega do trabalho de João e a diretora da escola de Thor. O chefe e o colega, por diferentes ângulos, confirmaram os fatos ocorridos na Receita no dia do crime e atestaram as qualidades pessoais do réu. A diretora, uma senhora de meia-idade, muito distinta e enérgica, declarou que, na sua opinião, João era um pai atencioso e o filho o tinha como um herói, pois ela fazia questão de acompanhar a entrada e saída das crianças na escola, e, nos dias em que o réu aparecia, a dupla era um show à parte.

O promotor tentou contra-argumentar, mas suas perguntas não conseguiram alterar as mensagens das testemunhas e a nova imagem do réu passada ao tribunal. Os jurados e o público em geral conheceram, a partir da participação da mãe de Sheila — reforçada pelos depoimentos seguintes —, um outro João, muito diferente daquele que lhes tinha sido apresentado pela mídia.

O campeão admirou a capacidade de defesa do desafiante. Ele era tenaz e vendia caro a partida. Não havia dúvidas de que ele tinha salvado a derrota e melhorado a sua posição, mas não o suficiente para virar o jogo. O que, inicialmente, ameaçou se encaminhar para uma conquista avassaladora, se alterou para um grande triunfo e, agora, se encaminhava para uma vitória apertada, mas, ainda assim, uma vitória. Sua dama tinha sido anulada completamente e algumas das suas peças perderam força, mas ele ainda estava em vantagem e o esforço de defesa custaria alguma perda material ao desafiante, que, fatalmente, conduziria ao êxito do atual campeão. Além disso, confiava nos seus peões — as provas — e na sua torre, muito bem posicionada, atrás das defesas adversárias.

A defesa pediu licença para falar com a juíza. Eles trocaram algumas palavras e o advogado voltou ao seu lugar, onde pareceu revisar alguns documentos.

— A defesa tem mais alguma testemunha?

— Só mais uma, Meritíssima.

— Prossiga.

— A defesa chama para depor o Dr. Euclides Fagundes Guedes.

Surpresa total.

— Protesto, Meritíssima! A defesa já teve oportunidade de questionar o Dr. Guedes. Não vejo motivo para chamá-lo novamente.

— Senhor promotor, a defesa alega ter fatores novos a esclarecer com a testemunha. Eu estou aqui para garantir que seja feita justiça e assim acontecerá. Se a defesa não apresentar os fatos novos que disse possuir, será devidamente responsabilizada.

— É que...

— Estamos de acordo, senhor promotor?

— Sim, Meritíssima.

— Estamos de acordo, senhor defensor?

— Sim, Meritíssima.

— A defesa pode chamar novamente a sua testemunha.

— A defesa chama para depor o internacionalmente renomado especialista forense, Dr. Euclides Fagundes Guedes.

O destaque para a fama e a credibilidade do médico forense foram um tapa de luvas na promotoria. Os alunos vibraram. O analista jurídico Dr. Jairo, que passou a ganhar mais espaço após o início das ações da defesa, destacou que tinha avisado que aquele do início do julgamento não era o Fernando Victor que ele conhecia. Que o público se preparasse, pois o conceituado advogado não arriscaria uma reprimenda da juíza, como já havia acontecido no passado, se não tivesse bala na agulha.

O campeão ficou atônito. O que significava aquele lance? O que pretendia o desafiante ao utilizar a sua própria torre para impedir o avanço das suas outras peças? Ele, que costumava antever as jogadas dos adversários muitos lances antes, não encontrou resposta. Pensou em pedir a opinião de sua equipe para resolver este mistério, mas desistiu. Ele sabia muito mais do que todos os seus auxiliares juntos. Ele era o campeão. Ele era imbatível.

O Dr. Guedes tomou novamente o seu lugar como testemunha, com toda a dignidade que lhe era peculiar.

— Dr. Guedes, boa tarde!

— Boa tarde, doutor.

— Eu gostaria de agradecer a sua boa vontade em nos auxiliar a esclarecer este caso, adiando o seu retorno e cancelando compromissos assumidos.

— Não há de quê, doutor. Eu faço questão de ajudar, no que estiver ao meu alcance.

— Dr. Guedes, o senhor tem vários trabalhos publicados nas mais importantes revistas científicas do Brasil e do mundo, como *Ciência & Saúde Coletiva, Academia Brasileira de Ciências, Chemical Society Reviews,* entre outras. O senhor poderia nos esclarecer, resumidamente, qual é o foco do seu trabalho?

— Minhas pesquisas e, consequentemente, os meus artigos publicados estão focados na identificação das armas utilizadas nos crimes. Como o senhor sabe, as armas de fogo têm ranhuras que permitem ligar o projétil a uma determinada arma. Minhas pesquisas têm o objetivo de auxiliar as autoridades a identificar outros instrumentos utilizados na prática de homicídios, como facas, bastões e cordas, tendo por base os cortes ou contusões.

— Muito interessante. Tenho certeza de que as suas pesquisas visam auxiliar os profissionais do direito a fazer justiça. Esses seus trabalhos já estão reconhecidos no meio científico?

— A maioria, sim. Um ou outro ainda está em discussão.

— O senhor foi convidado pela promotoria para realizar esse tipo de análise?

— Não, senhor. Eu fui chamado para examinar as impressões deixadas na arma encontrada na cena do crime. É uma outra linha de pesquisa que desenvolvo, utilizando técnicas avançadas para confirmar a procedência de digitais que os técnicos consideram, na maioria das vezes, como indefinidas. Este é um dos trabalhos que já obtiveram reconhecimento dos demais pesquisadores. Foi solicitado também que eu investigasse os padrões do sangue encontrado na arma e confirmasse os resultados vindos do laboratório.

— E, no seu testemunho, o senhor afirmou que as digitais encontradas na arma eram do réu, e o sangue, das vítimas?

— Sem nenhuma dúvida!

O tribunal ficou em expectativa. Todos desejavam saber qual seria a intenção do defensor. Não fazia sentido ele chamar novamente a testemunha para confirmar uma informação que comprometia o seu cliente. O público estava atento, principalmente a promotoria. O Dr. Barbosa fazia pesquisas frenéticas em seu laptop, tentando prever ou, ao menos, acompanhar o que acontecia.

— O senhor nos disse que as digitais não estavam nítidas, havendo a necessidade de usar técnicas avançadas para a sua identificação. Qual o motivo para isso? Foi o sangue?

— Não, senhor. O sangue não costuma atrapalhar a identificação das digitais. Quando o sangue escorre, a mão costuma estar segurando a arma.

— O que teria prejudicado a clareza das impressões?

— Na minha opinião, alguém segurou a arma, posteriormente, portando luvas.

— Protesto, Meritíssima! Esta é apenas a opinião da testemunha. O seu artigo sobre o assunto, publicado no ano passado, não obteve aceitação unânime, havendo pesquisadores que já publicaram matérias contrapondo-se a estas ideias.

— Protesto aceito, senhor promotor. Que fique registrado que é apenas a opinião da testemunha. A defesa pode prosseguir.

— Dr. Guedes, as suas análises foram realizadas bem depois do crime. Eu imagino que o senhor não teve acesso aos corpos.

— Foi como o senhor disse.

— Durante o seu estudo deste caso, o senhor teve a oportunidade de avaliar as imagens dos ferimentos das vítimas?

— Não, senhor. Meu trabalho restringiu-se, como dito anteriormente, à análise da arma.

— O meu auxiliar, de forma brilhante, chamou minha atenção para a sua área de pesquisa. Por isso, eu pedi ao senhor para realizar esta nova avaliação. O senhor tem algo novo para nos informar?

O jovem Dr. Luís Claúdio ficou rubro de vergonha, baixou a cabeça e ajeitou os óculos. Ele não esperava o reconhecimento do mestre.

— Antes, eu gostaria de destacar, mais uma vez, o trabalho dos profissionais forenses que atuaram na cena do crime. O material ficou completo e de excelente qualidade. Uma das primeiras coisas que chamaram minha atenção foram os ângulos dos cortes. Eu logo percebi que o autor era canhoto.

— Protesto, Meritíssima! Este é um outro assunto que ainda não obteve consenso na área científica. Há um texto publicado recentemente que discorda dos métodos e das conclusões do Dr. Guedes. Principalmente, no tratamento de ambidestros.

— Protesto aceito. Os jurados não devem considerar este dado.

— Meritíssima, com a sua permissão, eu gostaria de concluir o raciocínio, mesmo sabendo que este elemento não será considerado pelos jurados. — O advogado foi cuidadoso. Ele sabia com quem estava lidando.

— O senhor pode prosseguir.

— Dr. Guedes, o réu é, reconhecidamente, destro. Segundo a sua opinião, o autor do crime foi um canhoto, possivelmente usando luvas. Poderia o autor do crime ter, propositalmente, colocado o sangue das vítimas em uma faca que havia sido, anteriormente, manuseada pelo réu?

— Protesto, Meritíssima! O advogado está tentando criar uma situação hipotética para a qual não há comprovação científica.

— Negado. Embora sem comprovação científica, esta é uma hipótese a ser avaliada. É importante ouvir a opinião do depoente, que é um perito no assunto. Caberá aos jurados decidir se devem ou não dar atenção a esta informação. A testemunha pode responder.

— Esta é uma hipótese possível.

— Muito interessante. Para terminarmos, Dr. Guedes, o senhor tirou alguma outra conclusão ao fazer a análise dos ferimentos das vítimas?

— Sim, doutor. Como eu comentei antes, a minha principal linha de pesquisa diz respeito ao reconhecimento das armas utilizadas em um crime. Esse é um trabalho que já obteve reconhecimento na área científica há bastante tempo. Eu já fui convidado a dar palestras sobre o assunto e a auxiliar a polícia em diversos países da América e da Europa.

— E quais foram as suas deduções, doutor?

— Definitivamente, a arma que foi encontrada na casa portando as impressões digitais do réu e amostras do sangue das vítimas não foi a arma utilizada para perpetrar o crime.

A surpresa foi tal que o tribunal ficou em silêncio por alguns segundos, para explodir em uma torrente de exclamações. Todos falaram ao mesmo tempo e ninguém conseguiu se fazer entender. Até os jurados participaram do descontrole geral. A juíza teve dificuldades para restabelecer a ordem. Foi necessário ameaçar esvaziar o recinto para que, aos poucos, as pessoas recuperassem a razão.

O jogador não tinha previsto o último lance. Agora ficou claro por que o adversário tinha utilizado a sua própria torre para obstruir a atuação das suas peças, deixando o rei desprotegido e exposto. Foi um lance brilhante. Um artista sabe reconhecer uma obra de arte. Um verdadeiro vencedor precisa saber perder. Sua equipe, os analistas e o público, em geral, poderiam acreditar que valia a pena seguir na partida, mas ele não era considerado o melhor por acaso. Ele sabia que a jogada tinha sido decisiva.

Durante a confusão, os analistas tiveram a oportunidade de se manifestarem. A grande maioria dos telespectadores quis ouvir a opinião do Dr. Jairo, o único que havia previsto que a defesa poderia apresentar algum lance inesperado. Ele destacou que a defesa tinha sido, simplesmente, sublime, aguardando o momento derradeiro, utilizando a última questão, para a última testemunha, para formular a pergunta decisiva. Na sua opinião, os argumentos da acusação tinham caído por terra como um castelo de cartas.

Mesmo com os esforços da juíza, levou algum tempo para as pessoas se acalmarem e o tribunal retornar à ordem. Quando a defesa foi autorizada a prosseguir, o Dr. Guedes apresentou as imagens dos cortes dos ferimentos das vítimas e fez a comparação com outras, geradas como exemplo por ele mesmo com a faca, até então, utilizada como prova. As imagens falaram por si e, acrescidas das explicações do especialista, ficou evidente que os cortes haviam sido provocados por armas diferentes. Os argumentos técnicos e o prestígio da testemunha tornaram a sua teoria irrefutável.

O Dr. Guedes foi além — reforçando a sua reconhecida sabedoria —, ao apresentar a possível arma utilizada no crime: uma navalha antiga, de corte preciso. Concluiu, com um estudo da localização dos corpos e das possíveis posições do agressor, demonstrando a diferença dos cortes feitos com a mão esquerda em comparação aos realizados com a mão direita. O declarante era um perito renomado, e seu depoimento não deixou nenhuma dúvida para os jurados ou para o público.

A defesa concluiu e liberou a testemunha para a acusação.

— Sem perguntas, Meritíssima. — A posição da promotoria foi recebida pelos críticos como uma deposição de armas. — Posso lhe dirigir a palavra, Meritíssima?

— Sim, senhor promotor. Os advogados podem aproximar-se.

A juíza manteve diálogo com os causídicos por alguns minutos. Ao fim, ambos se cumprimentaram e voltaram para seus respectivos lugares. Os juristas auxiliares vivenciavam emoções totalmente diferentes: o Dr. Luís Cláudio era pura admiração; o Dr. Barbosa, completa indignação. Não entendia a razão de o seu chefe não ter feito perguntas. Ele queria lutar, deixando para os jurados a tarefa de decidirem se absolveriam ou não o réu.

A juíza ergueu-se para fazer uso da palavra. Os advogados ficaram em pé e, com eles, todo o tribunal.

— A corte tem o compromisso de fazer justiça, proporcionando direitos iguais para as partes e garantindo o cumprimento da lei. A transmissão "ao vivo" desse julgamento teve como objetivo proporcionar uma maior aproximação do cidadão ao Judiciário, e oferecer uma oportunidade para todo o país acompanhar de perto o que acontece dentro de um tribunal, especificamente no Tribunal do Júri.

Suas palavras geraram um clima de expectativa.

— Agradeço a todos que labutaram neste plenário e fora dele, proporcionando as condições necessárias para executarmos o nosso ofício, especialmente o corpo de jurados. Estendo as minhas recomendações aos advogados, que cumpriram com brilho e ética as suas incumbências.

Os juristas reverenciaram a magistrada com um movimento de cabeça.

— Em face às novas evidências apresentadas, a promotoria retirou a acusação que pesava sobre o réu. O acusado está livre.

Houve um segundo de incompreensão.

— Declaro encerrados os trabalhos desta corte.

A juíza bateu o martelo e uma onda de vozes invadiu o recinto. As pessoas falaram ao mesmo tempo, tentando entender o que tinha acontecido. O chefe e os colegas de trabalho, eufóricos, correram para abraçar o amigo.

O promotor deu alguns passos e apertou novamente a mão do advogado de defesa. O seu compromisso era com a justiça, e esta havia sido feita.

O xadrez é, antes de tudo, um esporte de cavalheiros. Os praticantes vivenciam, muitas vezes, verdadeiras batalhas, mas é esperado de todos, sem exceção, um comportamento digno. O jogador baixou o rei, levantou-se e cumprimentou o vencedor, e novo campeão. Ele poderia seguir com a partida, mas nunca se viu um verdadeiro vencedor que não soubesse identificar uma posição de derrota quando esta se apresenta irreversível.

12

No labirinto

Passada a euforia dos primeiros minutos, motivada pelo surpreendente desenlace do julgamento, as pessoas começaram a esvaziar o fórum, cada uma levando consigo as lembranças inesquecíveis dos momentos vividos e querendo dividi-las com parentes e amigos.

João sentiu um vazio no peito. Ele estava livre, após meses de reclusão, mas não tinha para onde ir. Alguns dos colegas de trabalho perguntaram se ele precisava de alguma coisa. O rapaz, educadamente, negou. O que ele necessitava, ninguém poderia dar: a sua família de volta.

Na saída do tribunal, ele cumprimentou a equipe de defesa, em especial o brilhante Fernando Victor, e agradeceu aos colegas da Receita o apoio. Eles haviam sido os únicos a acreditar na sua inocência, desde o início. Por último, deu um abraço emocionado no chefe, ambos com os olhos marejados de lágrimas:

— Obrigado por tudo.

— Você mereceu. Deus te abençoe, meu filho.

Foi só o que eles conseguiram dizer. Os demais colegas fingiram não perceber.

— E o Washington, por onde anda? Por que ele não está aqui?

A pergunta foi inesperada, embora todos soubessem que cedo ou tarde ela viria, e gerou certo constrangimento. O chefe respondeu:

— O Washington pediu licença da Receita há alguns meses, João.

— Que estranho. Vocês sabem se ele me procurou?

Marcus Vinícius respondeu, com a nítida intenção de poupar o amigo de mais uma decepção:

— Até onde sabemos, não, mas a gente não tem como afirmar.

— Sem problemas, em outro momento eu trato disso, agora tenho coisas mais urgentes para resolver.

João despediu-se, chamou um táxi e embarcou. Quando o taxista perguntou o destino, ele titubeou. Chegou perto de dizer: "Eu não sei". Por fim, decidiu pedir ao motorista uma sugestão de um lugar pequeno e limpo onde pudesse passar a noite.

No silêncio do quarto de hotel, chegou a hora de ele planejar e tomar decisões. Desde quando se lembrava, sua existência fora sempre pautada em objetivos: formar-se na escola, concluir a faculdade, casar-se com Sheila, passar no concurso para a Receita Federal e criar o filho foi seu propósito no correr do tempo. Desde a tragédia que acometeu a sua família, ele se sentiu vazio e a sua vida perdeu o sentido. Mas, após a conversa com o chefe, João havia despertado para um novo fim: reconquistar a liberdade para poder vingar os seus entes queridos. Agora, finalizado o julgamento, era a hora de reavaliar as suas metas.

Desfrutando das primeiras horas de autonomia em meses, chegou à conclusão de que encontrar o causador daquela maldade e fazê-lo pagar pelos seus crimes era só o que importava, que este era o seu intento e a única coisa que dava alguma razão a sua vida.

João sabia que teria muitas dificuldades para atingir o seu objetivo. Embora não tivesse mais nada a perder, tinha plena consciência de que precisava montar uma estratégia e um plano de ação, além de se preparar adequadamente. Ele foi treinado para este tipo de planejamento. Esta era a sua especialidade. A primeira e doída decisão foi relativa ao seu trabalho: não voltaria. Não fazia o menor sentido voltar ao convívio dos colegas e retomar as suas atividades profissionais. Isto pertencia a uma outra vida. Ele já não era mais o mesmo e não havia a menor possibilidade de retornar à Receita e fingir que nada tinha acontecido. Não queria a pena e a comiseração dos amigos. Ansiava por justiça e vingança.

A noite foi de um sono irregular, cortado por pesadelos, como já se tornara costume nos últimos meses. Ainda assim, acordou determinado, movido por uma força interior advinda da sede de justiça. Não havia pressa, mas também não havia tempo a perder.

João foi até a Receita e comunicou ao chefe e aos colegas a sua decisão. A tristeza foi perceptível, mas ninguém ousou discordar. Cada um dos companheiros de trabalho, incluindo a dona Mariza (em lágrimas), fez questão de lhe dar um abraço e desejar sorte.

De cabeça erguida e com a determinação dos fortes, o rapaz deu as costas ao seu passado profissional e chamou um Uber, rumando para o antigo apartamento. Pediu ao motorista do carro que parasse a uma quadra de distância; desceu e seguiu andando. À medida que se aproximava, as recordações foram se tornando mais fortes: sentiu o cheiro da esposa amada e viu o brilho dos seus olhos; seu coração quase saiu pela boca ao se lembrar do abraço e do beijo do filho querido. As lágrimas rolaram. Teve a certeza de que não conseguiria entrar novamente naquele prédio e, muito menos, no apartamento, onde as lembranças seriam ainda mais fortes. Naquele momento, tomou a decisão do que faria com o seu patrimônio, construído com tanta dificuldade, num esforço conjunto do casal. Como precisava de meios para manter-se enquanto durasse a sua busca, não havendo como prever qual seria o tempo necessário, decidiu pela venda de tudo o que possuía, incluindo o apartamento, os móveis e o carro. Uma moto lhe daria maior mobilidade e menos despesas.

Antes de chegar à portaria do prédio, João deu meia-volta, chamou outro Uber e rumou para o escritório de um amigo advogado. Estava decidido, e, quanto antes tudo fosse resolvido, melhor.

Durante o trajeto até o centro da cidade, o jovem viúvo refletiu que devia abrir mão do conforto por uma redução radical de custos e decidiu que, logo a seguir, procuraria um lugar simples para viver, que lhe proporcionasse o mínimo de privacidade e uma cama para dormir.

...

A venda de exemplares de jornal e o número de assinantes no site são apenas uma parte da renda de um grupo de mídia. A maior fonte de receitas vêm dos patrocínios, e os anúncios têm um valor proporcional ao interesse do público nas notícias. Daí o trabalho incessante dos profissionais das comunicações, em constante procura de matérias interessantes para as próximas edições. Como se isto não fosse tensão suficiente, há ainda a pressão da concorrência, disputando cada informação — como abutres em uma carcaça — e fazendo com que o desafio de cada dia se transforme em uma guerra. E, numa guerra, vale tudo.

São poucos os repórteres que se importam com valores elevados, como a justiça e a ética. Para a grande maioria, o importante é encontrar e divulgar a informação que interessa ao público, com pouca preocupação aos detalhes dos quais os bons jornalistas não abrem mão, tais como: confiabilidade das fontes, consequências da divulgação da notícia, evitar julgamentos antecipados, entre outros. Para eles, o importante é chamar atenção do público e, se possível, antes da concorrência. Os iniciantes vivenciam o desafio por encontrar um espaço, e os mais vividos têm a necessidade de matar um leão a cada dia para não perderem o lugar. Todos lutando pela própria sobrevivência, em um ambiente altamente competitivo.

O que realmente conta para os experimentados diretores de jornal são os resultados. Os números falam por si. O aumento de interesse do público significa incremento de vendas, que proporciona mais valores de patrocínio, que, juntos, levam a um acréscimo de receitas, que tem, como resultado, a elevação do lucro. E o lucro é o objetivo das grandes corporações: satisfaz os sócios, eleva o valor das ações e proporciona o crescimento da empresa.

Os altos executivos são como lobos. Eles lideram a matilha, mantendo bem definida a sua hierarquia, estando sempre prontos para, a qualquer momento, impor o seu comando pela força. Todos têm que trabalhar pelos objetivos definidos pelo alfa, sem tréguas, correndo os riscos que se fizerem necessários, dando o seu máximo pela empresa, sempre. Como motivação extra, cada membro do grupo sabe que ninguém é imprescindível, que todos são descartáveis e que só os melhores e mais fortes têm garantida a sua permanência na matilha.

Marcelo e sua equipe exploraram ao máximo todo o caso do assassinato da família do fiscal, desde muito antes do julgamento. Os meios de comunicação encontraram uma notícia que tocou o coração das pessoas e não perderam tempo para se aproveitar desse interesse geral, divulgando todo o tipo de informação capaz de manter a atenção do público. O povo consumiu com avidez cada detalhe do crime, sendo conduzido com facilidade a julgar e a condenar o suspeito. Tudo correu bem até que uma reviravolta inesperada resultou na absolvição do réu. Isto não estava nos planos dos profissionais de imprensa, principalmente de Marcelo. A exploração do assunto de forma agressiva permitiu a ele uma ascensão meteórica, de freelancer a chefe de equipe de reportagem — responsável pela cobertura de um caso de interesse nacional —, sem escalas, quase instantaneamente. Ele havia centralizado a busca, avaliação e divulgação das notícias sobre o caso, sendo responsável direto pela posição assumida pelo jornal, nitidamente favorável a uma condenação. Ainda que jovem, o repórter não era burro e sabia do perigo a que estava exposto. A surpreendente virada comandada por Fernando Victor colocou em risco tudo o que ele tinha construído, ameaçando fazer o seu castelo ruir e escorrer pelas mãos como areia.

Fernando Victor foi brilhante no tribunal e, com o seu talento, ofuscou os seus opositores. Seu sucesso significou perdas para muitos. Marcelo foi um destes, e pagou um alto preço pelo seu excesso de confiança e inexperiência, pois acreditou somente no veredito de culpado (para o qual tinha trabalhado por meses). Ele já tinha vários artigos prontos para o site e para a edição do dia seguinte, incluindo um histórico de todo o desenvolvimento do julgamento, com fatos, análises e imagens; mas não tinha matéria para o caso de o réu ser absolvido. Todo o trabalho da sua equipe virou lixo, numa fração de segundos. Pego de surpresa, o jornalista levou um certo tempo para reagir, abalado pela solução inesperada da conclusão do caso. Quando ele se recuperou e procurou o editor chefe para atualizar as informações anteriormente enviadas, já era tarde. Ele soube, estarrecido, que não seriam mais ele e sua equipe os responsáveis pela cobertura do encerramento da sessão. As matérias produzidas por um outro grupo, liderado por um dos jornalistas mais experientes do jornal, já estavam na internet, contando em detalhes tudo o que havia acontecido no tribunal. Os sons das máquinas rotativas nunca soaram tão ameaçadores e cruéis aos seus ouvidos. Ele as viu como monstros enormes que rugiam e destruíam os seus sonhos à medida que avançavam num caminho sem volta.

Marcelo percebeu que já era fim de tarde e não havia o que dizer, o que fazer nem a quem reclamar. Sem opção, foi para casa, abatido. Na manhã seguinte, seria a primeira vez, em meses, que seu nome não apareceria nos artigos publicados nas primeiras páginas do jornal. Sua reação natural foi buscar consolo. Como ele não podia ligar para Maísa, enviou uma mensagem de Whatsapp para o seu celular particular, ansiando por um ombro amigo, por uma migalha de atenção e apoio. Não obteve resposta. Na verdade, mais tarde percebeu que ela nem leu a mensagem. Marcelo sabia que havia um contrato não escrito entre os dois, em que um dos principais artigos era de que ele não deveria ligar, a menos que fosse autorizado. Desde o momento em que lhe entregou o papel com o seu número privado, a moça certificou-se de que o repórter soubesse que ela mantinha um caso com um figurão do jornal. Maísa nunca escondeu que era isso que garantia o seu emprego, o aluguel do apartamento e presentes caros, como joias, com as quais ela já começava a formar um pequeno patrimônio. Isso nunca o havia incomodado muito, mas naquele momento foi diferente. O rapaz tinha consciência de que tudo o que havia construído estava desmoronando. Ele sentiu angústia, ansiedade e medo.

O repórter não conseguiu se acalmar. Andando de um lado para o outro do apartamento, esperou uma resposta por horas, bebendo uma garrafa de vinho e iniciando uma segunda. Já era tarde da noite quando, na aflição do momento e com o ajuste do "desconfiômetro" alterado pelo álcool, resolveu ligar, quebrando as regras estabelecidas. Foi uma decisão equivocada, de que, depois, teve muito tempo para se arrepender. A secretária, obviamente, não atendeu à chamada. Em desespero, ele resolveu mandar outra mensagem de texto. Foi quando descobriu que tinha sido bloqueado. Doeu, doeu fundo, mas só naquele instante ele conseguiu antever o que ainda estava por acontecer. De repente, caiu a ficha. O efeito do vinho passou quase instantaneamente, quando vislumbrou as possíveis consequências da sua derrota. Marcelo entendeu que não poderia apenas perder o cargo — como supunha inicialmente —, mas, possivelmente, o emprego e a amante. Sua vida andaria para trás. Tentou se tranquilizar, forçando a mente com a ideia de que os seus receios estavam baseados apenas em possibilidades, que ainda não haviam se concretizado. Ele lembrou ter lido em algum lugar que a maior parte dos nossos medos diários é apenas ilusão, que normalmente não se torna realidade. Ainda assim, o jornalista mal conseguiu dormir naquela noite.

Marcelo levantou exausto e com uma terrível dor de cabeça — efeito do vinho da noite anterior. Foi ao espelho e viu olheiras profundas num rosto envelhecido precocemente. Pior era o seu estado de humor, mistura de frustração, cansaço e ressaca. Foi necessário muito esforço para conseguir realizar as atividades matinais de rotina e levar o seu corpo até o jornal. Ele prosseguiu forçando a mente, durante o trajeto, a manter as esperanças de que tudo daria certo no trabalho e que seu emprego e relacionamento sobreviveriam àquela tempestade. Crenças que se desvaneceram logo à chegada, quando viu um bilhete na sua mesa solicitando ligar para a secretária do Dr. Paulo. Todos no jornal sabiam muito bem o que aquilo, muitas vezes, significava. Definitivamente, havia chegado a vez dele. E muito antes do que ele imaginava. A primeira reação foi de desânimo e medo. Medo do desemprego, de ficar sem dinheiro para manter-se e de ter de voltar para a casa dos pais, após tanto esforço. Foi quando se lembrou de uma frase muito usual no Sul do Brasil: "Não te mixa, tchê!" O rapaz pegou o telefone e tomou uma decisão: não daria o prazer ao seu executor de vê-lo se humilhar.

— Bom dia, dona Maísa. É Marcelo. Eu recebi um recado para ligar para o doutor Paulo. — Ele foi quase casual, embora o peito estivesse doendo como nunca.

— Bom dia, senhor Marcelo. O Dr. Paulo quer falar com o senhor. Ele pediu para o senhor vir até a sala dele às 9 h. — A voz dela estava diferente, parecendo outra pessoa, totalmente formal e completamente fria. O que o fez lembrar quando foi à sua mesa pela primeira vez.

— Sim, senhora, eu não tenho nenhum compromisso agendado.

Ele tentou passar segurança, só que ela pareceu nem dar importância:

— O.K., está marcado, então. Até lá.

— Até.

E ela desligou.

Ficou evidente que aquela mulher que estivera nos seus braços poucos dias atrás agora não passava de uma estranha. O rapaz, na sua juventude, não percebeu quanto havia se envolvido não só pela beleza, mas por todo o conjunto de atributos femininos da moça, para, naquele instante, ver com clareza que não representou para ela mais do que uma diversão. Um doce calórico. Sim, um quindim. Algo que não era adequado, que talvez nem fosse recomendável, mas que não causaria maiores problemas, desde que não fosse consumido em exagero. Poderia ser desfrutado de forma controlada, conforme a sua vontade, por algum tempo. Afinal, era gostoso. E sempre havia a possibilidade de sua ingestão ser compensada com uma dose extra de exercícios. Ele desabou na cadeira. Não havia como não se abater. A constatação da realidade foi dura e ficou a nítida sensação de que o caçador, sem perceber, havia sido a caça. Isso doeu.

Marcelo chegou à antessala do diretor com alguns minutos de antecedência, como era previsto. Sentou e aguardou ser chamado. Tinha certeza de que seria deixado esperando, e não se enganou. Após uma hora de espera, a secretária convidou-o a entrar. Ele pretendia passar direto por ela, mas foi chamado.

— Senhor Marcelo? — A voz seguiu fria como o gelo.

— Sim. — Ele parou.

— O senhor sabe que a discrição é uma qualidade muito apreciada nesta empresa, não sabe?

Ele virou o rosto para olhá-la. Ela estava mais linda do que nunca. Vestia um conjunto amarelo ouro, que combinava com os seus cabelos e destacava a cor bronzeada da sua pele. Os olhos cor de mel, muito bem maquiados e com grandes cílios, compunham um conjunto quase irresistível com o nariz pequeno e a boca sensual, onde brilhavam dentes perfeitos. O decote generoso, capaz de abalar os mais fortes, criava uma ilusão de ótica, fazendo a imaginação querer descobrir o que havia além do que os olhos podiam ver.

— Com certeza, dona Maísa. Eu, aliás, não tenho boa memória. Por exemplo, costumo esquecer com facilidade as pessoas que me usam apenas por conveniência.

Deu as costas e entrou no labirinto do Minotauro, não esperando para ver a reação dela. Se tivesse visto, possivelmente não teria gostado. Maísa deu de ombros, indiferente. Ele era apenas mais um. Muitos já tinham frequentado a sua cama, e outros viriam. Ela aprendera cedo a lidar com a realidade da vida. Após fazer um aborto, aos 16 anos, a sua forma de ver o mundo mudou. Morreu a menina sonhadora e romântica e nasceu uma mulher prática e objetiva. Tinha plena consciência de que possuía uma beleza quase irresistível, que atraía os homens. Eles queriam o seu corpo. Isso poderia ser inevitável, mas ela resolveu que, daquele momento em diante, seria nas suas regras. Ela decidiria e teria a última palavra, sem sentimentos ou sentimentalismos. Em outras palavras, distribuiria os bilhetes, só que o ingresso não seria barato. E, caso alguém fosse apenas se divertir, este alguém seria ela, com quem ela quisesse, quando ela quisesse, como ela quisesse e enquanto ela quisesse. Simples assim. A moça tinha pouca idade, mas a maturidade de uma mulher calejada e vivida. O sofrimento havia moldado o seu caráter e gelado o seu coração. O rapaz estava magoadinho? Isso passa. Dói, mas passa. Ele ainda tinha muito a aprender. Na escola da vida, em que ele era um aprendiz, ela era professora formada, e com pós-graduação. A bela secretária voltou a sua atenção para o trabalho e, simplesmente, virou a página.

O Minotauro estava no labirinto — como esperado —, atrás da mesa, assinando uns papéis. Ele parou e levantou a cabeça lentamente. Marcelo sentiu aqueles olhos, escuros como a noite, fixos nele. Quase podia ouvir o que eles diziam: "Decifra-me, ou eu te devorarei".

O rapaz cumprimentou o diretor e sentou-se em uma das cadeiras em frente à mesa, como costumava fazer nos últimos tempos. O que ele não esperava foi a reação do chefe.

— Eu não me lembro de tê-lo convidado a sentar. — A voz grave e os amplos bigodes deram um ar solene às suas palavras.

— Oh! Desculpe, doutor. — Marcelo levantou-se, sem graça.

Ficaram os dois encarando-se, em uma queda de braço. O evento não deixou dúvidas sobre quem mandava e quem obedecia. O lobo alfa reforçou a hierarquia com vigor.

— Posso me sentar? — Marcelo cedeu.

— Fique à vontade.

— O senhor queria falar comigo? — Era a última carta do baralho de um jogo perdido. Ele sabia o que aconteceria, mas precisava tentar manter a sua dignidade.

— Sem dúvida! Você é jovem, mas tenho certeza de que já aprendeu como as coisas mudam rapidamente no nosso ambiente de trabalho. Todos os dias temos que dar o nosso melhor para sobreviver, e nem sempre é o suficiente.

— O que o senhor quer dizer com isso? — A pergunta foi retórica. Ele sabia o significado daquelas palavras.

O Minotauro sorriu de forma velada. O menino era bom. Uma pena que as coisas tenham evoluído naquela direção (sem volta). Ele faria o que precisava ser feito, mas, na sua opinião, o garoto tinha potencial.

— Você foi encarregado da tarefa de cobrir todos os fatos relativos ao julgamento para o jornal. Após a sessão de ontem, em que o tribunal liberou o acusado, sua missão foi finalizada.

— Eu entendo. Aliás, encaminhei para o editor algumas matérias que cobriam o encerramento do caso. Depois daquela virada inesperada, eu o procurei para modificá-las, mas fiquei surpreendido ao saber que outra equipe já havia sido definida para executar esta tarefa. E, pelo jeito, bem antes, pois as notícias já estavam na *web* e as máquinas rodando minutos após a sessão ser concluída.

— Meu filho, eu não caí nessa função de paraquedas. Quando você nasceu, eu já era um jornalista escolado. A grande maioria dos profissionais de imprensa teve uma surpresa com o veredito. Eu sou pago para não ser surpreendido.

Marcelo podia não concordar com os métodos, mas não tinha como negar que admirava a astúcia daquele velho lobo.

— Eu percebi que não foi só uma mudança da equipe responsável pela cobertura. A posição do jornal também mudou radicalmente, de ontem para hoje.

— Este é o ponto. Desde o seu primeiro artigo, você levou o público a julgar e condenar o réu. Concorda comigo?

— Sim, mas com uma ressalva: com a sua concordância.

— Nada aqui é feito sem a minha concordância. O que não impede que cada um responda pelas suas escolhas. — O Minotauro era implacável.

— Neste período nós duplicamos o número de assinantes e vendemos jornais como água.

— Por isso você foi colocado na função e lá permaneceu, porque os resultados foram acima do esperado. Até ontem.

— O que o senhor quer dizer com isto?

— Que somos uma grande empresa e temos uma hierarquia. E todo profissional inteligente sabe que manda quem pode, e obedece quem tem juízo.

— O senhor está querendo dizer que esta mudança de posicionamento foi uma ordem de cima?

— Exatamente. O diretor-geral, do Rio de Janeiro, me ligou e passou as novas orientações. Durante todo o processo, nós seguimos a linha editorial que você propôs. A grande maioria dos nossos leitores foi conduzida a crer numa condenação, que acabou não acontecendo. O diretor deixou claro que deveríamos corrigir o nosso rumo para minimizar o desgaste e preservar o nome da empresa, a qualquer custo.

— Em outras palavras, isto significa que eu estou fora? — Ele decidiu facilitar as coisas. Não havia por que delongar. Já estava decidido.

— Sim, você está fora. — O Minotauro puxou a alavanca, sem o mesmo prazer das outras vezes.

— O senhor acha que o meu trabalho foi ruim?

— Não, meu rapaz, foi muito bom.

— Eu imagino que sim, pois os últimos balanços da empresa bateram recordes de lucro.

O diretor gostou de saber que ele estava bem informado.

— Você deve entender que não é nada pessoal. O jornal precisa apresentar uma resposta à sociedade. Não podemos admitir culpa, fraqueza ou erro de avaliação na forma como cobrimos os eventos, pois isso prejudicaria a nossa imagem.

— E o diretor-geral decidiu por uma solução discreta, oferecendo a minha cabeça e a dos membros da minha equipe, dando a entender que fomos nós os responsáveis, que nós induzimos o jornal ao erro.

— Exatamente, você fez a leitura correta. Usando suas próprias palavras, a sua cabeça e as de toda a sua equipe, esta foi a orientação que recebi. — Uma resposta direta e objetiva, sem rodeios, de um homem acostumado a fazer isso.

— O senhor concorda com isto?

Os dois jornalistas estavam próximos, frente a frente, olhos nos olhos.

— Não, não concordo. Eu acredito na sua capacidade. Aliás, tentei interceder a seu respeito. O diretor foi enfático, afirmando que o jornal deveria dar uma resposta forte e mostrar à sociedade que o responsável pelas ideias equivocadas não fazia mais parte dos seus quadros. Caso eu não concordasse com a sua solução, ele sugeriu que eu assumisse a responsabilidade. — Por um momento, o velho lobo soltou o ar pelas narinas e demonstrou um certo cansaço.

— E o senhor decidiu pôr a minha cabeça na bandeja, e não a sua?

— Sim, decidi. Você faria diferente? — A honestidade do chefe desarmou qualquer chance de revolta ou reclamação do subordinado.

— Não, acho que não. — Foi uma resposta resignada.

— Você ainda tem muita lenha para queimar, uma carreira para construir. Se aproveitar para aprender por meio desta dura lição, poderá sair mais forte desta situação.

— Posso contar com a sua indicação?

— Oficialmente, vai depender de você, de como procederá daqui para frente.

— Eu entendo. Oficialmente, tudo vai depender do meu silêncio. E extraoficialmente?

— Eis aqui um número. Ligue, e será bem recebido. — O diretor colocou um papel dobrado nas mãos do jovem repórter.

— Obrigado, doutor. Eu sei que o senhor não fez isso pela maioria dos que passaram pela mesma situação.

— Eu já disse que, na minha opinião, você tem qualidades. É um profissional que tem futuro. Lamento chegarmos a este ponto. O caso escapou do meu controle. Desejo boa sorte.

— Obrigado.

Os dois trocaram um aperto de mãos e o destino de Marcelo, no jornal, foi selado. A sabedoria popular já viu acontecer inúmeros casos assim e diz "Quem semeia ventos colhe tempestades", ou seja, ao tomar atitudes intempestivas, abrindo mão da ética e desconsiderando os sentimentos do acusado, o jovem repórter acabou pagando na mesma moeda.

13

FBI

O detetive Valença já estava havia algum tempo incomodado com a sua incapacidade para solucionar os crimes arquivados por falta de provas e que seguiam crescendo em Porto Alegre, no correr dos anos. Algo no seu íntimo dizia que devia haver alguma conexão entre aqueles acontecimentos, e que o problema, possivelmente, estava nele, que era incapaz de percebê-lo. Valença estava longe de ser um novato e conseguia identificar com facilidade um crime passional, uma ação entre traficantes ou uma violência esporádica, como a advinda de um desentendimento pessoal ou de um assalto que deu errado. Mas aquelas perversidades que se empilhavam na sua frente, mais de dez, não tinham essas características. Foram ações de pura maldade. As vítimas, todas mulheres, não tiveram chance de defesa e não havia sido deixada uma única prova, a mínima oportunidade de rastrear os executores. As últimas mortes haviam sido a gota d'água: duas mulheres, mãe e filha, brutalmente assassinadas em sua própria casa, amarradas e torturadas. Ele precisava fazer alguma coisa. Ao menos, tentar.

O detetive pegou o celular e discou um número, que estava anotado em sua agenda.

— Dr. Guedes, bom dia! Aqui é o detetive Valença, da polícia de Porto Alegre. Espero não atrapalhar.

— Bom dia, detetive. De forma alguma. Em que posso ajudar?

— Muito obrigado por me atender, doutor. Vou tentar ser o mais breve possível. Eu trabalho no setor de homicídios e tenho uma série de casos em minhas mãos que estou seguro de que se relacionam, apesar de não terem nenhuma ligação nítida. Eles estão sendo arquivados como casos não resolvidos e isso vem me incomodando muito. Eu procurei o Dr. Fernando Victor, na esperança de que ele me indicasse um especialista, a quem eu pudesse recorrer para receber algumas sugestões. Ele me aconselhou que falasse com o senhor, e tomou a liberdade de me passar o seu número. O Dr. Fernando Victor disse que o senhor, com a sua vasta experiência internacional, seria o mais indicado para sugerir o homem certo. Ele me autorizou a falar em seu nome.

— Um pedido do Dr. Fernando Victor merece toda a atenção. Eu não o conhecia, mas, desde a sentença daquele famoso caso na sua cidade, nos tornamos amigos. Por muitos anos eu tenho vivenciado julgamentos em diversos continentes e posso afirmar, sem medo de errar, que o Dr. Fernando Victor é um dos melhores advogados de defesa em atividade.

— Eu sou suspeito de opinar, pois somos amigos de longa data. O senhor teria alguém para indicar que poderia me ajudar nessa questão?

— Tenho, sim. Casualmente, ele também está aqui, em Langley, acompanhando um seminário entre especialistas forenses. Seu nome é Peter O'Donell. Ele é um agente especial do FBI e uma das maiores autoridades criminais dos Estados Unidos. Para o senhor ter uma ideia da sua capacidade, ele atualmente é o responsável pela equipe de análise psicológica do FBI. O agente O'Donell é conhecido, exatamente, por ver aquilo que os outros não veem. Acho que é o que o senhor procura.

— Nossa, doutor, eu nem sei como agradecer!

— E não precisa. Eu quem agradece a sua corporação, principalmente aos profissionais que estiveram no local e colheram as imagens e provas.

— Eu fui um dos primeiros a chegar àquela cena de crime, e este é mais um dos casos que estão na minha lista.

— Mais um motivo para eu me empenhar em ajudá-lo. O agente especial O'Donell é casado com uma brasileira. Ele fala um português muito bom. E me lembrei de uma coisa: ele comentou que vai a São Paulo no fim do mês, convidado para realizar uma palestra para membros da polícia de todo o Brasil. O senhor deve ter ouvido falar a respeito.

— Sim, eu soube, Dr. Guedes. Eu tentei participar, mas estamos passando por uma redução drástica de custos e eu não fui autorizado a fazer a inscrição. Independentemente disso, eu posso ir a São Paulo e encontrar o agente americano, por minha conta.

O afamado pesquisador demorou a responder, refletindo sobre a dura realidade da polícia brasileira. A humildade e a dedicação do detetive tocaram o médico.

— Vou pedir diretamente ao agente especial O'Donell para que ele reserve um tempo, no momento que achar mais adequado, para que vocês possam conversar pessoalmente e que ele avise o senhor nesse número. Sugiro que o senhor leve as pastas dos casos para ele analisar.

— Muito obrigado, doutor.

— Mas tem uma condição. Eu quero que o senhor procure o meu amigo Fernando Victor e lhe transmita um abraço, pessoalmente.

— Será feito, doutor.

— Eu preciso ir. As atividades estão para recomeçar aqui. Boa sorte!

— Muito obrigado. Eu não esperava tanto. Mais uma vez, muito obrigado.

Valença não obteve nenhum apoio da polícia, e precisou arcar com as despesas para ir a São Paulo. Mas não se arrependeu. O auditório estava lotado, com mais de 300 policiais civis, e a palestra do agente especial O'Donell foi excelente. O americano falou sobre as modernas técnicas utilizadas pelo FBI para identificação do perfil de agressores, das estratégias para infiltração de informantes em gangues e organizações criminosas (violência urbana) e apresentou sugestões de técnicas para tornar mais eficazes os interrogatórios de suspeitos. Seus conhecimentos e experiência demonstraram ser do mais alto nível.

Os organizadores precisaram limitar o número de perguntas, devido ao elevado interesse da audiência. Concluídos os questionamentos, o mediador disponibilizou o e-mail do conferencista para que os interessados pudessem enviar suas indagações pendentes. Ao fim, o auditório aplaudiu-o de pé.

O detetive Valença aguardou os cumprimentos finais das autoridades presentes e foi até ao palco, como havia combinado anteriormente com o palestrante. Os policiais trocaram um aperto de mãos, e o brasileiro ficou surpreendido com a simplicidade do agente do FBI, que era um homem alto, com quase dois metros de altura, cabelos pretos lisos e olhos castanhos. O queixo quadrado acentuava a impressão de energia de suas feições. O agente estava vestido com um terno azul-escuro impecável. O policial gaúcho foi convidado a se dirigir a uma sala reservada e pôde perceber os olhares de inveja dos colegas, enquanto saíam.

A sala era pequena, utilizada pela administração do local do evento, e possuía uma mobília discreta, composta de uma mesa, algumas cadeiras e uma estante. Os policiais sentaram-se, um de cada lado da mesa.

— Detetive Valença, prazer em conhecê-lo. Não repare o local, mas foi o que eles tinham para oferecer.

O português do americano demonstrou-se impecável, com um sotaque quase imperceptível. Salvo pequenos deslizes fonéticos, na pronúncia de uma ou outra palavra, mal dava para perceber que era um estrangeiro.

— O prazer é meu, *Mr.* O'Donell. De forma alguma, eu só tenho a agradecer.

— O senhor gostou da exposição?

— Sim, foi excelente a sua palestra! Uma inspiração para todos nós do Brasil.

— Bondade sua. O doutor Guedes informou-me que o senhor tem um problema que o está preocupando. Como posso ajudá-lo?

— Eu trabalho em uma das delegacias do Departamento Estadual de Homicídios e de Proteção à Pessoa em Porto Alegre, capital do Rio Grande do Sul, no Sul do Brasil.

— Eu conheço bem Porto Alegre. Minha esposa é de lá.

— Feliz coincidência. Como o senhor deve saber, no Brasil nós temos uma quantidade bem elevada de homicídios, principalmente nas capitais. Isso já faz parte da nossa rotina. A maior parte é fruto da violência urbana. Aliás, um dos temas da sua palestra.

— Claro, eu conheço bem essa realidade.

— Acontece que na minha cidade tem aumentado, nos últimos anos, um tipo diferente de crime. Há, por trás desses homicídios, um grau de maldade exagerada.

— Quantos, aproximadamente?

— Por volta de dez. Talvez um pouco mais.

— Em quanto tempo?

— Oito a nove anos, mais ou menos.

— Pistas?

— Nenhuma.

— Estranho... — O'Donell pareceu pensar.

— O que mais eles têm em comum?

— Aí é que está! Apenas que as vítimas são todas mulheres e crianças. Mas nada, nada em comum quanto à forma. Cada um deles é diferente do outro. E todos sem pistas.

— Interessante, muito interessante. E o que o faz pensar que eles têm qualquer ligação?

O detetive ficou visivelmente incomodado com a pergunta. Ele se sentiu como um adolescente tirando uma dúvida de matemática com um professor, cheio de receio de que o mestre percebesse, de primeira, que se tratava apenas de um erro básico de sinal.

— Eu não tenho nenhum fato que indique isso. Se o senhor permite, é apenas uma intuição.

— Algum dos crimes despertou esta intuição ou aumentou a sua disposição em encontrar o assassino?

— Sim, os dois últimos. O primeiro, de uma jovem que teve os mamilos arrancados e o seio mordido. O segundo, mãe e filha amarradas e torturadas no próprio apartamento.

— A mordida não o ajudou?

— O senhor não vai acreditar, mas a perícia chegou à conclusão de que havia sido usada uma dentadura sobreposta aos dentes do atacante. Nós fizemos o que foi possível para aprofundar essa investigação, mas o assassino teve o cuidado de não deixar nenhum pelo, saliva, nada.

— Que intrigante! — O agente levou a mão direita ao queixo e ficou com o olhar distante por alguns segundos.

— O senhor trouxe as fichas?

— Trouxe, sim, senhor.

— Dê uma passada por cada uma, fazendo um pequeno resumo, por favor.

— O senhor não acha que pode ser bobagem da minha cabeça?

Valença ainda sentia um certo desconforto. Afinal, estava falando com uma autoridade mundial em criminalística e não queria passar vergonha.

— De forma alguma. Minha experiência comprova que, na maioria das vezes, a intuição de policiais treinados faz sentido.

A valorização implícita nas palavras do agente americano produziram efeito positivo no ânimo do detetive brasileiro. Foi uma motivação a mais. Ele repassou, uma a uma, as fichas que tinha trazido, mostrando as fotos das vítimas, antes e depois das atrocidades, à medida que informava as características de cada crime. O'Donell demonstrou interesse crescente e fez várias perguntas, tais como onde a vítima tinha sido vista pela última vez, sua profissão, onde o corpo tinha sido encontrado e o que a perícia tinha concluído na necrópsia. Em alguns casos o agente pediu a ficha e a leu cuidadosamente, atento aos detalhes.

Em sua mente treinada, o americano começou a montar o quebra-cabeças, colocando cada peça no seu lugar. Como um especialista em perfil psicológico, ele deu a máxima atenção às questões que nem sempre recebem o devido cuidado do policial comum, como a motivação, o método e o nível de sadismo dos crimes.

Concluída a breve apresentação, o detetive recolheu as fichas.

— Como o senhor pôde perceber, além da extrema maldade e da falta de provas, os crimes não têm mais nada em comum. Eu peço desculpas, se estou tomando o seu tempo com bobagens, fruto da minha imaginação.

O'Donell levantou a cabeça e passou a olhar para cima, coçando o queixo. Por alguns segundos, ele pareceu emergir em um mundo particular. Sua resposta pegou o detetive de surpresa, pois Valença já estava pensando em colocar as fichas embaixo do braço e sair com o rabo entre as pernas.

— Aí é que o senhor se engana. Eu concordo com o senhor e ratifico a sua ideia de que estes crimes estão relacionados. Na verdade, o senhor está de parabéns por esforçar-se para desvendar casos tão complexos e sem uma conexão visível. Eles têm coisas em comum, sim.

— Verdade!? O que eles têm em comum? — Era o aluno querendo saber o que o mestre tinha visto e ele, após infindáveis horas, não tinha chegado nem perto.

— Exatamente não terem nada em comum.

Por essa o detetive não esperava. Ele ficou estupefato.

— Como assim?! Eu não entendi. — O aluno ficou completamente desconcertado com a dedução do mestre.

Não era possível que a solução estivesse o tempo todo na sua frente, e que ele precisasse ter ido a São Paulo, conversar com um agente especial do FBI, para descobrir o óbvio. Não podia ser.

— O senhor, até aqui, vem tendo uma visão bidimensional da situação, procurando coisas em comum, fatos que relacionem os crimes. Tente afastar-se um pouco do problema e ver em três dimensões. Lembre-se de que a maior parte das vítimas é mulher e que, em todos os crimes, não foram deixadas provas. Mesmo em uma mordida, foi tomado o cuidado de usar uma dentadura. Imagine que o matador é frio, meticuloso e que não quer atrair atenção. E se tudo isso foi planejado? E se não é obra do acaso? E se o que as mortes têm em comum for, exatamente, não terem nada em comum?

Valença abriu exageradamente os olhos. Ele se sentiu como um cego que enxerga pela primeira vez e que, embora a claridade o ofusque, fica maravilhado por ver borrões, depois de ter passado muito tempo no escuro.

— Eu não acredito! Sim, sim, faz sentido. — O aluno, finalmente, percebeu o que o mestre mostrava.

— E notei mais uma coisa que poderá ajudá-lo.

— Mesmo?!

— Por força da minha profissão, eu sou obrigado a conhecer em detalhes a trajetória e o *modus operandi* dos principais criminosos do meu país.

— Sim, claro! Mas o que isto tem a ver com estes crimes, até o momento aleatórios, praticados no Sul do Brasil?

— O senhor não percebeu? — O mestre tentava mostrar uma forma de simplificar a equação, clara para ele, mas que o aprendiz não descobriria sem ajuda, de jeito nenhum.

— Perceber o quê? — O novato jogou a toalha.

— Os crimes, eles têm uma ligação.

— Agora o senhor me deixou ainda mais confuso. O senhor acabou de dizer que...

O discípulo não perceberia sozinho, nunca. O professor precisava mostrar.

— Nós sabemos que eles não têm nada em comum, e não têm.

Valença pôs as duas mãos na cabeça, quase em desespero.

— Nada semelhante quanto à forma. Eles foram propositadamente cometidos de modo diferente. Foi isso o que eu disse. Mas o senhor quer saber no que mais eles se relacionam?

— Sim, por favor. Eu não consigo captar.

— A maioria deles repete o *modus operandi* de um famoso serial killer americano. Para citar exemplos, vejamos os últimos casos, os que mais incomodaram o senhor: da moça que recebeu a mordida no seio e da mãe e filha torturadas. A moça foi vista pela última vez em um parque, um lugar público, e sofreu violência sexual. Eu posso apostar que quem a abordou fingiu alguma incapacidade e pediu ajuda.

— O que o leva a crer nessa possibilidade? — Valença teve a impressão de estar falando com um mágico.

— Simples, este era o método de Ted Bundy. O senhor já ouviu falar dele, com certeza.

— Sim, claro.

— No outro caso, amarrar, torturar e matar lembra alguém?

— Desculpe, mas não.

— Quando eu lhe falar, tenho certeza de que vai lembrar. Essa era a marca registrada de BTK.

— Oh! Incrível! É mesmo. Agora eu começo a entender o seu raciocínio. O senhor está realmente analisando os crimes de um ângulo totalmente novo.

— Vamos ver se o senhor captou mesmo: a prostituta encontrada na beira do rio Guaíba?

— Eu não posso afirmar, mas me lembra o *Green River Killer*.

— O senhor agora fisgou.

— Fantástico! Inacreditável! O senhor é demais! Eu venho trabalhando nisso há anos e o senhor precisou de apenas uns poucos minutos para encontrar o fio da meada.

— Às vezes, quando a gente está mergulhado em um problema, temos dificuldades para depreender certos detalhes. O mérito é todo seu de, mesmo sem ver, acreditar que poderia haver algum vínculo entre os casos.

O grande mestre foi humilde e fez questão de elevar o moral do aluno. O aprendiz recebeu uma lição inestimável e ficou apto, a partir daquele momento, com os conhecimentos adquiridos, a aprofundar os seus estudos e a resolver aquela questão, e muitas outras semelhantes. Ele descobriu um jeito de pensar.

— Se o senhor permitir, eu tenho mais uma pergunta.

— Claro! Fique à vontade.

— Nestes casos que foram citados, como o senhor explica que não houve necrofilia, características de Bundy e Ridgway, por exemplo?

— Simples. O senhor pode perceber que não aconteceu necrofilia em nenhum dos outros crimes também. Por quê?

— O assassino não concorda com esse método. — O discípulo começou a usar a própria cabeça.

— Exatamente.

— Ainda assim, e os estupros, por que em alguns crimes, e não em outros?

— Foi esse um dos motivos para eu pedir ao senhor para ver as fichas, minutos atrás, para cruzar a ordem cronológica dos crimes com a evolução do comportamento do criminoso. Ficou comprovado que ele segurou os seus instintos até onde conseguiu, tornando-se cada vez mais violento com o passar do tempo, como é usual em indivíduos com distúrbios mentais semelhantes.

— Eu não tinha percebido isso.

— Eu imaginei. Mas tenho mais uma sugestão de que o senhor vai gostar: eu aposto que ele guarda recordações de cada crime. Avalie, com cuidado, os pertences das vítimas. Fale novamente com os familiares, se necessário. Eu tenho certeza de que o senhor vai descobrir alguns objetos faltando.

— Farei isso.

— Ele evita, a todo custo, expor-se, abrindo mão do reconhecimento, o que não é comum neste tipo de criminoso.

— É verdade. Mas precisamos fazê-lo sair da toca e mostrar a cara. O que o senhor sugere?

— Provoque-o.

— Como assim?

— Ele se acha bom demais. Não deixa provas, não oferece nenhuma ligação entre os crimes e abre mão da fama, o que o faz pensar que nunca será descoberto e que a polícia não terá capacidade de ameaçá-lo. Isso para não falar da quantidade de crimes que acontecem rotineiramente na cidade, misturando-se aos dele e atrapalhando o trabalho das autoridades. Ele se considera intocável, acima do bem e do mal, quase um deus.

— Ele comete estes crimes em busca de poder?

— Exatamente, isso! Poder, ele é viciado em poder, na sensação de decidir quem vive e quem morre.

— O senhor disse para provocá-lo, mas como?

— Primeiro, mostre que o senhor sabe que ele existe. Isso já vai incomodá-lo. Procure um jornalista especializado na área policial e apresente o seu caso. O repórter vai adorar fazer uma manchete como essa. Eles vivem disso. Mas não exponha todos os fatos que possui. A ideia é fazer o assassino pensar que o senhor sabe menos do que realmente sabe. Isso manterá o senhor em vantagem.

— Eu até já sei a quem procurar.

— O nosso homem vai gostar da fama que vai adquirir, principalmente por não ter buscado por ela. Isso fará bem ao seu ego. No momento seguinte, em uma próxima reportagem, diga que não tem certeza se ele realmente existe. Que, talvez, tenha cometido um engano, um erro de avaliação. O criminoso vai ficar dividido entre as vantagens do anonimato e a ausência de reconhecimento. Ele faz um esforço para não procurar esse tipo de glória como parte de uma estratégia, mas tem um ego exagerado, eu tenho certeza. Em um terceiro momento, seja agressivo e chame-o de covarde. Diga que ele, se existe, deve ser muito medroso, pois, além de só atacar mulheres indefesas e crianças, não tem a coragem de assumir o que faz. Isso vai deixá-lo furioso, vai encarar o seu comentário como um desrespeito pessoal, um verdadeiro desafio. Lembre-se de que ele se considera quase um deus. Só não espere alguma prova. Na minha opinião, ele não vai lhe oferecer. Mas acredito que vai buscar algum meio de lhe dar algum tipo de resposta, o que já será um avanço significativo.

— Com certeza! Eu estou retornando para a minha cidade com a confirmação das minhas suspeitas, com os seus esclarecimentos e com um plano de ação para tirar esse monstro da sua zona de conforto. É mais do que eu esperava.

— A grande vantagem de tirá-lo da sua zona de conforto, como o senhor diz, será ter certeza da sua existência. A partir daí, sugiro manter-se atento e aguardar um erro. Cedo ou tarde acontecerá.

— Muito obrigado, senhor O'Donell. É por ter homens da sua estirpe que o FBI tem a fama que tem.

O detetive Valença baixou a cabeça, em um cumprimento quase oriental, demonstrando o seu profundo respeito.

— Bondade sua. Prossiga! E parabéns! É bom saber que a polícia brasileira tem elementos como o senhor em seus quadros, capazes de superar as limitações do sistema e as suas próprias, em busca da justiça.

Os dois policiais trocaram apertos de mãos, e o delegado Valença retornou a Porto Alegre, mais empolgado do que nunca. Ele decidiu seguir ao pé da letra as orientações do especialista do FBI. A sua primeira providência foi procurar Marcelo, agora trabalhando em um jornal de menor expressão. Ele expôs as suas suspeitas e logo captou a atenção do repórter, ávido por divulgar notícias impactantes e retomar a sua carreira.

A reportagem e as notícias no site do jornal chamaram atenção do público, falando de um provável matador em série em Porto Alegre, com oito possíveis assassinatos, incluindo mulheres e crianças. Nos dias seguintes, outros periódicos passaram a divulgar a notícia e o assunto ganhou destaque nas mídias sociais, principalmente porque a polícia passou a atribuir ao matador o assassinato da família do fiscal da Receita.

...

Giuseppe, quando viu os jornais, comportou-se conforme o previsto: suas primeiras reações foram de susto e de aborrecimento. Ele não pretendia ser conhecido, mas não conseguiu evitar uma ponta de orgulho, afinal era a sua obra. Ao anoitecer, manuseou os conhecidos troféus (uma pena de pássaro, um brinco barato, um relógio prateado, uma aliança, entre outros), enquanto relia as reportagens. "Estúpidos! Eles não têm ideia do número exato de vítimas".

As notícias publicadas posteriormente, quando a polícia pôs em dúvida a existência do homicida, foram recebidas por Giuseppe com um misto de alívio e insatisfação. O público deu pouca atenção a essa incerteza, pois a ideia de um matador em série na cidade já estava mexendo com o imaginário popular. Contudo, o que realmente aborreceu o homicida aconteceu no domingo seguinte, quando estava assistindo à TV com a família e foi surpreendido com uma entrevista com o detetive Valença, que afirmou que o matador, se realmente existisse, devia ser um covarde, devido ao perfil das vítimas a ele atribuídas. Seus olhos encheram-se de fúria. Ele era poderoso, ele decidia quem viveria e quem morreria. Quem era aquele policial de merda para chamá-lo de covarde?

Bernadete percebeu que o filho não tinha gostado do que viu e ouviu.

— O que foi Giuseppe, você não concorda com o delegado?

— Claro que concordo, mãe. Esse canalha, se existe, precisa ser preso — ele justificou a sua reação como uma ojeriza ao assassino.

— Com certeza! Uma pessoa com tamanha maldade nem deveria ter nascido — Bernadete reforçou a opinião do filho, o que o irritou ainda mais.

— Você acha que isso tudo é verdade, papai? — A pequena Amanda, de nove anos, abraçada com a mãe, tremia de medo.

— Não sei, minha filha, Espero que não. Nem vou ficar mais aqui vendo TV com vocês porque este tipo de notícia me incomoda. Vocês sabem que eu sou da paz. — Ele se levantou e saiu da sala, possesso de raiva.

Giuseppe foi para o seu escritório e teve dificuldades para se controlar.

— Esse detetivezinho de merda precisa saber com quem está lidando! Ele acha que eu sou covarde? Filho da puta! Ele não perde por esperar.

Dominado pela ira, o matador procurou conforto em sua coleção. Eram as únicas coisas que poderiam ajudá-lo a recobrar o controle. Algumas das peças chamaram sua atenção.

"Ele pensa que sou covarde? Se esse merda soubesse tudo o que eu já fiz e o poder que possuo, teria mais respeito".

Giuseppe pegou um pequeno Pokémon de plástico e uma aliança, e um sorriso de perversidade contorceu o seu rosto.

"Por exemplo, se este bostinha soubesse quem matou aquele menino e a sua mãe, tenho certeza de que não falaria essas bobagens".

As lembranças retornaram a sua mente e, com elas, a usual sensação de poder, que ele tanto apreciava.

. . .

Era uma tarde quente de verão, típica da capital gaúcha, em que seria possível fritar um ovo no asfalto. Amanda recebia a visita de uma amiguinha da escola, Patrícia. As duas chegaram correndo à sala, onde Giuseppe assistia TV. Ela demonstrava aquela alegria natural da idade, em que se sorri por qualquer motivo, em que tudo é bom e a vida merece ser celebrada.

— Pai, pai, pai. — Amanda freou a poucos centímetros do sofá, com a amiguinha nos calcanhares.

— O que foi agora, filha? — A paciência em casa não era uma das virtudes do pai.

— A Maria está limpando o meu quarto.

Maria era uma ajudante de confiança, havia muitos anos trabalhando como diarista para a família. Era uma mulher pequena, com menos de um e sessenta, tinha perto dos cinquenta anos, olhos castanhos e cabelo de cor indefinível — dadas as incontáveis pinturas feitas em casa, utilizando diferentes cores. Quem olhasse para a sua aparência frágil não imaginaria a força e a energia que possuía. Era um furacão. Nos dias de faxina, chegava cedo, limpava toda a casa, lavava e passava as roupas da família, além de fazer o almoço. Ninguém nunca ouviu uma única reclamação. Ela sempre portava um sorriso no rosto, não importando a gama de problemas que estivesse enfrentando, como dificuldades financeiras, doenças ou problemas familiares diversos. Além do bom humor e de trabalhar por duas ou três pessoas, a sua principal característica sempre foi a honestidade. Muito religiosa, não pegava uma moeda, nada que não lhe fosse oferecido.

— Ela é paga para isso, não é?

— Eu sei, mas por um tempo a gente não tem onde brincar. Você leva a gente no Méqui, para tomar um sorvete?

— Sorvete? No McDonald's? Mas tem sorvete em casa. Peça para a tua mãe.

— A gente quer o sorvete do *Méqui*. A gente gosta. E você prometeu, lembra?

Giuseppe não tinha a menor intenção de sair de casa, muito menos de levar as meninas junto. Imediatamente começou a pensar numa desculpa para se ver livre da situação.

— É, tio, o senhor prometeu. — O apoio veio espontaneamente.

Ele titubeou. Se Amanda estivesse sozinha, não havia dúvidas de que a dispensaria. Mas a amiguinha estava ali e era filha de um dos companheiros da igreja. Ele tinha uma imagem na sociedade, que construíra com grande esforço e que fazia questão de preservar. Para piorar, lembrou-se de que realmente tinha prometido, na semana anterior, levá-las ao McDonald's.

— O.K., eu levo vocês. — Com certa dificuldade, esboçou um sorriso amarelo.

— Yes! — Amanda gritou e pulou, com os dois bracinhos para cima.

— Valeu, tio! O senhor é legal mesmo!

Eles foram de carro, com o ar-condicionado no máximo, para amenizar o calor. As meninas conversaram sem parar no banco de trás. Ao chegarem ao estacionamento, Amanda colou o rosto no vidro da janela e gritou:

— Olha, pai, não é o tio Washington, aquele moço do nosso prédio?

Giuseppe já tinha visto o vizinho e um estranho indo em direção à entrada da lanchonete.

— É sim, Amanda. Ele está acompanhado. Não vamos incomodá-lo, tá?

— Tá bom. Que pena, ele é tão legal! Ele sempre brinca comigo quando a gente se vê no elevador.

A simpatia de Washington atingia todas as idades.

— Melhor assim.

Depois de descerem do carro, as meninas, muito agitadas, correram na frente. Giuseppe seguiu atrás, num passo lento, ainda se perguntando se havia tomado a decisão correta em trazê-las. Eles se reencontraram à porta de entrada.

— Pai, pai, pai.

— O que foi, Amanda?

— A gente pode ir para o parquinho brincar, enquanto você faz o pedido? Diz que pode, diz que pode.

— Pode, Amanda, pode. — Ao menos ele conseguiria ficar livre daquele falatório por alguns momentos.

— Yes! Vamos, Patrícia, vai ser muito legal. — As duas saíram correndo em disparada.

Giuseppe entrou no estabelecimento e sentiu um alívio ao experienciar o frescor do ar-condicionado. O local estava cheio. Foi para a fila fazer o pedido. Quando concluiu, saiu à procura de um lugar para se sentar. Ele percebeu que uma mesa estava vagando, com vistas para o parquinho, onde as meninas brincavam. Era o lugar ideal para esperar ser chamado. Adiantou o passo para não perder a oportunidade e, ao chegar, notou que era logo atrás de onde estavam Washington e o amigo desconhecido. Sentou-se de frente para o amigo, levemente encoberto pelas costas do seu vizinho, e pôde observar com mais atenção aquele estranho. Era um homem baixo, gordo, com a pele queimada do sol e cabelos escuros somente nas laterais da cabeça.

As meninas corriam de um brinquedo para o outro, indiferentes ao calor. Giuseppe não escolheu aquele lugar com a intenção de ouvir a conversa, mas a distância era mínima e não havia divisórias.

— Você tem certeza de que a caixa chegou?

— Claro, que sim. Está no almoxarifado. Só vai sair de lá amanhã, no início do expediente. — Washington pareceu estar tenso.

— Eu pensei que ia demorar mais. Não temos nada preparado. Só há uma certeza: ela contém um documento que compromete o homem. Isso não pode, de forma alguma, cair nas mãos erradas.

— Macari, abre logo o jogo. Que documento é esse?

— Eu não sei exatamente o que é. Não me disseram. O pessoal do partido sabia que estava na caixa e estava trabalhando para recuperar o papel lá na polícia. Até o momento, eles estavam tranquilos, pois consideravam que os policiais não tinham conhecimento para entender a importância do material. Já na Receita, será bem diferente. — Os dois falavam baixo, quase sussurrando.

— O que tem nesse documento?

— Eu não sei. Eu já disse que não me passaram essa informação, até agora. Eles apenas deixaram claro que pode comprometer o futuro político do homem. Você sabe que ele é a maior esperança do partido. Já foi eleito deputado federal, e isso foi só o começo. O partido tem planos de chegar ao Planalto nas próximas eleições.

— Ao Planalto?! Você acredita nisso?

— Com certeza. O cara é um líder e um negociador nato, além de ter um carisma capaz de conduzir multidões. Muitos dão como certo que ele será o candidato do partido à Presidência. As prévias serão na próxima semana. Se esse documento vazar, as consequências serão catastróficas. Vai haver um escândalo, a sua carreira política será prejudicada e, com ela, os planos de chegar ao poder do partido. Você é a nossa esperança dentro da Receita Federal e precisa conseguir esse papel para nós. O seu futuro político depende disso.

— Como assim? Eu me inscrevi na sigla há pouco tempo.

— Washington, nós não somos ingênuos. Nós sabemos que você se uniu ao partido porque tem ambições. Está na sua cara. Você tem uma ideia de qual é o custo de uma campanha? Eles mandaram dizer que garantirão a sua candidatura, colocando você no vácuo do homem. E prometem cobrir todas as despesas. Eles acreditam que a eleição será certa, que está no papo. E será só o começo para você.

Washington passou a mão pelos cabelos. A oferta era tentadora demais.

— Eu posso me esforçar para conseguir o que você está pedindo, mas não tenho como garantir o sucesso. Vocês não conhecem o meu colega, o João. Ele é como um *pitbull*.

— Washington, não nos interessa o que você vai fazer ou como vai fazer. Esse documento não pode vazar. Vocês não são amigos? Não moram no mesmo prédio e costumam ir para o trabalho juntos? Você tem que resolver isto! — Macari demonstrou irritação.

— Vocês não sabiam que os papéis estavam para chegar?

— Aí é que está! A previsão era de que esses documentos chegassem para vocês bem mais tarde. Como eu já disse, eles estavam trabalhando para recuperar a prova antes disso. Eu fiquei surpreendido com a sua comunicação, hoje à tarde.

— Foi o nosso chefe. Nós pedimos para ele interceder, e ele, provavelmente, mexeu os pauzinhos. Como eu posso pegar esse documento sem saber do que se trata?

— Calma! Uma coisa de cada vez. Eu vou atrás desse dado para você. Eu resolvi, primeiro, vir falar com você, pessoalmente, para confirmar a chegada do material e para saber se podemos contar com a sua ajuda.

— Quando você consegue me passar essa informação? Não temos muito tempo.

— Amanhã, pela manhã, com toda certeza.

— Eu vou tentar evitar que o João abra a caixa logo cedo e comece a checar o conteúdo. Vou inventar uma desculpa e me ausentar, enquanto aguardo a sua informação. É o único jeito.

— Quer dizer que temos um trato?

— Eu já disse que vou tentar ajudar, mas não tenho como garantir nada.

— Não é o suficiente. Eles querem recuperar a prova contra o homem a qualquer custo, doa a quem doer. Isso vale muito.

— Você está falando com a pessoa certa. Somos eu e o João os responsáveis por essa investigação e os únicos que terão acesso à pasta de documentos. Mas como eu posso te garantir que vou conseguir retirar esse papel sem ele perceber?

— Você tem que dar um jeito. Isso vale um cargo de presidente da República e todo o plano de poder do partido.

— Do jeito que você fala, eu acho que vocês não deveriam pedir a minha ajuda, mas recorrer diretamente a um deus. Você não imagina como é lá dentro da Receita Federal! Existem normas, protocolos de segurança e câmeras para todo lado. Só um deus teria poder para garantir que o João não colocaria as mãos naquele papel primeiro.

Giuseppe sorriu. Aquele costumeiro sorriso de pura maldade. Ele gostou daquelas últimas palavras. Eles estavam invocando a presença de uma divindade? Pois havia uma nas proximidades. Eles estavam pedindo a ajuda de um deus, alguém com poder sobre a vida e a morte? Pois havia um ali ao lado. Eles seriam atendidos. Há muito tempo ele acreditava que eram as vítimas que o escolhiam.

— Não sei se vamos recorrer a um deus ou não. Se eu acreditasse em algum, eu o invocaria. O que eu posso garantir é que vamos fazer o que for preciso para evitar este escândalo.

— O que você quer dizer com isso?

— Que faremos o que estiver ao nosso alcance para que seja você o primeiro a tocar aquele documento dentro da Receita. Se for necessário tirar o teu amigo temporariamente de circulação, será feito.

— Espera, aí. Eu não quero que façam nada de ruim ao meu amigo. É isso que você está insinuando?

— Eu não estou insinuando nada. Você entenda como quiser, Washington. Tudo na vida tem um preço. Você tem pretensões políticas, tem ambições. Está disposto a pagar o preço necessário para alcançar os seus objetivos? Resumindo, o que eu quero saber é se você está dentro ou está fora.

— Eu já disse, mais de uma vez, que eu estou disposto a ajudar, mas sob certas condições.

— Sem condições, Washington. Ou você está dentro, ou está fora. O que você decide?

Esse foi um momento crítico na vida de Washington. Mais tarde, relembrando, ele comparou aquele instante com uma proposta de contrato com o diabo, no qual o capeta lhe oferecia uma série de vantagens, em troca da sua alma. Ele pensou bastante antes de responder. Passou novamente a mão pelos cabelos, parando para coçar a nuca, ao fim do movimento. A seguir, levantou as vistas, olhando por sobre a cabeça do representante do partido. Ele não enxergou a parede. O que ele viu foi a sua infância pobre e os seus sonhos de abandonar a miséria em troca de poder, dinheiro, lindas mulheres e belos carros. Ele conseguiu ingressar na Receita, mas queria mais, muito mais.

— O que você decide? — Macari expressou impaciência e pressa.

Washington baixou a cabeça e, com um cotovelo apoiado na mesa, coçou as sobrancelhas com o polegar e o indicador. Depois, respirando fundo, cerrou as vistas e pressionou-as com os mesmos dois dedos, posicionados no limite entre o nariz e os cantos dos olhos. Por fim, ergueu a fronte, com uma decisão tomada.

— O.K., eu estou dentro.

Giuseppe não precisava ouvir mais nada. Ele viu o seu código aparecer no mostrador digital e foi buscar o seu pedido. Cauteloso, aproveitou a oportunidade para trocar de mesa, pois não havia a necessidade de ser reconhecido. Precisou esperar em pé alguns minutos e, assim que conseguiu novos lugares, chamou as meninas, que chegaram suadas, felizes como pinto no lixo. Nem prestou atenção no que elas disseram. Havia muito a planejar e bem pouco tempo para isso.

Até aquela tarde, Giuseppe não tinha a menor intenção de executar uma operação no prédio onde morava. Apesar da grande maldade que tinha dentro de si, ele era astuto e ardiloso, sempre evitando deixar qualquer tipo de rastro para a polícia. Com o seu ego exagerado, dentro de uma mente doentia, entendeu que a conversa havia sido uma espécie de chamado e que as futuras vítimas o haviam escolhido. A ideia o possuiu, e ele considerou um desafio excitante tornar o projeto possível, enganando a polícia e provando a sua superioridade.

O matador conhecia bem a rotina de João no início da manhã. Eles costumavam sair em horários semelhantes e os carros ficavam próximos, no estacionamento do prédio. Como Giuseppe morava alguns andares acima, não era raro se encontrarem no elevador. Os cumprimentos não passavam de um bom-dia. Nunca tinham conversado, o que não o impedia de nutrir raiva e inveja do rapaz, devido a sua bela esposa e família perfeita. Ele poderia visar diretamente João, mas teria mais impacto tirar de uma só vez tudo o que ele mais amava, por pura maldade.

O predador, desta vez, decidiu homenagear um nativo da terra, um homem simples chamado Adão Latorre, famoso degolador da Revolução de 1893. Adão não se enquadrava no perfil dos outros homenageados, pois suas ações encaixavam-se em um contexto histórico e político, não podendo ser consideradas crimes. O que chamou sua atenção, quando leu a história, foi a perícia e a frieza do matador, que tinha feito com que a sua fama se espalhasse. Isso gerou a sua admiração, o que o levou a escolher o seu método para aquele trabalho.

Assim que conseguiu ficar sozinho, Giuseppe concentrou-se e fez o seu planejamento, sem escrever nada, sem acesso à internet, tudo na sua cabeça e, consequentemente, sem provas. Ele conhecia bem o prédio e a rotina dos seus moradores. A ideia foi executar os crimes logo após a saída de João, de forma rápida e precisa, sem deixar marcas e chegando ao seu trabalho com o menor atraso possível. Com sorte, sem atraso. O fato de não haver câmeras nos corredores internos contribuiu para aumentar a sua confiança na viabilidade do projeto. A próxima etapa foi separar o material necessário e colocar na mochila: uma capa de chuva com capuz, uma máscara de esqui, luvas plásticas, óculos de natação e uma navalha extremamente afiada — herança do pai.

Na manhã seguinte, ele acordou na hora costumeira e sentou-se próximo à janela para fazer o desjejum. Era um local estratégico, de onde podia ver a saída da garagem. Ele olhou várias vezes o relógio, com certa ansiedade.

— Bom dia, filho! Não é a tua hora de sair?

Concentrado em seus pensamentos e atento à saída dos carros do prédio, ele não percebeu a entrada de Bernadete. Foi um susto.

— Não se preocupe, mãe, ainda estou dentro do meu horário.

— Ah! Então, tudo bem. Vou fazer o meu café. Você quer alguma coisa?

— Não, obrigado. Eu estou servido.

Mesmo com a conversa, o predador não perdeu o foco na presa, e acompanhou com satisfação a saída do automóvel do vizinho, da forma como tinha programado. Cuidadoso, checou a placa e não teve dúvidas de que estava liberado para seguir com o seu plano. Levantou e saiu, tomando o cuidado de repetir os procedimentos usuais, incluindo se despedir da mãe. Escolheu usar as escadas para descer. Ele conhecia bem o prédio e sabia que só havia câmeras no elevador, na garagem e nas portas de acesso. Desdenhou com seu sorriso maligno ao se lembrar que alguém tinha dito, na reunião do condomínio, que não havia motivo para gastar com imagens nos corredores, cujo trânsito seria apenas de moradores.

O matador parou próximo à porta do apartamento de João, prestando atenção para identificar qualquer tipo de barulho por perto. Ele só precisava de vinte segundos, no máximo, para abrir aquela porta e entrar. Com cuidado, certificou-se de que estava sozinho no corredor, calçou as luvas e passou a usar seu conjunto de gazuas. A fechadura era bem conhecida e ele tinha a certeza de que não haveria corrente de segurança atrás da porta, pois João acabara de sair. O mecanismo cedeu, quase sem ruídos. Ele checou os dois lados do corredor, e entrou. O local estava em semipenumbra, com as janelas cerradas. O silêncio era total. O matador podia ouvir os batimentos do próprio coração. Demorou algum tempo para acostumar os olhos à pouca claridade do ambiente.

Giuseppe abriu a mochila e vestiu os seus apetrechos, tendo o cuidado de colocar primeiro os óculos de natação, para depois cobrir a cabeça com a máscara de esqui preta, com buracos apenas para os olhos e a boca, para, a seguir, vestir a capa de chuva e puxar o capuz, cobrindo parte da cabeça. Ele não queria levar consigo nenhum respingo de sangue. Pegou a navalha e testou a sua abertura e fechamento. Perfeito. Estava tudo pronto.

Sua próxima providência foi fazer um reconhecimento da casa. Os apartamentos tinham o mesmo tamanho, mas cada morador podia fazer alterações no seu interior. Chamou sua atenção a limpeza e o bom gosto dos móveis e enfeites. A mulher da casa era caprichosa e sabia exatamente o que comprar, e onde colocar. Primeiro, observou o menino dormindo no dormitório menor. Foi até o quarto do casal e percebeu que estava com sorte: a porta estava entreaberta, possivelmente para ouvir, com mais facilidade, algum barulho da criança. A moça dormia, esparramada na cama enorme, com uma perna para fora das cobertas. Não havia como não notar aquela formosura. A penumbra do ambiente e o cheiro feminino atiçaram os seus instintos. Não era uma beleza de revista, pois ela não tinha nada que chamasse atenção em demasia. Era um encanto diferente, que se diferenciava pela harmonia dos traços, os cabelos castanhos longos e a delicadeza das mãos e dos pés. A boca carnuda e as pernas longas acrescentavam um charme especial ao conjunto.

Um pouco perturbado pela visão encantadora, resolveu checar os outros cômodos, para ter certeza de que não haveria surpresas. Havia um terceiro quarto, usado como escritório, que estava vazio. A cozinha, bem espaçosa, ainda tinha alguns produtos utilizados por João no café da manhã sobre a mesa, como uma tábua com queijo, pão de forma e um bolo.

Com um olhar de pura maldade, ele retornou sem ruídos até o quarto onde Sheila estava dormindo, entrando novamente devagar e com cuidado. Agora já não tinha como voltar atrás. Giuseppe sentiu-se um gigante, um verdadeiro deus. O poder transbordou por todos os seus poros. A um passo da cama, ele abriu a navalha, imaginando a melhor posição para o golpe fatal. O mecanismo fez um pequeno ruído, e ela se mexeu. O predador ficou imóvel, como uma estátua. A cena foi bizarra: a bela moça, deitada na cama, com movimentos instintivos, causados pelo incômodo do som; e, a menos de um metro dela, um homem todo de preto, envolto em uma capa de chuva transparente e com o rosto encoberto por uma máscara. Na mão esquerda, brilhava a lâmina impiedosa.

Giuseppe aborreceu-se com o seu descuido, pouco usual. No afã de homenagear o degolador Adão, abriu mão de usar o usual éter. Ele permaneceu imóvel e aguardou. Não era do seu desejo uma luta corporal, mesmo estando com todas as vantagens a seu favor.

Sheila não despertou. Apenas mudou de posição, ficando de frente para ele. O matador pensou no degolador. O que será que ele sentia ao cortar aqueles incontáveis pescoços? O contexto e o tempo eram outros, mas uma coisa era certa: ele não teria ficado tão famoso, se fosse incompetente.

Tomou posição atrás da cabeceira da cama e desferiu um golpe rápido e preciso. Um corte só, de uma ponta a outra da garganta. A carne cedeu, macia. Ela arregalou os olhos, num reflexo, mas só teve tempo de ver a imagem do seu assassino, antes de desfalecer, por falta de sangue no cérebro.

Giuseppe ficou tão impressionado com a beleza daquela mulher que resolveu levar mais de uma lembrança. Primeiro, retirou a aliança, que brilhava na mão esquerda da esposa e mãe. Foi um ato deliberado, em que o terrível assassino reafirmou o seu poder, ao destruir aquele casamento e aquela família. Não satisfeito, deu um beijo naquele pezinho, tão delicado, quase perfeito. Na sua opinião, qualquer artista famoso assinaria com prazer aquela obra de arte.

Antes de sair do quarto, passou-lhe um lenço para garantir não deixar vestígio de DNA.

O caçador seguiu decidido para o outro quarto e parou perto do berço, atrás da criança, que dormia um sono tranquilo. Por um instante, lembrou-se do passado, da sua infância. Apesar de todo o esforço de Bernadete, ela nunca conseguiu despertar nele sentimentos pelas formigas ou pelos outros animais sacrificados, até ele decidir parar, após o fatídico caso com o pai, pois ele sempre os viu apenas como objetos para o seu prazer; seres inferiores, que não tinham a menor importância. A maldade sempre fez parte da sua personalidade e ele nunca levou em conta os direitos dos outros — humanos ou não —, mas apenas a busca da sua própria satisfação, continuamente inebriado pela sensação de poder que a morte lhe proporcionava. Com o correr dos anos, Giuseppe havia atingido um outro estágio de maldade e sentia enorme prazer em ser um predador.

Apesar da passagem do tempo, seu coração não havia mudado, seguia frio e insensível. Ele olhou mais uma vez a criança e não percebeu, ali, um ser humano nos seus primeiros anos de vida, desprotegido e cheio de inocência, mas apenas uma presa, um objeto. Como no passado, somente ele e seus desejos eram importantes e mereciam ser saciados. Foi outro corte rápido e profundo. O menino estremeceu e desfaleceu.

Antes de sair do quarto, pegou um pequeno Pokémon amarelo que estava no berço, um Pikachu, e o colocou no bolso. Giuseppe sabia que esta era uma das poucas oportunidades que concedia para ser descoberto, mas, desde a pena da ave, no passado, encontrada por acaso no bolso, não conseguia resistir à satisfação de tocar os objetos da sua coleção e relembrar os serviços que eles representavam. Ele confiava no seu esconderijo no escritório e na incapacidade das pessoas com as quais convivia: uma criança, uma esposa submissa e uma mãe medrosa.

Ao passar pela cozinha, teve uma ideia: por que não atrapalhar um pouco o trabalho da polícia? Este serviço tinha começado diferente dos demais desde o início e havia uma motivação extra: quanto mais ele desviasse a atenção dos investigadores, menor a chance de chegarem perto do verdadeiro culpado. Foi até a mesa e pegou a faca, com todo o cuidado. Era uma faca grande, utilizada para cortar queijo. Retornou aos quartos e passou a lâmina nos cortes, a fim de que recebesse o sangue das vítimas. Transportou a faca de volta à cozinha, deixando, propositalmente, um rastro de sangue. Já ia colocar o objeto novamente na mesa, quando resolveu tornar o plano um pouco mais elaborado. Depositou a faca na pia e abriu todas as bocas do fogão a gás, deixando a impressão de que o assassino deseja encobrir as provas. Em sua perversidade e seu egocentrismo exagerados, não levou em conta que um incêndio poderia também afetar a sua família. O que ele não poderia imaginar é que esta preparação, despretensiosa a princípio, transformaria o crime em um dos mais famosos do país.

Giuseppe retornou ao hall de entrada, retirou o seu material de proteção, colocou tudo num saco plástico e guardou-o na mochila. Abriu a porta devagar e só saiu após ter certeza de que não havia ninguém no corredor. Ainda que com a atenção voltada para evitar um atraso ao trabalho, o cuidadoso predador utilizou novamente as escadas e pegou o elevador no seu andar, seguindo direto para a garagem. Ele estava se sentindo, simplesmente, o máximo: nenhum fio de cabelo, nenhum resquício de DNA, nenhuma marca e o cuidado do uso das escadas, o que inviabilizaria qualquer procura da polícia por provas. Um serviço rápido e bem feito. Olhou o relógio e chegou à conclusão de que, se o trânsito não estivesse muito ruim, possivelmente nem chegaria atrasado. Toda a operação transcorrera em menos de dez minutos.

No carro, no trajeto para o trabalho, o assassino repetiu o seu sorriso maldoso enquanto pensava: "Eles não haviam evocado um deus para interceder a seu favor e tirar João do caminho? Seus pedidos foram atendidos. Em poucas horas, os corpos serão descobertos e o chefe da família estará fora do caso".

...

Passados alguns dias, o detetive Valença teve sua atenção voltada a um e-mail em sua caixa postal. Não havia a informação do assunto, e o remetente era desconhecido. O texto era curto: "Você não é estúpido. Tenho certeza de que sabe que não são apenas oito casos".

O policial ficou tenso em sua cadeira. Ele não tinha dúvidas de quem era o remetente. Valença sabia, era ele. Como previsto pelo analista do FBI, o assassino havia feito contato, a fim de dar uma resposta e provar a sua existência. O detetive respirou fundo e leu o texto inúmeras vezes. Finalmente ele havia colocado a cabeça para fora da toca, atestando que as provocações sugeridas pelo americano haviam surtido efeito. Em ato instintivo, pegou o celular e escreveu uma mensagem de WhatsApp para o colega americano:

"O assassino enviou um e-mail. Você estava certo, ele mostrou a cara".

Não demorou a chegar a resposta de Peter O'Donell:

"Parabéns! O mérito é todo seu. Fique atento e não desanime, cedo ou tarde ele vai cometer algum erro".

Estas palavras foram um incentivo a mais.

O policial passou o e-mail para a análise dos peritos de informática, para que tentassem localizar o emissor. O resultado da pesquisa foi o esperado: o e-mail havia sido enviado de uma pequena loja de games, que não possuía câmeras de segurança. De lá mesmo o usuário havia criado uma conta em um provedor gratuito, utilizando um CPF falso.

O detetive colocou investigadores à procura de pistas, e ele mesmo foi às ruas participar das investigações. A loja ficava num bairro afastado do centro, local de encontro de *gamers* de todas as idades. O dono do estabelecimento ficou assustado com o número de policiais, pois, de um momento para o outro, choveram viaturas de todos os lados. Todas as casas da vizinhança foram visitadas à procura de algum vídeo, já que o dia e o horário eram conhecidos; o local foi isolado e periciado; e os frequentadores interrogados; os policiais chegaram a localizar e chamar para depor usuários frequentes da loja que lá estavam no dia; também foram à procura do dono do CPF falso e chegaram a uma senhora idosa, que não tinha a menor ideia de como o seu documento havia sido utilizado. Apesar de todos os esforços da polícia, as investigações não avançaram.

Valença seguiu os conselhos recebidos e não desanimou. Ao contrário, ganhou nova motivação e, seguindo outra sugestão do seu mentor, trabalhou arduamente para criar um rol de itens com possíveis objetos levados pelo agressor como troféus. Ele retomou os contatos com as diversas famílias enlutadas. Foi uma tarefa árdua, demorada e difícil, pois, traumatizados com as perdas e revoltados pela não solução dos casos, alguns dos parentes e amigos não quiseram nem receber o detetive. Outros não puderam ajudar, fosse por não se lembrarem de nada faltando, fosse porque o estado do corpo não ter permitido tirar conclusões. Com muito esforço e paciência, trabalhando caso a caso, o policial conseguiu montar a esperada lista de prováveis objetos subtraídos das vítimas — mais reduzida do que ele gostaria.

Para aumentar a lista, ele foi forçado a liberar para a imprensa os demais possíveis casos atribuídos ao matador, que haviam sido mantidos em sigilo até aquele momento. Como o assassino havia saído da toca, isso já não fazia mais sentido.

Marcelo, ainda buscando afirmação no novo emprego, recebeu o detetive com um sorriso no rosto — ao que tudo indicava, ele havia aprendido a dura lição. A divulgação de mais crimes atribuídos ao misterioso matador teve grande repercussão nas mídias sociais. Não apenas o pequeno jornal de Marcelo, mas os outros veículos de comunicação também noticiaram o assunto, destacando a elevação do número de casos suspeitos e descrevendo imagens (fotos e desenhos) dos objetos que a polícia acreditava terem sido retirados das vítimas pelo matador cruel.

...

Bernadete, assim como muitas outras pessoas, ficou chocada com a quantidade e a brutalidade das mortes, além da frieza do assassino, capaz de levar troféus para se lembrar de suas vítimas. A matéria mexeu com ela de uma forma profunda, gerando inquietude e preocupação inexplicáveis. Algum alarme no seu inconsciente foi acionado de tal forma que andava com o celular nas mãos por toda a casa, lendo as matérias e revendo as imagens. Ela comentou o assunto com várias amigas, inclusive com o filho, quando ele chegou do trabalho demonstrando certo cansaço.

— Giuseppe, você viu as notícias? — Ela andava de um lado para o outro, inquieta.

— Não mãe, não vi e nem sei do que a senhora está falando. Eu estava trabalhando, lembra?

— Então, você não sabe. — Ela deu pouca atenção à falta de paciência do filho, que era conhecida de todos na casa.

— O que eu não sei, mãe?

— Saiu a lista.

— Lista? Que lista?

— A lista dos pertences das vítimas que o serial killer levou como troféus, após os assassinatos.

— Deixa eu ver.

Ela mostrou o celular para o filho.

— É só por causa disto que você está tão agitada? — Ele fez pouco caso.

— Como só por isto? Esse homem é pior que um animal e está solto por aí. Muitas das minhas amigas estão com medo de sair na rua.

— A senhora não?

— Eu não. Ele que venha para o meu lado para ver o que é bom para a tosse.

O filho não teve como não rir da valentia da pequena senhora.

Na verdade, ela não estava com medo, mas um sentimento de ansiedade havia tomado conta do seu coração. Aquelas coisas que só as mães sentem em determinadas situações.

— Sei, sei. Já que a senhora é tão valente e não tem medo, então se acalme. Eu vou tomar um banho, que hoje foi bem puxado.

— Você não dá importância para as minhas preocupações. Quero ver se acontecesse alguma coisa com alguém aqui de casa, se você não mudaria de postura.

— Sua imaginação é muito fértil, mãe. Não aconteceu nem vai acontecer nada com a nossa família. Agora, se acalme. Sugiro tomar o remédio da pressão. — E entrou no quarto, deixando-a falando sozinha no corredor.

14

A procura

As semanas passaram voando.

João Maxirae chegou a sua morada após mais um dia de intensa procura. Não era muita coisa, mas era aquilo que, atualmente, ele poderia chamar de residência. Um aposento simples, nos fundos de uma casa antiga. O dono, precisando de dinheiro e aproveitando o espaço do terreno, construiu pequenos quartos para alugar e um banheiro coletivo. No cômodo havia uma cama, uma mesinha com cadeira, um guarda-roupas, um ventilador para os dias mais quentes e, o seu grande "luxo", um frigobar, onde mantinha alimentos básicos. Era quase espartano, mas João não precisava mais do que isso. Seu objetivo foi manter os custos baixos (ao menos até a venda do apartamento) e não chamar atenção. Ele tinha recursos, mas não podia gastá-los em coisas supérfluas. Existia um objetivo, um fim, uma única razão para continuar vivendo, e ele decidiu investir até o último minuto de sua existência e o último centavo que possuía para atingi-lo. Ele estava à procura de justiça e de vingança.

João era um homem morto. E sabia disso. Já fazia algum tempo que havia morrido. Foi uma morte instantânea, mas nem por isso indolor. Ele sentiu, em segundos, naquele dia fatídico em que perdeu a sua família, uma dor maior do que poderia suportar. E morreu. Morreu por dentro. Tiraram a sua alma, arrancaram tudo pelo que valia à pena lutar, tudo o que dava sentido a sua vida. E de uma vez só!

Ele desarmou o sistema de segurança e entrou no quarto de três metros por quatro. Não acendeu as luzes. Não era preciso. Fechou a porta e foi até a velha cama, com os passos seguros de quem não precisa ver para saber onde estão as coisas. Tirou os sapatos e deitou-se, com os olhos faiscando na escuridão.

Além de abrir mão do conforto e da carreira, João dedicou boa parte do seu tempo para se preparar. Foi necessário muita dedicação, mas ele não tinha dúvidas de que valera à pena, pois readquirira um bom condicionamento físico, praticando exercícios regularmente; por meio de seus contatos na Receita, foi apresentado a um velho marinheiro, com quem aprendeu incontáveis nós e suas utilidades; com sua costumeira determinação, o rapaz fez treinamento de tiro e, posteriormente, adquiriu um revólver, calibre 38, cano curto, devidamente registrado. A arma era apenas para a sua segurança pessoal, pois, nos seus planos, quando encontrasse o assassino da sua família, o acerto seria de homem para homem.

Ele estava pronto e aguardando a oportunidade. E ela haveria de chegar. Cedo ou tarde, chegaria. Não se permitia ter dúvidas quanto a isso. Só estava vivo por isso, para isso: descobrir o porquê daquela tragédia, encontrar e fazer com que o culpado pagasse. Estava preparado para morrer tentando, se fosse preciso. Afinal, morto por dentro ele já estava, havia muito tempo.

Com dificuldades para dormir, procurou relembrar os seus esforços até aquele momento como uma forma de encontrar falhas ou algo que tenha passado despercebido.

...

O processo de saída da Receita demorou algum tempo, e João contou com a compreensão do chefe e dos amigos, tendo sido liberado de comparecer ao escritório. Foi dado início aos trâmites para a venda dos seus bens, mas, devido à necessidade do cumprimento das exigências legais, isso passou a ser feito por um advogado. A procura do lugar para ficar foi realizada com o auxílio da internet. Havia incontáveis possibilidades, e ele foi criterioso na escolha de um ambiente limpo, de boa localização e de um valor aceitável. Assim que se estabeleceu, deu início a sua procura.

O primeiro passo foi conversar com o detetive Valença e se inteirar do trabalho da polícia. Ele tinha receios de que o policial apresentasse resistência e que evitasse dividir os seus conhecimentos, o que, para sua surpresa, não aconteceu. Valença demonstrou entender as motivações do pai enlutado e colocou-se à disposição para ajudar e ser ajudado, desde que cada um respeitasse o espaço do outro e o rapaz não interferisse no trabalho da polícia.

João soube que o detetive tinha sido um dos primeiros a chegar a sua residência naquela manhã fatídica, logo após os investigadores Luís Otávio e Michel. Contou-lhe que a cena do crime havia sido preservada e isolada, aguardando os peritos, que fizeram um trabalho detalhado (elogiado pelo Dr. Guedes) de documentação e levantamento de provas, inicialmente no apartamento, a seguir em todo o condomínio; todos os vizinhos e funcionários foram checados, verificando-se, um a um, suas rotinas e seus horários; apenas um encanador externo estivera realizando um serviço em uma das residências, na véspera, e o homem estava limpo; os entregadores foram atendidos na portaria, como era norma do condomínio; as câmeras do edifício e dos prédios vizinhos ofereceram um vasto material, que foi analisado cuidadosamente.

Mas, após semanas de trabalho, utilizando todos os recursos disponíveis, o resultado foi desanimador. Fora as provas utilizadas pela promotoria, nada mais foi encontrado. Quando as evidências foram descartadas no tribunal, o detetive fez questão de refazer todos os depoimentos de moradores e funcionários, bem como intensificar a procura pela arma do crime. De todos os moradores, três haviam sido investigados com maior atenção e foram chamados para confirmar as suas histórias: Washington Rodrigues, o colega de trabalho ausente na hora do crime; Júlio Mesquita, um comerciante; e Giuseppe Schimidt, um gerente de supermercado — os dois últimos, por terem saído após João e fora dos seus respectivos horários habituais, conforme as informações das câmeras de segurança. Washington havia ido à sede de um partido político; Júlio teve dificuldades para se explicar, mas os policiais facilmente entenderam o porquê: ele era dependente químico e traía a mulher; Giuseppe, um morador de dois andares acima, mostrou-se um homem insignificante, ficha limpa, pai de família e envolvido com causas religiosas, além de a sua história ser consistente, nem tendo chegado atrasado no emprego.

Esgotadas todas as possibilidades da polícia, só restou enquadrar o caso como mais um de possível autoria do *serial killer* em atividade na cidade.

O rapaz ficou relutante em aceitar estas ideias. Washington, na sua opinião, estava acima de qualquer suspeita; ele conhecia de vista os moradores, e não lhe causou surpresa a polícia não ter conseguido provar nada contra eles; e não fazia sentido um matador em série escolher a sua família como alvo. Além disso, o policial não conseguiu responder como e quando esse matador teria entrado no prédio, e a sua explicação para não haver marcas de arrombamento — o matador ter habilidades de um chaveiro — soou improvável.

Ele sabia que não era um detetive e que não tinha os conhecimentos e os meios à disposição da polícia, mas era a sua obrigação tentar. Na sua análise, sua família era muito pequena; e Thor, apenas uma criança. Quem poderia ter gerado motivação para um ato como aquele eram apenas ele próprio ou Sheila. João checou cuidadosamente a agenda da esposa e teve o cuidado de conversar com alguns dos seus clientes, chegando à conclusão que já esperava: nada. A esposa era querida por todos, uma colega exemplar e uma profissional respeitada. Por eliminação, deveria ter sido ele o causador daquela tragédia, de um jeito ou de outro. Esta certeza doeu fundo, mexendo numa ferida que não havia cicatrizado completamente.

Buscando forças em sua determinação férrea, retomou o raciocínio: o seu serviço mexia com a parte do corpo humano que mais doía, o bolso. Contudo, as pesquisas eram sigilosas e os profissionais envolvidos tinham as suas respectivas identidades preservadas. A menos que houvesse um vazamento de informações — era difícil, mas não impossível. Ainda assim, embora estivesse na Receita havia algum tempo, ele só tinha trabalhado diretamente em dois processos, até o momento.

O primeiro caso acabou gerando prisões e o desbaratamento de uma rede de prostituição e chantagem, mas isso foi trabalho da Polícia Federal. Ele e Washington haviam encontrado a ponta do fio e feito as ligações que fortaleceram as suspeitas, deixando a parte policial para os profissionais competentes da PF. Não havia lógica em irem atrás dele, e, pelo que foi informado, os envolvidos faziam parte de um grupo de aproveitadores e não pertenciam ao crime organizado. Ainda assim, checou cada um deles: onde estavam presos, quantos anos de prisão, quais seus contatos e motivações. Foi um trabalho que levou vários dias, e ele contou com a prestimosa ajuda do detetive Valença, que lhe dispensou uma atenção diferenciada devido a tudo pelo que passou. Até os presos com quem os malfeitores tinham contato foram avaliados. Por fim, ambos chegaram à conclusão de que as chances eram muito pequenas, quase nulas, por diversas razões: a prisão em que estavam não tinha elementos de alta periculosidade ou que pudessem ter os contatos necessários; o tempo de reclusão, considerando a lei brasileira e os réus sendo primários, tinha sido de poucos anos; e a motivação não era pessoal o suficiente para uma ação daquele vulto.

O segundo caso ainda estava aberto na época da tragédia e nem chegara a ser concluído. Na verdade, eles começariam a trabalhar com mais profundidade no dia em que ocorreram os crimes. Teria sido coincidência ou um ato premeditado para evitar que abrissem aquela caixa? Se fosse essa a motivação, não fazia sentido atacarem a sua família. Não seria mais fácil e direto terem atentado contra ele e o amigo? Em busca de respostas, João soube que, após a sua prisão, Marcus Vinícius fora designado para substituí-lo nas investigações, e, com Washington, pesquisaram a fundo, mas não encontraram nada comprometedor no material da caixa, no que tangia aos interesses da Receita, sendo o caso arquivado. E havia mais um fator a ser levado em consideração: nada tinha sido feito contra Washington. Sem dar o braço a torcer, o rapaz pediu uma cópia do processo e dedicou longas horas ao seu estudo minucioso, agora com fotocópias de todos os documentos encontrados na famosa caixa. Mesmo com o seu olho clínico, não conseguiu descobrir nada comprometedor. Outra decepção.

As suas providências seguintes foram contatar o síndico e solicitar reproduções das fitas de segurança do condomínio, desde antes da tragédia. Não restavam muitas outras opções.

...

João acabou adormecendo, mas não dormiu bem. Foi um sono agitado, cheio de imagens desconexas, mistura de aventuras e lembranças. Desde que perdeu a sua família, foi sempre assim. O rapaz costumava acordar durante a madrugada, com o peito cortado pela saudade e pela dor. Estas eram as piores horas, pois o silêncio e a escuridão da noite cobriam o seu coração com um manto de sofrimento indescritível.

No dia seguinte, ainda sentindo os efeitos da noite maldormida, João estava andando pela rua da Praia, a caminho do escritório do seu advogado, quando viu uma moça morena, em frente a uma joalheria, a observá-lo. Por um instante, como numa miragem provocada pela sua mente, viu a imagem de Sheila, e isso prendeu a sua atenção, evidenciando a sua carência de afeto, motivada pela solidão. Contudo, logo voltou à realidade, lembrou-se dos seus objetivos e seguiu seu caminho, para, alguns passos à frente, ver o *outdoor*. Estava lá, bem na sua frente, enorme. Não tinha como não vê-lo. Nele, três homens sorridentes, vestidos em ternos elegantes, ostentavam alegria e confiança. Era um cartaz político, com um candidato a presidente; outro, ao Senado; e o terceiro, a deputado federal. Todos do mesmo partido, é claro. Foi o último que lhe despertou curiosidade. Era ninguém mais, ninguém menos que o seu velho amigo Washington.

João ficou parado em frente ao cartaz por um bom tempo, refletindo. Havia alguma coisa estranha no ar. Washington era seu amigo de infância, eles cresceram juntos, correndo pelas ruas, soltando pipa e jogando bola. Desde adolescentes, costumavam fazer dupla para abordar as meninas, um apoiando o outro. Foi numa dessas aventuras, já na idade adulta, que ele conheceu Sheila. Durante muito tempo, os dois amigos compartilharam os mesmos sonhos, a ponto de prestarem juntos o concurso para a Receita Federal. Chegaram a comprar apartamento no mesmo prédio, ainda na planta, para conseguirem melhor preço. Foi muito estranho o amigo, quase irmão, não o ter procurado durante o longo período de reclusão, no transcorrer ou mesmo depois do julgamento. Profundamente abalado naqueles momentos e absorvido pela sua própria dor, João havia entrado em modo de sobrevivência, dando atenção às coisas mais importantes e deixando essa questão num segundo plano. Mas agora, olhando aquele cartaz, as lembranças voltaram forte. Por quê? Por que Washington não o tinha procurado para prestar apoio? Ele, mais do que ninguém, sabia quanto João amava a sua família e que seria incapaz de um ato como o que fora acusado. Por quê? A pergunta persistiu na sua mente.

Havia outra coisa estranha. Ele conhecia Washington muito bem. O amigo era ambicioso, isso era um fato. Poderia usar a política com uma escada para a sua ascensão social? Poderia. Mas de onde ele levantaria, em tão pouco tempo, o dinheiro necessário para bancar uma campanha a deputado federal? E por que o partido apostaria nele, sem um histórico político como vereador ou deputado estadual?

João fez um esforço e lembrou-se de ter perguntado ao chefe, em determinado momento, sobre o amigo. Houve um certo constrangimento, e apenas a informação de que Washington tinha pedido licença não remunerada e deixado os quadros da Receita. Ninguém informou o motivo. Foi uma conversa rápida, e a que ele dera pouca atenção, pois estava canalizando toda a sua energia para sobreviver à tempestade que se abatera sobre a sua vida.

Agora, diante daquele *outdoor*, todas as lembranças voltaram a sua memória e, com elas, uma certeza: havia algo de errado em tudo aquilo. Algo que não batia e que precisava ser devidamente esclarecido. Tomou então a decisão de procurar Washington. Ele lhe devia algumas explicações.

Localizar o amigo não foi uma tarefa das mais fáceis. Ele havia trocado o número de telefone e já não morava mais no antigo prédio. No partido, não quiseram lhe passar informações, salvo os eventos de campanha. Após muita insistência, conseguiu deixar um recado, com pouca chance de chegar ao destino esperado. João examinou a agenda do candidato e escolheu o acontecimento mais próximo, um jantar oferecido pelo Sindicato dos Metalúrgicos da Grande Porto Alegre, na noite seguinte. Ele foi até o local indicado, o Espaço Três Figueiras, mas não conseguiu chegar nem perto. Havia seguranças por todos os lados, e ele não tinha convite. Os seguranças deixaram bem claro que, sem convite, sem chance. Não havia explicação capaz de convencer aqueles homens fortes e de pouca instrução.

O evento seguinte era uma carreata, e o rapaz nem tentou. O próximo da lista era um encontro com líderes religiosos, previsto para um grande templo, no centro da cidade. João chegou cedo e, mesmo assim, teve que enfrentar uma grande espera. Os fiéis formaram uma fila que dobrava o quarteirão, aguardando a abertura dos portões. Após entrar, posicionou-se no primeiro terço das fileiras e teve que assistir a uma longa pregação e a discursos infindáveis. Washington estava na mesa central, cercado de pastores, todos vestidos com ternos alinhados. Em dado momento, pode ter sido apenas impressão sua, mas João achou que o amigo o tinha visto e, rapidamente, desviado o olhar. Ele não conseguiu se aproximar de Washington, o que acabou se tornando outra frustração.

Resolveu selecionar com mais critério um evento da agenda, procurando alguma aparição pública do candidato que lhe desse alguma chance de aproximação. A melhor opção foi um grande comício, marcado para o fim de semana seguinte, num bairro pobre da capital. Estavam previstos um show de música sertaneja e discursos de vários políticos.

João chegou ao local antes da hora marcada. Era uma enorme praça, que havia sido preparada para o evento, tendo sido improvisado um palanque no centro, no qual os músicos tocavam e cantavam, para delírio da plateia. Havia muita gente, e ele percebeu que seria difícil, mais uma vez, chegar perto do candidato, cercado de seguranças. Sua esperança foi a necessidade de os políticos interagirem com o público para angariarem votos.

A massa estava animada com o show, e o tremular das bandeiras vermelhas ditava o tom. Observando as pessoas a sua volta, ele notou que a grande maioria era composta de gente simples: operários, donas de casa, empregadas domésticas e desempregados. As roupas eram surradas; e os rostos, sofridos, muitos de chinelos Havaianas, com os pés ainda sujos do dia de trabalho. Ouvindo as conversas, percebeu a razão da presença de tanta gente: havia muita expectativa pela participação do candidato do partido à Presidência, o qual era um líder carismático, vindo do povo.

Ele procurou conseguir um local o mais próximo possível do palanque, o que não foi uma tarefa fácil. Por sorte, encontrou uma árvore para se apoiar, aliviando um pouco o aperto da multidão. Após a primeira parte do show, começaram os discursos. Nada de novo: promessas vazias, mescladas com críticas ao governo atual e ao uso da mais pura demagogia.

Em quase todas as falas, havia a alusão ao termo "eles" para designar os que não eram do partido: "*Eles* não querem que a gente chegue lá!", "*Eles* não acreditam em nós", "*Eles* estão no poder há muito tempo". Era nítida a intenção de destacar e ampliar as diferenças de classes, bem como deixar claro que os palestrantes eram iguais aos ouvintes, pessoas humildes como eles. Os rostos rosados e bem alimentados, suas roupas de qualidade, os seguranças e os carros de luxo pareciam passar despercebidos ao povo.

De seu local estratégico, conseguido a duras penas, João pôde observar Washington no palanque. Ele pareceu à vontade e bem entrosado com os demais políticos presentes. Todos faziam questão de cumprimentá-lo.

Após os discursos, houve uma nova apresentação de artistas, mais breve, mas não menos apreciada pelo público. Por fim, o evento foi concluído e, como havia previsto, os políticos desceram do palanque para interagirem com os seus eleitores. O maior interesse das pessoas estava voltado ao candidato a presidente e, a seguir, com os figurões mais conhecidos e badalados pela imprensa. Washington ficou para trás, menos requisitado, o que foi uma vantagem para João, que, esgueirando-se com certa dificuldade entre a multidão, conseguiu se aproximar e, com paciência, esperou a sua vez para trocar algumas palavras com o candidato.

Washington tinha um sorriso permanente no rosto, apertando as mãos e abraçando pessoas que ele nunca tinha visto antes como se fossem íntimos. Pareceu à vontade em receber bebês no colo, o que João sabia muito bem que não era da sua preferência. O político seguiu o *script* como um autômato, até o momento em que viu João. Instantaneamente, seus olhos arregalaram-se e sua fisionomia mudou para uma expressão de surpresa, quase medo. Ele ficou encurralado, sem ter para onde ir, cercado pelo público e com João a sua frente.

— João! O que você está fazendo aqui, homem?

— Não tive alternativa para encontrar você. Fiz várias tentativas, sem sucesso. Se já está assim agora, imagina depois de eleito!

Washington forçou um sorriso, mas, mesmo no seu rosto treinado, não saiu. Ficou mais parecido com uma careta.

— Você não tem o meu telefone?

— Não mais. Você deve ter mudado.

— É mesmo, eu mudei. — Washington colocou a mão no bolso e puxou um cartão, que estendeu a João. Este é o meu número pessoal. Pode ligar amanhã que a gente conversa. Hoje, como você pode perceber, é impossível.

— Combinado.

João pegou o cartão e deu o lugar para uma mulher gorda que, incomodada com a demora, estava a ponto de empurrá-lo ou jogá-lo no chão. Foi com alívio e com grande esforço que ele conseguiu se desvencilhar daquela massa humana, que por pouco não o esmagou.

No dia seguinte, a conversa ao telefone foi curta, sendo o candidato interrompido várias vezes pelos assistentes. Ele estava com a agenda cheia e em plena campanha, que se aproximava do fim. Washington disse para João encontrá-lo à noite, em mais um jantar de campanha, previsto para um hotel conhecido da cidade. Ele garantiu que, se o amigo fosse até o local na hora marcada, o seu nome estaria na lista de convidados. João ainda tentou argumentar, mas a ligação foi interrompida por correligionários ansiosos.

Era um hotel de luxo, e por precaução João colocou um terno. Sorte a sua, senão nem teria entrado. O encontro foi com empresários da cidade, e o salão estava cheio. O rapaz foi colocado em uma mesa afastada da mesa central e novamente teve a sua paciência testada por longos discursos. Com o passar do tempo, ele percebeu que Washington evitava um contato visual direto e resolveu tomar uma atitude. Durante o jantar, em um momento em que o amigo estava distraído, rindo e comendo, ele se deslocou por entre as mesas, aparentando indo ao toalete, e deu alguns passos rápidos em direção à mesa central, ficando frente a frente com o candidato. Os seguranças hesitaram, e ele falou:

— Washington, você está fugindo de mim?

O encontro com os olhos duros de João fizeram murchar o sorriso constante no rosto do amigo.

Um segurança ameaçou intervir, mas o candidato fez um sinal para ele manter distância. Fez-se um silêncio incômodo, em que João sustentou o olhar.

— O que você quer?

— Conversar com você, porra! Não estou interessado em jantares ou discursos.

Washington pareceu refletir e, por fim, falou:

— Este não é um bom momento, eu já te disse que estou com a agenda cheia.

— Não me venha com essa, eu te conheço muito bem. Você vai me receber por bem ou por mal?

Vendo que não teria alternativa, o candidato cedeu:

— Você pode me procurar amanhã, na sede do partido, às 16 h, que eu vou te receber.

João percebeu o desconforto no olhar do amigo, desejou boa-noite e foi direto para a saída.

A sede do partido ficava numa rua do bairro Floresta, a uma certa distância do centro, em um prédio cinza, baixo, bastante acanhado. João chegou na hora combinada e foi convidado a esperar. Mais de uma hora depois, ele foi chamado e entrou numa sala de reuniões não muito grande, com uma mesa escura ovalada no centro e cercada de cadeiras. Washington estava sentado na cabeceira, sem o paletó e com as mangas arregaçadas, conversando com dois homens e uma mulher, que pareceram ser seus auxiliares.

— E então, João, no que posso te ajudar?

João não se intimidou.

— A nossa conversa é particular, senhor candidato.

Demonstrando certo constrangimento, Washington pediu para os demais saírem e fecharem a porta.

— Você quer uma água? Está quente lá fora. — O candidato falou sem olhar para o amigo, fazendo com que a tentativa de diálogo soasse antinatural.

— Não, obrigado.

— Senta, por favor.

João sentou na cadeira mais próxima.

— Já faz um bom tempo, não é mesmo? — Washington pareceu fazer um esforço para relaxar.

— Pois é, e quanta coisa aconteceu nesse período!

— Sim, muita coisa.

— Washington, a gente se conhece desde a infância e você sabe que não sou de ficar com frescuras sociais. Eu vou direto ao assunto, como é do meu feitio. Por que você não me procurou quando o meu mundo foi destruído?

O anfitrião esperava a pergunta, mas não assim, de primeira. Ele desviou o olhar e demonstrou nítido desconforto. Sem saber o que fazer com as mãos, passou a direita nos cabelos e, como não encontrava palavras, serviu um pouco de água num copo que estava a sua frente. Tentou disfarçar ao beber a água, mas o copo revelou um leve tremor.

— Eu soube que você não estava recebendo visitas. — Foi o que ele conseguiu dizer.

— E você tentou?

— Não. Pensei em ir, mas não fui.

— O que está acontecendo, Washington? Nós somos amigos há mais de vinte anos. Passamos por muita coisa juntos. Você está estranho, e me deve uma explicação. Por que você saiu da Receita? De onde veio o dinheiro para pagar tudo isso? E como, de uma hora para outra, você se transformou num destaque do partido no estado, candidato a deputado federal?

— Foi para isso que você me procurou? — Washington ficou na defensiva.

— Não só por isso, mas também por isso. Eu sei muito bem dos teus sonhos de poder e riqueza, mas nenhuma dessas coisas faz sentido.

— Eu me filiei ao partido, eles viram potencial em mim e resolveram investir.

— Isso não me convence. Você parece outra pessoa.

A colocação pareceu atingir Washington.

— Impressão sua.

— De forma alguma, eu sei do que estou falando. Afinal, por que você não me apoiou no momento em que eu mais precisei? Esta mudança em sua vida tem alguma coisa a ver com a tragédia que se abateu sobre a minha?

Os questionamentos pareceram abalar o candidato. Ele titubeou, e seu sorriso desvaneceu-se. Neste momento a porta foi aberta e uma moça entrou.

— Senhor Washington, desculpe interromper, mas os líderes comunitários com quem o senhor marcou já chegaram e estão esperando.

— Eu já os chamo. Obrigado.

— Sim, senhor.

— João, eu pensei que teríamos mais tempo, mas a minha reunião anterior durou mais do que eu imaginava. Desculpa fazê-lo esperar.

— Nós não terminamos a nossa conversa. Você não vai conseguir escapar de mim. Você me deve isso.

Sem alternativas novamente, Washington puxou outro cartão e passou ao amigo.

— Pode ir à minha casa hoje, por volta das 23 h? Aqui será impossível.

João percebeu a insegurança no rosto que minutos atrás transparecia confiança. Ele apertou a mão do amigo e se retirou sem fazer comentários.

À noite, João chegou alguns minutos antes, como era do seu costume, e ficou admirado com a sofisticação do prédio e do novo apartamento de Washington, no bairro Moinhos de Vento, um dos melhores da cidade. O amigo havia evoluído significativamente. Ele se lembrou do pequeno quarto onde morava, e sorriu da ironia da situação.

Após ser identificado e fotografado na portaria, recebeu um cartão de acesso a um elevador exclusivo, que o levou diretamente para dentro do apartamento. Numa sala ampla, com decoração moderna, Washington aguardava-o com um copo de *whisky* na mão. Vestia um traje esporte, de bom gosto e de boa qualidade. Trajando uma calça jeans surrada e uma camisa polo, o visitante pareceu deslocado naquele ambiente sofisticado.

— Está servido? — Washington elevou o copo num convite.

— Não, obrigado. Aceito um copo de água.

— O bar está a sua disposição. Fique à vontade.

Assim que retornou com a sua água, João foi convidado a se sentar.

— Que luxo!

— Que bom que gostou. Eu sempre quis morar em um local assim.

— Eu sei, não precisa dizer. E de onde vem o dinheiro para pagar tudo isto?

— Do partido, claro.

— Entendo. E você está feliz nesta nova vida que escolheu?

— Óbvio que estou. Quem não estaria? — O sorriso no rosto não foi convincente o suficiente.

— Eu te conheço, rapaz, a mim você não engana.

— Deixa de bobagem e diga lá: por que você me procurou?

— Como "por que eu te procurei"? O que está acontecendo, você sofreu amnésia? Você esqueceu todo o seu passado? Esqueceu quem somos, de onde viemos e o que representamos na vida um do outro?

— Claro que não, foi apenas uma forma de falar.

— Pois você escolheu as palavras erradas, amigo. Eu que não entendo por que você não me procurou antes. Você imagina pelo que eu passei?

— Difícil imaginar. Mas você é forte e sobreviveu, não é mesmo? — O sorriso saiu forçado.

— Diga a verdade, meu amigo, por que você me deixou sozinho no momento mais difícil da minha vida?

— Eu pensei que já tinha te respondido isso. Saiba que eu senti muito a sua perda e que aquela tragédia me abalou tremendamente. Eu gostaria muito de ter estado ao teu lado.

— Você realmente esquece com quem está falando. Eu te conheço e sei das tuas habilidades. Se você realmente quisesse, teria conseguido falar comigo.

— Deixa para lá! Já passou.

— Não dá para esquecer, você me deve uma explicação. Eu vou repetir a pergunta que fiz hoje à tarde: esta mudança em sua vida tem alguma coisa a ver com a tragédia que se abateu sobre a minha?

— Claro, claro que não.

A resposta não convenceu João, que insistiu:

— Você não me engana, rapaz. Eu conheço todos os seus truques, esqueceu?

— Deixa de bobagem, não há truque algum.

— Sei, você ainda acha que pode me esconder a verdade. Seja sincero ao responder a apenas uma pergunta e eu vou embora, sem te incomodar mais.

— Que pergunta?

— O que você fez para conseguir tudo isto, vendeu a sua alma para o diabo? — O rapaz fez um gesto amplo, abrangendo toda a sala.

O questionamento atingiu Washington como uma flecha. Ele sentiu o golpe, e seu rosto demonstrou todo o peso da carga que carregava nos ombros. Vendo o amigo ali, na sua frente, ele voltou ao passado, com lembranças de um tempo em que era feliz e não sabia. Como num filme, passou pela sua cabeça as recordações da infância, as aventuras da adolescência e os projetos da vida adulta, todos ao lado do grande amigo. De uma maneira brusca e imprevisível, que nem ele imaginava possível, a máscara caiu e, pela primeira vez naquele dia, ele respondeu de forma espontânea:

— Foi mais ou menos assim. Às vezes, eu penso que foi exatamente isto o que se sucedeu.

A resposta foi sincera, e João sabia disso.

— Abra o seu coração, meu amigo. Conte o que aconteceu.

— Não posso. Não devo.

— Washington, mais de uma vez eu briguei, e muitas vezes apanhei, para te defender, quando você aprontava alguma no nosso tempo de moleque. A gente cresceu junto. No trabalho, sempre te dei cobertura. Eu vou te entender e vou ficar do teu lado, seja o que for que tenha acontecido.

— Não prometa o que você não tem certeza de que pode cumprir. — Os olhos de Washington se encheram de lágrimas.

— Eu prometo e cumpro. O que você fez, Washington?

O amigo pareceu refletir, sobrecarregado por um enorme fardo.

— Eu não estou preparado. Vou precisar pensar e não estou convicto de que você vai me entender e muito menos que será capaz de me perdoar.

— Eu vou te entender, eu garanto, e será do jeito que você quiser. Você prefere pensar, pois pense. Eu volto amanhã. Nesse mesmo horário?

— Sim, por favor.

— Lembre-se de mais uma coisa: eu nunca te abandonei.

João cumprimentou o amigo e saiu deixando atrás de si um Washington reflexivo.

Ao retornar na noite seguinte, foi informado pelo porteiro que o amigo estava em reunião e não poderia recebê-lo. Ele não esmoreceu:

— Dê um recado a ele, por favor, que eu vou ficar aqui, na portaria, e que só saio depois de falar com ele. Não tenho pressa.

Passadas mais de duas horas, João foi convidado a subir.

Ele encontrou um Washington um pouco diferente, aparentando certo cansaço.

— Você continua o mesmo teimoso de sempre, né?

— Eu não mudei, mas você mudou, meu amigo.

— Impressão sua.

— Não é não. Sua roupa é diferente, seus amigos são diferentes, seus valores são diferentes e seus objetivos são diferentes. Só ficou a casca.

— Deixa de bobagem! Eu já disse, impressão sua.

— Ah, é!? Você teve tempo de sobra para pensar. Responda a minha pergunta de ontem e eu vou embora e não te aborreço mais: o que você fez para conseguir tudo isto, vendeu a sua alma para o diabo?

— Vamos esquecer isto!

— Você não está fugindo de mim, Washington, você está fugindo de você mesmo. Só que não conseguirá se esconder para sempre. Existem espelhos em todos os lugares e você será constantemente forçado a ver no que se transformou.

— Esquece, por favor! — Foi mais do que um pedido, foi quase uma súplica.

— Fala, Washington. Não tenha receios, eu vou ficar ao seu lado, seja o que for.

A firmeza de João somada a tudo o que ele representava na vida de Washington formaram uma pressão insustentável. Naquele momento, cercado de luxo e rodeado de políticos, ele se sentiu sufocado, num mundo que desejou com ardor, mas cuja realidade era vazia e sem alegria. Ele olhou a sua volta e, de repente, tudo pareceu se desvanecer como em uma miragem. Nada daquilo realmente tinha valor. A presença de João havia despertado nele lembranças havia muito esquecidas.

— Eu não sei se vendi a minha alma, mas acho que negociei a minha honra e a minha honestidade. Não posso afirmar que tratei com o diabo em pessoa, mas, com certeza, foi com um dos seus representantes. Ah! E, quem sabe, tenha incluído você também no mesmo pacote.

Foi a vez de João ser pego de surpresa. Mas ele logo se recuperou.

— Explica, Washington. Você já fez o seu próprio julgamento e, pelo jeito, se condenou. Agora é a minha vez. Apenas conte o que aconteceu. O resto, é comigo.

A sinceridade nos olhos de João e seu rosto sofrido, com as marcas da dor, foram o incentivo de que Washington precisava para desabafar. Ninguém mais conseguiria tirar dele aquelas informações, guardadas a sete chaves e que ameaçavam sufocá-lo. Ele contou em detalhes tudo o que aconteceu: da sua filiação ao partido em busca de realizar os seus sonhos de grandeza; de como viram nele uma fonte importante dentro da Receita; da comunicação da existência do documento que comprometeria o figurão, agora candidato a presidente; da investigação da polícia; da sua ligação para o partido, informando que a pasta esperada por eles, e que continha a evidência comprometedora, havia chegado à Receita; da conversa no McDonald's com o representante do partido, que lhe ofereceu grande recompensa e futura eleição, em troca do maldito papel; de como ele havia virado as costas para o amigo, mesmo sabendo que correria riscos; da sua ausência forçada, naquela manhã, buscando receber instruções do partido; de como ele se apossou, posteriormente, da prova, logo após João ser preso, e a entregou ao partido; que Marcus Vinícius foi designado pelo chefe para substituí-lo, vindo o processo a ser arquivado; de como, a partir dali, seu *status* mudou e ele passou a receber todo o apoio financeiro e político que haviam prometido.

— Você acha que foram eles?

— Não, meu amigo. No início eu também desconfiei e você não imagina quanto eu sofri por isto. Eu não queria me distanciar de você, e os colegas me cobraram uma atitude, mas a vergonha e a culpa não me permitiam te procurar. Contudo, eu tenho convivido com os membros do partido nos últimos meses e tenho certeza que não foram eles nem os executores, nem os mandantes.

— O que o faz pensar assim?

— Dois motivos: primeiro, eles não tiveram tempo, pois minha conversa com o representante foi na tarde da véspera do ataque a sua família; segundo, eles não têm organização e competência para uma ação tão imediata e eficiente, embora eu não tenha dúvidas de que, se pudessem, o fariam.

— É difícil de acreditar. Eu estou procurando há semanas por uma pista e, até agora, não achei nada. Este poderia ser um caminho a seguir.

— Pode confiar em mim. Eu virei as costas para você, mas não o trairia. Não dessa forma, não a este preço.

— Eu acredito em você. Isto foi tudo o que aconteceu?

— Foi.

Washington baixou a cabeça, mantendo o olhar fixo no chão e sentindo-se um trapo. Ele não teve coragem de encarar o velho amigo e ficou pronto para levar uma surra ou ouvir as palavras duras que ele entendia ter feito por merecer. Em vez disso, silêncio. Silêncio que foi crescendo e se avolumando, até ele não aguentar mais.

— Você não vai dizer nada?

João refletiu, pesando as lembranças de toda uma vida: os anos e as incontáveis aventuras vividas com o amigo querido, o amor de Sheila, a perda irreparável dos filhos, seu sofrimento e a solidão da sua procura. Havia algumas certezas: nada traria de volta a sua família, e a vida dele estava comprometida, mas ainda havia esperança para Washington. Demonstrando a sua grandeza como pessoa, ele colocou de lado os sentimentos negativos e deixou o amor falar mais alto:

— Vou dizer, sim. Vou dizer que te entendo e que não te culpo por nada do que aconteceu. Você errou, e sabe disso. Mas não a ponto de precisar passar o que está passando e de sofrer o que está sofrendo. Você se tornou prisioneiro da sua própria cobiça. Eu sou teu amigo e vou provar isso mais uma vez, te ajudando a sair dessa.

Washington levantou a cabeça devagar e o amigo estava na sua frente. Ele ergueu-se, e ambos trocaram um forte abraço, daqueles que só os verdadeiros amigos sabem dar. E falou:

— Eu não acredito. Eu virei as costas para você, não te apoiei na hora que você mais precisava e você vem aqui e me dá um abraço desses, e promete me tirar dessa enrascada? Por que, João? Por quê?

— Porque você é mais do que um amigo, é o irmão que a vida me ofereceu e a única família que me restou. Eu já estou com o coração cheio de desejos de vingança que não consigo controlar. Não posso deixar a minha dor superar tudo o que vivemos juntos e tudo o que você representa para mim.

Washington deu um sorriso, daqueles dos velhos tempos. Foi um sorriso estranho, pois ainda estava com os olhos marejados de lágrimas.

— Isso não vale, cara! Você pegou pesado. Se está pensando que vou cuidar de você na velhice, está muito enganado. Você é muito chato. Vou te internar num asilo, assim que começar a ficar gagá.

João também sorriu. O seu velho amigo estava de volta. Aquele tipo de humor era a sua marca registrada.

— Só porque é dois anos mais novo? Sei não...

— Você realmente acha que eu posso sair dessa enrascada?

— Você já saiu. — A firmeza de João sempre foi uma característica da sua personalidade.

Ambos voltaram a se sentar.

— Como, meu amigo?

— Primeiro, nós vamos procurar o chefe e contar o que aconteceu. O teu problema com a lei aconteceu na Receita, e ele é a pessoa certa para avaliar. Se ele decidir que você deve responder perante a justiça, assim será. Mas você vai encarar tudo, e eu vou estar do seu lado. Topa?

— Eu vou fazer o que você mandar, e você sabe disso. O que mais?

— Depois, você vai dar um pontapé na bunda deste povo e de toda a sua sujeira e corrupção. Você merece muito mais do que riqueza, você merece uma vida digna, noites de sono tranquilo e alegria de viver.

Washington olhou para ele com admiração, nitidamente emocionado. João teve que se segurar para não fazer a mesma coisa.

— Para de besteira, cara! Se continuar assim, vou espalhar para todo mundo na Receita que você virou *gay*.

O sorriso de Washington veio acompanhado de uma expressão de esperança. Ao colocar os seus interesses pessoais acima da amizade, ele havia mergulhado em um inferno pessoal e precisou o companheiro traído vir resgatá-lo para acordar e ter a coragem de enfrentar os seus medos.

João saiu do apartamento do amigo, naquele dia, com a alma mais leve. Washington era um bom sujeito, que numa curva do caminho havia se desviado e perdido o rumo. Foi reconfortante poder ajudá-lo. E Washington tinha como retomar a jornada. Situação muito diferente era a sua, cujo trajeto havia sido destruído.

Na manhã seguinte, ambos foram conversar com o chefe. A turma da Receita recebeu-os com muita alegria. Até a dona Mariza, normalmente reservada, participou da bagunça. Era quase como uma volta aos velhos tempos. Após muitas brincadeiras e abraços, eles se sentaram com o chefe, em particular. João, como sempre, tomou a iniciativa e contou, em detalhes, tudo o que aconteceu. Washington só interveio no fim, colocando-se à disposição para assumir as responsabilidades sobre os seus atos.

O chefe olhou para um e para outro: dois jovens promissores, que haviam levado duros golpes da vida. Ele demorou um pouco a se pronunciar. Olhou para o porta-retratos e viu os filhos chegando à idade adulta. E se fossem eles, como procederia? Quando falou, foi de forma séria, o que todos sabiam que era muito pouco usual no seu comportamento.

— Meninos, como vocês sabem, eu sou um observador da lei. Acredito piamente que a lei foi feita para ser cumprida.

O chefe fez uma pausa, e Washington baixou a cabeça, envergonhado.

— Neste caso, em particular, não há dúvidas de que Washington errou e que, com sua atitude, atrapalhou o andamento de uma investigação, impedindo que um suspeito fosse responsabilizado pelos seus crimes. Alguma objeção até aqui?

Nenhuma. Ambos concordaram, balançando a cabeça.

— Embora cumpridor da lei, eu não sou burro ou uso viseiras como um cavalo, que me impeçam de considerar os problemas como um todo e de fazer uma ampla avaliação da situação. Neste caso é cabível um processo administrativo interno (que pode levar até ao limite de uma expulsão) e outro jurídico, pois foi uma falta grave. Mas aonde isso vai nos levar? Nós todos vimos como a imprensa procedeu com o João. Eles provaram que não têm compromisso com a verdade e, muito menos, com a ética. Eu não tenho dúvidas de que será feita uma ampla divulgação, e que logo vai ser dada uma conotação política, considerando a proximidade das eleições e tratar-se de um candidato à presidência da República, que, aliás, vem liderando as pesquisas. Para piorar, não teremos como provar a existência desse documento. Corremos o risco de chamar atenção novamente e contribuir para denegrir ainda mais a imagem da Receita Federal junto à população, construída com o sacrifício de muitos, durante décadas. Eu conheço bem como funcionam as coisas no nosso país e não tenho a menor dúvida que a corda vai arrebentar no lado mais fraco, ou seja, Washington será o único a responder perante a Justiça. Eu prefiro uma solução mais reservada, que fique entre nós. Eu mesmo vou definir a pena do Washington. O que vocês acham?

Houve um momento de silêncio. Desta vez, foi Washington quem respondeu:

— Como eu já afirmei, eu sei que errei e estou pronto para responder pelos meus atos. Será como o senhor disser, chefe.

— Então, está definido. Alguma coisa a mais? — O chefe demonstrou estar satisfeito, e João percebeu que ele fez uma expressão conhecida, escondendo um sorriso maroto.

João e o chefe levantaram-se, mas Washington ficou sentado.

— O que foi, Washington?

— Chefe, o senhor não falou qual seria a punição. — O "réu", recém-condenado, demonstrava humildade e preocupação.

— João, você sabe qual vai ser a punição? — Os olhos do chefe, agora, sorriram.

— Acredito que sei, chefe, mas é melhor o senhor falar.

Washington ficou agoniado. Ele levantou a cabeça e olhou para cima, ora para um, ora para o outro. Parecia um adolescente esperando uma nota importante que definiria se passaria de ano ou não.

— Washington, meu caro, a sua punição, e não aceito nenhuma discordância ou reclamação, será retornar ao trabalho aqui, conosco, e prometer nunca mais repetir uma atitude como essa. Estamos entendidos? — O chefe tentou fazer uma cara de mal, mas a alegria de Washington foi tão espontânea que o desarmou.

— *Yes*! Claro, chefe. O senhor terá um funcionário exemplar novamente, quase tão bom quanto o João.

O chefe sorriu e balançou a cabeça para um lado e para o outro.

— Só você, mesmo! Na verdade, vocês não têm jeito. Vamos rapaz, você tem muita coisa para fazer, a começar por se ver livre desses caras. Caso algum deles ouse fazer qualquer tipo de ameaça ou chantagem, me informe. Eles verão o que é bom para a tosse. Lembre a eles que é bem melhor ser meu amigo do que meu inimigo. —Desta vez, o chefe não estava brincando.

Os rapazes saíram do prédio muito satisfeitos. Washington não cabia em si de alegria.

— Obrigado, João. Estou sem palavras. Você foi incrível. Em menos de 24 horas, você trouxe a minha vida de volta.

— Você quer que eu te acompanhe ao partido, para resolver esta situação?

— Não, meu amigo. Eu já sou grandinho. Passou o tempo que você era obrigado a brigar para me defender. Eu entrei nessa sozinho e preciso ser homem o suficiente para sair. Você já fez demais. Não tenho palavras para agradecer.

— Não há o que agradecer. Somos amigos. Somos irmãos. Nunca mais se esqueça disso.

— Não me esquecerei, você pode ter certeza. Meu maior lamento é não ter como retribuir.

— Esqueça, por enquanto. Ah! Tive uma ideia: quem sabe você repensa aquela proposta do asilo. O que você acha?

Ambos sorriram e trocaram outro forte abraço.

15

A descoberta

João retornou ao seu aposento e resolveu repassar os trágicos acontecimentos que destruíram a sua vida, como já tinha feito tantas vezes.

Apesar das incontáveis dificuldades, ele não podia desistir. Devia isso aos seus entes queridos chacinados e tinha convicção de que só precisava encontrar um fio solto, um grão de poeira, qualquer coisa que lhe desse uma direção para as buscas.

Metodicamente, passo a passo, reviu a ordem dos eventos, atualizada com a participação de Washington e sua conversa com o membro do partido. Examinou os motivos apresentados pelo amigo para desconsiderar esta opção:

1. Tempo: a conversa foi no fim da tarde da véspera dos homicídios;

2. Incapacidade: a desorganização e o amadorismo dos membros do partido impediriam uma resposta tão rápida e precisa, sem deixar pistas.

O partido poderia até desejar afastá-lo do caso, para que seus asseclas pudessem ter acesso, com mais facilidade, ao fatídico documento que comprometeria o seu figurão. Mas Washington, que conviveu com eles, tinha certeza de que não tinham competência para planejar e executar uma ação daquele nível, em tão curto espaço de tempo. João não tinha argumentos capazes de se contraporem a estas justificativas.

Estes fatos eram relevantes, mas não incontestáveis. O problema é que, eliminada a possibilidade de participação do partido, restava pouca coisa. Ele se lembrou da sua primeira conversa com o detetive Valença, quando o esforçado policial pediu a sua ajuda para tentar identificar itens que poderiam estar faltando na sua casa ou junto dos seus entes queridos falecidos, que pudessem ter sido levados pelo assassino como troféus. João pouco pôde ajudar, pois havia sido preso horas após a tragédia e não havia sequer participado dos velórios e enterros. Ele só pôde confirmar que Sheila nunca deixava de usar a aliança e que, se não estava no seu dedo, alguém a retirou. Naquele momento, achou um tanto fantasiosa a ideia do detetive de que o crime se encaixava nas características do *serial killer* procurado. Agora, passadas várias semanas de buscas infrutíferas e eliminada a maior parte das possibilidades, parecia que a teoria começava a fazer um certo sentido.

Um *serial killer* não precisava de motivos para matar. Era movido pela necessidade e só dependia da oportunidade. João resolveu seguir esta linha de raciocínio, até então nova para ele. Insistia na sua cabeça uma pergunta: se a mente doentia do assassino não carecia de um motivo, por que escolher a sua família? Eles moravam em um condomínio de relativa segurança, com portaria e gravação de imagens que cobriam todos os acessos externos ao prédio. Se este homem tivesse entrado, teria sido visto por uma das câmeras. Ele tinha em seu poder as filmagens desde três dias antes do crime e as havia analisado detalhadamente. E não havia encontrado nada, nada que pudesse indicar uma anormalidade, alguém fora da rotina do prédio.

João tinha consciência de que havia avaliado até as teorias mais improváveis, como o assassino ter entrado disfarçado ou ter permanecido escondido no prédio por um ou dois dias. Faltavam as malditas filmagens dos corredores, mas os acessos ao interior do prédio, incluindo a garagem, não deixavam dúvidas: nenhum estranho havia entrado no edifício. Os entregadores foram atendidos na portaria, e o único prestador de serviço, um encanador, que estivera trabalhando em um dos apartamentos na véspera, fora exaustivamente investigado pela polícia.

João passou as mãos pelos cabelos em quase desespero. Havia algo indiscutível: o crime acontecera. E, se houvera crime, houvera um autor, o qual estivera no seu apartamento logo após a sua saída. Como consequência, o criminoso teria que ter entrado e saído do prédio. Por que diabos nem ele nem a polícia, com toda a sua experiência, descobriram alguma pista? O que estava faltando?

Passou a andar de um lado para o outro, repetindo uma única frase como se fosse um mantra: "Ele tem que ter entrado". Eram poucos passos para cobrir o pequeno quarto, e ele seguiu reforçando a sentença, cada vez dando mais ênfase à palavra "tem". Após alguns minutos, agindo como se fosse um louco, alguma coisa na sua mente o levou a considerar uma possibilidade nova, até então não pensada: e se não houver o "tem"? E se ele não entrou?

A ideia pegou-o de surpresa. Era algo inédito. Parou de andar, sentou-se na cama e procurou alinhar os seus pensamentos. Durante todo aquele tempo, ele vinha, exaustivamente, tentando encontrar alguma pista de alguém de fora que tivesse entrado no edifício, acessado o seu apartamento, cometido o crime e, naturalmente, saído. E, nessa linha de raciocínio, nem ele nem a polícia tinham chegado a lugar algum. A nova ideia retornou com força: "E se ele não entrou?" A resposta era elementar: se ele não entrou, é porque já estava lá. De repente, as coisas começaram a fazer sentido. Se ele já estava lá, é porque não veio de fora, pois era um morador do condomínio. E isso justificava por que suas entradas e saídas passaram despercebidas, misturadas com as dos demais condôminos.

A suposição poderia soar absurda, mas, por mais incrível que pudesse parecer, fazia sentido. João ficou excitado com a nova teoria. Ela poderia explicar por que não havia encontrado nada, até aquele momento. Afinal, estava procurando a coisa errada. Todo o tempo, ele buscou razões para alguém de fora cometer o crime e como esse estranho conseguiu entrar no edifício. Nessa nova hipótese, não havia ninguém de fora. Logo, ele poderia continuar procurando pelo tempo que fosse que não acharia nada mesmo.

Sua tendência inicial foi abrir o computador e começar a investigar imediatamente, seguindo a diferente linha de raciocínio, mas não se deixou levar pela emoção. João era um pesquisador treinado e sabia, por experiência, que precisava estar descansado para poder utilizar toda a sua capacidade. Após semanas, finalmente havia vislumbrado um caminho e não poderia desperdiçá-lo por ansiedade ou pressa. Era como se tivesse uma quantidade de água em uma das mãos. Seria imprudente fechar a mão para tentar retê-la. O certo era manter a mão em concha e tentar colocá-la num recipiente adequado, com todo o cuidado. A contragosto, mas com profunda consciência do que estava fazendo, misturou vinte gotas de extrato de valeriana com água, e tomou. Era o método que utilizava para dormir, nas noites mais difíceis. O produto era natural, sem contraindicações, mas ele evitava ao máximo tomá-lo, com receio de perder a confiança e se tornar dependente, psicologicamente. Ele deitou e fez um esforço para aliviar a mente dos pensamentos, que vinham em turbilhões, dando o tempo que as gotinhas precisavam para trazer-lhe a calma necessária para pegar no sono.

Acordou antes do nascer do sol, olhou o relógio e constatou que eram 5 h 30 min. Teria sido bem melhor se tivesse conseguido dormir mais uma ou duas horas. Contudo, as poucas horas de sono eram aceitáveis e proporcionariam a ele a clareza de raciocínio indispensável para realizar o seu propósito. Seria desperdício de tempo tentar voltar a dormir, pois estava excitado demais.

Após a higiene pessoal e um rápido desjejum, entregou-se completamente a sua tarefa.

Foram horas revendo, detalhe por detalhe, as filmagens das câmeras do prédio. Incontáveis vezes amaldiçoou a economia dos condôminos de dispensarem câmeras nos corredores. Se elas existissem, tudo teria sido bem mais fácil. Como ele havia mudado o foco das suas pesquisas, deixou de lado as tomadas externas, dando maior atenção às imagens dos elevadores e da garagem. Com o passar das horas, a empolgação foi arrefecendo, dando lugar a um sentimento de frustração, que não era novo para ele. A sensação de incompetência também retornou e, com ela, a dúvida se havia tomado a decisão certa ao vender todos os seus bens, sair do emprego e se dedicar à busca do monstro que havia destruído a sua vida. Surgiu uma vontade de desistir, que ele abafou com as lembranças da sua amada esposa, do filho ainda pequeno e do outro, que nem pôde conhecer. Ele fez um esforço sobre-humano para afastar os pensamentos negativos e decidiu perseverar na sua busca.

Os moradores do prédio sucediam-se nas imagens, entrando e deixando o elevador, chegando e saindo da garagem. Eram pessoas da classe média: trabalhadores, senhoras idosas e crianças. Às vezes, famílias inteiras. Não havia nada de anormal, ninguém mal vestido ou que demonstrasse qualquer intenção malévola. Já era noite, e ele resolveu avaliar, mais uma vez, segundo a segundo, em câmera lenta, as imagens dos elevadores, mas restringindo-se a apenas uns poucos minutos após a sua saída.

Como em todas as outras incontáveis vezes, tudo pareceu extremamente normal, e ele já estava para jogar a toalha, quase vencido pela exaustão. Nas imagens que viu na tela do laptop, já haviam se passado mais de dez minutos da sua entrada no elevador, e ele estava para parar a reprodução quando, em dado momento, alguma coisa chamou sua atenção. Inicialmente, pareceu ser uma bobagem, algo sem importância. Poderia ser irrelevante, mas a sua mente pareceu perceber uma coisa que não fazia sentido. João retrocedeu as imagens para rever um dos vizinhos entrar no elevador com uma mochila nas costas. Ele conhecia aquele vizinho somente de vista. Morava dois andares acima, e eles costumavam se cruzar no elevador ou na garagem, pois saíam para o trabalho em horário semelhante. Nunca tinham conversado, e o máximo que trocaram foi um cumprimento de cabeça e, raramente, um bom-dia. Sua atenção foi redobrada quando lembrou que o detetive comentara ter chamado atenção da polícia aquele vizinho ter saído fora do seu horário habitual. O atraso do morador fora de uns poucos minutos e nada tinha sido provado, mas, ainda assim, resolveu checar. Embora as imagens fossem de boa qualidade, ele não conseguiu ver com precisão o andar em que o vizinho entrou. João resolveu congelar a imagem e, utilizando um software gráfico avançado, deu um zoom. Quando, finalmente, visualizou o número, não houve surpresa, pois era o esperado: cinco, não três, o seu andar.

Havia a possibilidade de ter cometido um erro, depois de um dia inteiro analisando imagens, mas esta não era hora para titubear. Seguiu seus instintos e retornou ao filme, revendo lentamente a entrada do vizinho e congelando novamente a imagem. Seus sentidos ficaram aguçados e, embora ainda não conseguisse definir a razão, podia sentir que havia alguma coisa ali.

João aproveitou a tela congelada para utilizar novamente o programa gráfico e ampliar a imagem, desta vez para ver o vizinho mais de perto. Sua postura transmitiu-lhe uma impressão que ele, inicialmente, teve certa dificuldade para decifrar. Foi necessário analisar com cuidado, quadro a quadro, para, por fim, conseguir captar: poder. Sim, não havia a menor dúvida. Em vez da figura habitualmente tímida e reservada, o vizinho tinha a cabeça erguida, o peito estufado, o olhar altivo e um meio sorriso no rosto, que eram característicos dos homens de sucesso. Naquele instante, entendeu que fora isto que, subliminarmente, havia lhe chamado atenção. O homem era bem conhecido, os traços eram os mesmos, inconfundíveis, mas só a casca era igual. Revendo as imagens, atento a esta nova abordagem, ficou nítido para os seus olhos treinados que ele se comportava como outra pessoa, alguém realizado, dotado de força, poder, quase um deus.

O azar de Giuseppe foi que João se tornara um especialista nesse tipo de análise. Seu sucesso profissional era baseado na sua determinação e na leitura eficaz dos sinais transmitidos pelas pessoas. Eram qualidades que ele havia desenvolvido e que utilizava, com frequência, no seu dia a dia. Não havia nenhuma prova, ainda, mas ele sabia que havia encontrado algo importante. Por fim, após um longo tempo praticamente no escuro, João descobriu alguma coisa fora do lugar. Isso já acontecera antes e, nessas ocasiões, ele veio a descobrir a ponta de um iceberg.

Olhou o relógio e ficou surpreso com o adiantado da hora. Precisava comer, tomar um banho e tentar descansar. Tudo indicava que havia chegado o momento tão esperado e que, a partir do dia seguinte, ele teria um suspeito a investigar. Metódico e determinado, queria estar pronto para esse instante, pois a sua vingança, finalmente, estava próxima.

. . .

Os guardiões ainda discutiam o impactante projeto de liberação do vírus, com implicações relevantes na saúde e na economia de todo o planeta, quando Karr percebeu um novo pontinho vermelho piscar no mapa tridimencional a sua frente. Ele enviou ondas mentais ao computador, obtendo automaticamente diversas informações que esclareceram a ocorrência.

Kirr acompanhou o acontecido e percebeu a preocupação do companheiro.

— Não são boas notícias, não é mesmo?

— Não. — Foi a resposta de Karr Von El.

— Você tinha esperanças na recuperação dele?

— Sim. Após os últimos eventos, ele havia alcançado todos os requisitos para saldar a dívida e retornar ao seu planeta de origem, aproveitando esta última leva que você está preparando. Eu conhecia os riscos, mas não acreditei que ele conseguiria descobrir alguma coisa. Agora, provavelmente, colocará tudo a perder.

— Nós sabemos que são poucos os que conseguiram voltar.

— Muito poucos. Já conversamos sobre isto. A grande maioria não consegue superar as suas fraquezas e, com as facilidades do novo mundo, acaba estacionando ou retrocedendo. Ele estava tão perto...

— Você pretende fazer alguma coisa?

— Por que a pergunta?

— Eu o conheço bem e sei que, em casos como este, às vezes você proporciona uma última oportunidade ao envolvido.

— Verdade. Só faço isso quando há mérito. E, nesta situação, penso que é o caso. Ele perdeu tudo o que mais amava e, ainda assim, demonstrou grandeza ao ajudar o amigo, o qual havia virado as costas para ele nos momentos mais difíceis.

— Sim, foi admirável. Concordo que ele estava bem próximo de saldar as suas dívidas.

— Ainda está. Eu não perdi as esperanças.

— O que pretende fazer?

— Vou trazê-lo aqui para conversarmos. Conforme a premissa básica do livre arbítrio, caberá a ele a decisão final.

— Muito nobre da sua parte dar atenção a um indivíduo, entre tantos.

— Todos são importantes, e este é um caso especial. Como diz o mestre, o bom pastor não abandona nenhuma das suas ovelhas.

— E quando vai fazer isso?

— Agora, antes que ele acorde. Amanhã poderá ser tarde demais. Já enviei alguém para buscá-lo.

— Vou acompanhar e torcer pelo sucesso. Boa sorte!

— Obrigado.

Não demorou para João ser trazido à presença do guardião. Ele chegou conduzido por um acompanhante. Parecia adormecido ou sedado, com os olhos fechados e sem plena consciência do que estava acontecendo. Sua pele tinha um aspecto etéreo e translúcido, semelhante à dos guardiões, mas com uma diferença marcante: dele partiam incontáveis linhas que se perdiam no infinito. Eram as suas ligações com o corpo adormecido.

Karr agradeceu ao condutor, que respeitosamente se retirou. Com uma ordem mental ao computador, ele alterou o formato do ambiente, tornando-o semelhante a uma sala de estar. João recobrou a consciência e se descobriu num local desconhecido, frente a frente com um estranho, vestido com uma longa túnica branca.

— Não se assuste — falou o guardião. Sua expressão passou tranquilidade e confiança. Ele articulou as palavras, mesmo sem precisar, com a intenção de deixar o recém-chegado mais à vontade.

— Onde estou? — A confusão do visitante era natural e esperada.

— O local não é relevante. — A paz transmitida pelo guardião funcionou como um calmante natural.

— Isto é um sonho?

— Podemos dizer que sim. Mas muito real. O que nós conversarmos aqui e as decisões que você tomar serão verdadeiras.

— Eu vou me lembrar dessa conversa?

— De certa forma, sim. Não totalmente, nos detalhes, mas não se esquecerá dos assuntos aqui discutidos e das resoluções tomadas.

— Quem é você? — João pareceu ter recuperado a lucidez, tentando interpretar a situação e entender o que acontecia.

— Pode me chamar de *guardião*. Eu sou um dos que trabalham para elevar a condição do planeta, para proteger os seus habitantes e auxiliá-los a progredir.

— Eu não entendo. Vocês são responsáveis por todo o planeta? Vocês nos conduzem?

— Não fazemos isso. Facilitamos as coisas, sugerimos ideias e tentamos ajudar sem intervir diretamente. Em outras palavras, em determinados momentos oferecemos as oportunidades, cabendo aos indivíduos a decisão final.

— Eu acho que entendo. Árdua tarefa, considerando quem somos e como somos.

Karr gostou da resposta espirituosa e deu um breve sorriso, o que tornou ainda mais amigável a sua figura.

— Por que me trouxe aqui, guardião?

— Para tentar ajudá-lo. Ou, se preferir, para lhe passar algumas informações e lhe proporcionar a oportunidade de evitar um grande erro.

— Você sabe o que eu descobri, não é mesmo? — Os olhos de João faiscaram.

— Sim, eu sei. — O guardião transpareceu compreensão e benevolência.

— Ele destruiu tudo o que eu mais amava. Ele acabou com a minha vida. — A dor encheu os olhos do visitante de lágrimas.

— Eu sei.

— Você não acha que eu tenho o direito de fazê-lo pagar pelo que fez?

— Não cabe a mim julgar. Esta é uma decisão sua.

— Você não vai me impedir, vai?

— Não, de forma alguma. Todos têm o livre arbítrio, que lhes permite que façam o que quiserem, quando quiserem.

O guardião fez uma pausa.

— E cada um é responsável pelos seus atos.

— Ainda não entendi por que estou aqui. O que quer de mim?

— Eu o trouxe porque o quero bem. Tenho acompanhado a sua trajetória e sei, melhor do que ninguém, do seu esforço e de quanto está perto do seu objetivo. Não este a que se refere, mas o seu verdadeiro objetivo.

João pareceu confuso novamente. O guardião, com muita paciência, deu outro sorriso benevolente.

— Vou ajudá-lo a lembrar qual é o seu real objetivo. — Ele fez um gesto leve com a mão direita.

Instantaneamente, João foi inundado por incontáveis lembranças como se uma cortina tivesse sido erguida. Ele se recordou não apenas da sua vida passada, mas de muitas outras. Lembrou-se do seu sentimento ao ser retirado do seu planeta de origem, da reunião com o guardião e da sua disposição de voltar, mesmo que para isso fosse necessário sacrifícios. Finalmente, entendeu o que o anfitrião quis dizer quando se referiu ao seu "verdadeiro objetivo".

— Você se lembra da reunião com os exilados? — O guardião fez algumas imagens aparecerem numa grande tela.

— Lembro, sim.

— Você se lembra dessas pessoas?

João reviu a sua participação, como ex-atleta famoso, e do motivo por que ele foi retirado do planeta, por ter se aproveitado de inúmeras mulheres, não tendo consideração com os seus sentimentos. Lembrou-se das suas palavras, a princípio arrogantes, e depois dos sentimentos de vergonha e arrependimento que sentiu quando reavaliou as suas atitudes. Viu novamente as imagens da bela mulher que também se sentiu injustiçada, para, a seguir, reconhecer os seus erros. Era Sheila. Identificou o filho no jovem que desperdiçou todas as oportunidades que recebeu. E, por fim, reconheceu o carrasco da sua família no chefe religioso ambicioso e insensível à dor alheia.

— Cada um dos exilados aproveitou o seu tempo e as suas oportunidades de forma diferente.

A frase o trouxe de volta das suas divagações:

— Sim, guardião, agora eu entendo o que você quer dizer. Alguns conseguiram voltar?

— Muito poucos. Você está bem próximo disso. Durante muitas vidas, você perseverou no seu objetivo de retornar, dedicando-se a aprender e a corrigir os seus erros do passado. Por isso, o trouxe para conversar, para lhe dar a oportunidade de refletir e decidir o que realmente quer para o seu futuro.

— Nós fomos exilados pelos erros que cometemos e por nosso comportamento destoar da maioria em um planeta em transição. Nossa vinda para a Terra foi apenas uma punição?

— Depende do jeito de ver as coisas. Eu prefiro a ideia de que foi uma oportunidade para aprenderem o que precisavam aprender, resgatar o que deveriam e, ainda, ajudar o desenvolvimento de um planeta mais atrasado do que o de vocês.

— Como podemos aprender do que precisamos, se não nos recordamos do passado?

— Desenvolvem-se por meio das experiências diárias. Vocês não se recordam dos fatos ocorridos, mas não se esquecem do que aprenderam, levando consigo todo o somatório das experiências vividas.

— Onde?

— Naquilo que costumam chamar de consciência. Independentemente das leis, que são passageiras, ela é quem diz a cada indivíduo o que é certo ou errado.

João pareceu refletir profundamente.

— Pelas suas informações, posso concluir que todos os habitantes deste planeta estão nessa mesma condição? Todos estão para resgatar dívidas, aprender e evoluir?

— De uma forma geral, podemos dizer que sim.

— Em outras palavras, não somos mais que prisioneiros, e o planeta como um todo não passa de um grande presídio?

— É uma forma de ver as coisas. Eu prefiro outra interpretação.

— Nesta visão, vocês, guardiões, são, na verdade, nossos carcereiros, responsáveis por controlar e manter a ordem, não é mesmo?

— Como eu já disse, eu tenho um entendimento diferente, mas não posso deixar de admitir que há uma certa lógica no seu raciocínio.

— Sim, faz sentido. Como os presídios na Terra, nosso planeta está em um lugar afastado da galáxia, o que nos tira qualquer chance de saber o que acontece além do nosso alcance. Por mais que desenvolvamos tecnologia, estamos muito distantes de fazer contato. Além do que, quando atingirmos esta condição, possivelmente isto coincidirá com a evolução que é requerida para que isto aconteça.

O guardião permaneceu em silêncio, acompanhando com atenção o raciocínio do convidado, que, repleto de conhecimentos de existências anteriores, prosseguiu em uma análise profunda da sociedade humana no transcorrer dos tempos:

— Esta realidade evidencia o nosso atraso e o tempo que temos perdido, guerreando e lutando por poder durante milênios. Vivemos buscando realização pessoal e, coletivamente, tentando provar a superioridade de uma raça ou nação sobre as outras. Isso não leva a nada, não é mesmo?

— Não.

— Eu imaginei. Sua resposta evidencia que as riquezas que acumulamos, os bens materiais que adquirimos, tudo pelo que dedicamos a melhor parte da nossa vida produtiva não tem significado prático.

— Fora a contribuição necessária para a evolução do planeta, realmente não tem.

— Então, por conseguinte, posso concluir que quase tudo em que acreditamos, ou em que nos fazem acreditar, como fronteiras, diferenças raciais e a busca frenética por felicidade, não passa de ilusão?

— João, as fronteiras são linhas imaginárias, que mudam constantemente. Para falarmos sobre diferenças raciais, precisamos fazer uma distinção: enquanto a raça engloba características fenotípicas, como a cor da pele, a etnia também compreende fatores culturais, como nacionalidade, afiliação tribal, religião, língua e tradições de um determinado grupo. As pequenas mudanças na aparência externa das pessoas são motivadas, entre outras coisas, pelo tempo de exposição ao sol das gerações passadas. A felicidade existe, apenas não é atingida pela maioria, por ser procurada da forma errada.

— É como se quiséssemos comer sopa de garfo. Despende-se muita energia e o resultado é quase inexistente.

— Você tem o dom de sintetizar as coisas, simplificando as ideias. — O guardião transpareceu complacência.

Neste momento, João sentiu um desconforto. As linhas que saíam do seu corpo e se perdiam na distância passaram a exercer uma certa pressão. O guardião percebeu.

— O que está acontecendo?

— Seu corpo adormecido, lá no seu quarto, sentiu um incômodo, causado por barulhos externos. Você está ligado a ele, e, caso haja necessidade de despertar, retornará automaticamente.

Após um instante, as linhas relaxaram. O anfitrião retomou o diálogo com a mesma serenidade:

— Você tem uma decisão a tomar e, obviamente, a responsabilidade pelo que decidir.

O guardião não cobrou, exigiu ou impôs nada. Sua presença, sempre tranquilizadora, passava confiança.

— Quase tudo o que acontece nas nossas vidas tem um sentido e, mesmo o que parece não ter, passa a ter, se for utilizada uma visão mais ampla, não é?

— Sim.

— Eles estão bem? — Os olhos de João encheram-se de lágrimas.

— Sim, muito bem.

— Eles estão em um bom lugar, melhor do que onde estavam?

— Sim, com toda a certeza.

— Vou poder revê-los?

— Mais cedo ou mais tarde, sim. Vai depender do que decidir. A escolha é sua. Não existe documento, sangue ou promessa que nos liguem uns aos outros. O que gera a conexão é o sentimento, e o que torna possível o reencontro é o mérito.

— Caro guardião, agradeço imensamente a oportunidade que me ofereceu de refletir e entender melhor a situação como um todo. Já tomei a minha decisão. Estou pronto para voltar.

— Será providenciado. — O guardião não perguntou o que ele havia resolvido fazer.

— É uma pena que tudo isto que conversamos seja esquecido.

— Como eu já expliquei, dos detalhes, sim. Contudo, as informações não serão perdidas e se lembrará com clareza do que tiver decidido. Será como uma decisão íntima e pessoal, para a qual você terá dificuldade para entender as razões.

— Posso fazer mais algumas perguntas, antes de partir?

— Com certeza. Sem problemas.

— Você disse que alguns poucos conseguiram voltar. Serão eles os grandes vultos da humanidade, reconhecidos por todos pela sua humildade e pelo seu trabalho ao bem comum?

O guardião transpareceu satisfação e sorriu, mais com os olhos do que com a face.

— Sim, na grande maioria são eles. Infelizmente, muito poucos, até agora.

— Uma última pergunta.

— Prossiga.

— Há esperança para a humanidade?

— Com certeza. Olhe para trás e verá que, além do desenvolvimento tecnológico, muita coisa mudou: guerras expansionistas, escravidão e duelos são coisas do passado; houve evolução significativa na produção de alimentos, na saúde, nas comunicações, nos direitos humanos e, até mesmo, nos direitos dos animais; o racismo e a homofobia perdem força e cresce o sentimento de identidade entre as pessoas no planeta. A cada dia que passa, se desenvolve a consciência coletiva de que todos na humanidade são irmãos, vivendo em um pequeno planeta, no meio da vastidão dos cosmos. Não podemos perder de vista que o caminho é longo, e que o tempo de uma vida não é mais do que uma gota em um grande lago.

— Obrigado, guardião. Eu entendo as suas palavras. Como eu gostaria que os demais habitantes do planeta também entendessem. Talvez pudéssemos sair desta condição de prisioneiros, não fugindo, mas aproximando a nossa forma de viver, no presídio, com a dos que estão do lado de fora.

— Você entende por que alcançou esta condição. A verdade assemelha-se ao conhecimento científico. Quem a possui vê a realidade a sua volta com maior nitidez, mas há sempre mais a alcançar. Não esqueça que cada conquista tem um preço de esforço e sacrifício pessoal, que não pode ser comprada ou recebida, precisa ser conquistada.

— Se esse entendimento possibilitaria a redenção das pessoas, por que ele não é revelado, oferecido a todos?

— Estas informações têm sido passadas à humanidade no correr dos séculos por grandes vultos, como Buda, Jesus, Krishna, Kardec, Gandhi, Madre Tereza de Calcutá, entre outros. Alguns ouviram, muitos não, pois cada um tem o seu próprio tempo.

— O tempo de vida é esse tempo?

— O tempo de muitas vidas, necessário para o progresso do indivíduo e que será maior ou menor dependendo do esforço de cada um.

O aprendiz juntou as mãos em frente ao peito e baixou a cabeça, num cumprimento de profundo respeito e admiração.

...

João acordou de uma forma como havia muito não acontecia. Desde a morte dos seus entes queridos, ele sentia carregar um fardo pesado nas costas, que, no início, quase o destruiu. Embora tivesse conseguido erguer-se, caminhava com dificuldades e seu único desejo era aliviar essa carga, ao encontrar e punir quem lhe tinha tirado toda a razão de viver.

Naquela manhã, como que por encanto, ele havia despertado sem o peso. Era algo maravilhoso, indescritível. O dia assumiu outras cores: a luz do sol e o seu leve calor pareceram maravilhosos, o verde das plantas multiplicou-se em incontáveis tons e os aromas da vida foram absorvidos com extremo prazer.

Ele teve a sensação de um prisioneiro que readquire a liberdade depois de muito tempo trancafiado, e isso não dizia respeito a sua detenção física, mas à forma como se comportou desde a tragédia. Não conseguia explicar o porquê, mas as suas descobertas da véspera já não tinham a mesma importância. Algo, no interior da sua mente, dizia que isso não era mais problema dele; que ele só tinha a agradecer por tudo o que tinha vivido, pela oportunidade de conviver anos com uma esposa maravilhosa, que lhe tinha proporcionado conhecer e vivenciar um amor verdadeiro e, ainda mais, tinha lhe oferecido a dádiva de construir uma família. Ele ainda era jovem e devia retribuir tudo o que tinha recebido com gratidão e aproveitar o tempo que lhe restava para fazer coisas boas.

João procurou entender o que havia mudado durante a última noite, para afetar tão profundamente tanto a sua forma de ver a vida como os seus planos. Não havia o que achar. Ele havia dormido e acordado diferente. Depois de muito refletir, pensou ter encontrado o que havia se modificado no seu interior, o que o havia tirado da condição de prisioneiro. O perdão.

Ele já não sentia ódio ou raiva nem aquele buraco profundo da sensação de perda irreparável. Sim, por meio do perdão, ele não tinha libertado o agressor, que continuava preso à responsabilidade sobre os seus atos, mas a si mesmo. Sentiu-se tão bem e tão leve que imaginou que, se até a noite anterior estivesse vivendo em um presídio, agora estava pronto a deixá-lo e retornar à liberdade.

...

Bernadete estava brincando com a neta, sua maior alegria. A menina havia preparado uma festa de aniversário para a boneca predileta, e a avó, como convidada, tomava chá de mentirinha, ao lado da dona da festa, sentada a uma mesa minúscula. A anfitriã definia as regras: o que deveria ser feito e quando. A avó obedecia sem reclamar. Ela sabia que aquele era um evento importante para a neta, repleto de formalidades e de convidados fictícios. Ajudava aqui e ali, ora servindo um, ora outro. Às vezes, até mesmo dava voz a algumas das bonecas, expressando a sua satisfação ou vontade.

Estava tão envolvida na festa que nem percebeu a entrada da diarista.

— Dona Bernadete!

Ela parou um gole imaginário de chá no ar. Se tivesse líquido na pequena xícara, com certeza teria engasgado:

— Ai, Maria, que susto! Assim você ainda me mata.

— Desculpa, dona Bernadete, eu pensei que a senhora tinha me visto entrar.

— A gente está comemorando o aniversário da Chiquinha. Quer participar, Maria? — O convite da menina soou natural.

— Eu bem que gostaria, minha filha, mas estamos quase no fim da tarde e eu ainda tenho muito o que fazer. Quem sabe mais tarde, se der tempo. Pode ser? — O sorriso no rosto não deu margem para a dona da festa ficar magoada.

— Tá bom. Mas vou ficar esperando, hem!

— Assim que der, eu venho. Prometo.

— Fala, Maria, por que você está tão aflita? — Sentada à mesinha, cercada de bonecas, a avó, também de pequena estatura, poderia ser confundida com uma menina, não fosse a voz grave, característica da idade.

— Dona Bernadete, eu estava limpando o quarto do casal e encontrei um anel no chão. Como não sei o que fazer com ele, achei melhor vir falar com a senhora.

— O que você achou, Maria?

— Isto. — A empregada abriu a mão e nela brilhava uma pequena joia de ouro; uma peça muito bonita, com detalhes em ouro branco.

— Que interessante! — Em uma primeira olhada, a senhora percebeu que era uma aliança e que a peça não pertencia ao casal.

— Eu ia deixar em cima da cômoda, mas, como isso nunca aconteceu, eu resolvi procurar a senhora. Fiz mal?

— Não, pelo contrário, você fez muito bem, Maria, em me procurar. Pode deixar comigo que eu resolvo. — Ela levantou e pegou a joia que lhe foi entregue.

— Ah! Que bom, dona Bernadete. A senhora sabe que eu não fico com nada que não é meu.

— Com certeza, Maria. Você é uma pessoa honesta, além de ótima funcionária.

— Obrigada. Eu vou, então, porque ainda há muito para fazer. Até depois, Amanda. Não deixa a vovó comer tudo, para que sobre um pouquinho para mim, tá? — A pergunta veio acompanhada de um sorriso e de um piscar de olhos.

— Pode deixar, eu guardo um pouquinho para você. — O sorriso da menina encheu o quarto de alegria.

Maria saiu, apressada, enquanto Bernadete examinava a aliança com cuidado. Ela confirmou que tinha alguma coisa escrita na parte de dentro, só que, para ela, estava ilegível.

— Amanda, você ainda tem aquela lupa, que às vezes leva para a escola?

— Aquele vidrinho que aumenta as coisas?

— Sim, isso mesmo.

— Tenho, sim. Deixa eu pegar na minha gaveta.

A menina trouxe a pequena lupa. Não era nada profissional, mas o aumento que a sua lente proporcionava poderia ajudar a velha senhora a ler o que estava gravado.

— Posso ver, vovó?

— Só um minutinho, Amanda. É coisa de adulto. Eu vou sair um pouquinho. Faz uma coisa para a vovó: que tal você trocar as bonecas que estão na mesa? Acho que as outras também querem participar da festa. O que você acha?

— Pode ser. Mas não demora, tá, vó?

— Tá bom, minha querida. Eu vou sair bem rapidinho, mas já volto.

Bernadete levou a lupa e a aliança para o seu quarto, onde poderia ter uma certa tranquilidade para se concentrar e decifrar aquele pequeno mistério. Ela foi até a penteadeira, onde havia uma iluminação mais forte e, pegando a aliança com cuidado, entre o indicador e o polegar direito, usou a lupa com a mão esquerda. Levou um tempo para conseguir colocar a inscrição na posição certa e, quando conseguiu, não pôde acreditar no que os seus olhos viram.

— Meu Deus! *Meu-Jesus-Cristinho!*

Bernadete soltou a lupa sobre o móvel e levou a mão ao peito. Instantaneamente, ficou branca como um papel. Suas pernas bambearam e, se não fosse uma banqueta bem ao seu lado, teria caído. Ela começou a ter dificuldades para respirar. Tateou o toucador em busca do seu remédio para pressão. Encontrou, mas para isso derrubou vários cremes e perfumes com a mão trêmula. Abriu o frasco com dificuldades e colocou um comprimido embaixo da língua, deixando cair os demais, que se espalharam pelo carpete. Levou algum tempo para ela se recuperar.

— Vó, vó, vamos brincar? — A vozinha da neta querida, do lado de fora da porta, a auxiliou a voltar à realidade.

— Vamos, sim, meu amor. Mas não agora, por favor. A vovó não está passando muito bem e precisa de um tempinho para descansar. Eu prometo para você que logo que eu melhorar vou lá para a gente continuar, tá?

— Tá bom, vovó. Você precisa de alguma coisa? Eu posso chamar a Maria.

— Não, meu amor, eu estou bem. Só preciso de uns minutinhos para me recuperar. Brinque um pouquinho sozinha, eu já vou lá.

— Tá, vó. Eu te espero. Não demora, hem?!

— Pode deixar. Só uns minutinhos, eu prometo.

— Tá bom!

Bernadete ouviu os passos da neta se afastando e respirou fundo. Ainda abalada, recolheu os comprimidos caídos do chão e recolocou os objetos nos seus devidos lugares. A seguir, pegou a aliança com todo o cuidado e, bem devagar, posicionou a lupa para nova leitura. Todo o seu ser clamou na esperança de que tivesse se enganado, de que tivesse lido errado, que todo o medo que se abateu sobre ela fosse apenas um outro exagero seu, sempre medrosa, sempre assustadiça.

Ela leu novamente as minúsculas letras, agora com mais calma e com a pressão controlada pelo remédio salvador. Infelizmente, não houve dúvidas. A inscrição era clara: "João & Sheila, unidos para sempre". Do outro lado, a data do matrimônio. Bernadete ficou alguns segundos parada, como uma estátua. Ela sabia, no seu íntimo, o que aquilo significava. Ainda assim, como uma última esperança, pegou um jornal guardado em uma gaveta e conferiu a lista de objetos. Lá estava a imagem da aliança que ela tinha na sua mão.

Ela se lembrou do amado esposo e os seus olhos se encheram de lágrimas. Pegou uma foto dele que emoldurava a penteadeira, e apertou-a contra o peito, com toda a força que possuía.

— Oh! Meu amor, desculpe, eu não tive coragem. — As lágrimas jorraram, incontroláveis. — Eu não tive coragem — repetiu, com uma expressão de profunda dor.

Maduro e extremamente cuidadoso, o filho não havia dado nenhuma mostra das suas atividades paralelas. Contudo, desde o início da divulgação das notícias relacionadas ao *serial killer*, o seu coração de mãe fez Bernadete dar uma atenção maior que a esperada àqueles fatos.

Ela seguiu apertando o quadro com força contra o peito.

— Eu tive medo. Medo, muito medo de ouvir o que o meu coração dizia, medo de enfrentar uma realidade para a qual eu não estava preparada. Medo de ver o que você, de certa forma, já tinha visto antes. Ai, meu Deus! — As lágrimas continuaram caindo, limpando a sua alma sofrida de lembranças que guardou escondidas por muito tempo.

Foi quando ouviu vozes na sala. O filho e a nora tinham chegado do trabalho.

Ela parou de chorar, como se, de repente, a fonte tivesse secado. Muito suavemente, trouxe o porta-retratos à altura das suas vistas. Nele, um homem de meia-idade sorria, agarrado a uma vara de pescar, num dia radiante de sol, à beira de um lago. Bernadete enxugou as últimas lágrimas com o dorso da mão direita e, neste momento, percebeu que a aliança ainda estava entre seus dedos. Olhou para a peça e, depois, para o quadro.

— Eu não vou te decepcionar, meu amor. Não, novamente. Toda a minha vida eu tive medo; durante muito tempo, você foi a minha fortaleza e eu falhei com você uma vez, só que não acontecerá de novo, pois não tenho mais nada a perder.

Colocou a moldura no seu lugar com todo o cuidado e deu um beijo nela. Ainda com a aliança na mão, procurou no recorte de jornal um número de telefone e, nesse momento, percebeu seu próprio rosto refletido no espelho. Pareceu o de outra pessoa. A pequena senhora, frágil e medrosa de instantes atrás, tinha partido. Em seu lugar, viu-se uma face determinada, em que não havia dúvidas ou medos. Era o olhar firme e decidido de quem sabe o que tem que fazer e que vai fazer o que precisa ser feito, mesmo que seja a última coisa que faça na vida. Levantou e saiu do quarto.

Chegando à sala, viu uma cena familiar que a fez titubear por uns breves segundos. A neta estava no colo do pai, abraçada a ele, e a mãe passava a mão nos cabelos da criança, num gesto de carinho.

Bernadete aguardou o filho colocar a menina no chão, como ela sabia que logo aconteceria. — Ele nunca foi de sentimentos.

— Giuseppe, você pode me emprestar o seu celular? Eu preciso fazer uma ligação.

— Por que não usa o seu ou o telefone fixo, mãe?

— Eu não sei onde está o meu celular e gostaria de usar o seu, se você não se importa. —Meio a contragosto, ele pegou o aparelho no bolso e passou para ela.

— Para quem você vai ligar? Se for para uma daquelas suas amigas, melhor usar o fixo, pois vai levar muito tempo.

— Não, não é para uma das minhas amigas que eu pretendo ligar.

Pegou o telefone e começou a digitar. Todos perceberam que ela estava diferente.

— E para quem está ligando?

— Para uma pessoa que eu não conheço. Hoje eu vou fazer uma coisa que já deveria ter feito muitos anos atrás. Ah! Como eu me arrependo de ter tido medo!

Ela olhou bem nos olhos do filho e notou o endurecimento da sua face. Pela primeira vez, ela percebeu como o seu olhar era gelado e insensível. Ela teve a nítida impressão de que, se havia uma alma ali, estava muito distante. Giuseppe fechou o punho e fez menção de intervir:

— Não se atreva! — A voz que saiu nunca tinha sido ouvida antes naquela casa. Amanda agarrou-se às pernas da mãe, que, assustada, a abraçou, gelada de medo.

O filho, pela primeira vez na vida, viu a força que se escondia atrás do corpo pequeno e frágil da mãe, pois ela, sustentando o olhar do matador com firmeza, começou a falar:

— Alô! Detetive Valença?

— Negativo, aqui é o detetive Prado. No que posso ajudá-la?

— Eu quero falar com o detetive Valença. É possível?

A situação era, no mínimo, inusitada. Carla e a menina estavam abraçadas, com um medo que não sabiam explicar. A poucos passos, Bernadete e o filho mantinham o olhar fixo um no outro. Giuseppe queria agir, tirar o telefone à força das mãos da mãe, mas alguma coisa o prendeu no chão, paralisado. Havia nela uma força e uma coragem desconhecidas, até aquele momento. A conversa ao telefone prosseguiu, no viva-voz, que Bernadete acionou de propósito:

— Sim, ele está aqui ao meu lado. Vou passar para ele.

— Detetive Valença, boa tarde. Com quem eu falo?

— Meu nome é Bernadete. Eu estou ligando porque tenho algo muito importante para lhe informar.

— Positivo, prossiga.

— Você vai mesmo fazer isso, mãe? Tem certeza? — O tom não deixou dúvidas. Aquilo não foi um aviso, foi uma ameaça, feita com os punhos cerrados e uma expressão de ferocidade na face.

Giuseppe entendeu, desde o início, o que estava para acontecer e deu o seu último blefe. Ele conhecia a mãe e, em uma situação normal, ELA ficaria coberta de pânico com o que poderia acontecer a ela, à nora e, principalmente, à netinha. No seu íntimo, ele tinha certeza que ela não seguiria com aquilo. Não a mãe com quem conviveu desde a infância, a pessoa mais fraca e medrosa que já conheceu.

— Um instante, detetive.

Ela cobriu o bocal do telefone com a mão, e ele sorriu, um sorriso de pura maldade. Pela primeira vez, ela pôde ver toda a perversidade que se escondia atrás daquele jeito tímido e daquela voz macia. A mãe, contudo, não demonstrou pressa ou medo. Ela, lentamente, e de propósito, tirou a mão que cobria o telefone. Não foi uma atitude de desafio, mas a segurança de quem tem uma determinação inquebrantável, um gesto de não violência como os de Mahatma Gandhi.

— Vou fazer, sim. E você sabe por quê? — A pergunta foi em alto e bom tom, sem nenhuma sombra de temor. Ele não respondeu. O sorriso sumiu dos seus olhos, dando lugar ao medo.

— Porque eu sei quem você é e não nego isso. Você veio de dentro de mim e eu também não nego isso. Eu lhe dei a luz, o amamentei e cuidei de você na doença. Salvei a sua vida várias vezes. E tem mais: eu vou continuar ao seu lado, mesmo quando todos virarem as costas e a sociedade o julgar por todas as coisas horríveis que você fez. Sou sua mãe e vou continuar sendo, não importa o que você tenha feito ou o que venha a fazer. Recebi esta missão e vou cumpri-la até o fim, custe o que custar. Você entendeu bem?

— Alô, senhora, o que está acontecendo aí? — Valença pareceu extremamente apreensivo.

— Um instante, detetive. — Ela manteve o olhar no filho, que seguia paralisado, sem conseguir acreditar no que estava acontecendo.

A situação era crítica, e o policial treinado decidiu não esperar:

— O que a senhora tem de importante para me informar? — A pergunta foi retórica. Pelo o que tinha ouvido, o detetive anteviu a resposta.

— Eu sei quem é o homem que o senhor tanto procura.

O policial entrou em estado de alerta máximo. Instantaneamente colocou a mão sobre a pistola, estrategicamente posicionada embaixo da axila esquerda. O toque do cano da arma transmitiu-lhe certa segurança.

— O matador?! — A surpresa do detetive pôde ser percebida por todos, na casa e na polícia.

Na delegacia, as pessoas pararam automaticamente o que estavam fazendo, e o detetive Prado ficou eriçado como um gato. Carla abraçou a filha ainda mais forte, ao mesmo tempo que levava a mão à boca, já com os olhos repletos de lágrimas.

A resposta foi firme, fria, sem emoção, sem medo, sem nenhum sentimento que demonstrasse o caráter crítico daquele momento:

— Sim, é o meu filho, Giuseppe Schimidt.

O calejado detetive engoliu em seco. Ele falou instintivamente, com urgência na voz:

— Tem certeza?!

Carla correu da sala aos prantos, carregando a menina quase arrastada. Bernadete seguiu falando e olhando para o filho a sua frente, agora em uma atitude de quase pânico, ainda sem acreditar no que via e ouvia:

— Eu estou com um item da lista que o senhor divulgou, uma aliança, encontrada no quarto dele, pertencente a João e Sheila. O senhor sabe a quem me refiro?

— Sei, sim, com certeza. Eu estou seriamente preocupado com a sua segurança. Onde está o seu filho?

O detetive já estava em pé. Sua voz foi de quase desespero. Se pudesse, ele se teletransportaria para proteger aquela senhora.

— Aqui na sala, na minha frente, ouvindo a nossa conversa.

O delegado não pôde acreditar. Que mulher era aquela que tinha a coragem de enfrentar, cara a cara, um homem cuja maldade não tinha limites? Um matador frio e sanguinário como nunca tinha sido visto outro igual no estado?

— Meu Deus! Eu estou indo aí! — Houve extrema urgência no grito do policial.

O detetive nunca mais esqueceria a firmeza da resposta:

— Não se preocupe, detetive. O senhor pode vir com calma, ele estará aqui esperando pelo senhor, eu lhe asseguro.

FIM

Leia também, da Editora InVerso

VINGANÇA E PERDÃO

Este não é apenas mais um romance policial, com crimes, mistério e investigação. Sim, tem tudo isso, e muito mais. Mas de forma diferente, pois traz também uma reflexão instigante e profunda sobre culpa, vingança e perdão. Investigadores não são apenas os clássicos investigadores experientes, de faro aguçado, à caça do culpado. Antes, os mocinhos aqui são profundos perscrutadores da alma humana, que mergulham fundo em busca de entender o ser e suas motivações mais complexas, muito além das respostas que o sistema judiciário exige. E os vilões podem esconder mais surpresas do que os seus métodos criminosos no longo caminho, passando pela penitência e a redenção, que leva da vingança ao perdão.

ALNILAM: O CASTIGO DE UMA ESTRELA

Alexandra é uma policial federal dedicada que está caçando um perigoso serial killer, e o maior suspeito é um famoso escritor, um homem encantador, um possível assassino. Tudo se transforma quando ela lhe concede o benefício da dúvida e se envolve com ele. Um confronto armado entre o dever e a paixão. Quem poderá ser mais forte? Enquanto isso, numa dimensão paralela, a perfeição do canto lírico, o teatro, a ópera e a poesia desafiando o absurdo, um confronto mortal entre um sentimento tão frágil e o destino traçado. O amor tão jovem, posto à prova, conseguirá reescrever seu futuro? Histórias vividas em séculos diferentes tão intensamente ligadas.